De brief van tante Rosy

Mariëtte Middelbeek

DE BRIEF VAN tante Rosy

Roman

uitgeverij marmer

Proloog

ZE HAD NOOIT GEWETEN DAT VUUR ZOVEEL LAWAAI maakte. De hitte die haar huid verschroeide, ja, en de rook die diep in haar longen drong – maar het geluid? Het raasde en bulderde en kraakte en siste en ze wist zeker dat als ze dit zou overleven, ze die geluiden nooit meer uit haar hoofd zou krijgen. Áls ze dit overleefde...

Ze wist niet hoelang ze hier nu zat. Het kon vijf minuten zijn of een uur, of nog langer. Een felle lichtflits en toen die knal en daarna was het vuur er ineens geweest, als een bal die door de lucht schoot en je vol in je gezicht raakte. En ze wilde alleen maar voer voor de kippen pakken. Was het een Duitse bom? Een granaat? Ze had niets gehoord of gezien – geen soldaten, geen colonne. Terwijl ze er altijd zo op bedacht was. Nu de Canadezen, Engelsen en Amerikanen zij aan zij met de Fransen en Polen tegen de Duitsers vochten, was de oorlog dichterbij dan ooit in de afgelopen vierenhalf jaar het geval was geweest. Meer dan vaag gerommel in de verte, meer dan oproepen voor tewerkstellingen in Duitse kampen, meer dan de twee onbekende mannen die een week in hun schuur – de schuur die nu om haar heen uitbrandde – ondergedoken hadden gezeten, meer dan ooit voelde het alsof ze in oorlog waren. En dat terwijl ze het al bijna hadden gevierd, de bevrijding. Die had zo dichtbij geleken, maar was nu verder weg dan ooit.

Maar het was niet alleen maar slecht nieuws. In illegale

krantjes had vader gelezen dat de Schelde was bevrijd, moeder had in het dorp opgevangen dat de Duitsers als bange honden waren afgedropen. Antwerpen was in geallieerde handen, was er op Radio Oranje verteld. Het waren mooie berichten, maar ze durfde het niet te geloven. Ze hadden de gevechten gehoord, dagenlang, nachtenlang. Het eindeloze geratel van de geweren, het gedreun van... ja, van wat? Ze wist het niet, maar 's avonds was de hemel oranje verlicht van de vlammen en de explosies. Als ze haar ogen sloot, zag ze het nog voor zich. En ze kon niets anders doen dan hopen dat het snel voorbij zou zijn. Dat de geallieerde soldaten zouden winnen. En dat haar broer Willem zou terugkeren.

Met donderend geweld viel een dwarsbalk naar beneden. Ze gilde en rolde opzij, weg bij het brandende hout. Hijgend bleef ze liggen, maar het naar binnen zuigen van lucht bracht de hitte in haar longen. Ze dwong zichzelf zo oppervlakkig mogelijk te ademen, wat niet makkelijk was nu de paniek haar overnam en de zuurstof steeds verder uit de ruimte werd geperst. Ze verbeeldde zich dat ze stemmen hoorde, maar het enige geluid dat echt klonk, was de storm van vuur. Ze gilde toen een vlam aan de mouw van haar jas likte. De jas waarop ze vandaag nog had gemopperd. Moeder had zo goed en zo kwaad als het ging geprobeerd de gaten te dichten, maar de lapmiddelen vormden geen partij voor de ijzige novemberwind die het platte Zeeuwse land teisterde. Met bevroren ledematen was ze de naar de schuur gelopen, verlangend naar de huiskamer waar het, nu het hout zo schaars was, ook niet warm was, maar in elk geval beter dan buiten. Ze vervloekte zichzelf. Warmte had ze verlangd. Warmte had ze gekregen.

Snel trok ze haar arm weg en kroop nog verder in elkaar.

Rolde zich op tot een bal. Ze was hier opgegroeid, kende elk hoekje van het erf en van de boerderij. Elk hoekje van de schuur ook. Ze wist dat als je hard duwde, er een plank losliet waardoor je naar buiten kon. Maar daar stond nu een hooibaal voor die zo droog was dat hij meteen vlam had gevat. Ze had geprobeerd weg te komen via de deur, maar die was gebarricadeerd door een brandende plafondbalk. Toen had ze alleen nog maar kunnen gillen, tot zelfs dat geluid verstomd was.

Plotseling spitste ze haar oren. Er klonk een bonk, zacht door het lawaai van het vuur maar onmiskenbaar. Was daar iemand? Ze deed haar mond open, maar de hete lucht drong meteen naar binnen en ze sloot hem verschrikt weer. Beschermde hem met de mouw van haar jas. Ze schoof over de vloer, kroop een stukje, maar waar moest ze naartoe? De oude werkbank vatte vlam, ze zag het recht voor haar ogen gebeuren. In paniek kroop ze achteruit, maar het stro brandde ook al. Het vuur was overal, omringde haar. Won terrein. Ze bewoog, maar ze kon geen kant op. Haar hart bonsde, zweet gutste van haar voorhoofd. Ze zou sterven, hier, vandaag. Levend verbranden. Ze schudde wild met haar hoofd. 'Nee!' riep ze, maar het enige wat er gebeurde, was dat ze nog meer rook naar binnen zoog. 'Nee!'

Weer die bons. Wat was het? Voetstappen? Nee, dat kon niet. Maar toch... Ze stond zichzelf de fantasie toe, omdat het beter was dan de paniek die haar overnam. Voetstappen, ja. Iemand kwam naar haar toe. De vlammen hadden niet al het terrein gewonnen, er was vast nog een manier. Er móést een manier zijn. Was het Willem? Ze verbeeldde zich dat ze de stem van haar broer hoorde. Hij was anderhalf jaar jonger dan zij, net zeventien geworden, maar de laatste maanden stond er ineens een man voor haar. Hij was groot en fysiek sterk en klaar om te vechten, maar vader en moeder hadden het hem verboden. Tot het front dichtbij was en hij gewoon was vertrokken. 'Ik moet', had hij tegen vader en moeder gezegd. 'Ik moet iets doen.' Uiteindelijk hadden ze geknikt en hij vertrok in de nacht, met Jaco en Peter. Drie jongens met niets dan een rugzak. Een fiets hadden ze allang niet meer.

'Willem?' Zijn naam kwam eruit als een kreun. Geen antwoord, wel een nieuwe bons. Het vuur zette nog een tandje bij. Schoof op richting haar voet, won een halve meter. Ze trok haar been verder onder zich. 'Willem?'

Maar hij was er niet, natuurlijk niet. Er was niemand. Alleen de vlammen. Ze keek ernaar en dacht aan de zomers, de vuren op het land, de vreugde. Begonnen als vriend en nu zouden de vlammen haar vijand worden. Haar overwinnaars. Haar dood. Ze hadden haar zuurstof afgepakt, nu begonnen ze aan haar lichaam. Het gebons was er niet meer, als het er al was geweest. Adem kreeg ze niet. Ze begon op te geven. Leverde zichzelf over aan de vlammen. Ze kon niet anders.

Het was niet eens onprettig. Ze staakte haar verzet en liet zich meesleuren in het donker dat de hele tijd al aan haar trok. Het ging rustiger dan ze had gedacht, vrediger. Alsof de vlammen haar omarmden nu ze zich eraan overgaf. Ze sloot haar ogen. Raar wat voor gedachten je hersenen je voorschotelden op een moment als dit. Ze zag zichzelf, rennend door een veld, ze droeg een witte jurk. Er waren geen vlammen, er was alleen de zon. Ze lachte en ze zong. Automatisch plooiden haar lippen zich in een glimlach en toen gleed ze, heel langzaam, de duisternis in.

Ze wist niet hoelang het had geduurd, maar iets duwde haar terug. Er klonk tumult, geschreeuw. Ze werd wakker, opende toch weer haar ogen. De hitte was erger geworden, de vlammen wonnen nog altijd terrein. Maar nu had ze het zich niet verbeeld. Er was een stem, iemand riep en klopte en bonkte. 'Hier!' riep ze, maar het woord kwam zo zwak en zacht haar mond uit dat ze niet eens wist of ze wel geluid maakte. Ze had geen kracht meer om te roepen. Haar mond was zo droog dat haar tong er als een nutteloze hoop zand in lag. Ze had het gevoel dat ze stikte, of al gestikt was.

Gebonk kwam dichterbij. Waren het voetstappen? Ze richtte zich op maar viel meteen weer neer, haar hoofd werd bevangen door duizelingen die haar in een draaikolk meesleurden. 'Help...' zei ze, maar deze keer wist ze zeker dat ze niets dan wat gefluister voortbracht. Met een luid geraas stortte een deel van het dak in. Ze wist niet of ze was geraakt, haar huid voelde geen pijn meer. Het was te laat. Opnieuw verzette ze zich niet tegen de draaikolk, het duister voelde weer als een warme deken waarin ze wilde verdwijnen. Ze kon niet meer vechten voor wat lucht, het was alsof haar binnenkant was verschroeid. Het gebonk naderde, maar het was ook goed mogelijk dat haar verbeelding haar de geluiden voorschotelde. Een nieuwe zee van vuur kwam op haar af toen er weer iets instortte – nog een deel van het dak? Een hele muur? Haar lichaam vocht maar gaf tegelijkertijd op. Ze probeerde haar ogen te openen, maar het lukte niet meer. Voor haar mond gold hetzelfde. De deken werd strakker en warmer en voelde zoveel aangenamer dan de razende vlammen en de verzengende hitte. Kom maar, dacht ze. Neem me mee. Alles beter dan hier te blijven. Het duister lonkte.

Een stem bracht haar terug. Hij was vlakbij. Plotseling voelde ze hoe sterke armen haar optilden alsof ze niets woog.

Het was Willem niet. Engelse woorden bereikten haar oren, maar ze verstond ze niet. Het donker bleef aan haar trekken, ze moest moeite doen om haar ogen te openen. De armen klemden zich nog strakker om haar ranke lichaam. Er werd iets op haar mond gelegd dat koud en nat was en ze hoestte. Haar keel was rauw en ze proefde de rook nog. Uiteindelijk kreeg ze haar ogen open, maar ze sloot ze meteen weer. Het licht deed pijn alsof er een mes in haar ogen werd geduwd. Ze kneep haar ogen weer dicht, maar dwong zichzelf te knipperen. Het donker verdween, grijs daglicht drong haar ogen binnen, ze sloot ze weer. Iemand schreeuwde, iemand anders huilde. Ze hapte naar adem, maar haar longen leken te zijn afgesloten. Ze hapte opnieuw en opnieuw en toen verdween de natte doek en vond een heel klein beetje lucht z'n weg naar haar longen. En toen opende ze haar ogen eindelijk echt en ontmoette de mooiste blauwe ogen die ze ooit had gezien. '*I've got you*', zei een stem dicht bij haar oor. '*You're safe now.*'

Hoofdstuk 1

'NEE. NEE. NEE, HONDERD PROCENT NEE!' VOL AFSCHUW boog ik me voorover om de foto op het scherm van Samira's telefoon nog wat beter te bestuderen. 'Waar kíjk ik überhaupt naar?'

'Geen idee', grinnikte mijn collega, die haar telefoonscherm draaide om het perspectief te wijzigen, maar het screenshot dat ze had gemaakt tijdens een avondje tinderen werd er niet veel duidelijker op. 'Een arm?' gokte ze. 'Hoop ik?'

Ik knipperde een paar keer en huiverde. 'Ga eens verder', zei ik. Ik vond het heerlijk om de hoogtepunten van Samira's Tinder-avonturen te beoordelen, zeker omdat we over vijf minuten moesten aanschuiven voor een marathonpresentatie waarvoor geen van ons veel enthousiasme kon opbrengen.

'Veel huisdieren', oordeelde ik toen ze verder scrolde door de profielfoto's die het screenshotten waard waren geweest. 'O, wacht, die is wel leuk.'

'Ja, dat vond ik ook.' Samira hield haar duim stil en ik bewoog mijn gezicht dichter naar het scherm om de stevig gespierde man met een baardje van één dag en een klein glimlachje beter te bekijken.

'Ja hè?' Ze glunderde. 'Met hem heb ik gisteren een tijdje zitten chatten.'

'O, vertel!' zei ik, maar helaas kwam het niet zover, want op dat moment stapte Richard de vergaderzaal binnen met onder zijn arm een stapel papieren waarvan ik al wist dat hij er niet één keer in zou kijken. Richard liep namelijk heel vaak met papieren waar hij niet naar keek.

Hij schraapte zijn keel en keek gewichtig de zaal rond. Voor de gelegenheid waren we bij elkaar geroepen in de ruimte met, zoals dat heette, de auditoriumopstelling, waardoor wij nu het publiek waren en mijn baas blijkbaar de theaterartiest van dienst. Het was niet eens zo ver bezijden de waarheid.

Richard begon te praten en in mijn hoofd kwam de gedachte op dat er een moment bestaat waarop mannen zich niet meer moeten wagen aan overhemden met een gebloemde kraag. Richard leek helaas te vinden dat zo'n overhemd hem een frivool randje gaf, iets wat hij in het dagelijks leven volledig ontbeerde. Althans, ik had hem er nooit op kunnen betrappen en ik werkte toch al ruim twee jaar voor hem. Het was dat Facebook me onlangs had herinnerd aan dat feit, anders had ik gezworen dat het het tienvoudige moest zijn – wat dan ook weer vreemd was, want ik was pas vierendertig. Ik zocht oogcontact met Samira, maar zij leek aantekeningen van de presentatie te maken in een wit opschrijfboek. Ik wist vrij zeker dat ze geen aantekeningen maakte, maar het zag er geloofwaardig uit. Ik overwoog haar per app te vragen om meer van die Tinder-hoogtepunten met me te delen, maar ik was bang dat ik mijn lachen niet zou kunnen inhouden.

Richard klikte nu met toenemende energie door zijn slides heen. De *monthly heads-up* heette deze vergadering tegenwoordig, nadat die eerst gewoon als 'update' door het leven was gegaan. Eggemans' Egotrip, zo noemden Samira en ik de ruim twee uur dat we moesten luisteren naar de prestaties van Richard Eggemans, van Eggemans Juridisch Advies & Advocaten. We waren pas een halfuur onderweg.

Ik liet mijn hersenen langzaam afscheid nemen van de situatie, terwijl mijn gezicht netjes bleef doen alsof ik er nog bij was. Richard had het over zijn helikopterview, sowieso een van zijn favoriete woorden, vast omdat hij zelf nooit veel interesse had voor de details van wat zijn personeel deed. Hoewel 'helikopterview' wat mij betreft in de top tien van vreselijke kantoorwoorden thuishoorde, deed ik nu in gedachten alsof ik daadwerkelijk in die helikopter van hem zat. Ik had nooit in een helikopter gezeten, maar ik kon me voorstellen dat het er een herrie was en dat alles wat van dichtbij nog groot – en misschien wel belangrijk – had geleken, in rap tempo klein en onbeduidend werd. Een beetje zoals de successen in Richards powerpoint. Van bovenaf is alles overzichtelijk. Klein en recht en zonder details die toch maar afleiden.

Alsof hij aanvoelde dat mijn gedachten inmiddels ver waren afgedreven van wat hij aan het vertellen was, richtte Richard zijn blik een tijdje op mij. Ik deed mijn best interesse te veinzen voor de heads-up en hoopte maar dat het er oprecht uitzag. Ik denk het wel, want hij keek weer de andere kant op. Ik kende de gewonnen zaak al waarover hij nu praatte, want Samira en ik hadden ons daar de afgelopen maanden intensief mee beziggehouden. Dat Richard nu in zijn presentatie de indruk wekte dat hij eigenhandig de slag in de rechtszaal had gewonnen, viel me eigenlijk niet eens echt op. Dat deed hij altijd en ik was opgehouden me er druk om te maken. Nu Richards aandacht van mij was weggeleid, dwaalden mijn gedachten langzaam weer af. Vanavond wilde ik verdergaan met het schilderij waar ik nu al twee weken aan werkte en dat ik steeds net niet helemaal goed kreeg. Misschien moest er meer violet in. Of magenta. Of juist iets heel anders. Turkoois?

Ik keek naar Samira die nog altijd druk bezig was in haar opschrijfboek. Toen richtte ik mijn aandacht weer op Richard en probeerde nu dan toch maar echt naar hem te luisteren.

'Koffie', zei ik met een zucht toen we uiteindelijk de vergaderzaal hadden verlaten en de koffiemachine passeerden. Samira knikte dankbaar terwijl ze naar haar trillende telefoon gebaarde. 'Sorry, ik moet deze even nemen.'

Ik knikte en beloofde dat ik wel wat voor haar zou meenemen. In het kastje zocht ik tevergeefs naar twee schone mokken, want ondanks diverse dwingende briefjes vond niemand het ooit nodig de vaatwasser aan te zetten. Gelukkig vond ik wel een streng kartonnen bekertjes. Ik plukte er twee uit en drukte op de knop.

Terwijl ik toekeek hoe de koffie met een tergend langzaam straaltje in het bekertje sijpelde en het apparaat er een dotje melk achteraan pufte, ging mijn telefoon. *Anoniem*, stond er in het scherm. Ik wilde niet opnemen, maar mijn nieuwsgierigheid won het.

'Mevrouw De Klerk?' vroeg een mannenstem die ik niet kende.

Ik zei ja en bereidde me in gedachten al voor op het afpoeieren van een iets te vasthoudende klantcontactmedewerker die, anders dan ikzelf, vond dat ik met onmiddellijke ingang een krantenabonnement of nieuwe inboedelverzekering nodig had. Die laatste gedachte ontlokte me een glimlach. Als je woont op vijfenveertig vierkante meter, is de inboedel tientjeswerk. Althans, bij mij.

'U spreekt met Jonathan Welten. Ik ben de huisarts van uw tante, Rosy de Klerk.'

Ik opende mijn mond al, maar hield de zin binnen dat ik erg tevreden was met mijn huidige inboedelverzekering, voor zover je over een verzekering in ruste tevreden of ontevreden kon zijn. Dat was toch altijd meer iets dat je pas merkte als de nood aan de man was, en dan was het te laat om over te stappen.

'O', zei ik in plaats daarvan toen mijn hersenen hun draai hadden gemaakt. 'De eh... huisarts?'

'Ja. Bent u misschien in de gelegenheid om naar mijn praktijk te komen?'

'Nou, dat wordt eh... Waar is uw praktijk?'

Hij noemde een straatnaam, maar wat ik meer bedoelde: is de praktijk in de buurt van het huis van mijn tante of ligt die stomtoevallig enigszins in de richting van Amsterdam? Want tussen die twee plekken zat een reistijd van een slordige twee uur.

'Ik ben op mijn werk', zei ik, terwijl logische gedachten – zoals het gegeven dat de huisartsenpraktijk van mijn tante uiteraard in de buurt van het huis van mijn tante lag en niet op de Zuidas – werden verdrongen door opkomende nervositeit toen ik besefte dat de huisarts mij natuurlijk niet voor de lol belde. 'In Amsterdam.'

'Aha, oké.' De man schraapte zijn keel. 'Ik ben bang dat ik verdrietig nieuws voor u heb, mevrouw De Klerk.'

Mijn adem stokte en mijn hart begon in duizelingwekkend tempo bloed rond te pompen. Ik voelde mijn wangen warm worden. 'H-hoezo?'

'Het spijt me ontzettend u te moeten vertellen dat uw tante vanochtend een hartinfarct heeft gehad. Aan de gevolgen daarvan is ze helaas overleden.'

Er waren dingen die hij ook had kunnen zeggen en die op de grote schaal der dingen waarschijnlijk meer impact hadden, maar waarvan ik op persoonlijk niveau toch sneller zou zijn bijgekomen. Zoals dat de provincie Limburg in z'n geheel aan België was geschonken, of dat het mensen van boven de één meter tachtig niet langer was toegestaan met een intercity te reizen. Vrij onlogische maatregelen die me op dit moment toch plausibeler in de oren klonken dan wat de huisarts net had gezegd, want de simpele waarheid was gewoon dat tante Rosy helemaal niet dood kon zijn.

'Maar...' zei ik, zonder een idee hoe ik mijn zin kon afmaken. 'Maar...'

'Ik begrijp dat dit een enorme schok voor je is', zei de huisarts, die van 'u' naar 'je' was overgestapt. Zijn stem was zacht en begripvol en hij zei dingen als dat ik vast veel vragen zou hebben en dat hij die natuurlijk wilde beantwoorden en dat ik altijd mocht bellen en dat ik de enige contactpersoon was die als 'in geval van nood' in het systeem stond, maar dat ik er uiteraard niet alleen voor stond, want het hele dorp kende tante Rosy. Maar los daarvan was het wel zo dat ik contact moest opnemen met de uitvaartondernemer die het lichaam van mijn tante nu onder zijn hoede had. En ik besefte midden in een van zijn begripvolle maar bizarre zinnen dat ik er helemaal niet klaar voor was om minder dan twee jaar na de dood van mijn moeder nu ook mijn tante te begraven.

Ik stamelde, denk ik, dat ik het allemaal even moest verwerken en dat ik natuurlijk naar Zeeland zou komen en dat ik nog zou bellen en daarna hing ik op, maar mijn hand trilde zo dat mijn telefoon op de grond gleed voor ik de verbinding had verbroken. Mijn hart bonsde en het zweet was me aan alle kanten uitgebroken. Ik had waarschijnlijk van die rode vlekken in mijn nek die er ook waren als me in gezelschap ineens iets werd gevraagd. De koffieautomaat had zijn werk allang afgerond en het laagje melkschuim was zacht sissend bezig te verdwijnen. Ik pakte het bekertje en stond ermee in mijn hand, tot ik het met koffie en al in de prullenbak gooide omdat de aanblik van het vocht me ineens misselijk maakte.

Ik raapte mijn telefoon op, vluchtte met trillende knieën naar het dichtstbijzijnde toilet en sloot me op in een hokje. Daar liet ik me op het dichte deksel zakken en toen nam de golf van schok, ongeloof en pure paniek die zich inmiddels tot orkaankracht had opgestuwd, het definitief over. In mijn hoofd klonk de stem van de huisarts, keer op keer, als een vastgelopen grammofoonplaat: *Het spijt me ontzettend...* Mijn maag kromp ineen en via mijn keel werkten zich klanken naar buiten die niet van mij afkomstig leken te zijn, zo hard en ongecontroleerd en dierlijk waren ze. Mijn lichaam schokte zo dat ik bijna geen lucht kreeg en op de momenten dat ik erin slaagde zuurstof naar binnen te zuigen, ging dat gepaard met een gierend geluid. Op andere momenten zou ik me misschien druk hebben gemaakt om de vraag of er nog meer mensen aanwezig waren in de toiletruimte, maar dat was nu de laatste van mijn zorgen.

Het kon niet. Het kón gewoon niet. Toen ik enigszins tot bedaren was gekomen, pakte ik mijn telefoon en opende mijn bericht. Zie je, daar stond het: *laatst gezien vandaag om 10.53 uur.* Om zeven minuten voor elf vanochtend had tante Rosy gewoon nog geleefd en geappt en gelopen en... ja, wat nog meer? Ik vermoedde dat ze in haar boekwinkeltje was geweest.

Ik staarde naar de cijfers van de digitale klok op mijn telefoon. 14.04 uur. Drie uur en elf minuten later. Het sloeg echt nergens op. Ze kon niet dood zijn, aangezien ze drie uur en elf minuten geleden nog had geappt.

Uit alle macht probeerde ik de redenering in mijn hoofd logisch te krijgen, maar het was alsof ik in discussie was met een onwillige kleuter die overal nee op zei. Uiteindelijk staakte ik mijn pogingen. De deur van de toiletruimte ging open en dicht, ik hoorde iemand plaatsnemen in het hokje naast me en probeerde stil te zijn. Uiteindelijk werd er doorgespoeld, werden er handen gewassen, werd er kennelijk wat geschikt aan haar of kleding, want het was even stil, en daarna viel de deur van de toiletruimte weer dicht. Al die tijd zat ik hevig te trillen van het besef dat steeds groter en onvermijdelijker door me heen ging.

Ik belde Mano, die niet opnam maar vrijwel meteen terugbelde. Hij klonk schor, alsof hij uren niet had gepraat. Of net wakker was. 'Hé', zei hij. In zijn stem klonk verbazing, want ik belde hem nooit als ik aan het werk was.

'Hé', antwoordde ik en dat was dan ook meteen alles wat ik kon uitbrengen. Mijn stem brak weer en ik bracht alleen nog een hoog geluid voort dat ergens de contouren van een woord in zich had, maar het was ons geen van beiden duidelijk welk woord dat moest zijn.

'Wow', zei Mano. 'Wat is er?'

'Ik... ik...' Ik deed mijn best mijn ademhaling onder controle te krijgen.

'Steef?' Mano klonk nu in elk geval wakker. 'Is er iets ergs?'

Hij was opmerkzaam, dat moest ik hem nageven. 'Ja', snikte ik. 'Er is iets ergs.'

'Ben je ontslagen?'

De vraag stond zo ver af van wat er in me omging dat ik een

moment nodig had om hem tot me te laten doordringen. Toen slikte ik een paar keer achter elkaar, haalde diep adem en zei de woorden die klonken alsof ik ze ter plekke verzon in verband met een totaal misplaatste grap: 'Tante Rosy is dood.'

'O...' Ik hoorde hem zwaar ademen en na een paar seconden zei hij weer: 'Wow.'

'Ik weet niet wat ik moet doen', bracht ik nog uit en begon weer te huilen, met snot en van die lange uithalen. 'Ik weet gewoon niet wat ik moet doen, Mano.'

De deur van de toiletruimte ging weer open en ik besefte dat ik het hokje maar eens moest verlaten. Er moesten dingen gebeuren. Actie worden ondernomen. Wat zei de huisarts ook alweer? Ik was de 'in geval van nood' van mijn tante en de uitvaartondernemer wilde iets weten. Ik zou naar Richard gaan en zeggen dat ik met spoed naar huis moest en me dan door de spits naar Zeeland haasten en dan...

Geen 'dan'. Voor nu was dit even genoeg. Ik schraapte mijn keel.

'Gaat het?' vroeg Mano.

Ik vond de vraag te moeilijk en gaf geen antwoord. 'Ik kom eraan', zei ik in plaats daarvan. 'Ik ga naar huis en dan pak ik de auto en rijd naar Zeeland.'

Hij was even stil. 'O, oké. Wil je... Wil je dat ik meega?'

'Ja', zei ik, dankbaar dat ik niet alleen hoefde te gaan. De rit voelde als een berg die ik met alleen teenslippers aan moest zien te beklimmen. 'Heel graag.'

Hij gaf geen antwoord en ik voelde door de telefoon aan alles een bezwaar opdoemen. 'Is dat een probleem?' vroeg ik.

'Nee, het is gewoon... Ik ben niet in jouw huis. En ik kan eigenlijk ook even niet...'

Ik had geen kracht om me in zijn schema te verdiepen en hoewel ergens in mijn achterhoofd vaag de vraag opkwam waar hij dan wel was, aangezien hij had gezegd dat hij de hele dag in mijn appartement zou blijven, gaf ik geen antwoord. 'Nee, prima', zei ik snel. 'Het komt natuurlijk nooit echt uit. Ik snap best dat je...' Dat je wat? Ik maakte mijn eigen zin niet af.

'Ik kan later komen?' stelde Mano voor, maar ik werd afgeleid doordat iemand mijn naam riep. Het was Samira.

'Ik moet ophangen', zei ik tegen Mano en zonder zijn antwoord af te wachten verbrak ik de verbinding.

'Steef? Stefanie? Ben je hier?' Samira's hakken klikten op de tegels toen ze voor de hokjes heen en weer liep. Ik stond op en draaide de deur van het slot. 'Holy shit', zei Samira toen ze me zag. 'Wat is er met jou?' Haar donkere ogen stonden bezorgd en ze begon meteen te redderen. Ze pakte me bij mijn arm en nam me mee naar de wastafels, ook al was dat maar twee stappen. 'Heeft hij iets rots gezegd?'

Ik sloot mijn ogen en schudde mijn hoofd en toen ik mezelf uiteindelijk aankeek in de spiegel, snapte ik waarom Samira geschrokken was. Mijn huid was vlekkerig en bijna net zo rood als mijn ogen. Op mijn wangen zaten zwarte vegen mascara die alleen maar groter werden toen Samira ze met een papieren handdoekje probeerde te verwijderen. 'Mannen', mopperde ze, maar ik schudde mijn hoofd. 'Dat is het niet.'

Het handdoekje bleef in de lucht hangen. 'Wat is er dan?' vroeg ze. 'Jeetje, je trilt helemaal.'

Ik ving opnieuw mijn eigen blik in de spiegel. Mijn staart was een beetje scheefgezakt en boven op mijn hoofd had zich een heuveltje van haar gevormd toen ik blijkbaar had geprobeerd mijn hand erdoor te halen. In mijn eigen bruine ogen las ik iets dat het midden hield tussen verbijstering en totale ontreddering en er gleed alweer een traan over mijn wang naar beneden.

'Dus het was niet Richard?' vroeg Samira toen ik geen aanstalten maakte de oorzaak van mijn huidige staat met haar te delen. 'Mano?'

'Nee.' Ik slikte iets weg in mijn keel dat gewoon bleef zitten. 'Het gaat om mijn tante.'

Samira's wenkbrauwen gingen omhoog en ik realiseerde me dat hoewel we al ruim anderhalf jaar collega's waren, we het eigenlijk nooit over onze familie hadden. Wel over Richard en over Loek, de onderdirecteur, en hun gedeelde secretaresse Noëlle die volgens onze stellige overtuiging heel wat meer diensten verleende dan alleen maar typen.

'Wat is er met je tante?'

'Ze is dood.' Het rolde zo mijn mond uit, maar het leek over iemand anders te gaan.

'Ach nee.' Samira keek me aan met ogen vol medelijden. 'Wat verschrikkelijk.'

'Ja', was het enige wat ik erover kon zeggen. Op de kraag van Samira's witte blouse zat een klein rood vlekje in de kleur van haar lippenstift. 'Was ze oud?'

Mijn antwoord stokte in mijn keel. Tante Rosy was achtenzeventig, maar anders dan sommige mensen van die leeftijd niet oud. 'Ze werkte nog', zei ik. 'Ze heeft haar eigen boekwinkeltje. Hád haar eigen boekwinkeltje.' Ik moest eraan wennen, die verleden tijd.

'Wat ontzettend sneu', zei Samira, die klaar was met mijn mascara fatsoeneren. 'En je oom?'

'Die is er niet. Ze is nooit getrouwd.' Het idee van tante Rosy als getrouwde vrouw kwam me ineens heel grappig voor omdat het zo ontzettend niet bij haar paste.

Ik haalde het elastiek uit mijn haar en maakte mijn staart opnieuw. Het boenen van Samira had geholpen en mijn gezicht zag er in elk geval weer toonbaar uit. Ergens in me voelde ik alweer een tweede golf van verdriet en ontreddering opkomen, maar die onderdrukte ik met gedachten aan dat ik me moest afmelden bij Richard en dat ik met de metro naar huis moest en dat ik de autosleutels moest pakken en iemand moest vragen om voor Freud, mijn kat, te zorgen en... Hoelang zou ik eigenlijk wegblijven? En waar moest ik slapen? In tante Rosy's huisje? Ik had er in mijn leven tientallen, zo niet honderden, nachten doorgebracht, vijf weken geleden nog. Maar nu zij er niet was...

Ik huiverde alsof ik het koud had, hoewel er juist zweet op mijn rug prikte. Samira wreef over mijn armen. 'Kom', zei ze beschermend. 'We gaan naar Richard. En daarna breng ik je naar huis.'

Ik liet me door haar meevoeren naar Richards kantoor, waarvan de deur bij wijze van uitzondering openstond. Hij was op luide toon aan het telefoneren en wuifde ons weg toen we binnenkwamen, maar Samira stapte resoluut naar voren. Richard keek eerst verwonderd en toen ronduit geïrriteerd over het negeren van zijn gebaren en daarna wimpelde hij zijn gesprekspartner af om snel orde op zaken te stellen. 'Ik was aan het bellen', zei hij vrij nadrukkelijk.

Samira negeerde hem. 'Stefanie moet naar huis. Er is iemand dood.'

Richard fronste, waarbij het dunne, ronde montuur van zijn bril mee omhoog bewoog. 'Iemand.'

'Mijn tante. Ik ben de enige familie die ze heeft.' Dat laatste voegde ik automatisch toe, alsof ik mijn baas ervan moest overtuigen dat alleen zoiets als schok of verdriet me heus niet van mijn werk zou houden, maar dat er ook onvermijdelijke praktische zaken bij kwamen kijken.

'Ah, oké.' Richard verschoof even. 'Tja, we zitten met die vergadering van morgen, van...'

'Die pak ik op', zei Samira snel. Geen van ons kwam op het idee om tegen Richard te zeggen dat de vergadering van morgen maar even moest wachten omdat de dood nu eenmaal de vervelende neiging had zich zomaar in agenda's te wurmen. Mijn baas keek geringschattend van Samira naar mij en liet toen zijn hoofd hangen terwijl hij hoorbaar uitademde, zodat we wel begrepen dat hij duidelijk de grootste verliezer van de hele situatie was. Daarna keek hij me weer aan en wuifde wat met zijn hand. 'Ja, natuurlijk, ga maar, Stefanie. Dit is natuurlijk veel belangrijker.'

Over de vraag of hij zijn woorden meende, maakte ik me niet al te druk toen ik vlug zijn kantoor uit liep. Ik pakte mijn tas en trok onder de nieuwsgierige blikken van collega's mijn jas aan, want weggaan voor zes uur 's avonds betekende bij ons dat je praktisch op vakantie ging en ik had niets gezegd. Om mijn nek hing mijn keycord, met het pasje opende ik de lift. Samira kwam aanlopen met mijn laptoptas, die ik in de gauwigheid op mijn bureau had laten staan. Ik greep het zwarte handvat en nu ik iets gekalmeerd was, zei ik dat ze niet met me mee naar huis hoefde te gaan. 'Ik red het wel, echt. Jij kan je tijd wel beter gebruiken nu je ook mijn deel van de vergadering erbij moet nemen.'

Ze drong niet aan, ze kneep alleen even in mijn pols. 'Bel me als er iets is', drukte ze me op het hart en toen kwam de lift en stapte ik snel in. De deur gleed dicht en ik drukte op 0, hopend dat ik alle twaalf verdiepingen lang alleen zou blijven.

Iedere wand van de lift was een spiegel en er viel niet aan mezelf te ontsnappen. Ik voelde me op een vreemde manier misplaatst in mijn eigen leven, met mijn donkerblauwe broekpak, lichtblauwe blouse en de trenchcoat uit de collectie van mijn moeder, een van de weinige items uit haar kast die ik na haar dood had gehouden. Niet omdat het mijn smaak was, maar omdat ik een jas nodig had die paste bij de kleding die ik werd geacht te dragen op mijn werk en waaruit ik mezelf na een werkdag altijd onmiddellijk bevrijdde. Ik had het idee dat dat gold voor iedereen die verplicht in stugge broekpakken en strak gestreken bloesjes loopt.

Het rood was weggetrokken uit mijn gezicht en mijn huid oogde nu juist bleek en vermoeid, zoals de laatste tijd wel vaker het geval was. 'Buitenlucht', was het medicijn geweest dat tante Rosy me tijdens mijn laatste bezoek streng had voorgeschreven. 'En eten', had ze er na een kritische blik op mijn taille aan toegevoegd, maar ik kwam nu eenmaal niet snel aan. Ze had nog veel meer adviezen gehad, al probeerde zij ze altijd zo te verpakken dat ze in je hoofd opkwamen als eigen inzichten. Als mijn hart niet sneller ging slaan van mijn werk, waarom deed ik het dan? Als ik meer tijd wilde besteden aan het schilderen, waarom deed ik dat dan níét? Als ik bij haar in Zeeland was, nam ik me altijd voor om beter naar mezelf te luisteren, maar die voornemens lieten zich eenmaal terug in Amsterdam zo makkelijk wegduwen als het leven me weer meenam op z'n trein.

De lift bereikte de begane grond zonder dat er iemand instapte. Ik hield mijn pas opnieuw voor een lezer en het poortje van de beveiliging ging voor me open. Daarna haastte ik me het pand uit, het plein over, naar het station. Op de automatische piloot probeerde ik in te checken bij de metro met mijn kantoorpas en toen het tot drie keer toe niet lukte, moest ik moeite doen om niet ter plekke in huilen uit te barsten.

'Met je ov-kaart gaat het beter', zei een man van mijn eigen leeftijd en hij keek me aan met een blik die het midden hield tussen behulpzaamheid en iets waakzaams alsof hij eerst even wilde vaststellen dat hij niet met de stationsgekkie te maken had.

'O ja', zei ik en ik mompelde iets over een drukke dag en veel meetings, want dat landde hier op station Amsterdam Zuid vaak wel in gewillige oren. Ook nu. Hij knikte begrippvol, zei iets dat klonk als 'vertel mij wat' en daarna haastte hij zich naar zijn metro. Ik vond intussen mijn ov-chipkaart in de zak van mijn trenchcoat, stapte daarna bijna in de verkeerde metro en wisselde net voor de deuren zouden sluiten naar de juiste lijn.

De hele weg lang voelde ik me dof en alsof ik achter een plastic scherm was beland dat de geluiden uit het openbaar vervoer en die van een normale dag dempte tot golven die mijn oren wel bereikten maar geen enkele betekenis meer hadden. Bij mijn halte stapte ik uit, liep de laatste honderd meter naar mijn voordeur en liep half struikelend de trap op. Mijn hand trilde en ik miste elke keer het sleutelgat, maar uiteindelijk opende ik dan de deur. Ik weet niet of het kwam doordat de warmte van mijn huis en de vertrouwde geur van verf me nu omhulden, maar ineens golfde die tsunami die ik al die tijd had onderdrukt in alle hevigheid door me heen. Ik bereikte mijn slaapkamer en liet me met jas en al op mijn bed zakken en daar kon ik alleen nog maar huilen en naar adem snakken en daarna nog verder huilen.

Uiteindelijk werd ik liggend op mijn zij een klein beetje rustiger. Ik draaide op mijn rug en staarde naar het plafond. Freud sprong op het voeteneind en keek naar me met een blik waaruit zoveel sprak als de vraag of ik klaar was met mijn geschok en gedraai en de lange uithalen, want Freud hield van lekker rustig liggen en niet zo van gedoe. Ik had het gevoel dat ik iemand moest bellen, maar ik had geen idee wie. Tante Rosy was mijn allerlaatste familie geweest.

Hoofdstuk 2

De rit duurde eindeloos en natuurlijk begon het ook nog te regenen. Bij het naderen van Rotterdam stuitte ik op een zee van rode remlichten en kwam ik in een file terecht die aanhield tot voorbij Pernis. Onderweg belde ik de huisarts terug, die me vertelde dat het lichaam van tante Rosy was opgehaald door de enige uitvaartondernemer in het dorp, Hendrik-Jan Ooms. Hij gaf me het nummer, dat ik op mijn knie onhandig op een kauwgompapiertje krabbelde. Daarna belde ik de uitvaartondernemer en ik kreeg naast veel sterkte – dat zei de man aan de telefoon zeker vier keer – ook het adres van het rouwcentrum waar mijn tante nu was.

'Ik wil haar graag zien', zei ik, hoewel ik niet zeker wist of ik dat meende. Ik wilde haar wel zien, maar was niet per se goed met dode mensen, voor zover je daar wel of niet goed mee kon zijn. Aan de andere kant: als ik niet met mijn eigen ogen kon vaststellen dat tante Rosy er niet meer was, zou ik het simpelweg niet geloven.

'Heeft u haar huissleutel nodig?' vroeg de man en het praktische van die vraag kwam me ineens als ontroerend voor. Alsof hij zich een beetje om mij bekommerde.

'Ja', zei ik en ik onderdrukte een snik. 'Ik denk het wel.'

Hij gaf me een adres – het kauwgompapiertje raakte aardig vol en het kwam niet verkeerd uit dat ik door de file telkens minutenlang op dezelfde plek moest blijven staan – en ik zei dat ik niet precies wist hoe laat ik er was, maar dat gaf niet. Net nadat ik had opgehangen, belde Mano.

'Hé', zei hij, zijn stem zacht. 'Hoe eh... hoe is het?'

Tja, hoe was het? Het kon beter. Mano liet een half lachje horen toen ik dat antwoord hardop zei, al was het niet grappig bedoeld. 'Jaa', zei hij langgerekt. 'Echt heel shit, dit.'

Ik kon het hem niet kwalijk nemen dat hij niet zo ontdaan was als ik. In het jaar dat we bij elkaar waren, had hij tante Rosy drie keer gezien toen ze in Amsterdam was. De keren dat ik haar in Zeeland had bezocht, was ik alleen gegaan.

'Waar ben je?' vroeg ik. Ik hoorde geen achtergrondgeluid.

'In jouw huis.' Hij zweeg even. 'Dat is wel oké, toch?'

Ik humde wat. Mano had zelf ook een huurhuis, maar dat deelde hij met een vriend, dus zaten we meestal bij mij. Samenwonen kon je het niet noemen, maar we hadden onlangs wel een boodschappenpotje gemaakt en dat was op z'n minst een voorportaal. Geen van ons pakte echter door. Zeker ik niet. Het ontbrak me al langer aan de energie voor de *soul-searching* die waarschijnlijk nodig was om te ontdekken waarom het boodschappenpotje me soms aanvloog alsof het een verbintenis in de vorm van een huwelijk of een zwangerschap – of allebei – betrof.

'Ja', zei ik als antwoord op zijn vraag. 'Ja, natuurlijk.'

'Er komen zo wat maten langs. Beetje gamen.'

In mijn huis. Waar ze de neiging hadden de voorraadkast te plunderen, mijn lievelingschips op te maken en de gebruikte glazen ofwel gewoon te laten staan ofwel, en dat was dan al heel wat, op het aanrecht te zetten alsof die dingen vanzelf de vaatwasser in wandelden. Blijkbaar werd ik geacht de boel op te ruimen, aangezien het huis op mijn naam stond.

Ik slikte en begon niet over mijn huishoudelijke bezwaren omdat ik er de puf niet voor had. De keren dat ik er wel over was begonnen, was er bovendien niet veel veranderd. 'Oké', zei ik hoewel ik het niet oké vond. Het hele gamen irriteerde me ineens ook. Dat was zo langzamerhand Mano's belangrijkste dagbesteding geworden. De carrière in de IT waar hij eerst nog aan had gebouwd, stond al langer op een laag pitje. 'Een mens leeft niet om te werken', verklaarde hij als ik weleens begon over het aantal werkuren dat hij in een week níét maakte. Er groeide een hele generatie op met dat idee, als ik Samira mocht geloven. 'Gen Z', zei ze dan met zo'n gezicht van: je weet wel. Mano zorgde er gewoon voor dat hij genoeg verdiende, maar ook niet meer dan dat. Op dagen dat ik er wat filosofischer in stond, kwam ik weleens tot de conclusie dat mijn irritatie daarover vast op jaloezie was terug te voeren. Ik beschouwde mijn werk ook al langer als een noodzakelijk kwaad, maar dat kwaad nam me wel voor vijftig uur per week in beslag.

'Hé, even iets', zei Mano. 'Een dingetje.'

'Wat dan?'

'Is het goed als ik je schilderijen even wegzet? Wel droog, maar gewoon op het balkon.' Hij maakte een geluid dat van alles kon betekenen. 'Dan is die verflucht uit de huiskamer.'

'Ze kunnen niet op het balkon. Als het regent, komen er spetters op.' Ik wilde zeggen dat het míjn huiskamer was, en míjn schilderijen, maar ik hield me in. Het voelde gek om mijn eigen huisje te moeten verdedigen tegen mijn vriend. 'Ze kunnen wel in de slaapkamer als ze in de weg staan.'

'En waar slaap ik dan? Ik krijg hoofdpijn van die verflucht.'

'Thuis?'

'Hoe bedoel je?'

'Je hebt zelf ook een huis.' Ik had hier nu even geen geduld voor. 'Als je bij mij slaapt, krijg je mijn schilderijen erbij tot ik er genoeg van heb verkocht om een ruim atelier aan de Amstel te bekostigen.'

'Heb je wat verkocht dan?' Er klonk ineens meer energie door in zijn stem. Of misschien was het gretigheid.

'Nee', zei ik. 'En dus staan ze in de huiskamer.'

'Je zou ze moeten verkopen.'

Ik haalde diep adem, terwijl de auto voor me optrok en ik weer een meter of tien kon opschuiven. De verkoop van wat niet meer dan een hobby – mijn meest geliefde hobby, dat wel – was, was wel het laatste waar ik me nu druk over maakte.

'Blijf er gewoon van af', zei ik vermoeid. 'En anders ga je bij Nick thuis zitten, daar is vast geen verf. Of bij Thibaut. Die hebben toch ook huizen?'

Ik vermoedde dat Mano's gamevrienden inderdaad niet op straat zwierven als ze niet bij mij thuis rondhingen, maar soms leek het wel alsof ze zelf geen woonplek hadden. Mano was er in elk geval nooit te vinden om te gamen.

'Ik kijk wel even', zei hij, wat zijn manier was om te zeggen dat hij het toch wel zou doen. 'En hé, moet ik iets met de kat of zo?'

'Ik heb Freud bij de bovenbuurman gebracht.'

'O. Oké. Succes daar in Brabant.'

'Zeeland.'

'Shit, sorry. Dat bedoel ik. Bel me als er iets is.' Hij zei dat hij van me hield en ik zei hetzelfde terug en toen hing hij op. Voor me stond het verkeer weer muurvast. In de strepen van de ruitenwisser op de voorruit vervaagden de remlichten tot rode vegen.

Het was al na zevenen toen ik eindelijk via de smalle dijk het dorp binnenreed waar niets en tegelijkertijd alles was veranderd. Het huisje van tante Rosy was het eerste aan de dijk. Ik durfde bijna niet te kijken toen ik voorbijreed. Het donker achter de ramen was zo zwaar, zo veelzeggend. Ik volgde Google Maps naar het adres dat ik had gekregen en kwam terecht bij een klein kantoor waar een bord op de gevel me vertelde dat ik met H.J. Ooms Uitvaartzorg te maken had. Eronder stond een slogan die in het donker een beetje moeilijk te lezen was, maar het woord 'afscheid' kwam er in elk geval in voor.

Ik zag geen bel en stond te aarzelen voor de deur toen die van binnenuit open werd gedaan. 'Kom binnen', zei een wat oudere man, degene die ik aan de telefoon had gesproken. Zijn stem was in tegenstelling tot wat je bij zijn beroep misschien zou verwachten licht en had iets vrolijks in zich. Ik mocht hem meteen. 'Gecondoleerd', zei hij toen hij me een hand gaf. 'Uw tante was een bijzondere vrouw.'

Er was vast geen overledene over wie hij het tegendeel beweerde – 'Gecondoleerd, maar laten we wel wezen: uw opa was toch een wat nietszeggende oude zeur' klonk gewoon niet zo gezellig – maar toch geloofde ik dat hij het echt meende.

'Kende u haar goed?' vroeg ik en hij knikte. Zijn ogen lichtten wat op. 'Iedereen in het dorp kende haar. We zijn allemaal erg verdrietig. Het is zo onverwacht.'

Ik wist nog steeds niet precies wat er was gebeurd, behalve dan dat ze een hartaanval had gekregen. Door wie was ze gevonden? Was ze nog gereanimeerd? Had ze nog een kans gehad? Dat wilde ik later nog met de huisarts bespreken.

'Wilt u koffie?' vroeg Hendrik-Jan Ooms.

Na de lange rit voelde ik me duf en zijn aanbod was erg

welkom. 'Een latte', knikte ik. 'Lekker.' Ik volgde de man naar een klein en keurig opgeruimd kantoor. 'Als u me "je" noemt', voegde ik nog toe en hij knikte en vroeg me hetzelfde te doen. 'Hendrik-Jan', zei hij, hoewel hij zich eerder al had voorgesteld. 'Iedereen noemt me bij mijn voornaam.'

Hij liep weg om de koffie te halen en ik nam plaats aan een kleine, ronde tafel. Het was een gek idee dat ergens in dit pand ook tante Rosy was, en tegelijkertijd was ze er natuurlijk niet. Op tafel lag een brochure met kisten en eentje met bloemen. Geen vreemde attributen bij een uitvaartondernemer en toch voelde het ineens zo echt, zo definitief.

'Zo', zei Hendrik-Jan toen hij het kantoor weer binnenkwam. In zijn hand had hij twee witte kopjes en een dienblaadje met suiker en een melkkannetje. In mijn kopje zat zwarte filterkoffie. Ondanks alles glimlachte ik in mezelf. Tante Rosy zou dit vermakelijk hebben gevonden. Aan lattes deden ze in dit dorp niet, maar ik kon mezelf van de melk bedienen als ik dat wilde.

'Bedankt.' Ik reikte naar het melkkannetje en roerde in de koffie. Even was het stil tussen ons en ik voelde een golf opkomen die ik al een tijdje had onderdrukt. Nu ik hier zat, lukte dat echter niet meer. Ik moest er behoorlijk ontredderd uit hebben gezien, want de blik in de ogen van de man werd wat vaderlijk. 'Gaat het?' vroeg hij en ik schudde mijn hoofd. Het volgende moment drupten er tranen in mijn koffie.

Hendrik-Jan verblikte niet, want die was natuurlijk wel gewend aan huilende mensen. Hij liet me gewoon begaan en schoof alleen een doos met tissues mijn kant op, waar ik dankbaar gebruik van maakte. 'Ik begrijp het niet', snikte ik en ik was blij dat hij niet met clichés aankwam over het al dan niet kunnen begrijpen van de dood.

'Het is in haar boekwinkel gebeurd', vertelde hij toen ik ernaar vroeg. Blijkbaar wist niet alleen de huisarts de details. 'Ze gleed zo weg, de klanten dachten eerst dat ze was gestruikeld. Toen is er een ambulance gebeld, maar het was al te laat. Toen ze aankwamen, was ze volgens mij al overleden, al hebben ze nog geprobeerd haar te reanimeren.' Hij staarde nadenkend voor zich uit. 'Veel mensen vinden een hartaanval de beste manier om dood te gaan. Maar zoiets komt natuurlijk altijd te vroeg.'

'Ze mankeerde nooit iets. En ze was pas achtenzeventig.'

'Ja.' Hij hield zijn hoofd schuin. 'Dat bedoel ik.' Daarna stond hij op, trok een laatje open en legde een mobiele telefoon en kleine sleutelbos met een sleutelhanger in de vorm van een boek eraan voor me neer. 'Deze zaten in haar zak.'

Ik sloot mijn hand om het koude staal van de sleutels. 'Dank je wel.' We zwegen even en ik probeerde de vraag te formuleren die ik wel en niet wilde stellen. 'Kan ik haar zien?' vroeg ik uiteindelijk.

Hendrik-Jan knikte, maar keek ook wat afwerend. 'Mag ik je een advies geven?' Hij wachtte mijn antwoord niet af. 'Wacht even tot morgen. Het is nu... Nou ja, bij de ambulance zijn ze niet zachtzinnig te werk gegaan. Morgenochtend maken we haar netjes en dan zal je laatste beeld van haar altijd een beeld van je tante blijven zoals ze was en niet...' Hij zocht naar woorden, maar maakte zijn zin uiteindelijk niet af. Ik knikte een paar keer. 'Ja', zei ik toen. 'Oké. Bedankt.'

Na de laatste slok koffie stond ik op, pakte de sleutels en stond er even mee te dralen. 'Dan ga ik maar', zei ik, terwijl ik vanbinnen de weerstand voelde groeien. We spraken af dat Hendrik-Jan en ik morgen de rouwkaarten en de uitvaart zouden bespreken en dat ik kleding voor tante Rosy mee zou nemen. Daarna liep hij met me mee naar de deur. Ik stapte naar buiten, het donker in. De regen was overgegaan in miezer die nat en koud op mijn gezicht viel. Net voor ik mijn auto bereikte, bleef ik even staan en toen ineens viel het gevoel over me heen als een zware deken. Mijn hartslag ging omhoog, er prikte zweet op mijn rug, terwijl er eigenlijk niets gebeurde. Juist niet. Het was het totale gebrek aan gebeurtenissen dat me onrustig maakte. Geen auto's, geen stemmen, nergens het ruisen van verkeer op een snelweg in de buurt. Niet het eeuwige rinkelen van de tram, het bellen – of vloeken – van fietsers, rolluiken van een winkel. Ik voelde me omhuld door een deken van stilte, die steeds strakker om me heen werd getrokken. Het enige geluid kwam van een zoem in mijn eigen oren. De plof waarmee het portier van de auto dichtviel, was vreemd hard.

Door het stille dorp reed ik naar het dijkhuisje van mijn tante. Haar auto stond op de oprit – ze gebruikte hem bijna nooit. Ik parkeerde erachter en wachtte voor ik uitstapte, maar ik wist zelf niet waarop. De voordeur leek een onneembare hindernis, maar uiteindelijk lukte het me om mijn trillende hand lang genoeg onder controle te krijgen om de sleutel in het slot te wurmen. De deur zwaaide langzaam open.

Binnen rook het vertrouwd – naar open haard, bloemen en oude muren. Toen ook vaag de geur van hond mijn neus binnendrong, vroeg ik me voor het eerst af waar Joep was. Ik deed het licht in de hal aan en daarna dat in de woonkamer. De mand van de labrador was leeg. Op de keukentafel lagen losse rommeltjes – een leesbril, een dichte envelop, twee pennen, een waxinelichtje. In de keuken stond een stenen bordje met bloemenmotief. Een laatste restje koffie was in het bijbehorende kopje achtergebleven. Alles was zo... tijdelijk. Alsof er een komma in het leven van tante Rosy was gezet en geen punt. Ze moest nog terugkomen, Joep ergens – waar? – ophalen, de envelop openmaken, het bordje in de vaatwasser zetten. De open haard aanmaken.

Ik begon met dat laatste, vooral omdat het me iets te doen gaf. Er lag hout onder de schouw, een bakje met aanmaakblokjes, een lange aansteker. Binnen de kortste keren brandde het vuur. Ik ging in de leunstoel dicht bij de open haard zitten, maar hoe de vlammen ook hun best deden, warm kreeg ik het niet. Met tranende ogen keek ik de kamer rond. Aan de muur hingen ingelijste foto's en een paar schilderijen die ik had gemaakt. Eentje van een oudere dame met vlammende ogen en felle kleuren waar het leven van afspatte. Ik was best blij met het resultaat, tante Rosy was lyrisch, dus had ik het werk aan haar gegeven. Er was ook een kleiner schilderij bij: een bloem op de voorgrond en op de achtergrond woorden die alleen maar te lezen waren als je je best ervoor deed. Veel ervan kwamen uit een app voor positieve affirmaties die ik een tijdje op mijn telefoon had gehad en die me elke dag een pop-up stuurde om me te laten weten dat ik van mezelf moest houden of mijn successen moest vieren. Na een tijdje had ik die berichten uitgezet omdat het nep voelde toen ik elke zoveel dagen dezelfde kreeg. Maar 'zelfliefde', 'trots' en 'overwinning' waren wel woorden die het op het schilderdoek goed hadden gedaan. Tante Rosy had het doek opgehangen maar ook gezegd dat ik mijn eigen woorden ter harte moest nemen.

Mijn blik verplaatste zich naar de vele foto's op het dressoir. Zilveren lijstjes met oude plaatjes van mijn opa en oma in hun jonge jaren en later, toen ze zoveel jaar getrouwd waren. Mijn moeder stond er ook tussen en ikzelf, in meervoud. 'Mijn grote trots', zo noemde tante Rosy me toen ik kleiner was. Ik liep naar de foto's en pakte her en der een lijstje op. Er was er eentje van mij en tante Rosy, vorig jaar gemaakt tijdens een strandwandeling op Goeree-Overflakkee. Onze hoofden bij elkaar, haren wapperend in de wind. Ik herinnerde me het zout op mijn gezicht, en niet alleen van de zeewind. We hadden zo gelachen die dag om tante Rosy's verhalen over de boekwinkel en mensen in het dorp en de man die had geprobeerd haar te versieren maar die van een koude kermis was thuisgekomen. Ik keek naar mijn tranen die op het glas van het lijstje drupten. Het was of de herinnering nu met een mes in mijn hart werd geboord. Ik moest het lijstje terugzetten toen vanuit de diepte van mijn lichaam het verdriet in alle heftigheid weer op kwam zetten. Voorovergebogen huilde ik op de bank, tot echt elke traan uit mijn ogen leek te zijn geperst en daarna bleef ik trillend zitten.

Ik had het logeerbed opgemaakt omdat ik niet in tante Rosy's bed wilde slapen, maar ik had net zo goed de hele nacht in de keuken kunnen staan aangezien ik toch geen oog dichtdeed. Ergens rond drieën hield de vraag waar Joep was, me ineens ontzettend in z'n greep. Ik voelde me tekortschieten tegenover mijn tante, maar ik kon moeilijk lukraak bij huizen gaan aanbellen om te informeren of iemand zich misschien als hondenoppas had opgeworpen. Uiteindelijk zakten mijn zorgen weer, of beter gezegd: ze maakten plaats voor andere zorgen. Dat waren er zoveel dat ze als een kluwen wol in mijn hoofd zaten. Elke keer als ik een los touwtje zocht om aan te trekken, schoot de boel verder in de knoop. Het voelde als een opluchting toen rond zevenen het eerste licht door een kier tussen de gordijnen kwam en ik stond op om buiten langs de dijk te gaan lopen. De knisperend frisse ochtendlucht maakte mijn hoofd wat helderder. Ineens wist ik ook welke kleren ik voor haar moest uitzoeken. Toen ik terugkwam, liep ik naar haar kledingkast en vond vrijwel meteen de donkerblauwe broek en de witte bloes met rode en roze bloemen die ze vaak droeg. Ik pakte sokken en nette schoenen en aarzelde bij haar lade met ondergoed. Trok je een overledene ondergoed aan?

Vast wel, besloot ik, en ik stopte snel wat in de tas. Die zette ik klaar in de gang en daarna maakte ik koffie en keek naar de berichten op mijn telefoon. Mano vroeg of ik goed had geslapen, ik schreef terug dat ik amper een oog dicht had gedaan. Samira had gisteravond geïnformeerd hoe het ging maar ik had nog niet geantwoord. Omdat ik nu niet goed wist wat ik moest zeggen, liet ik het bericht onbeantwoord en stuurde alleen een korte whatsapp aan Richard met de mededeling dat ik hier nog niet weg kon en dat ik vakantiedagen zou opnemen. Hij antwoordde vrijwel meteen met een duimpje en verder niets. Daarna liet ik mijn telefoon zakken en staarde voor me uit. Nog een paar uur voor ik met Hendrik-Jan had afgesproken en ik had eerlijk gezegd geen idee wat ik in de tussentijd moest doen. De hele tijd had ik een vaag gevoel dat ik anderen op de hoogte moest stellen van het overlijden, maar ik wist niet wie. Dorpsgenoten, ja, maar die kende ik niet en bovendien: zouden die het niet allang hebben gehoord?

Ik rommelde wat door laden en de boekenkast en vond uiteindelijk een adressenboekje waarin in het krullerige handschrift van mijn tante namen en straten stonden geschreven. En telefoonnummers, sommige van vaste lijnen, sommige mobiel. Ik haalde haar mobiele telefoon uit mijn jaszak en legde hem aan de lader. Mijn tante was goed geweest met telefoons en iPads en al die dingen waar haar leeftijdsgenoten nog weleens mee worstelden. Maar ze was niet goed geweest met beveiliging, waardoor ik nu zonder code haar telefoon kon ontgrendelen.

Ik aarzelde even en opende toen haar WhatsApp, me ervan bewust dat het voor anderen zou lijken alsof ze online was of was geweest. Bovendien voelde het als een inbreuk op haar privacy om haar berichten te lezen. Er schoten wat flarden van juridische teksten door mijn hoofd die me de laatste tijd bij een zaak onder ogen waren gekomen. Privacy van dode mensen was een juridisch thema waar de meningen op z'n zachtst gezegd over verdeeld waren, maar ik moest gewoon weten met wie tante Rosy veel contact had en of ik die mensen op de hoogte moest brengen van wat er was gebeurd. Bovendien zou ik misschien ontdekken wie zich over Joep had ontfermd.

Het voelde op een vreemde manier goed om bezig te zijn, actie te ondernemen. Een beetje voor me uit staren en keer op keer in andere bewoordingen voor mezelf vaststellen hoe onverwacht en oneerlijk haar overlijden was, zou me uiteindelijk ook niet de dag door helpen. Dus scrolde ik door haar berichten en noteerde een aantal namen en nummers op een papiertje – dat waren de mensen die ik vanaf mijn eigen telefoon een berichtje zou sturen. Ik ontdekte dat Joep bij een vrouw genaamd Klazien kon zijn, die wel vaker op hem paste als tante Rosy in de winkel was. En kennelijk voorzag ze Leo met regelmaat van vers fruit of wat gezelschap – op de ochtend voor haar overlijden bedankte hij haar voor de mandarijntjes. Zij beloofde die middag nog even langs te komen. Ik staarde voor me uit. Leo, die naam had ik wel vaker gehoord. Ik herinnerde me vaag dat het haar buurman was, of iemand anders die aan de dijk woonde.

Ik stelde een berichtje op, wiste het weer, begon opnieuw en uiteindelijk na wat schaven stuurde ik naar de mensen met wie tante Rosy het meeste contact had, wat er was gebeurd, ook al wisten ze dat misschien al, dat ik haar nichtje was en dat ik me bezig zou houden met de uitvaart. Meteen kwamen er reacties vol medeleven en ik kreeg vier schalen met eten aangeboden, wat me ondanks het feit dat ik geen enkele eetlust had, een beetje vrolijker stemde. Een tikje beschaamd bedacht ik dat tante Rosy al haar hele leven in het dorp woonde en dat ik desondanks amper wist met wie ze hier omging. Ik had er simpelweg nooit veel interesse voor gehad.

Niet lang daarna ging de bel. 'Stefanie?' Een oudere dame met Joep aan een riem stond voor de deur. 'Ik dacht: ik loop maar meteen even naar je toe.'

Joep snuffelde even aan me, kwispelde zacht en stiefelde toen door naar zijn plekje bij de haard. 'Eh, ja', zei ik en ik deed de deur verder open. 'Wat aardig.'

'Ik ben Klazien', zei ze en ze liep langs mij naar binnen. 'Misschien heeft je tante het weleens over mij gehad.'

Niet dat ik me kon herinneren, maar dat zei ik niet. Klazien kon bijna niet meer verschillen van tante Rosy, met haar grijze trui en eveneens grijze broek, en schoenen die maar een of twee tinten van het geheel afweken. Haar haar had ook al dezelfde kleur. 'Wilt u koffie?' vroeg ik, maar ze wuifde me weg. 'Ik maak het wel.'

Ik keek verwonderd toe hoe Klazien moeiteloos haar weg wist te vinden in tante Rosy's keuken. Zelfs na een jaar samen had Mano moeite de koffiecups te traceren in mijn keuken, maar dat kwam misschien doordat ik meestal de koffie zette.

Ons kent ons: dat clichézinnetje kwam bij me op nu ik over het leven in het dorp nadacht. Het dekte waarschijnlijk wel de lading, wat met clichés, hoewel uitgekauwd, natuurlijk wel vaker het geval was. Even kwam die keer in me op dat ik had geprobeerd tante Rosy over te halen naar Amsterdam te verhuizen. 'Ben je mal', had ze grinnikend gezegd. 'Ik ben vergroeid met dit dorp. Alleen al van het idee om de winkel te moeten sluiten ga ik nachtelijk zweten.'

'In Amsterdam zijn ook mensen die van lezen houden', was mijn tegenargument geweest. 'Juist zo'n boekwinkel vol liefde zou in de stad een enorme hit zijn.'

'Ik wil helemaal geen hit.' Met een rimpel in haar neus had tante Rosy me aangekeken. 'Ik vind het prima in het dorp.'

Dat was iets wat ik gewoon echt niet kon begrijpen. Mijn tante, die tien jaar geleden nog drie weken in haar eentje met een camper de oostkust van de Verenigde Staten afreisde, had er geen enkel probleem mee haar dagen te slijten in een dorp van nog geen zeshonderd inwoners, waar iedereen op elkaar lette en het al nieuws was als iemand andere theedoeken had. 'Deze plek heeft zoveel meer dan de stad', zei tante Rosy altijd, maar ik voelde me claustrofobisch bij het idee dat ik er zou moeten wonen. Het dorp had in bepaalde opzichten inderdaad meer dan Amsterdam: meer stilte, meer bejaarden en meer bemoeizucht. Maar verder was er vooral veel minder. Of geen. Toen ik een keer zin had in sushi, bleek dat er geen enkele bezorgservice was. 'Je kan nasi bestellen', had tante Rosy monter voorgesteld. 'Chang komt het wel brengen.'

Chang was de chinees van een dorp verderop die, anders dan veel Chinese restaurants in de Randstad, de draai naar japanner of op z'n minst fusion nog niet had gemaakt. 'Jonge mensen willen te veel', had tante Rosy gezegd. 'Blij zijn met wat je hebt is een talent dat uitsterft.'

'Maar ik bén blij met wat ik heb', had ik geantwoord. 'Zo ben ik heel blij dat ik in een straat woon met twee koffietenten, waarvan eentje helemaal vegan.'

Ik was niet vegan, maar dat deed er niet per se toe. Tante Rosy had me aangekeken met haar speciale blik. Ik had er nog steeds geen naam voor gevonden, maar die blik was er een van het soort dat recht door je heen ging. Alsof ze wilde vragen: Ja, Stefanie? Is dat zo? Ben je echt zo blij met wat je hebt?

Ik liet de vragen onbeantwoord. Toen en nu, nu ik er weer aan dacht, ook. Ik had andere dingen om over na te denken.

'Zo', zei Klazien, die klaar was met koffiezetten en nu met twee kopjes naar de tafel liep. Ze zette ze neer en bleef even staan. Een moment lang keek ze om zich heen en ik volgde haar blik die door de kamer gleed. De open haard, het bruine dressoir, het donkerblauwe kleed op de eikenhouten vloer, de gordijnen van blauw fluweel. De grijze bank die in het midden een beetje was ingezakt en de twee fauteuils in dezelfde kleur, waar je bijna niet meer uit kwam als je erin ging zitten. Aan de wand tikte de klok die al tweehonderd jaar in de familie was, zoals tante Rosy vaak had verteld. Op tafel stond een bos tulpen in een ronde vaas. Spullen die er niet anders uitzagen dan gisteren, of de dag daarvoor. En toch waren ze ook veranderd. Alsof alles z'n ziel had verloren.

Klazien wreef even over haar ogen en ging zitten. 'Ik hoorde het van Rien', vertelde ze zonder dat ik iets vroeg. 'Die was erbij.'

'O, oké.' Ik wist niet wie Rien was.

'Hij ging zijn krant halen en toen viel ze ineens neer.' Ze wreef weer, beet even op haar onderlip. Zelfs de huid van haar gezicht leek nu grijs. 'Goh, wat gaan we haar missen. Ze was zo...' Ze zocht even naar het woord. 'Zo krachtig.'

'Ja', zei ik. Er viel een stilte tussen ons. Klazien leek door al haar woorden heen te zijn en ik had niet veel aan te vullen.

'Die arme Joep', zei ze toen. 'Wat moet er nu met hem?'

Ik had vaag het gevoel dat ze iets van mij verwachtte op dit punt. Dat ik zou zeggen dat Joep natuurlijk zijn oude dag bij mij kon slijten. Maar ik zei niets en toen de stilte echt ongemakkelijk werd, volstond ik met: 'Er valt veel te regelen.'

Daarna bespraken we wat dat allemaal was tot de koffie op was. 'Bel maar als je hulp nodig hebt', zei Klazien. Niet lang daarna stond ze op. Ik ook. In de gang trok ze haar jas aan en kneep in mijn arm. 'Tot ziens', zei ze en toen de deur achter haar dichtviel, duwde Joep zijn natte neus tegen mijn hand. Ik trok hem snel weg. Daarom hield ik dus eigenlijk meer van katten, die waren niet zo opdringerig.

Ik liep terug naar de keuken en keek even op mijn telefoon. Mano had niets meer laten horen. Leo, die ik een bericht had gestuurd over het overlijden, had geantwoord. *Erg verdrietig.* Leo leek me een man van weinig woorden.

Ik zette de koffiekopjes in de vaatwasser. Mijn ogen gleden over de groenblauwe verf op de kastjes en de spoelbak van natuursteen die een makelaar vast 'authentiek' zou noemen. Het was me allemaal zo vertrouwd en toch leek er ineens een afstand te zitten tussen mijn herinneringen en het huisje zelf. Die afstand was het ontbreken van tante Rosy.

Ik voelde een paar ogen zwaar op me rusten. Joep stond daar maar, me aan te staren met die intense blik van hem. Moest hij soms eten? Ik liep naar de bijkeuken en vond zijn brokken, maar hij reageerde er niet noemenswaardig op. Na een paar hapjes keek hij alweer naar mij alsof hij niet zozeer iets van mij verwachtte maar gewoon in de gaten wilde houden of het wel allemaal goed ging.

Ik schudde mijn hoofd bij die gedachte. Het was een hond. Die wilden worst. Als ik mentale steun wilde, moest ik Mano bellen.

Of misschien voelde de hond gewoon aan dat er iets was veranderd. Was hij vooral bezorgd om zijn eigen toekomst. Klaziens stem klonk in mijn hoofd. Wat moest er nu met Joep?

Tja, goede vraag. Wat moest er nu met alles?

Wat moest er nu met mij?

Twee uur later stond ik naast Hendrik-Jan Ooms voor een gesloten deur. Het licht was wat gedimd en, met dank aan de hoogpolige vloerbedekking, de geluiden ook. Ergens klonk muziek, maar die was te zacht om te ontdekken welk liedje het was. We hadden net koffiegedronken in zijn kamer en een heleboel dingen uitgezocht en besloten en hij had me bovendien weten te vertellen dat tante Rosy een uitvaartverzekering had. Het was aan mij om bloemen en muziek te regelen en een tekst voor de rouwkaarten. Hij zou een tijdstip claimen bij het crematorium en nog tig andere dingen regelen waarvan ik blij was dat hij die op zich nam. En toen was een vrouw komen vertellen dat tante Rosy klaar was, wat ik een beetje een gekke zin vond, maar ik wist eigenlijk ook niet zo goed hoe je het anders moest zeggen. 'Loop maar mee', had Hendrik-Jan gezegd en nu stonden we dus voor die deur en wilde ik best de tijd even terugdraaien zodat we nog gewoon in zijn kamer zaten en ik niet naar binnen hoefde te gaan.

Hij deed de deur open. Het rook in de kamer naar bloemen en niet naar lichamen en er brandden grote kaarsen. Ik staarde naar de kaarsenstandaards en toen naar de bloemen en stelde het moment uit waarop ik mijn blik op de baar moest richten. Toen ik dat uiteindelijk deed, stokte mijn adem.

Het was haar gewoon, precies zoals ik haar kende. Haar haar zat goed, haar huid was niet zo geelwit maar zelfs een beetje blozend. Het gevoel dat ze elk moment haar ogen kon openen, was bijna eng maar toch won het geruststellende gevoel dat ik ervan kreeg. Ik beet hard op mijn lip. Ik wilde nu niet huilen. Ik wilde naar haar toe.

Haar hand voelde stijf en koud onder de mijne. De bloes stond haar goed. Achter me hoorde ik Hendrik-Jan bewegen, maar hij bleef op afstand. Ik staarde naar mijn tante. Mijn lieve, sterke, vrolijke, zonnige tante. Mijn tante met haar gekke grapjes en haar luisterend oor. Mijn tante die altijd wist hoe het met mij ging, zelfs als ik haar wekenlang niet zag. Mijn tante die mijn moeder een beetje had vervangen, of misschien wel meer een moeder was geweest dan de mijne. Mijn tante, die ik natuurlijk nog helemaal niet kon missen.

Ik boog mijn hoofd. Tranen drupten op mijn hand en de hare. Ze kon helemaal niet dood zijn. Ik had haar nog zo hard nodig.

Hoofdstuk 3

De cello klonk uit de boxen en ik zakte iets onderuit op mijn bankje op de voorste rij. Naast me zat Mano, die zich het afgelopen halfuur weinig op zijn gemak had gevoeld maar nu wat begon te ontspannen. Ik sloot mijn ogen en luisterde naar de klanken van het orkest. Tot zes dagen geleden zou ik niet hebben geweten of ik met Bach of Mozart of een verzamel-cd van het Kruidvat te maken had, maar nu ik de 'cellosuite no. 1' de afgelopen dagen al zo vaak had gehoord, begon ik steeds meer te begrijpen waarom tante Rosy zo van dit stuk had gehouden. Ze had het vast niet voor niets onderstreept in haar schriftje.

Dat schriftje, dat was mijn redding geweest. Ik vond het in een doos met daarop de sticker 'belangrijke papieren', samen met verzekeringsaktes en dingen die met de hypotheek te maken hadden. Anders dan ik, was tante Rosy er duidelijk wel van uitgegaan dat ze op een dag zou overlijden. En ze had een lijstje gemaakt met muziek waarvan ze graag wilde dat die op de uitvaart werd gedraaid. Bach naast Stef Bos en Vivaldi naast Leonard Cohen – ze had er zo goed over nagedacht.

Ik opende mijn ogen weer en keek naar de witte kist met daarop een prachtig bloemstuk met roze en witte rozen. Er stond een ingelijste foto waarop tante Rosy de bloes droeg die ze nu ook aanhad, maar dat wist bijna niemand. *Geen open kist*: die mededeling was zelfs dubbel onderstreept. Al was dat geen verrassing, want bij het regelen van de uitvaart van mijn moeder had ze over dit onderwerp al geen enkele twijfel laten bestaan. 'Iedereen mag me komen bewonderen zolang ik leef', had ze met haar typische opgewektheid toen meegedeeld. 'En dan krijgen ze allemaal koffie. Maar zodra ik dood ben, is de show over.'

Een standpunt waarin ik me prima kon vinden.

Het muziekstuk was afgelopen en Hendrik-Jan nam het woord om de volgende spreker aan te kondigen. Er hadden zich de afgelopen dagen zoveel mensen bij hem gemeld dat we keuzes hadden moeten maken. Ik had zelf het spits afgebeten, een moment waar ik als een berg tegen op had gezien. Maar toen ik daar had gestaan, was het wonderwel goed gegaan. Praten over tante Rosy was makkelijk. De woorden waren niet eens van mij, het was of zij ze aan me had gegeven.

Aan het woord was nu de voorzitter van de dorpsvereniging, gestoken in een zwart pak en met een stropdas met het wapen van het dorp erop. Hij was zo'n man die zijn weinige haar met zo'n zakkammetje over zijn schedel spreidde. Zo te zien had hij er vandaag extra zijn best op gedaan. Ergens in de afgelopen dagen had ik hem kort gesproken – een gesprekje waarin zijn genegenheid voor mijn tante aan alle kanten voelbaar was geweest en dat vond ik prettig.

De voorzitter was de laatste spreker. Daarna werd er nog muziek gedraaid en liep iedereen langs de kist, wat best lang duurde. Mano en ik bleven als laatste over. Ik wist niet goed wat te doen en raakte de kist nog maar even aan. Alles was wel gezegd en gedacht en ik knikte al snel. In gedachten sprak ik een soort laatste groet uit aan mijn tante. Daarna liepen Mano en ik naar de koffiekamer, waar het druk was en een soort gezellig geroezemoes in de ruimte hing. Ik pakte koffie, schonk er melk in en raakte al snel aan de praat met iemand die verderop aan de dijk bleek te wonen. Daarna voegde ik me bij Samira, die samen met nog drie vrienden helemaal uit Amsterdam was gekomen. 'Mooie speech', zei ze en ze knuffelde me even. Olaf, een vriend van haar met wie ik gaandeweg ook bevriend was geraakt, kneep even in mijn arm. 'Wij gaan zo, maar zien we je vrijdag bij De Ysbreeker? De vrijmibo is om vier uur en jij mag er eentje extra vanwege alle stress. Of nou ja, vijf extra.' Hij lachte om zijn eigen grapje, Samira deed mee. 'O,' zei ze toen, 'ik laat je dan ook een nieuw hoogtepunt in mijn Tinder-avonturen zien. Of eigenlijk: een nieuw dieptepunt.'

Ik zei dat ik nog zou laten weten of ik erbij zou zijn en toen vertrok het viertal. Ik keek hen na. De vrijdagmiddagborrel bij De Ysbreeker leek ineens een andere wereld.

'Prachtige toespraak', zei Klazien, waarmee ze mijn aandacht afleidde. We raakten in gesprek en daarna voegde zich nog iemand bij ons en zo ging ik van de een naar de ander.

Ruim een uur bleef de koffiekamer gevuld, toen begon die langzaam leeg te lopen. Er kwam een man van een jaar of veertig naar me toe die ik eerder al in de aula had gezien, maar ik wist niet wie hij was. 'Berend Kroezeman', zei hij toen hij zich voorstelde. 'Ik ben de notaris van je tante.'

Ik vond het prettig dat hij 'je' zei. De meeste mensen hier spraken me met 'u' aan, waardoor ik me oud en ook wat misplaatst voelde.

'Stefanie.'

Hij glimlachte kort, hij kende mijn naam natuurlijk allang. 'Dat was een mooie uitvaart', zei hij. 'Je hebt er echt een prachtig afscheid van gemaakt.'

Ik voelde me wat verlegen. 'Bedankt. Ik wilde gewoon recht doen aan mijn tante.'

'Dat is gelukt.' Hij hield zijn hoofd schuin. 'Ze was heel trots op je.'

Het gebeurde niet vaak – ik durfde zelfs te beweren dat het nog nooit was gebeurd – dat ik warm vanbinnen werd door toedoen van een notaris. Maar nu was het zo.

Ik sloeg mijn blik neer en gaf geen antwoord. De notaris nam het woord weer. 'Je hoofd staat hier misschien totaal niet naar, maar ik wil je toch vragen om op korte termijn op mijn kantoor langs te komen. Er zijn wat dingen die ik met je wil bespreken.' Hij gaf me een visitekaartje. 'Morgenochtend om tien uur heb ik tijd, mocht dat uitkomen.'

Ik keek hem aan en wilde vragen wat die 'dingen' waren, maar dat ging hij me nu natuurlijk niet vertellen. Ik probeerde de blik in zijn ogen te peilen. 'Ik zal er zijn', beloofde ik.

De koffiekamer stroomde nu echt leeg, tot alleen Hendrik-Jan, Mano en ik over waren. Iemand van het uitvaartcentrum begon met het opruimen van de kopjes en de glazen. 'Zullen we gaan?' vroeg Mano aan mij en ik knikte. Ik verlangde naar de stilte van tante Rosy's huis en een glas witte wijn.

'Rechtsaf', zei ik toen we in mijn auto stapten. Mano zat achter het stuur en fronste. 'Dan rijd je toch juist het dorp ín?'

'Het is de snelste weg naar het huis.'

Mano keek me aan. 'We gaan naar Amsterdam, toch? Of moet je nog wat spullen pakken?'

Ik keek opzij. Mano's haar was aan de lange kant en er viel een lok voor zijn oog. De verwondering in zijn blik was oprecht. 'We kunnen nog niet naar Amsterdam', zei ik. 'Er moeten dingen worden geregeld.'

'O.' Hij dacht even na. 'Oké.'

Geen van ons zei iets toen we naar tante Rosy's huis reden. Ergens in me woelde iets van teleurstelling, maar ik had geen zin in ruzie, dus zei ik maar niets. Zou Mano echt denken dat we onmiddellijk na de uitvaart zo, hop, naar huis konden gaan? Ik had hem vaak genoeg gezegd dat ik de enige familie was en dat al het regelwerk op mij neerkwam. Dat hij de afgelopen dagen zo goed als afwezig was geweest, was al op z'n minst apart te noemen. Zelfs toen ik ergens op dag drie had opgebeld en zo hard had gehuild dat ik er later spierpijn van had gehad, had hij niet aangeboden om mijn kant op te komen. 'Echt shit voor je', was zijn reactie geweest. Toen hij er vanochtend eindelijk was, had hij vooral veel klachten gehad over het openbaar vervoer. Ik was het met hem eens dat het dorp niet bijzonder goed bereikbaar was, maar hij deed alsof hij in luttele uren van Peking naar Pyongyang had moeten komen.

Thuis stond Joep te wachten bij de deur. Ik pakte zijn riem en liep snel een rondje met hem. Toen ik terugkwam, stond Mano nog midden in de kamer. 'Even voor de planning: wanneer kunnen we wel gaan? Vandaag nog? Want straks zit je met die files en...'

Ik schudde mijn hoofd. 'Ik ben bang dat vandaag niet gaat lukken.'

'O.'

'Luister, ik begrijp dat dit voor jou niet goed uitkomt.' Waarom zei ik dat? Ik begreep het eigenlijk niet, want zoveel had Mano niet te doen en voor mij kwam het ook allemaal niet per se goed uit, want het verliezen van mijn tante was niet iets waar ik agendatechnisch of emotioneel klaar voor was geweest.

'Anders ga jij naar huis? Ik breng je wel naar het station en kom naar Amsterdam zodra het kan.'

'Tja, ik weet niet.' Mano keek om zich heen en fronste alsof hij het huisje voor het eerst zag. 'Ik kan ook wel hier blijven. Als je dat wil?'

Ik haalde diep adem en knikte. 'Dat zou ik fijn vinden.'

'Oké.' Hij glimlachte half. 'Prima. Ik heb morgen een lunchafspraak, maar dat redden we dan wel. Thibaut heeft om halfeen gereserveerd. Dat staat al een maand of zo. Je moet daar echt op tijd zijn met je reservering, want...'

Mijn hand was onderweg geweest naar het keukenkastje, maar stokte onderweg. 'Nee, ik kan morgen nog niet weg, ik moet naar de notaris.'

'Steef...' Mano trok zijn wenkbrauwen samen. 'Ik denk echt dat je...'

'Wat?' Ik voelde irritatie opkomen. 'Ik wil hier ook weg, maar er moeten dingen worden afgehandeld.' Ik wierp een blik op Joep. 'Ik moet ook iemand vinden om voor hem te zorgen.'

'Dat kan die Carla toch doen?'

'Klazien. En ja, ze heeft gezegd dat hij tijdelijk bij haar mag komen, maar ik moet een meer permanente oplossing vinden.'

'Dat lijkt me niet zo moeilijk.' Mano pakte zijn telefoon en tikte en scrolde wat. 'Hier, kijk. Er is een dierenasiel op twintig kilometer afstand. Zal ik even bellen?'

Op dat moment liet Joep een klein blafje horen. Het was alsof hij had gehoord wat Mano zei, ook al was hij stokdoof. Ik schudde mijn hoofd. 'Hij kan niet naar het asiel.'

'Hoezo niet? Daar zíjn asiels voor.'

'Tante Rosy zou dat verschrikkelijk vinden.'

'Maar die is dood', zei Mano. 'Je moet denken in oplossingen,

Steef. En laten we eerlijk zijn, je houdt niet echt van honden.'

Joeps kop zakte wat omlaag en hij liep zo geruisloos mogelijk naar zijn mand. Ik voelde me schuldig, want het klopte. 'Maar ik kan hem niet zomaar wegdoen', zei ik tegen Mano. 'Hij moet een goed huisje krijgen.'

'Hoe oud is hij eigenlijk?' vroeg hij nog, maar ik gaf geen antwoord. 'Zeg Thibaut maar af', zei ik in plaats daarvan. 'Ik heb om tien uur bij de notaris afgesproken, dus we zijn sowieso niet om halfeen in Amsterdam.'

'Je zou dat ook even kunnen overleggen. Zo'n afspraak bij de notaris komt echt slecht uit.'

Ik sloot even mijn ogen. Daarna pakte ik twee glazen en de fles witte wijn. 'Wil je ook?' vroeg ik en schonk in zonder het antwoord af te wachten. De glazen nam ik mee naar de huiskamer, waar ik op de bank ging zitten. Mano bleef gewoon staan.

'Ja, ik denk dat ik toch maar gewoon nu ga', zei hij. Hij trok een rimpel in zijn voorhoofd. 'Het is wel echt een beetje vervelend dat alles ineens om jouw agenda draait. Ik begrijp het wel, met je tante en zo...' Hij zuchtte diep en uit de blik op zijn gezicht bleek dat dat begrip waarover hij repte in werkelijkheid een stuk kleiner was. 'Maar je houdt helemaal geen rekening meer met het feit dat ik ook afspraken heb.'

Ik staarde hem aan en voelde niets anders dan de zware vermoeidheid die zich vanuit mijn benen omhoog door mijn lichaam verspreidde. 'En waarom is die lunchafspraak zo belangrijk? Heeft het met werk te maken?'

Mano reageerde giftig. 'Moet iets met werk te maken hebben om belangrijk te zijn?' Hij maakte een handgebaar naar niets in het bijzonder. 'Dit heeft ook niets met werk te maken.'

Ik staarde hem aan en kon niet geloven dat hij dat echt had

gezegd. 'Wat?' zei Mano uitdagend. 'Het ís toch zo?'

'Weet je, ga maar.' Ik klemde mijn kiezen op elkaar. 'Je hebt gelijk. Je kunt echt niet gemist worden morgen.'

Hij was even van zijn stuk gebracht. 'Maar...'

'Nee, ik meen het.' Ik stond op en voelde mijn kracht toenemen, samen met mijn irritatie. 'Ik wil dat je vertrekt.' Dat laatste woord leek wel te galmen, al kon dat helemaal niet in de kleine huiskamer. Het weerklonk in elk geval hard in mijn eigen oren en hoe langer het daar bleef hangen, hoe meer ik me realiseerde dat ik het meende. Beelden van de afgelopen dagen gingen als snapshots door mijn hoofd. Beelden van hoe ik naar Zeeland reed, hoe ik in mijn eentje bij het lichaam van tante Rosy stond, de gesprekken met Hendrik-Jan, de talloze keuzes die ik had gemaakt voor de kist, kaart, bloemen en zo nog honderd dingen waarvan je je nooit echt realiseerde dat die allemaal bij een uitvaart hoorden. Gisteravond, de laatste avond voor de uitvaart, toen Mano naar mij toe zou komen maar was verhinderd zonder dat hij een reden had gegeven, had ik in mijn eentje op de bank gezeten. Niet dat ik niet alleen kon zijn, daar was ik juist goed in, maar het gaf te denken hoe belangrijk hij het eigenlijk vond wat er speelde in mijn leven.

'Ja, jeetje...' reageerde Mano geprikkeld. 'Je had ook niet gezegd dat het zo belangrijk voor je was.'

'Dat heb ik wel gezegd en anders had je het zelf kunnen bedenken. En waarom kon je niet komen? Omdat je zat te gamen?'

'We zijn nu heel ver.'

Ik onderdrukte de neiging met mijn ogen te rollen. Mano en zijn vrienden waren verwikkeld in allerlei competities. Ik had me laten vertellen dat er mensen waren voor wie gamen een baan was, en een goedbetaalde ook. Het was Mano's ambitie om dat te bereiken, maar vooralsnog kostte het vooral veel tijd.

'Echt', zei hij toen ik niet reageerde. 'We zijn verder dan ooit. Nog even en we doen mee om het prijzengeld.'

'O ja, oké, nee, dan is het logisch.' Het lukte me niet om het cynisme uit mijn stem te weren. 'Dán is het logisch.'

'Wat is er nou? Je weet dat dit belangrijk voor mij is. Daar kun je óók wel een beetje begrip voor opbrengen, Steef, in plaats van alleen aandacht te hebben voor wat jou bezighoudt. Ja, wacht maar.' Hij stak afwerend zijn hand op. 'Natuurlijk is het verschrikkelijk dat je tante dood is, maar het is ook niet zo dat je haar dagelijks zag.'

Zowel mijn mond als mijn ogen leken ineens in gevecht met de zwaartekracht. Beide stonden wijd open. Ik kon gewoon niet geloven dat hij dat echt had gezegd en hoopte dat hij zichzelf snel zou herstellen in de stilte die viel. In mijn hoofd telde ik mee: één seconde, twee, drie. Maar er gebeurde niets.

'Ik heb hier geen zin in', zei ik uiteindelijk. 'Ga gewoon weg.'

'Oké. Prima.' Hij begon te rommelen in zijn jaszakken. 'Ik zie je dan wel in Amsterdam. Als je eindelijk weer eens tijd hebt.'

'Nee.' Ik schudde ferm met mijn hoofd. 'Ik bedoel niet voor nu. Ik bedoel: ik heb hier geen zin meer in. Je weet zelf ook wel dat we amper nog iets met elkaar delen. Het is waar: ik heb geen enkele interesse in dat gamen van jou. En jij hebt geen interesse in wat er in mij omgaat. Het is goed zo, Mano.' Het was raar. Ik had helemaal niet voorbereid dat ik dit zou zeggen, maar toen de woorden mijn mond uit rolden, meende ik ze zo erg dat ik met elk woord mijn kracht voelde toenemen. Dit ging verder dan de afgelopen week, verder dan zijn hobby.

Ineens zag ik het zo scherp dat ik me afvroeg waarom ik me dit niet eerder had gerealiseerd. Mano en ik gingen elkaar niet verder brengen, laat staan gelukkig maken. We zaten elkaar alleen maar in de weg.

'Doe niet zo raar', zei hij. Ik zocht naar iets van ongeloof of schok op zijn gezicht, verdriet wellicht. Maar in zijn donkere ogen stond eigenlijk alleen maar irritatie te lezen. 'Sorry hoor, Steef, maar ik vind dit echt heel vreemd. Ik ben helemaal hiernaartoe gekomen met het openbaar vervoer om bij jou te zijn en dan zeg je nu ineens dat je niet meer verder wil. Dat had je ook wel wat eerder kunnen bedenken.'

Er was best veel wat ik kon zeggen, maar ik deed het niet. In plaats daarvan haalde ik diep adem, pakte mijn glas en leunde achterover. 'Ja', zei ik alleen maar. 'Dat had gekund.'

'Nou ja, ik heb nu toch al helemaal geen zin meer om hier te blijven', zei hij. 'Als je zo doet. Dan moet je het maar zelf weten.' Hij pakte de autosleutels van de tafel. 'Er gaat nu geen openbaar vervoer meer, dus ik neem deze. Overdag kan jij veel makkelijker met de trein.'

'Het is halfvijf', zei ik. 'Tot zeven uur gaat er een bus naar het station.'

'Steef...'

'Het is mijn auto, Mano.' Ik knikte in de richting van de sleutels waar ook die van mijn appartement aan zaten. 'En trouwens ook mijn huis.'

Hij keek me aan en wilde duidelijk protesteren, maar ik denk dat hij aan mijn gezicht aflas dat ik het meende. Toen blies hij, blijkbaar als uiting van zijn afkeer, zijn haarlok uit zijn gezicht, richtte nog één hevig geïrriteerde blik op me en draaide zich om. Terwijl hij iets mompelde dat ik niet kon verstaan, liep hij naar buiten. De deur viel met een zachte klik achter hem dicht. Stilte daalde over me neer. Ik nam een grote slok wijn. In zijn mand kwispelde Joep zachtjes met zijn staart.

Ik sliep die nacht verbazingwekkend goed. Beter dan de zes nachten ervoor. Mano liet niets van zich horen en voor mij gold hetzelfde. Samira appte om te vragen of ik goed had geslapen. Ik zei ja en schreef ook dat het uit was met Mano en ze stuurde terug dat dat haar niet verbaasde. Ik vroeg niet verder. Samira had haar mening over Mano sowieso nooit echt verborgen. 'Maar hij is echt lief', had ik regelmatig gezegd, alsof ik haar van de waarde van mijn relatie moest overtuigen. Bovendien was Samira geen graadmeter. Haar laatste date had ze afgewezen omdat hij geen verzorgde teennagels had. 'Dat zégt iets', had ze me op maandagochtend bij het koffieapparaat toevertrouwd.

Pas om halfnegen werd ik wakker en in mijn joggingbroek liep ik met Joep langs de dijk. Het was woensdagochtend en er was niemand. Geen mens, geen auto, geen enkel geluid. Na bijna een week in het dorp werd ik kriegelig van de stilte. Ik verlangde naar een tram of een bellende fietser of een van de andere geluiden die bij de stad hoorden. Ik verlangde ook naar Freud, die het prima had bij mijn bovenbuurman en die waarschijnlijk helemaal niet aan mij dacht, want zo waren katten nu eenmaal. Maar ik miste zijn kopjes en het gesnor als hij spinde.

Ik liep de dijk helemaal af en kwam bij het weilandje dat van tante Rosy was en waar zeven oude paarden en een ezel van hun pensioen genoten. Tot nu toe was ik er alleen langs gereden of gelopen, om de dieren had ik me niet bekommerd. Dat hoefde ook niet, had Klazien me verteld, omdat het halve dorp al voor ze zorgde. Joep kende de route duidelijk en liep voor me uit, zijn staart hoog in de lucht. Bij het weiland schoot hij onder het schrikdraad door en liep enthousiast een rondje over het gras. Geen van de paarden reageerde op hem.

Ik bleef bij het hek staan en aaide het bruine paard dat dichtbij stond over zijn neus. Met tante Rosy was ik hier vaak geweest, zeker toen ik klein was. Ik was altijd wat huiverig in de buurt van paarden, omdat ze zo groot waren en ik bang was voor de zoekende lippen waarmee ze mijn jas afspeurden naar een wortel. Maar het paard dat ik nu aaide, stond doodstil en keek me rustig aan met zijn fluweelbruine ogen. Hij woonde al heel lang in het weilandje, maar ik kon niet op zijn naam komen. Verderop, aan het andere eind van het weiland, balkte de ezel.

'O, hallo.' Een meisje van een jaar of zestien kwam tevoorschijn uit de stal. 'Hé Joep', zei ze toen de labrador haar ontdekte en op haar afkwam. Ik had Joep nog niet zo vrolijk gezien sinds ik hier was. 'Jij bent Stefanie, toch?'

Ik knikte. Volgens mij had ik haar gisteren op de uitvaart gezien. Ze stak haar hand uit. 'Ik ben Melanie.' Ze had blond krullend haar, staalblauwe ogen en de Zeeuwse tongval die ik hier voortdurend om me heen hoorde. 'Ik zorg met een groepje anderen voor de paarden.'

'Dank je wel', zei ik. 'Moet ik eh...' Ik realiseerde me nu pas dat ik geen idee had hoe dit allemaal was georganiseerd. 'Deed mijn tante ook veel?'

'Ze verwennen met wortels', zei Melanie en er gleed even een schaduw over haar gezicht. 'Maar als je bedoelt of er iets van je wordt verwacht: nee, dat is niet zo. In de stal hangt een schema voor wie wanneer komt voeren en uitmesten en verder kunnen de paarden zelf de stal in en uit lopen. Het voer en het hooi wordt elke week gebracht door de vader van Lydia.' Ze gebaarde met haar hand in de richting van het dorp. 'Hij is de eigenaar van een agrarische groothandel en sponsort het voer deels. De rest wordt betaald door de donateurs.'

Ik trok mijn wenkbrauwen op. Er waren kennelijk donateurs. 'Wat lief', zei ik en Melanie knikte. 'Dat regelde je tante allemaal, maar ik neem aan dat het gewoon doorloopt.'

Ik maakte een mentale aantekening dat ik iemand moest regelen om alles rondom de paarden op zich te nemen. Melanie krabde intussen Joep achter zijn oren. 'Arme jongen', zei ze en er sprak zoveel liefde uit haar stem dat ik me meteen schuldig voelde dat ik de labrador nog niet eens een kwart daarvan had geschonken. En eigenlijk ook geen tiende.

'Blijft hij nu bij jou?' vroeg Melanie en ze keek me aan. Even haakten mijn ogen aan die van haar, daarna keek ik naar de punten van mijn sneakers. 'Hij zou vast heel ongelukkig worden in Amsterdam.'

'O. Ja.' Melanie knikte een paar keer. 'Misschien kan hij wel bij ons. We hebben toch al een hond en Joep is zo lief.'

'Denk je?' vroeg ik hoopvol. 'Ik zoek echt een plekje voor hem.'

Melanie beloofde het aan haar ouders te vragen en we wisselden nummers uit. Daarna riep ik Joep en liep terug naar het huis van tante Rosy. Na precies een week was het lege gevoel dat ik had gehad als ik binnenkwam, minder geworden. Het stelde me gerust en tegelijkertijd stemde het me treurig, want ik wilde nog helemaal niet wennen aan haar afwezigheid.

Ik gaf Joep zijn brokken en sprong daarna onder de douche. In mijn schamele hoeveelheid bagage zocht ik naar iets dat netjes genoeg was voor de notaris en ik vond het broekpak dat ik had gedragen toen ik de eerste dag halsoverkop hiernaartoe was gereden. De bloes had ik gewassen en ik haalde er snel de strijkbout overheen. In Amsterdam had ik een kast die uitpuilde van de kleding, hier bleek ik eigenlijk prima met een outfit of drie toe te kunnen. Tante Rosy had één spiegel en die gebruikte ik amper.

De lentezon was gaan schijnen en ik nam mijn ontbijt mee naar buiten. Het tuinbankje had een groene laag, maar in het schuurtje vond ik dikke kussens. In het schuurtje stond verder nog een duizelingwekkende hoeveelheid tuingereedschap en ik vermoedde dat het bijhouden van de langgerekte tuin van het dijkhuisje in de zomer een klus van formaat was. 'Wat dingen in de tuin', had tante Rosy zo vaak gezegd als ik haar belde en vroeg wat ze aan het doen was.

Ik nam de kussens mee naar het bankje en even later draaide ik mijn hoofd naar de zon en sloot even mijn ogen. Het gevoel van de warme stralen op mijn huid deed me goed. Daarna nam ik een slok van mijn koffie en staarde naar de akker die, gescheiden door een slootje, aan de tuin van tante Rosy grensde. De grond – Was het klei? Het zag er vooral zwart en zwaar uit – was nu nog niet in gebruik, maar in de zomer wuifde hier vaak de tarwe of hing de geur van uien boven het land. Tante Rosy genoot dan heel erg, ik vond het vooral beklemmend dat er in de wijde omgeving echt helemaal niets anders was dan akkers, slootjes, weilanden en de paar huizen die samen het dorp vormden.

Het was goed om terug te gaan naar Amsterdam, dat merkte ik aan alles. Als de weidsheid van het land je begon te benauwen, was het tijd om je met leven te omringen. Tante Rosy was van mening geweest dat nergens meer leven was dan in haar eigen tuin, maar ik dacht bij 'leven' niet echt aan wat er in de bodem krioelde maar aan bruisende horeca of de nabijheid van metrostations.

Om tien voor tien trok ik de voordeur achter me dicht, vijf minuten later parkeerde ik bij een klein kantoortje op de hoek van de winkelstraat. Dezelfde winkelstraat waar tante Rosy haar boekwinkel had, waar ik in de afgelopen week nog helemaal niet was geweest. Ik had mezelf wijsgemaakt dat ik er nog geen tijd voor had gehad, maar eigenlijk zag ik er vooral tegen op om naar de plek te gaan waar haar hele ziel, haar hele wezen, nog meer hing dan in haar huis. Ik moest er waarschijnlijk wel iets mee, en misschien zou de notaris me zo meteen vertellen wat precies, maar tot nu toe was het me gelukt de plek vakkundig te omzeilen.

'Ah, Stefanie.' Berend Kroezeman deed zelf de deur open toen ik aanbelde. Hij nam me mee naar zijn kantoor, een lichte plek met hoge ramen en veel wit, heel anders dan het zware eikenhout dat ik me voorstelde bij een notariskantoor. Een receptionist in een spijkerbroek en met een casual overhemd kwam koffie brengen. De notaris zelf droeg een kakikleurige broek en een donkerblauwe coltrui en ik voelde me een tikje overdressed.

'Het was een mooie uitvaart', zei Berend Kroezeman nog maar eens en ik knikte. Hij wachtte op mijn reactie, maar ik wist niet zo goed wat ik moest zeggen en dus nam hij het woord weer. 'Je tante heeft me enige tijd geleden gevraagd haar testament op te stellen en dit na haar overlijden met jou te delen. Ik weet niet of je daarvan op de hoogte was?'

Ik schudde mijn hoofd. 'Over dat soort dingen had ze het

nooit. Ze was waarschijnlijk nog niet van plan om dood te gaan.'

'Nee.' De notaris glimlachte half. 'Wie wel? Maar het is goed dat ze een aantal dingen heeft vastgelegd.' Hij trok een oranje map naar zich toe die met een elastiek dichtzat. Daarna keek hij me aan met een blik die ik niet goed kon peilen. Vragend, misschien, of zich voorbereidend op wat mijn reactie zou zijn op wat het ook was dat ik zo meteen te horen zou krijgen.

Hij opende de map en legde een dun stapeltje papier voor zich op tafel. Het zat bij elkaar gebonden met een klemmetje aan de zijkant. Er lag ook een envelop. Ik spiekte naar wat erop stond en het bleek mijn eigen naam te zijn in het handschrift van mijn tante.

Berend Kroezeman deelde wat dingen uit het proces met me, ik vermoedde dat dat bij de standaardprocedure hoorde. Dat mijn tante bij hem had aangeklopt voor haar testament, dat hij het in haar naam en volgens haar wil had opgesteld en dat ze bij haar volle verstand was geweest toen ze tekende. Nou ja, dat laatste zei hij niet op die manier maar het was wel wat hij bedoelde. Ik knikte maar gewoon de hele tijd en probeerde niet voortdurend naar de brief te kijken.

'Laten we beginnen met het voorlezen van het testament', zei de notaris en hij pakte het stapeltje papier erbij. Hij loodste me door de notaristaal en kwam toen bij het gedeelte waarin tante Rosy's bezittingen werden beschreven. Ik hoorde hem aan en kon eigenlijk niet geloven wat hij zei tot hij het nog eens voor me samenvatte.

'Kort gezegd komt het erop neer dat je tante je al haar bezittingen nalaat. Dat betekent haar huis, dat niet is belast met een hypotheek, inclusief de volledige inboedel. Bovendien erf je haar boekwinkel met ook daar de inboedel en alle roerende zaken, waarmee de inventaris wordt bedoeld. Het pand is gehuurd. Verder gaat het om een stuk land aan de dijk. Je kent dit waarschijnlijk wel, het is de plek van de paarden en de ezel. O, daarover gesproken...' Hij stak zijn vinger in de lucht. 'Ze heeft specifiek in het testament laten opnemen dat ook haar dieren naar jou overgaan. Dat gaat om de hond, en de ezel plus een van de paarden in het weiland. De andere paarden zijn niet van haar.'

De twee aanloopkatten die een etensbakje in de tuin hadden maar zich soms ook een dag of langer niet lieten zien, hoorden er kennelijk ook niet bij. Maar dat nam niet weg dat ik het gegeven dat ik ineens de eigenaar was van een hond, paard en ezel behoorlijk beangstigend vond. Ik denk dat de notaris dat van mijn gezicht kon aflezen, want hij glimlachte kalm. 'Voor zover ik weet is er een groep vrijwilligers die voor de paarden zorgt.'

Ik knikte maar zei niets, duizelig van wat ik net allemaal had gehoord. Mijn hand trilde toen ik mijn koffiekopje naar mijn lippen bracht. Het huis? De boekwinkel? Het weiland? Hoe kon dat allemaal ineens van mij zijn?

'Het is niet niks', zei de notaris begripvol. Ik schudde mijn hoofd. 'Ik had gewoon niet verwacht... Nou ja, ik weet eigenlijk niet wat ik had verwacht.'

In elk geval niet dat echt alles naar mij zou gaan. Ik zou het moeten verkopen, wat een fikse klus zou worden. Het huis was schattig, maar ik kon niet bepaald beweren dat het voldeed aan wat in deze tijd belangrijk was. Het meest duurzame onderdeel was de regenton waarvan tante Rosy de inhoud gebruikte voor de plantjes in de tuin.

En de boekwinkel... zou iemand hem willen overnemen? Anders zou ik hem moeten sluiten, een gedachte die me een beetje pijn deed omdat ik wist hoeveel tante Rosy van haar winkel hield. Maar ik kon moeilijk zelf de boel gaan runnen. In een vaag visioen zag ik voor me hoe ik naar het dorp zou verhuizen en elke dag in de winkel zou staan en bij alleen al het idee kroop er een koude rilling van boven naar beneden over mijn rug.

'En dan is er nog iets', zei de notaris toen hij het testament terzijde schoof. Hij trommelde met zijn vingers op de envelop. 'Je tante heeft een brief voor je geschreven die ze bij het testament heeft gevoegd. Het was haar uitdrukkelijke opdracht aan mij om hem aan je te overhandigen.' Hij schoof de envelop naar me toe en het voelde ineens als een raar officieel moment. 'Als je wil, laat ik je even alleen.'

Ik knikte en hij verzamelde de koffiekopjes en liep het kantoor uit. De deur viel met een zachte plof achter hem dicht. Ik draaide de envelop een paar keer rond in mijn handen. Hij was dun. Aan de achterkant zat hij dichtgeplakt en ik haakte mijn vinger onder het randje, maar wachtte nog even voor ik hem openmaakte. De stilte in de kamer was ineens zwaar en drukkend. Terwijl mijn hartslag toenam, scheurde ik uiteindelijk de envelop open.

Er zat één vel dik papier in, volgeschreven in het krullerige handschrift van tante Rosy. Met het gevoel dat de inhoud van de brief nog veel meer zou veranderen dan het testament tot nu toe had gedaan, begon ik te lezen.

Lieve Stefanie,

Als je dit leest, ben ik er niet meer. Ik wil eerst zeggen: wat er ook is gebeurd met mij, het is goed zo. Ik schrijf dit nu ik zevenenzeventig ben en ik heb zo'n heerlijk leven gehad, zoveel gelachen, zoveel fijne mensen om me heen mogen hebben. Ik weet niet waar ik het allemaal aan heb verdiend, maar ik heb er met volle teugen van genoten.

Ik weet ook niet waar ik jou aan heb verdiend, mijn lieve nichtje. Ik heb nooit kinderen gekregen, maar dankzij jou weet ik hoe het voelt om zoveel meer te houden van iemand dan je ooit van jezelf zou kunnen houden. Als ik aan jou denk, voel ik alleen maar trots. Trots op wie je bent, trots op wat je doet. Trots op hoe je je na de dood van je moeder staande hebt gehouden en trots op de kracht die jij in je hebt. Ik weet zeker dat je nu met dezelfde kracht aan tafel zit bij de notaris. Misschien ben je verdrietig, maar jij redt je wel. Jij redt je altijd.

Ik schrijf je deze brief niet alleen maar om je mijn liefde te verklaren – ik hoop trouwens dat ik dat al heb gedaan toen ik nog leefde. Ik schrijf je omdat ik je iets wil vragen. Ik laat wat ik heb na aan jou. Je krijgt het huis, de winkel, de dieren, alles. Berend – vind je hem geen schatje? – zal je vertellen hoe het precies zit. Het is aan jou wat je ermee doet. Dat wil ik echt benadrukken. Ik heb je altijd gezegd dat jouw leven van jou is, en dat jij bepaalt wat je ermee doet. Dat staat boven alles.

Maar lieve Stefanie, ik hoop dat je iets wilt aannemen van je oude tante. Ik schrijf dit uit liefde. De laatste jaren heb je heel hard je best gedaan. Daar heb ik bewondering voor. Je best gedaan om te worden wie je zou moeten zijn, vind je. Je hebt een leven dat je moeder erg geruststellend zou hebben gevonden – je zorgt voor jezelf, je hebt een goede baan.

Maar ik heb me zo vaak afgevraagd: ben je wel gelukkig?

Ik denk aan onze gesprekken. Over waar je echt van houdt, over schilderen, over je enorme creativiteit. Over hoe je je gevangen voelt in je baan en er niets van jezelf in kwijt kan. Over dat je soms het gevoel hebt dat je niets betekent voor een ander, daadwerkelijk betekent. Over hoe je rechten ging studeren omdat je moeder dat wilde. Niet omdat jíj dat wilde. Wat ik zie, is een jonge vrouw met ongelooflijk veel talenten die het leven leeft dat iemand anders voor haar heeft bedacht. Ik hoop zo dat je op een dag echt durft te gaan leven. Een leven waar jij zelf voor kiest.

Dankzij wat ik je achterlaat, hoef je voorlopig niet te werken. Het huis is afbetaald en je krijgt geld. Wat ik heel erg hoop, is dat je van die mogelijkheid gebruikmaakt om te ontdekken wat je echt wilt. Dat je keuzes gaat maken die goed zijn voor jou. Ga, al is het maar tijdelijk, in mijn – nu jouw – huis wonen, neem de tijd, durf te kiezen en neem je leven in eigen hand. En ja, er is nog een klein belang van mij dat meespeelt. Als je hier toch bent, hoop ik dat je mijn boekwinkeltje nog even wilt openhouden. Gewoon, voor de lieve mensen in het dorp die er altijd zo graag komen.

Lieve schat, ik wil je nog één laatste ding zeggen. Ik hoop dat je wat ik heb geschreven in elk geval wilt overwegen. Denk erover na en maak dan je eigen keuze. Wat je ook kiest, weet dat ik achter je sta, waar ik ook ben. Kies vanuit je hart, Stefanie.

Heel veel liefs van je tante Rosy

PS Iedere woensdag legt Rutger, de slager, een bot klaar voor Joep, met het merg er nog in.

Hoofdstuk 4

Als je vanaf de achterdeur tweehonderdtweeënvijftig stappen zette, kon je het hek aantikken. Dat had ik als kind al eens uitgemeten en ook al waren mijn benen destijds korter geweest, het aantal was nog altijd hetzelfde. Wat misschien kwam doordat ik korte passen moest nemen, anders keek Joep me elke keer zo verontschuldigend aan omdat hij het tempo niet kon bijhouden. En zette ik mezelf voor gek door hem keer op keer weer te roepen, hoewel ik natuurlijk wel wist dat hij stokdoof was maar het ging vanzelf.

Ik had de tweehonderdtweeënvijftig stappen gezet en was blij dat ik aan de goede kant van het hek stond nu achtentwintig hoeven tegelijk op me af kwamen gerend. Ze vertraagden al snel hun pas van galop naar draf en uiteindelijk stilstand, en ik kon me niet aan de indruk onttrekken dat ik teleurstelling las in de blik van de paarden toen ik het bleek te zijn. Volgens mij begonnen de dieren door te krijgen dat tante Rosy niet meer terug zou komen. En aan het alternatief, mij, hadden ze niet bijster veel.

Ik sloot even mijn ogen en schudde mijn hoofd. Toen keek ik weer naar de paarden en de ezel, die erachteraan gesjokt kwam. Naast me keek Joep naar me op alsof hij zich afvroeg wat ik aan het doen was. Een vraag waarop ik hem zowel in dit specifieke geval als in bredere zin het antwoord schuldig moest blijven. Ik had geen flauw idee wat ik aan het doen was. En ik had ook geen flauw idee wat ik moest doen.

Een ander meisje dan de vorige keer kwam de stal uit gelopen. Het bleek Lydia te zijn en we praatten even over de paarden. Toen stapte ze op haar fiets en reed weg en tegen die tijd hadden de paarden allang hun interesse in mij verloren. Joep was erbij gaan liggen.

Om maar wat te doen te hebben liep ik de stal in. Lydia had net uitgemest en het stro bijgevuld en opgeschud en het rook er lekker, een beetje zoet. Een van de paarden stapte naar binnen en duwde even met zijn neus tegen mijn mouw. Zijn rug was helemaal doorgezakt en bij zijn neus zaten grijze haartjes. Ik weerstond de neiging mijn arm weg te trekken. In plaats daarvan aaide ik hem over zijn bles. Ik keek op zijn halster, waar een kaartje met zijn naam aan hing: Bruno. Hij werd genoemd in het testament, had ik gelezen. Het idee dat ik kennelijk nu zijn eigenaar was, kwam me volslagen bizar voor.

Dat was het ook. Volslagen bizar. Ook al had mijn tante sinds de dood van mijn moeder geen andere directe familie meer gehad dan mij, toch had ik nooit gedacht aan de mogelijkheid dat ze mij alles zou nalaten wat ze had. Of misschien had ik gewoon nooit nagedacht over wat ze allemaal had gehad. Zo wist ik niet dat het weiland echt haar bezit was en ook niet dat haar huis al was afbetaald. En automatisch was ik ervan uitgegaan dat de boekwinkel zou sluiten als zij overleed. Tenzij iemand uit het dorp de winkel wilde voortzetten, maar volgens Berend Kroezeman kon ik dat uit mijn hoofd zetten. Blijkbaar had mijn tante al eens geïnformeerd bij deze of gene, maar had ze nooit iemand gevonden.

Joep was me gevolgd en lag nu languit op het stro. Vandaag was het woensdag, maar ik was niet naar Rutger gegaan. Toen ik klaar was bij de notaris had ik alleen maar naar huis gewild, niet naar de slager. Daar had ik me dan weer zo rusteloos gevoeld dat ik vooral weg wilde, maar ik had geen idee waarheen. Naar Amsterdam, dat was het plan geweest. Terug naar mijn appartement, mijn kat en mijn baan. Terug naar wat ik kende. Terug naar wat ik kon overzien.

Bruno verloor z'n interesse nu ik niets lekkers bleek te hebben en ik liep de stal weer uit, samen met Joep. Op de terugweg telde ik mijn passen niet. In huis was het stil en rook het naar de bloemen die ik na de crematie had meegekregen. Ik had elke vaas die ik had kunnen vinden, ingezet om ze allemaal ergens te kunnen plaatsen. Er zaten lieve kaartjes aan, die ik gisteravond allemaal had gelezen. Warme woorden die mijn verdriet niet zozeer hadden verdreven maar wel wat minder scherp hadden gemaakt. En die mijn gedachten toen ook een beetje van Mano hadden afgeleid.

Dat was waarschijnlijk wel het voordeel van ineens een huis, weiland, paarden en een boekwinkeltje bezitten, nog aangevuld met een postuum en emotioneel beroep van een overledene om een carrière op de Zuidas te verruilen voor datzelfde boekwinkeltje. Zoiets futiels als een relatiebreuk, daar bleef gewoon weinig aandacht voor over. Mano had ook niets meer van zich laten horen. Ik trouwens evenmin.

Ik keek op de klok. Het was iets na drieën. Ik las de brief nog maar een keer, al kende ik hem inmiddels uit mijn hoofd. *Vind je hem geen schatje?* Die zin had me giechelig gemaakt toen de notaris weer was binnengekomen. Berend Kroezeman was rond de veertig en ik vond hem naast vriendelijk vooral erg notarissig. Ik stelde me tante Rosy voor, aan haar keukentafel, grinnikend toen ze het zinnetje erbij schreef. De gedachte had me gek genoeg geen verdriet bezorgd. Wel een warme gloed die zich vanuit mijn buik door mijn lichaam verspreidde. En nu ik zelf aan de keukentafel zat en de zin opnieuw las, gebeurde dat opnieuw. Het waren maar woorden op een papier, maar de brief betekende natuurlijk zoveel meer.

En niet alleen het zinnetje over de schattigheid van de notaris. Over elk woord was nagedacht, ik kende mijn tante goed genoeg om dat te weten. Ze wilde geen druk op mij leggen, en tegelijkertijd ook wel. Haar woorden over mijn leven in mijn eigen hand nemen waren niet nieuw. Na de dood van mijn moeder hadden we het hier ook al vaak over gehad. Tante Rosy kende mijn moeder als geen ander, ook al scheelden ze dertien jaar en waren ze niet echt samen opgegroeid. Ik had me vaak afgevraagd hoe twee zussen zo van elkaar konden verschillen en tegelijkertijd een hechte band konden hebben. Als ik weleens over mijn moeder klaagde, nam tante Rosy het voor haar op. Mijn moeder was vaak streng, niet alleen in haar opvoeding maar ook in wat ze voor en van mij wilde. Op eigen benen leren staan, nooit afhankelijk worden, dat waren haar levenslessen.

'En terecht', had tante Rosy vaak gezegd. 'Kijk naar mij, kijk naar háár.'

Daar had ze gelijk in, dat wist ik ook wel. En ik had ook bewondering voor hoe mijn moeder het toch maar mooi had gered altijd. Twintig weken, zo lang was ze zwanger geweest toen mijn vader besloot dat hij bij nader inzien toch niet klaar was voor het vaderschap. Nog dezelfde dag ging hij ergens anders wonen, mijn moeder wist niet waar. Om na te denken, zei hij, maar hij kwam nooit meer terug. Twee keer zag ze hem nog, beide keren kwam hij spullen halen. Mij heeft hij nooit gezien, mijn moeder wist tegen de tijd dat ik werd geboren al niet meer waar hij uithing. Niet in de buurt in elk geval. Ze vermoedde dat hij Amsterdam had verlaten, of misschien zelfs Nederland. Als kind fantaseerde ik over mijn vader als ruimtereiziger of anders op z'n minst stoere zeeman. Maar toen ik ouder werd, kwam steeds meer het besef dat er niets stoers of avontuurlijks zat aan een man die zijn zwangere vrouw en ongeboren kind in de steek liet zonder enige vorm van verantwoordelijkheid te nemen. Zijn moeder kwam nog weleens langs, ik herinnerde me van vroeger een broze vrouw die altijd zuurtjes meenam en vaak mopperde. Tot ze op een dag niet meer kwam en we later hoorden dat ze was overleden. Mijn moeder was geloof ik opgelucht.

Tante Rosy had nooit onder stoelen of banken gestoken wat ze van mijn vader vond. Dat vond ik soms lastig, omdat ik hem helemaal niet kende. Het was moeilijk boos zijn op iemand als je diegene nooit had ontmoet. Ik had foto's gezien, maar daarop werd hij nooit ouder. Op wie moest ik boos zijn op mijn twaalfde, of op mijn achttiende? Ik had geen idee.

Mijn moeder liet haar boosheid, die er vast moest zijn geweest, niet merken. Pas veel later realiseerde ik me dat de strenge opvoeding die ik had gehad, haar reactie was op wat er was gebeurd. Iedereen wordt getekend door gebeurtenissen, of dat nu gelukkige momenten of trauma's zijn. Mijn moeder was getekend door het vertrek van mijn vader. En niet zozeer de man zelf, de persoon die vertrok. Die kon ze wel missen. Maar wel het gegeven dat ze er alleen voor stond met een kind dat helemaal van haar afhankelijk was. Haar opleiding tot tandartsassistente had ze niet afgemaakt, maar pakte ze op toen ik één jaar was. Ze slaagde een jaar later en vond een baan, en zo redde ze zich. Daar had ik bewondering voor, veel hulp was er niet.

Mijn grootouders sprongen af en toe bij met een logeerpartij voor mij, zodat mijn moeder even haar handen vrij had. Maar het was nu eenmaal een eind van Zeeland naar Amsterdam en ze waren destijds al niet meer de jongsten geweest. Tante Rosy kwam vaker en nam mij mee naar het bos of het strand, of we gingen met z'n drieën naar Carré of het Rijksmuseum. En altijd zag ik hoe mijn moeder opbloeide als haar zus erbij was. Dan durfde ze meer te ontspannen, te genieten ook. Ze werd minder streng, zelfs wat frivool. Eén keer ving ik een gesprek op tussen mijn moeder en tante Rosy, ik moest een jaar of tien zijn geweest. 'Wat als de geschiedenis zich herhaalt?' had mijn moeder gevraagd. 'Wat als zij later ook zo'n vent treft?'

Ik herinnerde me het antwoord van tante Rosy niet, het gesprek maakte ook helemaal niet zoveel indruk op me. Pas veel later begreep ik dat dit voor mijn moeder een van de belangrijkste pijlers onder mijn jeugd was geweest. Me klaarstomen om altijd voor mezelf te zorgen. En hoe krachtig en sterk dat ook mocht klinken, de angst die eronder zat, had ik altijd gevoeld. Ik denk dat ik dat pas echt begreep toen ik al bijna volwassen was en dat mijn keuze voor zo'n veilige studie die ik – dat wist ik inmiddels ook wel – helemaal niet wilde doen, daaruit voortkwam. Mijn begrip tonen, mijn moeder laten zien dat ik echt wel naar haar luisterde. Mijn dankbaarheid tonen misschien wel, al zou je kunnen zeggen dat er eenvoudiger manieren waren. Of misschien zocht ik door te kiezen voor wat zij wilde wel oneindig naar haar goedkeuring, en haar trots. Daar was ze niet zo scheutig mee.

Tante Rosy wel. Die greep elke gelegenheid aan om te laten merken hoe trots ze op me was, al begreep ik inmiddels wel dat dat voor tantes makkelijker is. Zij hoefde mijn leven niet in goede banen te leiden, zoals mijn moeder dat voor haar gevoel wel moest. Zij hoefde me niet, hoe jong ik ook was, te bewegen in de juiste richting, voor zover er een juiste richting bestond. En dus bewonderde tante Rosy mijn tekeningen en spoorde me aan om iets te doen met waar ik duidelijk zo van genoot. Mijn moeder had nooit veel willen weten van mijn schilderkunst. 'Alleen met een echte studie betaal je de rekeningen', had ze me altijd voorgehouden.

Er waren, dacht ik vaak, weinig echtere studies dan rechten. Het moment dat ik die keuze maakte, was het eerste moment dat tante Rosy haar zus geen bijval had gegeven. 'Weet je het zeker?' had ze gevraagd. Ik wist het natuurlijk niet zeker maar ik had gezegd dat deze studie later de rekeningen zou betalen, wat er ook zou gebeuren. Daarna had tante Rosy er niet meer zoveel over gezegd, tot mijn moeder al overleden was en ik niet lang daarna de baan bij Richard kreeg. 'Wordt het niet eens tijd dat je voor jezelf gaat?' waren haar woorden geweest. 'Je bent niet je moeder. Je hebt het recht om voor je eigen geluk te kiezen.'

Nee, ik was niet mijn moeder, dat wist ik ook wel. Maar zonder vader en met mijn moeder zo jong overleden, had ik op dat moment wel het gevoel gehad dat ik er meer dan ooit alleen voor stond. Dat ik juist nu moest gebruiken wat ik altijd van mijn moeder had geleerd. Dat ik juist nu een baan moest hebben om die rekeningen te betalen. Om niet voor altijd in een huurhuis te wonen. Om nooit ergens mijn hand te hoeven ophouden, en zeker niet bij een man. Mijn moeder was er niet meer en tegelijkertijd was ze er meer dan ooit, in mijn gedachten en in al mijn keuzes.

Een zucht van Joep bracht me terug in het nu. Een van de

twee aanloopkatten stond voor de buitendeur, maar nam snel de benen toen hij me zag kijken. Ik liet de brief rondgaan in mijn handen, maar ik las er niets meer uit. Ik begreep wat tante Rosy had geschreven, ik begreep ieder woord. En ik wist dat ze het beste voor mij wilde. Maar wat er stond, de vraag die zo duidelijk werd gesteld, was gewoonweg niet wat ik voor ogen had met mijn leven. Het dorp, waar ik nu zeven dagen had doorgebracht, benauwde me. Klazien was drie keer langsgekomen en hoe vriendelijk ze ook was, ik voelde me gecontroleerd, al wist ik niet eens op welk gebied. Elke keer als ik de deur uit stapte, waren er voor mijn gevoel ogen op me gericht. Dat kon niet, want het huisje lag aan de voorzijde aan de dijk en aan de achterkant aan een akker, maar toch. De mensen in het dorp waren vriendelijk en de twee keer dat ik bij de kleine Spar was geweest, waren er genoeg geweest die een praatje met me hadden aangeknoopt. Dat was aardig en het lag natuurlijk volledig aan mij dat ik daardoor het gevoel had dat iedereen op me lette, maar het kwam er gewoon op neer dat ik er niet voor was gemaakt. Dit was tante Rosy's plek, tante Rosy's leven. Ik hoorde hier niet. Ik wilde hier niet horen.

En ja, natuurlijk waren er voordelen. Ik merkte dat ik was gaan uitzien naar de dagelijkse wandelingetjes met Joep. Dat de buitenlucht me goeddeed. Het lopen langs de dijk of door het weiland, de tijd om na te denken, de wind door mijn haren. Zelfs de stilte op een bepaalde manier. Maar daarvoor hoefde ik echt niet naar het dorp te verhuizen. Amsterdam had ook buitenlucht, en wind. En misschien wat minder stilte, maar ik wist ook dat die me op een zeker moment weer zou aanvliegen. Dan wilde ik de geluiden van de stad om me heen horen, de reuring die ik hier miste.

Tante Rosy had zelf geschreven dat ik moest kiezen voor wat mij gelukkig maakte. Dat ik mijn eigen keuzes moest maken en niet moest naleven wat een ander van me verwachtte. Of nou ja, zo stond het er niet. Maar ik was er zeker van dat ze dat bedoelde. En als dat betekende dat ik de boel zou verkopen en mijn leven in de stad verder zou leiden, voldeed ik net zo goed aan haar vraag. Misschien kon ik wel een tijdje gaan reizen. Gewoon mijn rugzak inpakken en naar Azië vertrekken. De vrijheid tegemoet. Weg bij Richard met zijn heads-ups en zogenaamd grappige 'o, je neemt de middag vrij?' wanneer je eens voor zessen het pand verliet. Het geld zou me de mogelijkheid geven om even niets te doen. Mijn leven op een rijtje te zetten en andere keuzes te maken. Keuzes die ik nu nog niet kende. Het irriteerde me dat nu ik zoveel opties had, ik er niet meteen een kon bedenken die ik echt wilde. Schilderen? Was mijn liefde groot genoeg om er echt van te willen leven? Of misschien ging het niet om liefde. Was mijn talent groot genoeg? Ik liet de vraag in mijn hoofd onbeantwoord om maar niet met 'nee' te hoeven antwoorden.

Of misschien geen Azië, bedacht ik terwijl ik naar de keuken liep om thee te zetten. Ik had helemaal nooit de wens gehad om op wereldreis te gaan en nu ik eraan dacht, voelde ik voornamelijk weerstand. In mijn hoofd kwamen mooie plaatjes voorbij die ik weleens op Instagram had gezien, maar ik dacht er meteen bij wat ik ervoor zou moeten doen om die paar seconden op de top van zo'n berg te staan, of onder zo'n waterval. Of op een verlaten strand. Ik hield niet zo van reizen. Maar goed, daar ging het niet per se om. Waar het wel om ging, was dat ik mijn leven onder de loep kon nemen en dat ik kritisch kon zijn. Dankzij mijn baan kon ik prima voor mezelf zorgen, precies zoals mijn moeder me had geleerd. Maar het hoefde nu even niet, ik kon me ook redden zonder salaris. Tante Rosy had me tijd cadeau gegeven. De luxe om te twijfelen.

Dat was, besloot ik toen de waterkoker uit sprong, de essentie van haar brief. Zo moest ze het hebben bedoeld. Die vraag over het boekwinkeltje was vast gekscherend. Ze zou toch wel hebben geweten dat dat dus níét voor mij was bestemd. Dat dat van alle opties de minst aantrekkelijke was. Ik schonk het kokende water in een glas en hing er een zakje in. Terwijl ik de gouden kleur van de thee zag uitwolken in het water, probeerde ik mezelf van de waarheid in mijn eigen gedachten te overtuigen. Dat ze me wilde laten nadenken, dat ze wilde laten zien dat het anders kon. Dat ze het beste voor mij wilde. Dat ze...

Hoe hard ik ook probeerde om dit soort gedachten in mijn hoofd te laten rondgaan, er was iets dat sterker was dan ikzelf. Iets dat telkens terugkwam en dat de andere gedachten overschaduwde.

Wat als ze het echt meende? Tante Rosy zou toch niet werkelijk hebben gedacht dat ik haar boekwinkel ging overnemen?

Ik schrok van het geluid van mijn telefoon. Samira, zag ik in het schermpje, en ik nam op.

'Hoe gaat het?' vroeg ze.

Ik antwoordde met iets als 'tja' en daarna zei ik toch maar dat het goed ging, omdat het makkelijker was dan woorden vinden voor hoe ik me voelde.

'Het was in elk geval een mooie uitvaart', zei Samira. 'Het zal wel een rare tijd voor je zijn.'

'Nou, dat zeker', was mijn antwoord en daarna was het onderwerp afgesloten, want Samira begon over de zaak tussen een reclamebureau en een bedrijf dat imagoschade had opgelopen, volgens het bedrijf zelf door de reclamecampagne die het bureau had ontwikkeld. Het was onze taak om aan te tonen dat de klant met elke stap in het proces akkoord was gegaan en dus met die reclamecampagne had ingestemd, terwijl het grootste deel van die toestemming mondeling was gegeven. Ik had samen met Samira aan die zaak gewerkt en al was dat nog maar twee weken geleden, toch moest ik in mijn geheugen graven alsof ik me hier rond mijn achttiende verjaardag voor het laatst mee bezig had gehouden. Ik mocht dan vierendertig zijn, op dit moment voelde het alsof mijn hersenen een jaar of tachtig waren.

'Ik zal je een update mailen', zei Samira. 'Er moet echt nog heel veel gebeuren. Ben je morgen weer op kantoor? Dan kunnen we er samen naar kijken.'

Ik knikte half en deed mijn mond open om ja te zeggen, maar het idee dat ik morgen achter mijn bureau zou zitten kwam me ineens heel vreemd voor. Dat ik met mijn nette kleren aan in de lift zou staan, het kantoor binnen zou lopen, mijn computer zou opstarten en hup, terugkeerde naar het leven dat ik kende. Het leven dat ik tot een week geleden ook volkomen normaal had gevonden.

'Misschien moet je even iemand anders vragen', zei ik in een opwelling. De woorden rolden mijn mond uit zonder dat ik er heel lang over had nagedacht. Of überhaupt over had nagedacht. Maar ik meende ze wel. 'Ik weet nog niet wanneer ik er weer ben.'

Het grappige aan de letter o is dat er minstens tien, en misschien wel honderd, manieren zijn om die uit te spreken. In de manier waarop Samira hem uitsprak, hoorde ik zowel haar verbazing als haar mening doorklinken over wat ik net had gezegd. Ik haalde diep adem en wilde me uitputten in verklaringen en excuses, maar uiteindelijk liet ik de adem net zo snel weer ontsnappen en zei: 'Ik heb gewoon wat tijd nodig.'

Nadat we hadden opgehangen legde ik mijn handen om mijn warme glas en daar, leunend tegen het aanrecht, nam ik een besluit. Of misschien nam ik het besluit om mijn besluit uit te stellen, dat kon ook. In elk geval pakte ik mijn telefoon en mailde Richard met de vraag of ik onbetaald verlof kon nemen. Met mijn gedachten bij zoveel andere dingen zou de award voor werknemer van de maand nu toch aan mij voorbijgaan, dus dan leek het me voor Richard wel prettig dat hij me niet hoefde te betalen. In de tijd die ik daarmee won, kon ik van alles gaan regelen. Het huis verkopen en leeghalen, opvang voor de dieren regelen, het weilandje aan een ander overdoen. Het boekwinkeltje sluiten. Ik rechtte mijn rug en liep een rondje door de woonkamer. Ik wist niet goed wat ik nu moest doen of waar ik moest beginnen, maar het idee dat ik in elk geval voor nu een plan had, deed me goed. Morgen zou ik een makelaar bellen en wie weet kon het huis dan al binnen een week op Funda staan. De boekwinkel zou waarschijnlijk lastiger worden, maar ik zag voor me hoe ik een soort boekenmarkt zou houden en de boel zou leegverkopen. Daarna was het een kwestie van de huur opzeggen. Mijn tante kennende was de administratie prima op orde en zou ik ergens in het kantoortje achter de winkel wel mappen vinden met daarin alle informatie die ik nodig had.

Een moment lang verscheen ze voor mijn geestesoog. Mijn tante in de winkel, de plek waar ze hoorde. Hoe vaak had ik haar daar niet zien staan? Het winkeltje was klein, hooguit vijftig vierkante meter, maar het was haar wereld, haar thuis. De boekenmarkt, die me net nog zo'n goed idee had geleken, voelde een beetje als verraad. Maar ik suste mezelf met de gedachte dat het niet anders kon. Haar dood had alles overhoopgetrokken. Haar wereld bestond niet langer, simpelweg omdat zij niet langer bestond. Dat was een ruwe, harde waarheid waarvan de scherpe kanten nog lang niet waren afgesleten. Maar het was wel de enige waarheid waar ik mee te dealen had.

Voor de tuindeur bleef ik staan. Afgelopen week had ik boven in een van de kamers schilderspullen gevonden die ik hier ooit zelf had neergelegd. Ik was begonnen aan een schilderij van het akkerland, waarvan ik had gedacht dat het alleen maar zwart en zwaar was, maar waarvan ik inmiddels had gezien dat het elk uur een andere aanblik bood. Van grijs, bijna zilver, als de zon erop scheen, tot diepzwart als de schemering voelbaar was maar de lucht nog niet donker begon te kleuren. Dat was een tijdspanne van een minuut of tien en ik had geprobeerd die kleur te mengen op mijn palet, maar zwarter dan de verf uit de tube kreeg ik hem niet. Ik kneep mijn ogen samen. Op dit moment scheen de zon en was de zilveren gloed er, vermengd met iets anders. Het leek wel of er gouden spikkels op het land lagen. Met mijn hoofd schuin probeerde ik te bedenken welke verf ik moest mengen om die kleur te creëren.

Toen de bel de stilte in huis doorbrak, schoot mijn hartslag omhoog. Ik was in mijn hoofd zo geconcentreerd bezig geweest met het schilderij dat ik door het snerpende geluid met een bonk terug op aarde leek te keren. Snel liep ik naar de voordeur, op de voet gevolgd door een nieuwsgierige Joep.

Voor de deur stond een jonge vrouw van wie ik me niet kon herinneren of ik haar eerder had gezien.

'Hoi', zei ze toen ik opendeed. 'Ik ben Nikki Hooijsma. Ik hoop dat ik niet stoor.'

'Nee', zei ik, ietwat overvallen.

'Ik heb een vraag aan je.' Ze glimlachte een tikje verlegen. 'Het gaat over je tante. Maar ik begrijp het ook als je hier helemaal niet op zit te wachten.'

Ik was nu toch wel nieuwsgierig geworden en bovendien was het niet zo dat mijn agenda voor vandaag vol stond met andere plannen. Daarom deed ik de deur verder open. 'Kom binnen.'

Nikki moest rond de vijfentwintig zijn en droeg zo'n spijkerbroek met een hoge taille waarin ikzelf eruit zou zien alsof ik me beter wat had kunnen inhouden bij het all-you-can-eat-restaurant. Maar haar stond het in combinatie met de korte, lila bloes die ze erboven droeg, erg goed. Ze had golvend blond haar dat tot over haar schouders viel en blauwe ogen die nu niet meer verlegen maar wel onderzoekend stonden. Ik denk dat ik op dezelfde manier terugkeek en wachtte tot ze haar jas had opgehangen voor ik voor haar uit naar de huiskamer liep. In de deuropening bleef ze even staan en nam de ruimte in zich op. Daarna gaf ze de hond een aai. 'Hé Joep.'

'Wil je thee?' vroeg ik. Nikki keek aarzelend, maar ik was al onderweg naar de keuken. Daar vulde ik de waterkoker opnieuw. 'Kende je mijn tante goed?'

'Ja, ik woon al mijn hele leven in dit dorp', antwoordde ze. 'Iedereen kende je tante.' Ze keek me aan met haar hoofd schuin. 'Ik heb zo gehuild bij jouw toespraak gisteren op de uitvaart. Ik kan me niet eens voorstellen hoe verdrietig jij wel niet moet zijn.'

Ze was niet van de omwegen, deze Nikki. Ik hield daar wel van. 'Ik mis haar inderdaad verschrikkelijk', zei ik terwijl mijn handen op de automatische piloot hun weg vonden door de keukenkastjes. Glas, theezakje, lepeltje. 'Ik ben er altijd van overtuigd geweest dat ze de honderd zou halen. Het was gewoon niets voor haar om dood te gaan.' Ik glimlachte even om mijn eigen woorden. 'Oké, dit klinkt waarschijnlijk heel gek.'

'Nee, ik snap precies wat je bedoelt. Ze was daar helemaal het type niet voor.' Nikki grinnikte zacht. 'Je hebt van die mensen die er al jaren klaar voor zijn. Alsof de dood er al een beetje in getrokken is. En die gaan dan vervolgens niet. Maar Rosy...'

Ik keek haar aan met verwondering. Ze was verrassend observerend voor haar leeftijd. 'Suiker?' vroeg ik, maar ze schudde haar hoofd.

We gingen aan de keukentafel zitten en ik keek haar aan. 'Vertel, wat kan ik voor je doen?'

'Ik eh...' Ze zocht even naar woorden. 'Oké, ik val gewoon met de deur in huis. Ik ben vlogger, voor mijn eigen YouTubekanaal en ook voor de regionale krant. En ik hoop dat ik een vlog kan maken over jouw tante, omdat haar dood heel veel mensen in het dorp zo heeft geraakt.' Ineens was de verlegenheid terug die ik eerder had gezien. Ze vouwde haar handen om haar glas, brandde zich en trok ze net zo snel weer terug. 'Ik moet toegeven dat ik dit nog niet echt doordacht heb. Eigenlijk ben ik een beetje in een opwelling naar je toe gekomen.'

'Vlogger', herhaalde ik omdat ik aan dat woord was blijven hangen. Het was niet het eerste wat ik had verwacht.

'Ja', zei Nikki. 'Ik moet soms nog aan mijn dorpsgenoten uitleggen wat dat precies is, maar het is leuk dat mijn vlogjes steeds bekender worden. Ik vlog voornamelijk over de omgeving en wat hier allemaal gebeurt.'

Ik moest de opmerking inslikken dat ze dan vast snel uitgevlogd zou zijn. In plaats daarvan glimlachte en knikte ik. Nikki vertelde over een open dag op een boerderij waar ze een vlog over had gemaakt en de boekpresentatie van een lokale schrijver die in eigen beheer een thriller had uitgebracht die zich in de omgeving afspeelde. 'En nu wil ik heel graag een vlog maken over Rosy', besloot ze haar relaas. 'Maar daarvoor heb ik je toestemming nodig.' Ze aarzelde kort. 'En met "toestemming" bedoel ik eigenlijk medewerking.'

'Wat wil je precies doen?'

'Meerdere mensen aan het woord laten over haar, waaronder jou. Over wie ze was en hoe belangrijk ze voor ons dorp was. En natuurlijk over de boekwinkel.' De huid tussen haar wenkbrauwen plooide zich in een rimpel. 'Ik denk dat mensen ook heel graag willen weten wat er nu met de winkel gaat gebeuren. Wanneer die weer opengaat.'

Ze keek me aan en ik wist dat er een antwoord van me werd verwacht. 'Ik ben daarover nog in gesprek met de notaris', zei ik ontwijkend. En daarna, omdat ik me afvroeg wie ik eigenlijk voor de gek hield: 'Eerlijk gezegd ben ik van plan om het huis te verkopen en de winkel te sluiten. Ikzelf heb een baan en een leven in Amsterdam en tenzij zich iemand meldt om de winkel over te nemen, zie ik niet helemaal hoe ik die open moet houden.'

Nikki deed haar best om haar ongeloof te verbergen, wat ik op zich wel waardeerde. Maar de blik in haar ogen liet zich niet maskeren. 'Sluiten?' herhaalde ze. Ze viel even stil. 'Jeetje. Ja, ik bedoel, het is wel logisch en alles, en ze is er natuurlijk niet meer, maar...' De zucht die ze slaakte klonk beverig. 'We zijn allemaal zo'n beetje opgegroeid in die winkel. Als kind gingen we altijd een snoepje halen bij Rosy. En dan even kletsen. Ze wist ook precies welke boeken je leuk vond en had dan altijd iets nieuws. Ik heb er heel wat verslonden. Toen mijn hart op mijn twaalfde was gebroken omdat de jongen op wie ik verliefd was met iemand anders had geschuifeld, kreeg ik van Rosy een opschrijfboekje waarin ik al mijn gedachten aan het papier kon toevertrouwen. Ik heb het nog steeds. Er zat een hele mooie pen bij. Die heb ik daarna nog heel vaak gebruikt bij liefdesverdriet.' Ze slikte en keek me aan. 'Ze was er gewoon altijd, snap je? Je kon bij haar terecht. Twee jaar geleden is mijn moeder overleden en heeft ze me geholpen bij het schrijven van mijn toespraak. Daar nam ze dan alle tijd voor, tussendoor hielp ze de andere klanten. En ik was echt geen uitzonderingsgeval, ze stond voor iedereen klaar.'

De brok, die toch al nooit ver weg was, zwol weer op in mijn keel. Ik veegde een traan weg die langs mijn neus naar beneden gleed. 'Sorry', zei Nikki. 'Ik zit hier verdrietig te zijn terwijl het voor jou zoveel erger is. En het is natuurlijk ook logisch dat de winkel dichtgaat, maar er zijn zoveel mensen die hem niet kunnen missen.'

Ze bedoelde natuurlijk: die háár niet kunnen missen. Dat wist ik. En dat begreep ik. De winkel was gewoon de plek waar ze altijd was, maar geen vervanging van tante Rosy zelf.

'Wie ga je vragen?' vroeg ik. 'Voor je vlog. Je zei dat je meerdere mensen wil interviewen.'

'O, ja. Ik dacht aan een van de meiden van de paarden en de voorzitter van de dorpsvereniging. En misschien Leo.'

'Dat is de buurman toch?'

'Ja. Heb je hem ontmoet?' Ik schudde mijn hoofd en Nikki deed haar best om niet te laten merken dat ze verbaasd was. 'Hij was ook op de uitvaart. Je tante zorgde een beetje voor hem.'

'Ja, dat zei ze weleens.'

'Tja. Hij zal haar ook wel missen.' Nikki dacht even voor ze verderging. 'Laten we maar hopen dat er iemand anders is die nu een beetje naar hem omkijkt.'

'Dat zal toch wel?' zei ik. 'Volgens mij let iedereen in dit dorp op elkaar.'

Nikki knikte half, maar gaf geen antwoord. Ergens zat het me niet lekker wat ze had gezegd. 'Wat deed mijn tante dan voor hem? Ze vertelde er nooit heel veel over.'

'Ik weet het ook niet precies, maar ze zei weleens dat ze voor hem kookte of wat boodschappen deed. Of ze gingen een stukje wandelen. Ik denk dat ze voornamelijk zorgde voor gezelschap en wat leven in de brouwerij. Anders zit hij daar ook maar alleen. En sinds die beroerte kan hij ook niet zomaar even de deur uit.'

'Nee?' vroeg ik, eigenlijk om maar wat te antwoorden.

'Ik weet het niet precies, maar sindsdien loopt hij moeilijker en valt hij sneller, volgens mij. Hij krijgt natuurlijk wel thuiszorg.' Ze keek nadenkend. 'Maar dat zal wel niet zoveel zijn. Volgens mijn moeder schiet er per cliënt steeds minder tijd over. Althans, dat is bij mijn oma het geval.'

Ik dacht niet dat het Nikki's bedoeling was om mij het gevoel te geven dat ik aandacht aan de buurman moest besteden, maar ergens brachten haar woorden bij mij een zwaar gevoel teweeg. Het leek wel of tante Rosy zich had opgeworpen als hoeder van wat oud, kwetsbaar of eenzaam was. Of alle drie. Niet alleen de oude paarden of de bejaarde ezel konden op haar zorg rekenen, blijkbaar gold voor de buurman hetzelfde. En hoewel ik tante Rosy niet was en ook niet de intentie had om het gat dat haar dood had geslagen te dichten, voelde ik me nu op een of andere manier verplicht om op z'n minst één keer bij de buurman aan te bellen.

'Hoe dan ook, de vlog.' Nikki nam nog een slok van haar thee en ging wat meer rechtop zitten. 'Ik zou het leuk vinden om met jou over je tante te praten, en het liefst in de boekwinkel omdat iedereen in de omgeving die kent. Vind je dat goed?'

Ik knikte. 'Dat lijkt me prima. Wanneer zou je dat willen doen?'

'Morgen?' stelde ze voor. 'Ik weet natuurlijk helemaal niet of dat uitkomt.'

Ik moest er toch een keer doorheen, besefte ik. En dan bedoelde ik niet de vlog, maar het moment om me naar de winkel te begeven. 'Dat is goed', zei ik daarom.

Nikki stond op en trok haar jas aan en toen de deur achter haar was dichtgevallen, was het weer stil in huis. Ik liep naar boven om mijn schilderspullen te pakken, maar toen ik alles in de woonkamer had geïnstalleerd en het licht ook nog eens prachtig over de akker speelde, stond ik daar maar met mijn penseel in mijn hand. Geen streek kwam op het doek en het ontbrak me aan inspiratie om de verf tot de juiste kleuren te mengen. Mijn hoofd werd in beslag genomen door flarden van het gesprek met Nikki. Tante Rosy die voor iedereen klaarstond. Het boekwinkeltje als pleisterplaats voor iedereen die een luisterend oor of wat goed advies nodig had. Het gemis nu dat dat er ineens niet meer was. Natuurlijk had ik altijd geweten dat de winkel meer was dan een plek waar boeken, kranten en pennen werden verkocht, maar het was eigenlijk zonde dat ik pas nu tante Rosy er niet meer was, echt begreep hoe belangrijk de plek voor het dorp en al z'n bewoners was geweest. Onlogisch was het niet. Als ik mijn tante bezocht, sprak ik geen dorpsbewoners en zelf was ze veel te bescheiden om te vertellen hoe groot haar rol was. Ik hoopte maar dat ze het wel had beseft.

Ik legde mijn penseel neer en checkte mijn telefoon. Van Richard had ik geen reactie. Van Samira had ik ook niets meer gehoord. Wel was er een appje van Hendrik-Jan de uitvaartverzorger om te vragen hoe het met me ging. Ik antwoordde dat ik terugkeek op een mooie uitvaart. Daarna legde ik mijn telefoon weg en pakte de riem van Joep. De koelkast begon leeg te raken.

Via de voordeur liep ik naar buiten, de oprit af, de dijk op. Ik liet Joep loslopen zolang we nog op de dijk waren. Hij raakte een eindje achterop en voor het kleine, grijze huis dat zo'n meter of vijftig naast dat van mijn tante lag, bleef ik staan om op hem te wachten. Onbewust staarde ik naar de woning die van Leo moest zijn. In de voortuin stond een grote treurwilg en het gras was er aan de lange kant. Ik dacht terug aan wat Nikki had gezegd. Wat gezelschap en een paar boodschappen. Zoveel moeite was dat nou ook weer niet.

In een opwelling liep ik naar de voordeur. In het huis weerklonk de scherpe ring van de bel toen ik mijn vinger ertegenaan duwde. Het duurde lang voor ik wat hoorde en ik ging er al bijna van uit dat er niemand thuis was toen uiteindelijk toch het geschuif van metaal tegen hout klonk en de deur werd opengedaan. Ik herkende Leo van de uitvaart, al had ik toen niet geweten wie hij was. Hij had een overhemd gedragen in plaats van het grijze vest dat hem nu omhulde, en hij had zich nu niet geschoren. 'Ja?' vroeg hij met enig wantrouwen omdat hij mij niet herkende.

'Meneer...' Shit, wat was zijn achternaam? 'Ik eh... ik ben Stefanie de Klerk', zei ik toen maar. 'Ik ben het nichtje van uw buurvrouw Rosy.'

'O...' De blik in zijn ogen veranderde wel, maar niet helemaal zoals ik had gedacht. Ik merkte dat ik eraan gewend was geraakt dat mijn band met Rosy leidde tot medeleven, of in elk geval tot warmte die door haar afwezigheid dan maar op mij afstraalde. Maar van geen van beide was nu sprake. Hij keek me alleen maar afwachtend aan. 'Ik ben onderweg naar de supermarkt en ik vroeg me af of ik misschien iets voor u kan meenemen', zei ik. 'Omdat mijn tante weleens... Nou ja, het hoeft natuurlijk niet. Maar misschien heeft u wat nodig.'

'Nee hoor', zei hij toonloos. Hij staarde me aan. Het bruin van zijn ogen was verbleekt, het wit juist vergeeld. De stilte die viel was ongemakkelijk en ik haastte me om hem op te vullen. 'Oké. Prima. Het viel natuurlijk te proberen.' Ik klonk verontschuldigend, wat uiteraard de omgekeerde wereld was aangezien ik hém mijn hulp had aangeboden. Maar deze man riep het op om maar meteen je verontschuldigingen aan te bieden. Al was het maar voor het feit dat ik aan de deur was gekomen.

Joep had me inmiddels bereikt en ik aaide hem dankbaar. 'Nou, dan gaan we maar weer verder', zei ik monter, alsof mijn opgewektheid de hele sfeer moest opkrikken. De buurman zei niets. Het gesprek, of wat het ook was, werd steeds vreemder. 'U heeft mijn telefoonnummer toch? Belt u gerust als er iets is.'

Ik zei het in een opwelling en had al spijt terwijl ik nog aan het praten was, maar toch ging ik verder. 'Ik ben ook de komende dagen nog in het huis van mijn tante.' Ik gebaarde in de richting van tante Rosy's huisje, alsof hij niet zou weten waar dat was.

'Best', zei hij en toen was het weer stil. Ik was niet goed met oude mannen. Oude mensen in het algemeen. Althans, niet van het soort dat er ook echt oud uitzag. En oud rook.

'Nou, u weet me te vinden', zei ik. Leo bromde iets onverstaanbaars en de gedachte dat hij me natuurlijk niet zou bellen, bracht wat geruststelling. We wisten allebei dat mijn woorden puur voor de vorm waren. Ik zei gedag en nam Joep mee, de dijk weer op. In mijn rug voelde ik nog de blik van de buurman, al wist ik niet of hij daadwerkelijk nog stond te kijken. Er kwam een herinnering terug van tante Rosy die hem ooit een van de vriendelijkste mensen uit het dorp had genoemd. Ik bewonderde haar gave om in iedereen iets moois te zien.

Vlug vervolgde ik mijn weg naar de supermarkt. Zelfs Joep liep sneller dan anders.

Hoofdstuk 5

IEMAND HAD DE KOPJES AFGEWASSEN. VAN ALLES WAT ME kon opvallen, was dat het eerste waaraan mijn blik echt bleef hangen. Dat droogrek met die gebloemde bekers erin. Het vaatdoekje dat er zorgzaam onder was gelegd. Allang droog, natuurlijk. Ze stonden er al zo lang.

De deur was een onneembaar fort geweest, het pad door de winkel een denkbeeldige berg. Maar uiteindelijk was ik de drempel over gestapt en had ik me ondergedompeld in wat in alles tante Rosy ademde. Nu stond ik in het kleine keukentje annex kantoor annex magazijn en staarde naar een paar kopjes die tegelijk geen enkele en juist heel veel waarde hadden.

Ik maakte mijn blik los van de kopjes en draaide me om om de winkel weer in te lopen. Alleen al de geur – een combinatie van drukinkt, papier en hout – bezorgde me een golf van gemis. Ik verzette me ertegen omdat ik gewoon even geen zin had om te huilen. Ik had juist voor het eerst sinds dagen langer dan een minuut aan mijn make-up besteed, omdat ik er voor de vlog goed uit wilde zien. Tranen zouden mijn werk in een mum van tijd tenietdoen.

Maar zo werkte dat niet met verdriet, je hield het niet tegen. Dus depte ik mijn ogen bij de aanblik van de vertrouwde toonbank, de tafel met thrillers, de plint met literatuur, de kast met historische boeken en het hoekje met de kinderboeken en de Dikkie Dik-knuffel. De rest zag ik niet meer, omdat mijn blik vertroebeld raakte. Het was sowieso verbazingwekkend hoeveel boeken tante Rosy in het kleine winkeltje kwijt had gekund.

Ik liet mijn handen op de toonbank rusten en keek naar de post-its waarop ze had opgeschreven wat blijkbaar onthouden moest worden. Op de plank onder de kassa stond inpakpapier op een rol, ernaast lag lint en een stickervel. Ze had altijd de mooiste cadeautjes gecreëerd. 'Daarom ben ik boeken gaan verkopen', zei ze weleens gekscherend. 'Omdat dat het enige is wat zich een beetje makkelijk laat inpakken.'

Dat was natuurlijk niet waar. Ze was boeken gaan verkopen omdat ze heel veel van boeken hield en wilde dat andere mensen ook van boeken zouden houden. En altijd weer een nieuw boek zouden vinden om in weg te kruipen, om te ontsnappen aan het dagelijks leven, om iets te leren, om een nieuw inzicht te krijgen of om simpelweg ontroerd te raken. Dat was gelukt. Ik wist niet hoeveel boeken ze in bijna vijftig jaar had verkocht, maar het moesten er duizelingwekkend veel zijn. Niet alleen uit het dorp kwamen mensen naar haar winkel, ook vanuit de omliggende dorpen en zelfs vanuit verder weg gelegen steden. Een tijdje geleden had ik voor de lol eens de Google-reviews gelezen. Er waren zelfs mensen uit Rotterdam bij geweest. Sommige mensen noemden tante Rosy's winkel 'een boekwinkel zoals die bedoeld is'. Daar was ik het wel mee eens. De krakende eikenhouten vloer, het smalle pad, de tot aan het plafond volgebouwde kasten – als je voor een film een boekwinkel moest inrichten, zou je het op deze manier doen.

Ik haalde diep adem en liep een rondje door de winkel. Met mijn vinger streek ik over de thrillertafel en ik bleef even staan bij het kastje met lokale boeken. Mijn hand rustte op de encyclopedie van Zeeland die al jaren in de winkel stond en die niet te koop was, maar wel duizenden malen was doorgebladerd door bezoekers. Ik liep naar de kinderboeken en zag het Annie M.G. Schmidt-plankje dat mijn tante altijd koesterde. Ze vond dat ieder kind op z'n minst één boek van Annie M.G. Schmidt in z'n jeugd moest hebben gelezen, of voorgelezen hebben gekregen. Ikzelf had van haar zo'n beetje het hele oeuvre gekregen, en als ze een boek slechts twee keer had voorgelezen, was het weinig te noemen. Ik liet mijn hand over het omslag van *Abeltje* gaan en daarna van *Pluk van de Petteflet*, mijn lievelingsboek als kind.

Een geluid bij de deur haalde me uit mijn gedachten. Ik keek om en zag Nikki zwaaien voor het raam. Snel liep ik naar haar toe en deed de deur open. 'Wat fijn om hier weer te zijn', zei ze nadat ze me spontaan met drie zoenen had begroet. Ze snoof diep. 'Van deze geur word ik altijd meteen rustig', zei ze met een droevig glimlachje. Meteen daarna klaarde haar gezicht op. 'Ik wil je alvast enorm bedanken dat je wil meedoen', zei ze. 'Ik kan me best voorstellen dat je nu andere dingen aan je hoofd hebt. O, dat is een mooie plek.' Haar blik richtte zich op het smalle, hoge kastje met lokale boeken. 'Hier heeft ooit nog het boek van mijn vader gestaan. Hij was er enorm trots op. Jouw tante heeft alle zeilen moeten bijzetten, maar uiteindelijk wist ze er vijftig van te verkopen.'

'Waar ging het over?'

'De geschiedenis van het dorp tijdens de Tweede Wereldoorlog. Hij heeft er twee jaar aan gewerkt, naast zijn baan natuurlijk. Volgens mij ging het vooral om het plezier van het researchen. Ik herinner me nog dat hij avondenlang achter zijn bureau zat.' Ze liet haar vinger over de ruggen van de boeken glijden. 'Het staat er niet meer tussen. O, wacht, toch wel.' Ze haalde een boek met een donker omslag tevoorschijn en liet het me zien. Ik pakte het aan en las de tekst op de achterkant. Er stond een foto bij van een man van wie ik zonder verdere informatie ook had kunnen zien dat het Nikki's vader was. 'Dat hoor ik vaker', zei ze en er gleed een schaduw over haar gezicht. 'Het maakt me trots dat ik zo op hem lijk. Maar het is een verdrietig soort trots, ken je dat?' Ze keek me onderzoekend aan. 'Ik kan ook zien dat jij en Rosy familie van elkaar zijn. Jullie hebben dezelfde blik, en dezelfde kaaklijn. Had je moeder donker haar?'

'Blond, net als mijn tante. Althans, zij was blond voor ze grijs werd.'

'Dan moet jij je donkere haar van je vader hebben.'

Het was gewoon een constatering en eentje die nog klopte ook. Toch vond ik het ineens moeilijk om te knikken. 'Leeft hij nog?' vroeg Nikki.

Haar directe manier van doen, die ik eerst prettig had gevonden, bezorgde me nu een ongemakkelijk gevoel. 'Dat weet ik niet', antwoordde ik naar waarheid. 'Ik heb hem nog nooit gezien.'

'O?' In Nikki's ogen verscheen nieuwsgierigheid.

Ik was er niet per se op uit om mijn levensverhaal te vertellen, maar voelde me toch geroepen meer informatie te geven. 'Hij verliet mijn moeder toen zij vijf maanden zwanger was en heeft nooit meer iets van zich laten horen. Ik ben alleen met haar opgegroeid, ik draag zelfs niet zijn achternaam. Zijn familie wist ook nooit precies waar hij was.'

Nikki trok een rimpel in haar neus. Aan haar gezicht was af te lezen dat ze eigenlijk iets anders wilde zeggen, maar ze volstond met: 'Wat moeilijk voor je moeder.'

'Gelukkig had ze steun van mijn tante', zei ik. 'Mijn moeder heeft me daarom ook altijd laten beloven dat als mijn tante ooit hulp nodig had, ik er voor haar zou zijn. Maar mijn tante had nooit hulp nodig. Wil je koffie, trouwens?'

'Lekker. Nou ja, behalve nu dan.'

'Nu dan wat?' vroeg ik terwijl ik naar achter liep om het koffiezetapparaat aan te zetten.

'Of niet echt hulp... maar de boekwinkel, bedoel ik.' Ze zei het nonchalant, haar blik op de boeken gericht. Ik ging er niet op in en rommelde aan het koffiezetapparaat tot ik de filter op de juiste manier had geplaatst en de koffie begon te lopen. Ik begreep haar opmerking wel, maar dit was natuurlijk niet hetzelfde als wat mijn moeder had bedoeld.

Terwijl ik wachtte tot de koffie was doorgelopen en tot Nikki klaar was met het inrichten van de vlogplek, dacht ik aan haar video's die ik vanochtend had bekeken. Ik was toch wel nieuwsgierig geworden en had Nikki op YouTube opgezocht. Daar was ik verrast geweest door haar professionaliteit. Ze praatte tegen de camera als een volleerd presentatrice en bovendien waren de filmpjes goed gemonteerd. Sommige waren meer dan vijfduizend keer bekeken. Ik had er niet veel verstand van, maar dat leek me veel.

Mijn oog viel op een stapeltje post dat op het kleine bureau lag. Ik had de post van de afgelopen tijd net van de mat geraapt en er slordig naast gelegd, maar dat stapeltje moest er al door mijn tante neergelegd zijn met de intentie het later af te handelen. Sommige enveloppen waren nog dicht. Bovenop lag er eentje waar het logo van de gemeente op stond. Het adres was haar huisadres, dus ze moest hem hebben meegenomen naar de winkel. Ik pakte de envelop, draaide hem rond in mijn hand en scheurde hem vervolgens open.

Er zat één velletje in. Ik verwachtte half dat het ging om iets algemeens – verhoging van de belastingen of een aankondiging van wegwerkzaamheden. Maar de brief was aan haar persoonlijk gericht. Er stond een kenmerk boven en in het onderwerp werd een perceelnummer genoemd. Mijn ogen gleden over de regels en ik moest de brief twee keer lezen om te vatten wat er precies stond. Toen kneep ik mijn ogen samen en liet mijn hand zakken.

De gemeente, zo stond er te lezen, had het perceel nodig dat in de administratie bekend was onder het nummer dat erbij stond, maar dat in de praktijk het weiland was waar de paarden en de ezel van hun pensioen genoten. De dienstdoende ambtenaar had vastgesteld dat het land weliswaar al decennialang de familie De Klerk toebehoorde, maar dat het de gemeente toch was toegestaan mijn tante uit te kopen voor een marktconform bedrag en dat het haar zeer sterk werd afgeraden dat te weigeren, omdat ze dan een juridisch gevecht tegemoet kon zien waarbij ze aan het kortste eind zou trekken. Zo stond het er uiteraard niet letterlijk, maar daar kwam het op neer. De reden daarvoor was dat de grond helemaal geen agrarische bestemming had, maar een commerciële. En nu was de gemeente van plan de grond beschikbaar te stellen voor de bouw van een outletcenter.

Ik zette grote ogen op en schudde mijn hoofd. Een outletcenter, dat stond er echt. Wat moest dit dorp nou met een outletcenter? Er woonden krap aan zeshonderd mensen.

'Gaat het?' vroeg Nikki, die haar hoofd om de hoek stak en kennelijk aan mijn gezicht aflas dat ik in verwarring was gebracht. Ik herstelde me en schoof de brief onder op de stapel. Er stond zoveel juridische onzin in dat ik er duizelig van werd, maar daar zou ik later wel over nadenken. 'Ja', antwoordde ik zo nonchalant mogelijk. 'Prima. Ik schenk even de koffie in.'

Ik vulde twee bekers en nam die mee naar voren. Nikki had een lamp neergezet en een stoel verplaatst en zo een ministudiootje gebouwd. Er was zelfs een microfoontje.

'Als je daar gaat zitten, stel ik nog even het licht af', zei ze. 'Hou je koffie maar bij je, dat staat juist wel huiselijk en ontspannen. Zo, ja.' Ze rommelde wat aan de lamp, keek keurend naar het resultaat en knikte uiteindelijk tevreden. 'Helemaal top. We kunnen beginnen.'

Ik weet niet precies wat ik had verwacht, maar niet dat Nikki amper tien minuten later het licht alweer uitknipte. 'Het staat erop', zei ze. 'Je hebt het geweldig gedaan. Er zit zoveel liefde in hoe je over je tante praat.'

'Heb je genoeg?' vroeg ik.

'O, ja, zeker. Vlogs zijn nooit heel lang, want dan kijkt niemand ze af. En er komen best veel mensen aan het woord.' Ze pakte een hoes en schoof de lamp erin. 'Vind je het fijn om het resultaat eerst te zien voor ik het online zet?'

Ik knikte. 'Maar ik ga je niet verbeteren, hoor. Ik vind het gewoon leuk om te zien.'

'Als je ergens niet blij mee bent moet je het gewoon zeggen. Mijn chef was trouwens enorm blij met het idee. Zijn vader was vroeger een klasgenoot van tante Rosy.'

'Aha.' Ik glimlachte terwijl ik me afvroeg of dan werkelijk iedereen in dit dorp elkaar kende, met elkaar naar school was gegaan of familie van elkaar was. 'Bedankt, Nikki. En als je nog iets wil weten, bel dan gerust.'

Ik liep met haar mee naar de deur en ook bij het afscheid gaf ze me drie zoenen. Daarna deed ik de deur voor haar open en stapte met haar naar buiten. Ik zwaaide nog en keek haar even na toen ze wegliep. De zon was gaan schijnen en in de lucht hing die typische lentewarmte waarbij je nooit precies wist of je jas aan of uit moest, maar die me vanbinnen verwarmde.

Een beweging dichtbij trok mijn aandacht en het volgende moment stond er een vrouw voor me. Langs me heen glipte een jongetje de winkel in. 'O, gelukkig', zei de vrouw. 'Ik hoopte zo dat de winkel weer open zou gaan. Sam is helemaal van slag. Of nou ja...' Ze keek verontschuldigend. 'Niet zo erg als jij natuurlijk. Maar hij heeft moeite met veranderingen.'

Blijkbaar wist ze wie ik was en ik herinnerde me dat ik haar op de uitvaart had gezien. Daar was ze opgevallen en, dat had ik nog gedacht, dat was een van de vele verschillen tussen Amsterdam en het dorp. Deze vrouw was een uitzondering tussen de dorpsbewoners omdat ze de enige was met een donkere huid. 'Ik ben Olivia', zei ze en ze stak me de hand toe.

'Stefanie', antwoordde ik.

'Ik heb je nog niet persoonlijk gecondoleerd met het verlies van je tante.' Ze hield mijn hand langer vast. 'Ik vind het zo erg voor je.'

Ik had eigenlijk willen afsluiten, maar nu het kind in de winkel was, kon ik niet anders dan de deur verder openen voor zijn moeder. 'O, sorry', zei Olivia toen ik de deur achter haar weer in het slot duwde. 'Ik dacht dat de winkel alweer echt open was, maar dat is helemaal niet zo. We gaan weer.'

'O, dat... dat hoeft niet', zei ik. Ik keek hoe het jongetje neerstreek op de zitzak bij de kinderboeken en had het hart niet om hem en zijn moeder meteen weer weg te sturen. Op een of andere manier leek hij opgelucht dat hij hier was, als ik de blik op zijn gezicht juist interpreteerde. 'Ik heb hier nog wat dingen te doen, dus als hij het fijn vindt om hier te zijn, neem dan gerust de tijd.'

Ik verdween naar het kantoortje en vroeg me af waar ik zou beginnen. Ik wist eigenlijk niet eens precies wat ik zocht. Gegevens van de verhuurder van het pand, die had ik waarschijnlijk als eerste nodig. Dan kon ik de huur opzeggen met ingang van de eerstvolgende periode. Ik vermoedde dat de opzegtermijn door het overlijden van tante Rosy niet meer dan een maand zou zijn. Als dat klopte, moest ik over een week of zes de winkel leeg hebben gemaakt. Een tikje nerveus dacht ik aan de metershoge kasten, allemaal tot de nok gevuld met boeken. De gedachte kwam in me op dat iemand de winkel misschien wel wilde overnemen. En anders kon ik altijd nog Nikki vragen de boekenmarkt in haar vlog aan te kondigen, dan zouden er vast veel mensen komen.

Ik stak mijn hoofd om de hoek en zag dat Olivia tussen de thrillers neusde. 'Wil je thee of koffie?' vroeg ik. 'Of iets anders?'

'Nee joh', zei ze en ze staarde wat ongemakkelijk naar haar kind. 'Ik ga hem vertellen dat we zo gaan, we willen je niet tot last zijn. Hij heeft alleen wat tijd nodig om aan dat idee te wennen, vrees ik.'

'Ik heb geen haast, hoor', zei ik. 'En ik vind het ook geen probleem om thee te zetten.'

Ik merkte tot mijn eigen verbazing dat ik hoopte dat ze ja

zou zeggen. Het was prettig om me onder de mensen te begeven en Olivia leek me fijn gezelschap. 'Nou, één kopje dan', ging ze overstag. Daarna liep ze naar haar zoon om te zeggen dat ze thee ging drinken en dat ze daarna weer naar huis zouden gaan. Het jochie was verdiept in een boek en knikte alleen maar. Ik vulde de waterkoker en terwijl ik wachtte tot het water warm was, bladerde ik door de map waar simpelweg het woord 'Huur' op de rug stond. Er zaten brieven in over jaarlijkse verhogingen en iets met een kapot kozijn. Met mijn telefoon maakte ik een foto van het briefhoofd, zodat ik het bedrijf later kon bellen. Ik moest trouwens ook nodig eens naar tante Rosy's e-mail kijken, bedacht ik.

De waterkoker schakelde zichzelf uit en dat betekende dat het water warm genoeg was. Ik maakte twee bekers groene thee en nam die mee naar de winkel. Achterin, ter hoogte van de historische boeken, was een kleine, houten tafel met wat tijdschriften. De krant van vorige week lag er nog, als een stille herinnering aan het leven dat zo abrupt was gestopt. Ik bedekte hem met de nieuwste editie van *vt Wonen* en vroeg Olivia hoelang ze al in het dorp woonde. Al snel waren we druk in gesprek.

'Jouw tante heeft me echt geholpen toen ik hier kwam wonen', vertelde ze na een tijdje. 'Nu is het veel beter, maar tien jaar geleden voelde ik me een bezienswaardigheid. Mensen begonnen ook op een rare manier tegen me te praten, heel langzaam en duidelijk articulerend, alsof ik vanwege mijn huidskleur niet goed bij mijn hoofd was.' Ze grinnikte toen ze eraan terugdacht. 'Als ik dan vertelde dat ik gewoon in Eindhoven ben geboren, keken ze me aan alsof ze water zagen branden. Ja, mijn ouders komen uit Suriname, maar ikzelf ben er welgeteld één keer geweest.'

'Maar toch ben je hier gebleven', zei ik, lachend omdat ze het zo geestig kon vertellen. 'In jouw geval was ik waarschijnlijk hard weggerend.'

'Ja, al moet ik zeggen dat ik echt tijd nodig heb gehad om te wennen aan deze omgeving. Als ik in het eerste jaar een mogelijkheid had gehad om weg te gaan, had ik het waarschijnlijk gedaan. Maar mijn inmiddels ex-man wilde hier per se blijven wonen.' Ze trok een gezicht. 'Ironisch genoeg is hij degene die inmiddels ergens anders woont. Als hij tenminste in Nederland is, want voor zijn werk is hij vrijwel altijd in het buitenland. En Sam en ik zijn hier gebleven.'

'Maar je zou nu ook weg kunnen, toch?'

'Dat zou kunnen', knikte ze. 'Maar zoals ik al zei: Sam kan niet goed tegen verandering en het gaat nu eindelijk een beetje beter met hem op school. Voor hem is het fijn dat alles klein en overzichtelijk is en dat is in het dorp zo. Daarnaast heb ik het zelf ook naar mijn zin. Ik kan geen plek bedenken waar ik nu liever zou wonen.'

Ik had moeite me dat voor te stellen, maar dat zei ik natuurlijk niet. Olivia ging verzitten. 'Je tante en Sam hadden een bijzondere band. Ik kan het niet zo goed uitleggen, maar ze begrepen elkaar gewoon. Natuurlijk heeft Sam tijd nodig gehad om aan haar te wennen, dat heeft hij bij iedereen. Maar bij haar was hij al snel open. Hij kan ook niet goed begrijpen dat ze er nu niet meer is, maar ik zie dat het hem goeddoet dat hij weer in de winkel is.' Haar blik bleef op haar zoontje rusten. 'Het was zo lief van je tante dat ze af en toe een uurtje oppaste in de winkel. Dan kon ik een boodschap doen, of een kop koffie drinken ergens. De zorg voor een kind als Sam is best intensief, zeker als je er grotendeels alleen voor staat.'

‘Wat heeft hij?’ vroeg ik. Ik had al de indruk dat er iets met het jochie aan de hand was en nu ze het zelf noemde, durfde ik er wel naar te vragen.

‘Een vrij heftige vorm van autisme’, antwoordde Olivia. ‘En ADHD. Dat is een vrij explosieve combinatie, kan ik je vertellen.’ Ze glimlachte, maar haar ogen deden niet mee. ‘Het ene moment zoekt hij alle drukte op die hij maar kan vinden, het volgende moment is alles hem te veel. Prikkels verwerkt hij heel moeilijk en als het plan verandert, is hij zo van slag dat hij ofwel heel angstig of verdrietig wordt of ronduit agressief. Daarnaast vindt hij het lastig om met mensen om te gaan. Bij Sam moet je heel rechtlijnig zijn. En dat zijn mensen niet zo vaak.’ We keken allebei naar het jongetje. Hij zat nu naast Joep en aaide de labrador over zijn kop. Joep was in slaap gevallen. ‘Wat dat betreft zijn dieren makkelijker’, zei Olivia. ‘Die zijn gek genoeg een stuk minder onvoorspelbaar dan mensen. Sam kan met alle dieren overweg. Hij komt ook graag bij de paarden van je tante en de ezel is zijn grote vriend.’

Ik dacht vluchtig aan de brief van de gemeente, maar zei er niets over. ‘Het lijkt me niet altijd makkelijk om een kind als hij te hebben’, zei ik in plaats daarvan.

Olivia knikte. ‘Dat is het ook niet. Mijn relatie is erop stukgelopen, omdat mijn ex er niet mee om kon gaan. Maar ergens denk ik: als je niet mans genoeg bent om alles te doen wat in je macht ligt voor je kind, ben je mij en Sam niet waard. Hij had zich kunnen verdiepen in de belevingswereld van zijn zoon en hij had mee kunnen gaan naar alle informatieafspraken, trainingsbijeenkomsten en sessies bij de kinderpsychiater. Dan had hij Sam veel beter kunnen begrijpen. In plaats daarvan is hij er gewoon bij weggelopen en hij ziet zijn zoon nu maximaal eens per maand. Vaak laat hij zijn moeder dan ook nog oppassen.'

'Lekker betrokken', zei ik en Olivia trok een veelzeggend gezicht. 'Begrijp je nu waarom ik zo blij was met iemand als jouw tante? Zij was altijd wél betrokken. Ze wist ook precies wanneer Sam iets belangrijks had en dan informeerde ze ernaar.' Olivia knipperde een paar keer en streek een lok van haar dikke, zwarte haar uit haar gezicht. 'Als je een donkere huid hebt en ook nog een kind dat een speciale behandeling nodig heeft, dan leer je dubbel zo hard dat lang niet iedereen de gave heeft een ander te accepteren zoals hij of zij is. Jouw tante had die wel.'

Ik knikte, maar het was wat aarzelend. 'Nou, niet iedereén, hoor. Er waren er ook een paar aan wie ze een hartgrondige hekel had.'

'Dat kan ik me bijna niet voorstellen', zei Olivia.

Ik wist niet waarom, maar ineens kwamen er anekdotes in me op die ik niet veel deelde. 'Ze had niet veel geluk in de liefde en trof nog weleens een man die niet uit liefde met haar samen wilde zijn, maar die dacht dat er nogal wat te halen viel bij haar. In het begin wilde ze dat soort types altijd helpen en ze had een hardnekkige overtuiging dat ze dat kon. Tot ze erachter kwam hoe iemand echt in elkaar zat. Dan was ze ook onverbiddelijk.' Ik dacht grinnikend aan de Belgische man – ik geloof dat hij Jean heette – die nog een dag lang voor haar huis had gestaan in de overtuiging dat ze de deur wel weer open zou doen.

'Pas toen hij tot op zijn onderbroek was natgeregend, begreep hij dat hij het had verbruid', vertelde ik lachend. 'Toen is hij maar naar de bushalte gelopen. Mijn tante heeft hem nooit meer gezien.'

'Ik had het haar wel gegund', zei Olivia. 'Gewoon een leuke relatie. Iemand die ook eens voor haar zorgde.'

'Ik ook, al hield ze er niet van om betutteld te worden. Het was, denk ik, niet makkelijk om met haar samen te leven. Ze was zo onafhankelijk en deed alles op haar eigen manier.'

Olivia hield haar hoofd schuin en keek me onderzoekend aan. 'En jij?'

'O, ik kon prima met haar opschieten. Als ik hier was, logeerde ik vaak een of twee nachten en dan hadden we echt lol samen.'

'Dat bedoel ik niet. Hoe zit het met jou en de mannen? Of vrouwen uiteraard.'

Ik voelde me wat overvallen door die vraag, al had Olivia natuurlijk net haar persoonlijke verhaal al op tafel gelegd. 'Ik eh... Op dit moment is het even rustig', antwoordde ik.

'Is die jongen van de uitvaart je vriend?'

Ik was vergeten dat het hele dorp Mano had gezien. 'Was', zei ik eerlijk. 'Ik heb het die avond uitgemaakt.'

'O.' Olivia's wenkbrauwen schoten omhoog. In haar blik was naast ongeloof ook iets geamuseerds te zien. 'Zomaar opeens?'

'Nee', gaf ik eerlijk toe. 'Maar ik was er wel zomaar opeens klaar mee. We waren al een jaar bij elkaar en toen mijn tante overleed, was hij voornamelijk bezig met hoe onhandig dat voor hem allemaal uitkwam. Terwijl hij eerlijk gezegd amper wat uitvoerde. Een minimaal aantal uur werken en een maximaal aantal uur gamen.'

'Gamen', herhaalde Olivia. 'Hoe volwassen.'

'Ja. Ik viel op hoe relaxed hij altijd was, Mano maakte zich nooit ergens druk om. En in het begin was hij echt heel lief. Maar dat relaxte werd desinteresse en hij vond het geloof ik wel handig dat ik een eigen huis had zodat hij zijn vrienden daar kon ontvangen.' Ik kneep nadenkend mijn ogen samen. 'Ik heb hem niet één keer gemist. We haalden gewoon niet het beste in elkaar naar boven. Ik ook niet in hem. We haalden eigenlijk niets in elkaar naar boven. Daardoor kon het gewoon doorkabbelen. Ik was voornamelijk met mijn werk bezig.' Vaag realiseerde ik me dat ik nog geen antwoord van Richard op mijn mail had ontvangen, maar die gedachte zakte weer weg. 'En voor je het weet zijn er dan weer een paar maanden voorbij. Of een jaar.'

'Soms heb je iets groots nodig om je wakker te schudden', zei Olivia. 'Voor jou was dat het overlijden van je tante.' Ze haalde haar hand door haar haar. 'Weet je, soms vraag ik me af waarom ik een kind als Sam heb gekregen. Dat bedoel ik niet rot, maar als ik andere ouders schijnbaar zorgeloos met hun kinderen naar pretparken zie gaan of zelfs maar gewoon even naar het strand en ik weet dat zo'n uitje bij ons een week aan voorbereidingstijd nodig heeft, en dat het pretpark sowieso geen optie is, dan...' Het was of ze haar zin verlengde om hem niet te hoeven afmaken. Toen ze dat uiteindelijk toch deed, zag ik de kwetsbaarheid in haar blik. 'Ik zou nooit een ander kind willen dan Sam, ik denk dat het leven mij hem als les heeft gegeven. Mijn ex en ik waren goed samen zolang de wereld zich gedroeg. Als er niets van buitenaf kwam om ons te verstoren, hadden we het geweldig. Maar als we onder druk kwamen te staan, haakte hij af. Dan werd hij ongeduldig en bokkig en alles was altijd mijn schuld, omdat hij niet kon omgaan met dingen die hij niet in de hand had of die simpelweg moeilijk waren. En uitgerekend wij kregen samen Sam.'

Ik luisterde naar haar zonder iets te zeggen. Dat ze van haar zoontje hield stond buiten kijf, dat zag ik aan alles. En ik vond het dapper dat ze daarnaast zo eerlijk durfde te zijn.

Olivia haalde diep adem en rechtte haar rug. Toen ze weer begon te praten, zat er meer lucht in haar stem. 'Wat ik maar wil zeggen: ga alleen voor een partner met wie je samen kan schuilen wanneer er hagelstenen zo groot als tennisballen uit de lucht vallen. En die er voor je is als jij vervolgens uitglijdt. Niet eens om je snel overeind te trekken, maar om naast je te staan als je jezelf overeind helpt.'

'Dat heb je mooi gezegd', zei ik en ik had de behoefte om de aandacht van mezelf af te leiden omdat de woorden iets bij me raakten. 'Is er zo iemand?'

'Voor mij? Nee, op dit moment niet. Ik moet zeggen dat ik mijn handen vol heb aan Sam. En bovendien zijn wij samen ook best een project om aan te beginnen. Voor ik iemand in Sams wereld toelaat, moet ik wel echt heel zeker zijn van mijn zaak.' Ze nam de laatste slok van haar thee. 'Ik ga je niet langer van je werk houden. Er zal nog wel wat moeten gebeuren voor de winkel weer opengaat, of niet?'

Ik deed mijn mond open om antwoord te geven, maar stokte even. Toen zei ik toch maar: 'Ik denk niet dat de winkel nog opengaat.'

Olivia keek me aan. 'Tja, dat is vast ook logisch nu je tante er niet meer is. Ik had alleen gehoopt... Nou ja, dat slaat ook nergens op. Jij hebt een baan en een leven en dat is niet hier.'

'Nee', zei ik en ik was blij dat ze het begreep. 'Bovendien zou ik nooit mijn tante kunnen vervangen.'

Olivia stond op en liet haar blik op mij rusten. 'Van dat laatste zou ik niet zo zeker zijn. Ik zie heel veel van haar in jou, Stefanie. Het talent om te luisteren, bijvoorbeeld.'

Daarna liep ze naar Sam en liet mij achter aan de tafel. Ik trok een rimpel in mijn voorhoofd en voelde me een beetje verward. Dit had in vierendertig jaar nog nooit iemand tegen mij gezegd. Mano had juist met regelmaat het tegendeel beweerd, al was dat vooral als we ruzie hadden.

'Dank je wel', zei Olivia toen ze Sam bij de hand had genomen en richting de deur liep. Het jongetje vermeed heel nadrukkelijk elk contact met mij. Ik glimlachte naar Olivia en zei: 'Wacht, ik geef je mijn telefoonnummer. Ik ben nog wel even in het dorp en als er iets is of zo... Of je hebt gewoon zin in een wijntje...' Ineens voelde ik me een beetje belachelijk. Ik pakte een post-it, schreef mijn nummer erop en gaf het aan Olivia. 'Voel je niet verplicht, hoor.'

Ze glimlachte naar me, pakte een pen en schreef haar eigen nummer op een ander papiertje. 'Insgelijks', zei ze en daarna liep ze de winkel uit.

Ik besloot het werk in de winkel tot morgen uit te stellen en deed Joep aan de riem. Het was iets voor vijven en in een opwelling liep ik naar de slager. 'Ah, daar is mijn vriend', zei een man van middelbare leeftijd met een enorme bos krullen die aan het opruimen was. Dat moest Rutger zijn. Hij stak zijn hand naar mij uit. 'Hai. Rutger.'

Goed gegokt. Ik stelde me voor. 'Het is geen woensdag', zei ik erachteraan.

'Maar ik heb het voor hem bewaard.' Hij verdween naar de koeling en kwam terug met een wit zakje waar iets hards en zwaars in zat. Ik vroeg wat ik moest betalen, maar het bleek gratis te zijn. 'Volgende week ligt er weer eentje voor hem klaar.'

Ik bedankte hem en wilde al naar de uitgang lopen, toen hij

me terugriep. 'Hoe gaat het?' vroeg hij en hij keek me onderzoekend aan. 'Je hield een mooie toespraak op de begrafenis. Ik zei later nog tegen mijn vrouw: dat eh... nou ja, dat was een mooie toespraak.'

'Dank je wel', zei ik. 'En het gaat. Er moet een hoop geregeld worden nu.'

Hij knikte een paar keer en humde iets instemmends. 'Wacht', zei hij en hij verdween opnieuw naar de koeling. Even later keerde hij terug met twee bakjes, eentje met macaroni en eentje waar iets van stamppot in zat. 'Dit maakt mijn vrouw altijd voor de winkel', zei hij en hij deed de twee bakjes in een tasje. 'Hier, neem mee. Dan hoef je je in elk geval niet druk te maken om een maaltijd.'

'Dank je wel', zei ik. 'Maar hier betaal ik voor.'

Ik stond erop maar hij wuifde het weg. 'Nee joh, is wel goed zo. Neem maar gewoon mee.'

Ik protesteerde, maar hij wilde er echt niets van weten en dus liep ik even later met een bot voor Joep en voor twee dagen eten voor mezelf de zaak weer uit. Onderweg op de dijk brak de zon door het wolkendek en ik stelde me voor dat tante Rosy ergens daar boven aan de knoppen draaide. Wat vreemd was, want ik geloofde helemaal niet dat het zo werkte na de dood, maar toen ik de stralen mijn gezicht liet verwarmen, vond ik het opeens een geruststellend idee dat ze nog een beetje meekeek.

Toen ik thuiskwam zette ik het eten in de koelkast, gaf Joep zijn bot en verwisselde mijn nette kleren voor een joggingbroek en een trui omdat ik straks nog even naar het paardenveldje wilde gaan. Daarna keek ik uit gewoonte op mijn telefoon. Toen ik de mail van Richard zag, realiseerde ik me dat zijn antwoord voor zijn doen – hij ging prat op zijn vermogen om aan het einde van elke werkdag een compleet afgehandelde mailbox te hebben – belachelijk laat kwam. Ik had er vanmiddag even vluchtig aan gedacht, maar verder had ik weinig aandacht besteed aan het gegeven dat ergens op de Zuidas een kantoor doordraaide waar ik normaal gesproken ruim vijftig uur per week had doorgebracht en dat daarnaast ook voortdurend in mijn hoofd zat. Er was nu simpelweg even geen ruimte voor. En terwijl ik de mail van Richard opende, realiseerde ik me dat ik mijn werk nog geen seconde had gemist.

Maar nu meldde Richard zich met een antwoord van drie alinea's, wat voor hem geen mail maar een heel boekwerk was. Ik begon met lezen en was in gedachten meteen ruim honderd kilometer verderop. In mijn hoofd hoorde ik zijn stem erbij, bars en op z'n Richards.

... overvallen door je bericht... niet hoe ik dit bedrijf heb opgebouwd... discipline en doorwerken... bij een beetje tegenwind afhaken... mensen als jij horen hier niet... met onmiddellijke ingang ontbonden... vergissen in mensen...

Ik voelde me draaierig en ging op de bank zitten. Mijn telefoon gleed uit mijn hand en landde met een zachte plof op het vloerkleed. Ik zou waarschijnlijk in shock moeten zijn of in paniek of woedend of welke reacties mensen ook maar hadden op het feit dat ze zomaar werden ontslagen. Maar in plaats daarvan voelde ik me alleen maar licht in mijn hoofd en kon ik niet helemaal om het feit heen dat dat gevoel te maken had met opluchting. Ik had niet eens energie om me druk te maken om het gegeven dat Richard me per mail de laan uit stuurde en het niet nodig vond me te bellen.

Ik maakte een screenshot van de mail en appte dat naar

Samira. Vrijwel meteen kreeg ik een hele rij geschokte gezichtjes terug samen met de mededeling wat ze van onze – herstel: haar – baas vond. Ik legde mijn telefoon aan de kant, kriebelde Joep achter zijn oren en voelde me ineens rustiger dan in dagen of misschien wel weken het geval was geweest.

En dat was het moment waarop de telefoon ging.

Hoofdstuk 6

Het telefoontje kwam vanuit een auto, te oordelen aan het ruisende geluid op de achtergrond. Ik hoorde een mannenstem die ik niet kende, en kennelijk had de beller ook geen idee wie ik was. 'Wie is dit?' vroeg hij. 'Hallo?'

'Stefanie', antwoordde ik op mijn hoede. 'Stefanie de Klerk.'

'Oké. Hai. Hallo. Je spreekt met Floris van Lier. Ik ben de kleinzoon van Leo.'

Ah, de buurman. 'Hallo', antwoordde ik.

'Ik had dit telefoonnummer nog van de buurvrouw, maar eh...'

Hij belde naar de vaste lijn. Ik was helemaal geschrokken toen het toestel begon te rinkelen, omdat ik niet meer aan een vaste telefoon gewend was. En toen ik opnam, had ik mijn naam gestameld omdat 'het huis van Rosy de Klerk' ook zo gek klonk.

'Is er iets aan de hand?' vroeg ik.

'Ja, mijn grootvader is gevallen en hij kan niet meer overeind komen omdat zijn been pijn doet. Aangezien er niemand van de thuiszorg beschikbaar is om hem te helpen, vroeg ik me af of jij misschien... Hij noemde jou.'

'Ik ben wel in de buurt', zei ik en het volgende moment had ik al spijt. Ik had natuurlijk moeten zeggen dat ik toevallig net onderweg was naar Amsterdam. Of Parijs. Of waar dan ook. Hoewel dat niet erg geloofwaardig was aangezien ik de huistelefoon had opgenomen. Maar hoe dan ook, er was vast wel iemand anders te vinden die de buurman kon oprapen.

'O, echt? Top. Heel fijn.' Floris' stem klonk als die van Richard wanneer hij een taak had gedelegeerd, meestal naar mij of Samira. Van zijn bordje – dat idee. 'Ik kom naar hem toe, maar het is een eind rijden en ik moet nog langs kantoor voor een call. Dus als jij vast naar hem toe gaat om hem te helpen, dan...'

Mijn adem stokte en ik onderbrak hem. 'Ik eh... Ik weet niet of ik nou...' Het verbaasde me dat de buurman uitgerekend mij had genoemd als mogelijke hulp, nadat onze eerste ontmoeting nu niet bepaald hartelijk was verlopen. 'Is er niemand die...'

'Ik ben echt onderweg', benadrukte hij. 'Ik ga zo snel mogelijk weer uit die call en dan rijd ik door. Desnoods help je hem alleen overeind, zodat hij niet op de vloer ligt, en dan ga je weer.'

De buurman en ik hadden op z'n zachtst gezegd niet echt een klik gehad, maar ik kon hem inderdaad moeilijk op de keukenvloer laten liggen. Straks raakte hij nog onderkoeld of in coma of zo. 'Oké', ging ik overstag. 'Ik weet alleen niet hoe ik binnen moet komen.'

Mijn tante had misschien wel een sleutel van zijn huis, maar die was ik nog niet tegengekomen. 'Dat hoeft niet', zei Floris toen ik dat noemde. 'De achterdeur is altijd open. Je kunt via de poort achterom lopen. Heel fijn, Melanie, dat je dit kan doen. Ik zie je straks. Ciao.'

'Mijn naam is Ste...', begon ik, maar hij had al opgehangen. Ik had alweer spijt van mijn belofte, maar er zat niets anders op dan me naar het huis van de buurman te begeven. Joep keek hoopvol toen ik mijn schoenen aantrok, maar deze keer moest hij thuisblijven.

Ik probeerde de poort, die inderdaad open bleek te zijn. Voor de keukendeur gold hetzelfde. Ik kwam binnen via een kleine bijkeuken waar het naar wasverzachter rook en even aarzelde ik: kloppen of roepen? Ik koos voor een combinatie en terwijl ik op de deur roffelde, kondigde ik mijn komst aan door mijn naam te roepen. Vanuit de keuken kwam een antwoord dat ik niet kon verstaan.

Ik haalde diep adem en dwong mezelf de deur te openen. Voorzichtig stak ik mijn hoofd om de hoek. Als hij maar niet bloedde. 'Hallo?'

'Ik ben hier', klonk een mannenstem vanachter de keukentafel. Ik stapte de keuken in, keek voorzichtig en zag hem daar inderdaad liggen. Zijn bril was een beetje verbogen, maar tot mijn opluchting zag ik geen bloed. Ik deed een stap naar voren. 'Uw kleinzoon heeft me gebeld. Gaat het?' vroeg ik, hoewel ik zelf ook wel kon zien dat het natuurlijk niet ging. 'Waar heeft u pijn?'

'Mijn knie', zei Leo. Hij keek me aan en ik zag gelukkig de helderheid in zijn ogen. Gek genoeg was hij een stuk toeschietelijker dan de vorige keer, ook al had hij nu duidelijk pijn. 'Ik denk dat ik hem heb verdraaid toen ik viel en als ik probeer op te staan, zak ik erdoorheen.' Hij keek me aan en trok een gezicht. 'Sorry.'

'Nou ja, dat heeft u toch niet expres gedaan', zei ik. Ik wuifde zijn excuus weg terwijl ik tegelijkertijd in mijn hoofd naar manieren zocht om hem overeind te helpen zonder hem met één vinger te hoeven aanraken. Hoewel hij nu geen morsig grijs vest droeg en zijn witte kabeltrui er een stuk schoner uitzag, voelde ik weinig behoefte om hem daadwerkelijk bij zijn arm te pakken. Of hem op minder dan tien centimeter te naderen.

'Kunt u een stukje overeind komen?' vroeg ik.

Hij antwoordde dat dat wel zou gaan, maar toen hij probeerde met een ingewikkelde draai zijn bovenlijf omhoog te werken en daarbij zijn pijnlijke knie te ontzien, kwam ik tot de onvermijdelijke conclusie dat dit niet ging werken.

'Kom maar', zei ik en ik deed een stap naar voren. Ik haalde diep adem en schakelde mijn gedachten uit voor ik voorover-leunde en mijn hand uitstak. Hij legde de zijne erin en het volgende moment ondersteunde ik hem bij zijn elleboog tot hij zichzelf in een zittende positie had getrokken. Hijgend leunde hij tegen de muur en hij zag bleek van de inspanning.

O nee, dacht ik. Straks ging hij nog overgeven. Of dood.

Alsof hij mijn gedachten kon lezen, wuifde Leo met zijn hand. 'Gaat goed', zei hij zo overtuigend mogelijk. 'Even op adem komen. Je gelooft me waarschijnlijk niet als ik zeg dat ik vroeger kon fietsen als Joop Zoetemelk, maar tegenwoordig moet ik de zuurstofflessen opstarten als ik twee benen tegelijk heb bewogen.'

Ik keek zoekend om me heen, maar hij produceerde een glimlachje. 'Dat was een grapje. Ik heb geen zuurstofflessen. Oké, ik ben er weer.' De kleur was inderdaad teruggekeerd in zijn gezicht. 'Ik kan op deze manier wachten tot Floris er is', zei hij, met zijn rug leunend tegen de muur. 'Als je alleen een glaasje water kan achterlaten.'

'Welnee', zei ik in een opwelling. 'Ik help u gewoon even op de bank. Dat zit toch veel beter.' Ik was eerlijk gezegd allang blij dat hij een stuk toeschietelijker was dan de vorige keer. Alsof hij precies wist wat ik dacht keek hij me op dat moment recht aan. 'Ik geloof dat ik mijn excuses moet aanbieden voor de eerste keer dat we elkaar spraken', zei hij. 'Ik was niet op mijn best. Sinds mijn beroerte heb ik soms dagen dat ik er niet helemaal uit kom met mezelf, om het zo te verwoorden.' Hij fronste alsof hij nadacht over wat hij net had gezegd. 'Al is dat natuurlijk geen excuus.'

Ik deed alsof ik niet helemaal wist wat hij bedoelde met 'de vorige keer', omdat het makkelijker was dan ingaan op zijn humeur. 'Ach, kan toch gebeuren', zei ik vaag, en daarmee was het onderwerp afgedaan. 'Hoe wilt u dit aanpakken?' vroeg ik, gebarend naar zijn knie en de afstand van een meter of vijf die er tot de bank te overbruggen viel. Hij tuitte zijn lippen en herschikte zijn bril, maar die bleef wat scheef staan. 'Als je mij kan helpen met opstaan en ik een beetje op je mag leunen, kan ik de bank hinkelend wel bereiken', zei hij. 'O, wacht.' Zijn telefoon ging en hij keek op het schermpje. 'Momentje, dit is mijn kleinzoon.' Hij nam op en liet weten dat ik er was en dat we zo meteen zouden beginnen aan het project om hem van de vloer op de bank te krijgen. Ik glimlachte om zijn woordkeus.

Terwijl hij belde, keek ik voor het eerst echt goed om me heen. Leo's huis leek lichter dan dat van mijn tante. De houten vloer was heel licht beige, bijna wit, en de meubels hadden een soortgelijke kleur. Over de leuning van de bank hing een donkerblauwe plaid, zoals je dat in woonbladen zag. Het leek niet op een oudemensenhuis, als dat al bestond. Het plafond was ook wit, maar de balken waren donkerbruin geschilderd, wat een mooi contrast gaf. In de huiskamer lag een hoogpolig vloerkleed met een motief van zwarte lijnen.

Het telefoontje duurde kort en daarna legde Leo zijn mobiel naast zich op de vloer. Ik boog voorover en liet hem zijn arm over mijn schouder leggen. Daarna ondersteunde ik zijn rug terwijl ik overeind kwam en hem omhoogliftte. 'Gaat het?' vroeg ik met een gesmoorde stem omdat hij eerlijk gezegd zwaarder was dan ik had gedacht.

'Dat kan ik beter aan jou vragen.'

Ik wilde zeggen dat het prima ging maar had even geen adem en dus liet ik het er maar bij. Met voorzichtige, schuifelende stapjes bewoog Leo zich richting de bank. Eén keer probeerde hij op zijn pijnlijke been te leunen, maar de knie bood geen steun. 'Misschien moet ik een dokter bellen', zei ik toen ik hem uiteindelijk op de bank had neergezet en ijs voor zijn knie had gepakt.

'Nee, kind, nee.' Hij wreef over zijn knie. 'Dat is niet nodig. Het wordt vast blauw, maar daarvoor hoeven we de arts niet lastig te vallen. Dat verdraaide evenwicht ook.'

'Ja?' vroeg ik. 'Heeft u daar last van?'

'Soms zomaar ineens. Dat zal wel door die beroerte komen. Ik zeg het je, kind, als je eenmaal begint met kwakkelen, gaat er een wereld aan kwalen en kwaaltjes voor je open waarvan je altijd denkt: dat is alleen voor oude mensen.'

Nog voor de gedachte in mijn hoofd opkwam dat hij dan ook tot de 'oude mensen' behoorde, zei hij het zelf al. 'In mijn hoofd ben ik twintig.' Zijn ogen twinkelden. 'Maar volgens de kalender word ik over een paar maanden zesentachtig. Kun je het geloven?'

'Ik had het u niet gegeven', zei ik. 'Hooguit vierentachtig.'

Er viel even een stilte en toen begon hij te lachen. 'Je kan wel merken dat je familie bent van Rosy. Die maakte ook overal een grapje van.'

Mijn taak zat erop en ik keek naar de keukendeur, waaruit ik in principe nu kon vertrekken. Toch stond ik te dralen. 'Zal ik even theezetten voor de schrik?'

Op Leo's gezicht was een combinatie van aarzeling en opluchting te zien. 'Ik wil je niet tot last zijn', zei hij, maar uit zijn blik sprak iets anders. Ik pakte de fluitketel. 'Eén kopje thee kan toch geen last zijn', zei ik en ik wist niet waar ik het vandaan haalde. Ik klonk zelf al bijna als iemand van de thuiszorg. Althans, dat vermoedde ik. Ik had nog nooit iemand van de thuiszorg gesproken.

'Kende u mijn tante al lang?' vroeg ik toen ik het water had opgezet en tegen het aanrecht leunde.

'Sinds ik hier ben komen wonen.' Hij keek omhoog en rekende. 'Nu zes jaar geleden. Daarvoor woonde ik altijd in Rotterdam, maar ik moet toegeven dat dat vooral was omdat mijn vrouw daar niet weg wilde. Toen zij overleed, ben ik vertrokken.'

'Is dat zes jaar geleden?'

'Acht.' Er gleed een schaduw over zijn gezicht, maar hij vermande zich. 'Het is heerlijk wonen in dit dorp, ik heb er nooit spijt van gehad.'

'Waarom hier?' vroeg ik. 'Heeft u familie?'

'Ik ben er geboren en de eerste tien jaar opgegroeid. Toen was het natuurlijk allemaal anders. Iedereen die ik kende is allang weg of overleden. Er woonde alleen nog een oom van me, maar die overleed precies een week na mijn verhuizing.' Hij glimlachte half. 'Hij was echt blij je weer te zien, zei je tante toen. Ik heb me bescheurd van het lachen.'

Er viel een stilte die niet zozeer ongemakkelijk was maar meer nadenkend. 'En uw kinderen?' vroeg ik. 'Waar wonen die?'

'Tja, wie zal het zeggen?' Hij hief zijn handen. 'Waar jouw tante ook woont. Onze enige dochter is veel te jong overleden, ze is samen met haar man verongelukt. Daarom is Floris ook bij ons opgegroeid.'

Ik slikte. 'O...' zei ik ongemakkelijk. 'Het spijt me...'

'Dat hoeft niet.' Hij keek me geruststellend aan. 'Het is nu dertig jaar geleden. Je komt er nooit overheen, maar erover praten lukt inmiddels wel.'

Vluchtig dacht ik aan de man die ik net aan de telefoon had gehad. Ik kon me niet voorstellen wat het met een kind deed als je ouders op een dag gewoon niet meer thuiskwamen. 'Wat een verdriet moet dat zijn geweest', zei ik, alsof dat de lading dekte. Ik keek naar Leo. 'Dus u was vijfenvijftig toen u ineens een klein jongetje kreeg om voor te zorgen.'

Leo knikte. 'We hebben nog gekeken of er een andere plek voor hem was, maar dan zou hij naar een pleeggezin gaan, of een instelling. Hij was pas vijf en had de grootste groene ogen die je ooit hebt gezien. Ik weet zeker dat ik kruipend naar elke plek in Nederland, of in de wereld, gegaan was om hem op te halen als we hem niet in huis hadden genomen. En ach, we voelden ons niet oud. Floris zegt altijd dat we actiever waren dan sommige van de ouders van zijn vriendjes. Tien jaar geleden zijn hij en ik nog samen naar Barcelona gefietst.'

Ik floot bewonderend. 'Ik vind het al ver als ik van mijn huis naar het station fiets.'

'Zo makkelijk als het nu klinkt was het ook niet, hoor. Maar wat hebben we gelachen. En je komt echt tot andere gesprekken als je allebei krom zit van de zadelpijn.'

Ik grinnikte. Op dat moment begon de fluitketel te zingen en op aanwijzing van Leo vond ik kopjes en zakjes. Even later zette ik twee dampende koppen op de salontafel en ging in de grote fauteuil bij het raam zitten.

'Maar goed, ik praat alleen maar over mijn eigen leven.' Leo kneep zijn ogen samen en keek in mijn richting. 'Vertel eens iets over jezelf, waar werk je?'

Ik vond het helemaal niet erg om over hem te praten en niet over mij, zeker gezien het feit dat dit momenteel een beetje een ingewikkelde vraag was. Toen ik mijn mond opendeed om antwoord te geven, besefte ik dat de woorden die automatisch al bijna mijn mond uit rolden, niet langer de waarheid waren. 'Momenteel even nergens', zei ik daarom. 'Ik ben net eh...' Tja, hoe ging ik dit leuk verwoorden? Ik kon niets bedenken en zei het daarom maar gewoon zoals het was. 'Ik ben net ontslagen.'

'Je tante zei altijd dat je iets deed in Amsterdam waar je heel goed in was, maar waar je niet gelukkig van werd.'

Ik glimlachte half. 'Zo dacht zij erover, ja. Maar ik heb hard gewerkt om te komen waar ik nu ben. Het advocatenkantoor waar ik als jurist werkte, stond goed aangeschreven en ik heb mijn tijd daar aan heel interessante zaken besteed.'

Leo knikte zonder iets te zeggen. Zijn blik was helder en zijn ogen stonden geïnteresseerd. Aan weerszijden van zijn kale hoofd bevond zich een plukje wit haar dat recht overeind stond. Als je een oude man moest tekenen in een strip, zou je een heel eind in de buurt van Leo komen.

'Waarom ben je ontslagen?' vroeg hij.

'Ik had onbetaald verlof gevraagd om hier alles af te handelen en dat vond mijn baas kennelijk niet zo'n goed idee.'

Leo fronste. 'Hij had ook gewoon nee kunnen zeggen.'

'Richard is een beetje vreemd.'

'Vind je het jammer?'

Ik deed mijn mond al open om antwoord te geven, maar sloot hem weer. 'Ik weet het net een uur', zei ik nadat ik even had nagedacht. 'Ik heb eerlijk gezegd nog niet besloten wat ik ervan vind. Wat jammer is, is dat ik zoveel uren van mijn leven heb besteed aan dit bedrijf, en aan een baas die mij kennelijk niet zo de moeite waard vindt. Ik ben in al die jaren nog nooit één dag ziek geweest.'

'Bedrijven waarderen hun mensen niet meer. Terwijl ze juist nu de banen voor het oprapen liggen, zuinig zouden moeten zijn op hun personeel.'

'Ik had wel een goed salaris. Dat was vast hun manier om waardering te tonen.'

'Ik vind het knap wat al die jonge mensen tegenwoordig bereiken', zei hij. 'Maar ik ben zo bang dat ze soms vergeten dat geluk boven geld gaat. Er bestaat zoiets als genoeg geld hebben, je hoeft niet altijd te jagen naar meer. Al moet ik zeggen dat ik mijn eigen kleinzoon op die manier heb opgevoed en dat hij zich ook weinig van mijn wijsheid aantrekt.'

Ik hield mijn hoofd schuin. 'O ja?'

'Ja.' Er gleed iets zachts over Leo's gezicht, dat ik mooi vond om te zien. Zijn ogen stonden trots als hij over zijn kleinzoon sprak. 'Maar misschien hoort het ook zo. Dat je je oude opaatje voor gek verklaart, tot je zelf oud bent en denkt: goh, misschien had hij een punt.'

'Tja, wie weet', zei ik. 'Waar woont uw kleinzoon?'

'In Haarlem.' Hij pakte zijn theeglas en legde zijn handen eromheen. 'Daar heeft hij een heel mooi penthouse aan het Spaarne. Echt, je weet niet wat je ziet. Hij zal er zelf nooit over opscheppen, maar ik ben zijn opa, dus ik mag dat.'

Hij vertelde over het bedrijf van zijn kleinzoon, die iets deed met vastgoed en kapitaal, en daarna over het bedrijf dat hij vroeger zelf had gehad en uiteindelijk kwamen we op tante Rosy uit. 'Jouw tante was me er eentje.' Hij keek verdrietig, maar in zijn ogen kon ik zien dat er ook mooie herinneringen door zijn hoofd speelden. 'Het huis zal nu wel in de verkoop gaan, of niet?'

'Dat is wel mijn plan.'

'Ja.' Hij knikte een paar keer en sloot even zijn ogen. 'Het einde van een tijdperk, dat is het. Je tante was een tijdperk.'

Ik had niet door dat ik er al zo lang was toen er gerommel klonk bij de achterdeur, gevolgd door een mannenstem in de keuken. 'Opa? O, daar ben je.'

Er kwam een man binnen, gestoken in een lichtblauw overhemd, een donkerblauwe chino en duur ogende sneakers. Mijn blik bleef hangen aan zijn groene ogen en zijn baardje van een dag – of misschien een halve dag, zo getrimd zag het eruit. 'Hai', zei hij en hij stak zijn hand uit. 'Ik ben Floris. En jij moet...'

'Stefanie', zei ik snel, voor hij mijn naam weer verkeerd had.

'Top.' Hij keek langs me heen en leek te zijn uitgepraat. Ik was blij dat hij zijn blik niet meer op mij richtte, aangezien hij eruitzag alsof hij net van een modeshow kwam en ik in mijn joggingbroek liep. Niet mijn oudste, gelukkig.

Floris begroette zijn opa met een hand op zijn schouder. 'Hoe kon je nou weer vallen?'

'Zwaartekracht', antwoordde Leo. 'Heb ik een haat-liefdeverhouding mee.'

Ik vond het wel geestig, maar Floris lachte niet. 'Moeten we naar de dokter?' vroeg hij bezorgd en hij keek even naar de knie van zijn opa, maar Leo schudde zijn hoofd. 'Het gaat al een stuk beter dankzij de goede zorgen van Stefanie.'

Floris blikte vluchtig naar mij en humde wat. 'Nou, het lijkt me toch goed als je dat vallen laat onderzoeken, opa. Dat gebeurt de laatste tijd best vaak.'

'Valt wel mee', bromde Leo. 'Ik moet gewoon niet te veel dingen tegelijk doen, zeker niet als ik hoofdpijn heb. Maar daar kom ik dan altijd net wat te laat achter.'

Floris knikte een paar keer. Ik wist niet zeker of hij de woorden van zijn opa wel had gehoord. Hij keek naar mij en kneep zijn ogen samen. 'Woon jij hiernaast?'

'Nee', zei ik toen. 'Amsterdam.'

'Dan ben je ver van huis.'

'Ik was in het huis van mijn tante.'

'Rosy', verduidelijkte Leo en ik zag Floris knikken. 'Gecondoleerd', zei hij tegen mij. 'Wat een verlies. En zo onverwacht.'

Ik was verrast dat hij het wist en wilde antwoorden, maar toen ging de keukendeur open en klonk het klikkende geluid van hoge hakken op de plavuizen. Het volgende moment schalde er een vrouwenstem door de ruimte. 'Floor? Heb jij mijn tas meegenomen?'

Ik wist niet wat het Guinness-record voor beenlengte was, maar ik was er vrij zeker van dat de vrouw die de huiskamer binnen kwam lopen een eind in de buurt kwam. In haar loeistrakke gebleekte spijkerbroek zagen die benen er bovendien uit als luciferhoutjes, die extra werden verlengd door pumps met hoge hakken. 'O, hallo', zei ze en keek mij aan met een blik die zich lastig liet duiden. Het had er het meest van weg dat zij een zwaan was en ik een pluizig eendje dat in haar sloot voorbijzwom. Haar hand was koel en benig toen ik die schudde. 'Ik ben Victoria.'

'Stefanie.'

'Dag opa.' Ze boog zich voorover en begroette Leo met een kus in de lucht naast zijn wang. 'Hoe gaat het?'

'Kon niet beter', verkondigde hij opgewekt en daarna draaide Victoria zich om. 'Floor? Mijn tas?'

'In de auto', zei hij.

Ze bleef staan en verwachtte duidelijk dat hij onmiddellijk in beweging zou komen, maar hij hield zijn aandacht op zijn opa gericht. 'Maar echt, opa. Hoe krijg je het nou toch weer voor elkaar om te vallen? Moet je daarmee niet een keer naar de huisarts? Of anders moet je het in elk geval de volgende keer tegen de neuroloog zeggen.'

'Dat zijn de geneugten van het ouder worden', zei Leo. 'Daar kan de huisarts of neuroloog ook niets tegen doen.'

Floris schokte kort met zijn schouders. Hij keek op en ontmoette de blik van zijn vriendin die blijkbaar niets meer hoefde te zeggen, want het volgende moment liep hij naar buiten. Victoria trok het elastiek uit haar haar, waardoor het goudbruin en glanzend over haar schouders viel. Ze had lichtbruine ogen die net een soort edelstenen waren – het leek of je erdoorheen kon kijken en of er dan klompjes goud in zweefden. Haar jukbeenderen waren scherp, haar kaaklijn recht. Ik vroeg me af of haar lippen echt waren, maar als ze waren opgespoten was het goed gedaan. Ze was gewoon heel mooi, en dat wist ze zelf overduidelijk ook.

'Wil je koffie?' bood Leo aan en de vrouw knikte, wat eigenlijk komisch was omdat zij in de keuken stond en hij op de bank zat en niet overeind kon komen.

'Ik maak het wel', zei ik snel en in hetzelfde kastje als waar de theezakjes lagen, bleek de koffie ook te liggen. Ik werd al bijna goed in het zetten van filterkoffie.

Victoria volgde mijn verrichtingen met haar blik. Daarna keek ze even naar Leo en deed toen de koelkast open. 'Heb je havermelk in huis?'

Leo reageerde niet en ik evenmin en toen bedacht ik dat het eigenlijk vreemd was dat ik net anderhalf uur met hem had gepraat waarbij zijn kleinzoon ook aan bod was gekomen, maar dat hij deze Victoria niet één keer had genoemd. Als ik moest afgaan op wat ik zag, zou ik zeggen dat ze ook niet meteen de allerwarmste band hadden.

Victoria had de koelkast gesloten en een glas gepakt, dat ze vulde bij de kraan. 'Laat de koffie maar', zei ze, maar ik zette het apparaat niet uit.

'Graag', zei Floris kort daarop toen hij een duur uitziende designertas op de keukentafel had gezet en ik vroeg of hij wel koffie wilde. 'Jij, opa?'

'Ik heb meer zin in een borrel.'

Ik hoopte dat iemand erop in zou gaan omdat ikzelf ook wel een glas wijn lustte, maar Victoria nipte van haar water en Floris hield het bij koffie. Voor Leo zette ik thee. 'Nou', zei ik toen ik iedereen had voorzien. 'Dan ga ik maar.'

'Bedankt', zei Floris nog maar eens. 'Vicky en ik... we maakten ons echt zorgen.'

Zo zag Vicky er niet uit, maar goed, ik kende haar ook niet. Misschien was haar uitdrukkingsloze gezicht haar manier van haar bezorgdheid delen. Met haar lange, glimmend roze nagels tikte ze nu driftig tegen het scherm van haar telefoon.

'Bel me maar als er iets is', zei ik tegen Leo. 'Je hebt mijn nummer.'

Hij beloofde het en zei op zijn beurt dat als ik zin had in thee of koffie, ik nu wist waar alles lag in zijn keuken. Grinnikend liep ik de achterdeur uit. De zon scheen uitbundiger dan ik tot nu toe had gezien. Een glimlach bleef op mijn lippen achter toen ik het huisje van tante Rosy weer bereikte.

Aan het einde van de middag had ik eindelijk de kleur van de spikkels op de akker te pakken. Het licht was veranderd en de kleur was buiten niet te zien, maar ik had hem zo in mijn hoofd zitten dat ik met het grootste gemak mijn penseel op het doek liet neerkomen. Niet te veel, bedacht ik, terwijl ik *Fields of Gold* neuriede, wat natuurlijk niets met Zeeuwse akkers te maken had maar wel met eindeloze velden en de pijn van verlies, dus het voelde toch toepasselijk. Ik deed een stapje naar achteren en bekeek met samengeknepen ogen het resultaat. Nog een paar stipjes erbij.

Het telefoontje van een vrouw die zich voorstelde als makelaar en van wie ik de naam niet goed verstond, haalde me uit mijn concentratie. Ik moest even nadenken en herinnerde me toen het contactformulier dat ik een paar dagen geleden had ingevuld op de website van een makelaardij in de buurt. De vrouw klonk niet bijster toeschietelijk en zei dingen over een veranderende markt, dat het geen eenvoudig object was, dat het was ingehaald door de tijd, dat er eisen waren waaraan het niet voldeed – of ik daar wel rekening mee had gehouden? Ik hoorde het aan en realiseerde me dat ik eerst nogal zakelijk hetzelfde had gedacht, maar dat ik het huisje nu wilde verdedigen, alsof het gevoel had. 'Maar goed, laten we een afspraak maken', zei ze toen. 'Er is veel dat een verkopende partij kan doen om het object aantrekkelijker in de markt te zetten.'

Ik humde wat en knikte en luisterde, maar haar woorden bleven niet echt hangen. Ze bereikten mijn oren, zweefden even rond en verdwenen dan in een soort mist van gedachten die, realiseerde ik me, er langer waren maar die ik nog niet echt toeliet. Het huis zou uiteindelijk wel verkocht worden, daarover maakte ik me geen zorgen. En als het nodig was, kon ik daar ook best wat moeite in stoppen. Maar, bedacht ik toen de mist langzaam optrok en mijn gedachten zich uitkristalliseerden terwijl de makelaar verder praatte: ik wilde het niet. Nog niet in elk geval.

Ook al kwam de gedachte uit mijn eigen hoofd, toch voelde het een beetje alsof die me raakte als een klap. Ik keek uit het raam en zag een kolonie spreeuwen laag over de akker vliegen om daarna in één zwerm de koers naar omhoog te verplaatsen. Beneden in de tuin keek een van de aanloopkatten – ze waren allebei zwart en ik hield ze niet uit elkaar – geïnteresseerd toe. Ik stelde me voor dat Freud daar zou zitten, die als binnenkat niets gewend was. Ineens zag ik het voor me. Hoe ik hier inderdaad tijdelijk mijn intrek zou nemen. Hoe ik de tijd zou nemen om te bedenken wat ik ging doen. En ja, als ik er dan toch was, dan was het vast niet heel ingewikkeld om af en toe in het boekwinkeltje te zijn. Ik dacht vluchtig aan Olivia en Sam en Nikki voor wie de winkel zo'n belangrijke plek was. Tante Rosy kon ik niet vervangen, maar als ik toch een tijdje in het dorp bleef, zou ik in elk geval de deuren open kunnen houden.

Gek genoeg gaf mijn gedachte me rust. Zoveel rust dat het leek of er letterlijk iets van me af was gevallen, alsof de spieren die mijn ribben strak op hun plek hielden een beetje hadden meegegeven. Toen ik inademde, voelde ik de lucht dieper stromen dan eerst.

'Wanneer schikt het om een afspraak te maken?'

De vraag van de makelaar bracht me terug in het nu. 'Ik weet het nog niet', zei ik, wat niet waar was, want ik wist het dus eigenlijk wel. 'Ik zal erover nadenken.'

Zo verschrikkelijk veel had ik niet te verliezen als ik hier bleef. Ik kon het op z'n minst proberen.

Volgens mij vond de makelaar het niet zo erg dat ik niet meteen toehapte, want ze maakte snel een einde aan het gesprek. Ik verliet de slaapkamer die ik inmiddels tot atelier had omgebouwd en liep naar de keuken om thee te zetten, maar onderweg veranderde ik van gedachten en ik opende de koelkast om de aangebroken fles pinot grigio te pakken. Toen ik opkeek, zag ik door het keukenraam een groot model Tesla voorbijrijden en die auto was hier zo zeldzaam dat ik er echt even van opkeek. In een flits ving mijn blik goudbruin haar en een grote zonnebril. Daarnaast zat Floris, achter het stuur.

Mijn telefoon maakte een kort klingelgeluid. Ik pakte een wijnglas en schonk mezelf ruim in, aangezien ik van plan was maar één glas wijn te drinken, dus ik moest niet te zuinig zijn. Ik nam het eerst mee naar de bank, maar veranderde van gedachten toen ik zag dat de zon nu precies de tuinbank verwarmde. Het was zo'n plek die Freud onmiddellijk zou inpikken en ik zag voor me dat mijn kat er lag.

Ik ging op het bankje zitten, schoot weer overeind toen er een spin ter grootte van een stuiterbal tevoorschijn kwam en uiteindelijk, toen het beestje z'n weg had vervolgd en mijn hartslag tot bedaren was gekomen, nam ik weer plaats. Ik opende het berichtje, dat van Samira bleek te komen.

Een van de stagiaires gaat jouw werk doen, heeft Richard net aangekondigd.

Alleen die woorden, geen emoticons van ongeloof of boosheid. Dat waren waarschijnlijk de emoties die ik zelf wel zou moeten voelen, maar eerlijk gezegd gebeurde dat niet. Ik legde mijn telefoon naast me op de bank en liet de gebeurtenissen van vandaag door mijn hoofd gaan terwijl ik mijn eerste slok wijn nam. Ik kwam vooral tot de conclusie dat het wat veel was voor één dag. De vlog van Nikki, de ontmoeting met Olivia, ontslagen worden, voor thuiszorg spelen bij de buurman. De ontmoeting met Floris en de vraag die me sinds dat moment bezighield of ik de kleur van zijn ogen zou kunnen mengen uit groen en blauw, of dat er nog een extra kleur voor nodig was. Grijs misschien, want zijn blik had ook iets hards dat me aan staal deed denken. Ik dacht ook aan zijn knappe vriendin en het pluizige bruine eendje dat ik me voelde – en ik concludeerde dat ik het niet eens erg vond om een pluizig eendje te zijn, want ik had andere dingen aan mijn hoofd. Zoals het gegeven dat ik geheel tegen mijn eigen verwachting in had besloten om de lege dagen die me wachtten nu ik mijn baan kwijt was geraakt, voorlopig dan maar door te brengen in het huis van mijn tante in een suf en stoffig dorp. En o ja, ik concludeerde ook dat het verlies van die baan waarvoor ik toch enige jaren mijn ziel en zaligheid had gegeven, me niet vervulde met een diep verdriet, hooguit met een gevoel van teleurstelling dat mijn capaciteiten kennelijk toch niet zo onmisbaar waren als ik altijd had gedacht. Hoewel die teleurstelling ook kwam met een randje opluchting.

Ik zette mijn glas weer aan mijn lippen en nam een tweede slok wijn, die knisperend en fris mijn keel in gleed. De zon verwarmde me nog wat verder. Ik sloot even mijn ogen, maar toen die intens groene kleur weer voor mijn geestesoog verscheen, deed ik ze snel weer open. Een van de katten had blijkbaar genoeg moed verzameld om bij me op het bankje te komen zitten en ik legde mijn hand op zijn warme vacht. Daarna bleef ik heel lang zitten, terwijl de kat luidruchtig spinde tegen mijn been.

Hoofdstuk 7

Het bleef gek hoe snel de tijd verstreek. Weer een week gleed voorbij, en toen nog eentje. Gek ook hoe snel een leven dat eerst helemaal niet voelde als het mijne, toch normaal werd. Elke ochtend liet ik Joep uit, die al klaarstond bij de trap als ik naar beneden kwam en die me dan zo betekenisvol aankeek dat ik niet vreemd zou opkijken als hij op een dag plotseling goedemorgen zou zeggen. Daarna ontbeet ik en dronk een latte macchiato. Want hoewel ik aan filterkoffie begon te wennen, had ik mijn eigen Nespressoapparaat en melkopschuimer meegenomen toen ik naar Amsterdam was gereden om Freud op te halen. In mijn appartement was ik tot de conclusie gekomen dat mijn enige plant het loodje had gelegd. Staand in mijn woonkamer had ik geprobeerd te voelen dat ik thuis was, maar ik voelde helemaal niets. Ja, irritatie omdat Mano toch twee schilderijen op het balkon had gezet die helemaal verpest waren door de regen. Ik had ze weggegooid en daarna had ik mijn schilderspullen in een doos gedaan en in de auto gezet. Daar moest ik de halve straat voor doorkruisen, iets wat ik niet meer gewend was. Oké, ja, misschien waren er toch een páár nadelen aan wonen in de stad.

'Kom je nog terug?' had mijn bovenbuurman gevraagd, een lieverd van rond de vijftig die al jaren probeerde gewoon een leuke man aan de haak te slaan maar die tot nu toe weinig geluk had gekend. Ik had ja gezegd en toen hij vroeg wanneer, had ik naar waarheid gezegd dat ik dat niet wist.

'Hou je taai', was zijn afscheid geweest, samen met een knuffel van zijn stevige armen. Freud had zo'n beetje de hele terugweg naar Zeeland klaaglijk gemauwd. Nu zat hij voor de deur en keek verwachtingsvol heen en weer tussen mij en de tuin maar ik durfde hem nog niet naar buiten te laten gaan.

Ik zette mijn lege koffiekopje in de gootsteen en riep Joep. Hij kwam aangesloft en ik trok mijn jas aan, pakte mijn tas en vertrok samen met hem voor de wandeling van precies twaalf minuten naar de Dorpsstraat. Onderweg zwaaide ik naar Leo, die bijna altijd op zijn vaste plek voor het raam zat. Ook vandaag was hij er en ik zag nog iemand. Op de oprit stond een grote Tesla.

Ik aarzelde toen Leo me wenkte, maar liep toen toch via de oprit achterom. 'Goedemorgen', riep ik toen ik via de achterdeur naar binnen ging.

'Ik zag je lopen en dacht: misschien wil je thee?' was Leo's antwoord. 'Floris is er ook.'

Dat zag ik, want Floris zat aan de keukentafel met zijn airpods in. Op het scherm van zijn laptop waren vakjes met zes andere mensen te zien en ik bedacht dat ik Teams-calls, of vergaderingen in het algemeen, zo níét miste. Floris praatte hard en zijn stem had iets scherps en ik vermoedde dat dit zijn managementstem was, al sprak hij altijd wel een beetje zo. Terwijl Leo thee voor me inschonk, luisterde ik half mee met wat Floris zei en bedacht dat het kantoorwoordenboek dat voorbijkwam het tweede was wat ik echt niet miste.

... denk out of the box...

... mij aangelijnd houden...

... in the skin of the game...

... de slides met de stavaza...

Stavaza? Het was echt nog maar kort geleden dat ik die vreselijke afkorting zelf gebruikte, alsof het uitspreken van de volledige term 'stand van zaken' zo ontzettend veel extra werk was. Het voelde alsof er tussen kantoor-Stefanie en mijn huidige zelf een half mensenleven zat.

'Ik zal vragen of hij de ondertiteling aanzet', zei Leo met een lachje toen hij mijn blik zag. 'Soms denk ik dat ik naar een vreemde taal zit te luisteren.'

Ik lachte ook en volgde hem naar de huiskamer, het theeglas in mijn hand. Het was tien voor negen en ik moest eigenlijk naar de winkel, maar die kon ook wel vijf minuten later open. 'Gaan jullie wat leuks doen?' vroeg ik aan Leo.

'Ik heb straks mijn vaste afspraakje.'

Ik was nog bezig te bepalen of de blik in zijn ogen nu iets ondeugends bevatte of niet, toen Floris achter me opdook. De Teams-call was blijkbaar beëindigd. 'Goedemorgen', zei hij terwijl hij zijn koffiemok omhooghield. 'Hoe is het?'

Ik deed mijn mond open om antwoord te geven, maar Floris stak zijn hand op toen zijn telefoon begon te rinkelen. Via zijn oordopjes nam hij het gesprek aan. 'Hé, ja, top dat je belt. We moeten snel schakelen', zei hij. 'Het is heel belangrijk dat we de pitch deck vanochtend nog bij de klant...' Hij liep terug naar de keuken en ging weer achter zijn laptop zitten. Leo zag het gelaten aan. 'Hij werkt veel te hard', zei hij hoofdschuddend. 'Ik zeg zo vaak: doe nou eens rustig. Al die stress kan niet goed zijn voor een mens.'

Ik keek vluchtig naar Floris en had niet de indruk dat hij eronder leed. 'Als je je werk leuk vindt, is hard werken niet erg.'

Daar gaf Leo me gelijk in. 'Maar dan nog is ontspannen ook

belangrijk. De laatste keer dat hij langer dan drie dagen niet heeft gewerkt, was toen we naar Barcelona fietsten, geloof ik. En dat is al tien jaar geleden.'

'Zo erg zal het toch niet zijn?'

'Als hij op vakantie gaat, werkt hij ook elke dag. Victoria zegt altijd dat hij onmisbaar is op kantoor.' Leo fronste. 'Met onmisbare mensen kunnen we de Westerschelde dichtgooien.'

Ik grinnikte. 'Dat zei mijn tante ook altijd.'

'Ik heb het van haar. Maar het is waar. Ik zou zo graag willen dat Floris wat meer van het leven zou genieten. En niet altijd maar vastgeplakt zit aan zijn scherm.'

'Misschien is dat voor hem hetzelfde.'

Leo dacht even na. 'Als kind hield hij van surfen', zei hij toen. 'Maar dat doet hij nu nog maar weinig. Hij had er best aanleg voor.'

'Wie had waar aanleg voor?' vroeg Floris, die het telefoontje had beëindigd en zich bij ons voegde.

'Jij, voor surfen. Ik vertelde aan Stefanie dat je daar als kind dol op was.'

'Nog steeds', knikte hij. 'Vorig jaar hebben Vicky en ik gesurft op Bondi Beach. Geweldig was dat. O, en op de Filipijnen heb je ook mooie spots.' Hij keek mij aan. Zijn ogen leken lichter groen dan de vorige keer. 'Surf jij?'

Ik schudde mijn hoofd en zei maar niet dat op een handdoek liggen mijn favoriete bezigheid op het strand was, terwijl ik hem en zijn vriendin in gedachten voor me zag, kaarsrecht op een surfplank ergens in een turquoise zee. Victoria droeg vast zo'n hoog uitgesneden badpak.

'Moet je eens proberen', zei Floris. 'Je woont in Amsterdam toch? In Zandvoort heb je een paar goede surfscholen.'

Ik knikte wat en liet mijn woonplaats in het midden. Leo keek zijn kleinzoon aan. 'En hier in de buurt heb je prachtige stranden. Je zou eigenlijk vaker je surfplank moeten pakken, die ligt hier gewoon nog op zolder.'

'Ja', zei Floris en hij keek spijtig maar niet op een echte manier. 'Ik zou willen dat ik meer tijd had.'

'Je kan ook vanaf hier werken.' Leo knikte in de richting van de laptop op de keukentafel. 'Dat ding doet het prima.'

Ik wist niet goed waar Leo op uit was, want Floris was volgens mij prima op zijn plek in de Randstad. In zijn appartement. Met het uitzicht. Hij glimlachte nu toegeeflijk. 'Tja opa, dat klopt. Maar als je wat wil bereiken, moet je niet hier zijn.'

Mijn bewegingen stokten toen ik net mijn koffiemok aan mijn lippen zette. Ik speurde zijn gezicht af naar een lachje of iets anders om zijn woorden te verzachten, of ontkrachten. Maar er was niets.

'Je bent zelf ook pas na je pensioen hier neergestreken', voegde Floris toe. 'Wie weet doe ik dat ook nog weleens. Als Vicky en ik tachtig zijn.' Hij grinnikte. 'Hoewel ik haar dan waarschijnlijk nog steeds niet meekrijg. Ze krijgt vlekken in haar nek als ze ergens komt waar meer bomen dan koffietentjes zijn.'

Nee, bedacht ik terwijl mijn hand weer in beweging kwam en ik mijn mok leegdronk. Victoria zou in dit dorp nog niet dood gevonden willen worden.

De gedachte dat ik er tot een paar weken geleden net zo over had gedacht, zette ik aan de kant toen ik opstond. 'Ik moet aan de slag', zei ik. 'De winkel moet open. Met wie heb je een afspraakje?' Die laatste vraag was voor Leo bedoeld. Even keek hij niet-begrijpend, toen begon hij te knikken. 'De neuroloog.

Een alleraardigste dame van wie ik altijd hoop dat ze me nu eens ziet staan. Maar helaas heeft ze alleen maar oog voor de toestand binnen mijn hersenpan.'

Ik grinnikte om zijn guitige blik en wenste hem succes. 'Om halfzes wandelen?' vroeg ik, omdat we dat weleens vaker deden.

Leo knikte. 'Leuk. Floris moet meteen na het ziekenhuis weer door.'

Ik beloofde hem dan op te pikken en liep naar de keukendeur. Floris' aandacht was alweer afgeleid door een nieuw telefoontje. Ik hoorde hem op scherpe toon om de preso vragen en ik zou zweren dat Richard in hoogsteigen persoon aan de tafel zat. Toen ik buiten kwam, snoof ik de frisse ochtendlucht diep op in mijn longen en aaide Joep even over zijn kop.

Onderweg naar de winkel zwaaide ik naar Berend Kroezeman, die net zijn kantoor binnenging. Met de notaris had ik regelmatig contact omdat hij de zakelijke beslommeringen rond de afhandeling van de erfenis regelde. Terwijl ik verder liep naar de winkel, dacht ik zoals wel vaker aan de brief van mijn tante. Over hoe ik die de eerste keer had gelezen en hoe ik had gedacht dat ik haar woorden in de wind zou slaan om zo snel mogelijk naar Amsterdam terug te keren. En over hoe ze door me op haar eigen, liefdevolle manier haar gedachten te vertellen toch iets bij mij had veranderd. Ineens wilde ik zo graag dat ze hier was, zodat ze kon zien hoe het ging. Dat ik haar kon vertellen dat ik me redde, maar ook dat het leuker was toen zij er nog was. Ik wilde ook zeggen dat ik haar lach miste en haar warmte en haar woorden en gewoon haar alles, dat ze er wás. Ik wilde vertellen hoe fijn het was dat ik altijd bij haar terechtkon, dat ze dwars door me heen kon kijken en eerlijk tegen me was. Ik miste dat ze mijn lievelingspasta maakte en dat we samen rode wijn dronken of een vreselijk zoete Netflixserie keken. Ik miste ook het deel van haar in mij dat me het gevoel gaf dat ik nooit helemaal alleen zou zijn. Dat dat nu ontbrak, maakte dat ik me nooit meer compleet zou voelen.

Er gleed een traan over mijn wang naar beneden, die ik wegveegde. Ik stond elke dag op, opende de winkel, leerde nieuwe mensen kennen, redde mezelf en beleefde momenten waarop ik oprecht genoot of blij was, maar er bleef altijd die rand van scherpe pijn waaraan ik me op momenten als nu ineens kon snijden.

Ik keek nog een keer om naar de deur waarachter Berend was verdwenen en voelde naast verdriet ook dankbaarheid. Mijn tante had het allemaal tot in de puntjes geregeld. Gisteren had Berend een update gestuurd over de erfbelasting die ik nog moest betalen. Dat kwam volgens mij allemaal wel goed, want tante Rosy had meer dan genoeg geld daarvoor op haar rekening. Ik had een overzicht gekregen van hoeveel het allemaal was en wat ik aan belasting moest betalen en dan bleef er nog genoeg over om van te leven, dus ik hoefde me geen zorgen te maken. Vooralsnog had ik het geld echter niet aangeraakt. Ik leefde van mijn eigen reserves en de laatste maand salaris die was gestort plus toeslagen als vakantiegeld en uitbetaling van vrije dagen waar ik recht op had. En vooral was ik tot de ontdekking gekomen dat ik blijkbaar niet zo gek veel nodig had. Bij gebrek aan lunchtentjes waar ik het kon uitgeven aan speltbrood met avocado of restaurants waar een avondje shared dining zo honderdtwintig euro kostte, bleef er gewoon meer geld over. Wat niet betekende dat ik me daar helemaal bij had neergelegd, want ik miste zulke avonden wel, maar net niet genoeg om ervoor naar Amsterdam te rijden.

De mensen met wie ik dit soort avonden beleefde, waren collega's geweest of mensen als Olaf die ik via via kende en van wie ik had gedacht dat het vrienden waren. Maar sinds ik in het dorp verbleef, had ik ze alleen nog op de uitvaart gezien en gesproken. Een berichtje dat ik in een groepsapp had gestuurd om me af te melden voor de vrijdagmiddagborrel, was op een paar sippe emoticons na onbeantwoord gebleven. Alleen met Samira had ik wat geappt maar toen ik voorstelde dat ze een keer naar Zeeland zou komen, was ze daar niet op ingegaan. In plaats daarvan had ik beloofd dat ik het haar zou laten weten wanneer ik in Amsterdam was, dan konden we bij een nieuwe Franse brasserie in De Pijp gaan eten, waarvan de lovende reviews op Google over elkaar heen buitelden.

Ik bereikte de boekwinkel en draaide de deur van het slot. Joep liep meteen door naar zijn waterbak en plofte daarna met een diepe zucht neer in de mand die altijd in het kantoortje stond. Het was alsof hij duidelijk wilde maken dat zijn taak wat hem betreft voor vandaag weer was volbracht en dat er van hem verder niet al te veel kon worden verwacht. De enige klanten voor wie hij uit zijn mand kwam, waren Sam en een stille man die me op het eerste gezicht van mijn eigen leeftijd had geleken, maar toen ik hem voor de tweede keer zag had ik toch het vermoeden gekregen dat hij een jaar of vijf jonger was dan ik. Hij had zo'n gezicht dat zich moeilijk liet inschatten en aan zijn stem en de manier waarop hij sprak kon ik het niet aflezen, want op een gemompeld 'goeiendag' na had ik nog nooit een woord met hem gewisseld. Toch was hij blijkbaar een vaste klant, want hij leek precies te weten wat waar stond en Joep begroette hem kwispelend, wat in twee weken tijd vier keer was geweest. Hij kocht nooit iets, maar bracht meestal een halfuur – één keer zelfs een uur – door bij de boeken over geschiedenis en filosofie en levensbeschouwing, waarvan tante Rosy een paar exemplaren tot leesexemplaar had bestempeld. Ik had me bij zijn derde bezoek uit nieuwsgierigheid achter hem opgesteld met een doos boeken die daar niet hoorden en toen had ik gedaan alsof ik de kasten opnieuw schikte. Zo had ik gezien dat hij een boek over oude filosofie met betrekking tot moderne vraagstukken las, dat ik na zijn vertrek nog eens had doorgebladerd en waar verrassend interessante inzichten in stonden. Ik had de man ook gevraagd of hij misschien koffie of thee wilde, maar toen had hij zijn hoofd geschud.

Wat me verbaasde was niet zozeer het gegeven dat hij niets zei, maar wel het gegeven dat hij niets over mijn tante zei. Iedereen die ik sprak had iets over haar te zeggen – meestal lovende woorden of simpelweg het feit dat de persoon in kwestie haar kende. Er was niemand in het dorp die haar niet kende en aangezien deze man met grote regelmaat in de boekwinkel kwam, moest hij haar natuurlijk ook vaak hebben gesproken. Maar hij zei er niets over, wat hij uiteraard ook helemaal niet verplicht was, maar wat ik toch vreemd vond.

Zo schichtig als hij naar mij keek, zoveel aandacht had hij voor Joep. Al een paar keer had ik gezien hoe hij terwijl hij las zijn hand op Joeps kop liet rusten en op een of andere manier vond ik dat wel aandoenlijk. De woorden die Olivia over Sam had gezegd waren hier misschien ook wel van toepassing: sommige mensen konden nu eenmaal beter met dieren, omdat die voorspelbaarder waren. En makkelijker in de omgang.

Het was een paar minuten over halftien en ik had de deur van het slot gelaten. Meestal kwamen er zo vroeg nog geen klanten. Ik wilde vandaag gebruiken om het magazijn wat op te ruimen en de administratie door te spitten. In de mail van de winkel had ik facturen gevonden die betaald moesten worden. Gelukkig had tante Rosy voor in de ordner met administratie een blaadje met de wachtwoorden voor internetbankieren gestopt. Dat was natuurlijk het eerste wat elke beveiligingsexpert – en het gros van de weldenkende mensen – je zou afraden, maar ik kon niet zeggen dat ik er rouwig om was. Op mijn beurt had ik de gegevens overgenomen in een beveiligde app voor wachtwoorden en daarna had ik het blaadje tien keer doormidden gescheurd en in twee verschillende vuilniszakken weggegooid, want ik had in mijn werk iets te vaak gezien waar het te grabbel gooien van online veiligheid toe kon leiden.

Ik ging aan het bureau zitten en schikte een stapeltje papieren en toen viel mijn oog weer op de brief van de gemeente over het paardenveldje. Eerlijk gezegd was het hele onderwerp naar de achtergrond van mijn gedachten verdwenen. Ik herlas hem en raakte opnieuw geïrriteerd door de dwingende toon en het gescherm met juridische maatregelen die er dreigend uitzagen maar wettelijk gezien echt niet zomaar standhielden. De neiging om de brief gewoon weer onder op de stapel te schuiven en te verwachten, of hopen, dat het allemaal zo'n vaart niet zou lopen nam bijna de overhand, maar toch liet ik hem bovenop liggen. Een telefoontje naar de gemeente kon vast geen kwaad en het zou fijn zijn als ik dit onderwerp kon afsluiten. Ik kende rechtszaken van particulieren en bedrijven tegen gemeenten over onteigening en onvrijwillige uitkoping en hoewel ik die niet onmiddellijk op mijn netvlies had staan, wist ik nog wel dat dit soort toestanden vaak gecompliceerd lagen en dat de gemeente doorgaans de tactiek van de juridische verdrinking koos: als je maar met genoeg wetteksten en moeilijke woorden kwam aanzetten, leek het al snel doordacht en rechtsgeldig. Maar dat was het lang niet altijd.

In theorie kon ik dat telefoontje naar de gemeente best meteen doen om ze te vertellen dat ik absoluut niet akkoord zou gaan met verkoop. Ik kon er ook bij vertellen dat ik jurist was, zodat ze wisten dat ze niet met onzin moesten aankomen. Ja, dat zou een goed idee zijn, om nu te bellen.

Of niet. Ik kon natuurlijk wel op hoge poten opbellen en vertellen wat ik ervan vond, en ik meende vrij zeker te weten dat ik in mijn recht stond. Maar het kon vast geen kwaad om nog iets langer na te denken over hoe ik dit moest aanpakken. Als ik de gemeente wilde pareren, dan wel met de juiste informatie. Dus belde ik niet, maar stond op en zette koffie en daarna maakte ik mezelf wijs dat ik nu echt de administratie ging doen, waarna ik al snel de map weer sloot omdat ik er niet zoveel zin in had en uiteindelijk neusde ik rond in dozen met boeken die er zo te zien al een tijdje stonden. Bovenop lag een fotoboek van de regio in de eerste tien jaar van de twintigste eeuw, waar ik doorheen bladerde voor ik het naar de kast met lokale boeken bracht. Ik liep terug naar het magazijn en keek wat er nog meer in de doos zat en hoewel ik niet wist of deze boeken binnengekomen waren en ingeruimd moesten worden of juist uit de winkel kwamen en ergens naartoe gestuurd moesten worden, tilde ik de doos de winkel in en begon met de boeken in de kasten te zetten. Een dagje, of anders een uurtje, ingewerkt worden zou niet onwelkom zijn geweest, dan had ik misschien een idee van wat ik eigenlijk moest doen. Maar het waren mooie boeken en ik vond het leuk om ze een ereplaats in de winkel te geven.

Toen de koffie klaar was, had ik net de eerste doos uitgeruimd. Er stonden er nog twee, maar eerst schonk ik mijn kopje vol en nam een paar slokjes koffie. Toen pakte ik de tweede doos en viel mijn oog op een plankje met oude boeken dat door de doos aan het zicht onttrokken was geweest. Ik fronste nieuwsgierig, want deze boeken waren stoffig en van sommige was de rug beschadigd. Ze waren duidelijk niet bedoeld voor de verkoop, maar mijn tante had ze ook niet weggedaan. Ik liet mijn koffie staan, schoof de andere dozen aan de kant en hurkte neer. Met mijn vinger streek ik over de ruggen. Sommige waren van leer dat uitgedroogd aanvoelde. Ik las de titels, die bijna allemaal met oorlog te maken hadden, en pakte er een boek tussenuit. De bladzijden waren vergeeld en op het schutblad stond met potlood een naam gekrabbeld.

Gerwin de Klerk.

Ik voelde me opgewonden. Dit boek was van mijn opa geweest. Ik bladerde door de vergeelde pagina's en las her en der een stukje. Het boek ging over een Nederlandse soldaat die ondanks de oproep om zich in te zetten voor de Duitse zaak meerdere keren uit handen van de vijand had weten te blijven, tot hij uiteindelijk werd verraden door een familielid. Het was fictie, las ik in het voorwoord. Maar zoals hij moesten er velen zijn geweest. Ook mijn opa had zijn dienstplicht vervuld toen de Duitsers ons land binnenvielen, hij had gevochten met alles wat hij in zich had. Zijn verhalen over hoe zijn bataljon had standgehouden tegen iedere aanval, had hij vaak verteld. Toen hij thuiskwam omdat hij door een grote beenwond niet meer kon dienen in het leger, had hij zich bij de radiodienst van het verzet aangesloten.

Hij was geen opa bij wie je op de knie klom en die met je over de grond kroop, maar toen ik groter werd en geschiedenisles kreeg op het vwo, had hij graag zijn verhalen gedeeld. Ik had een keer een werkstuk gemaakt over zijn bataljon dat zich met hand en tand had verdedigd en hij was trots geweest toen ik er een acht voor kreeg. Dat zei hij niet, want zo was hij niet, maar ik had het in zijn ogen gezien.

Ik las her en der een paar zinnen en zette het boek toen terug. Het volgende dat ik pakte, was van een recentere datum en er stond geen naam op het schutblad. Ik keek er vluchtig in en zag zwart-witfoto's van soldaten die op tanks door de straten reden en van burgers die naar hen zwaaiden met gezichten waar de vreugde en opluchting van afspatten. Het waren bekende beelden en in mijn hoofd hoorde ik de stem van mijn tante die vertelde over de bevrijding. Ze kon vertellen alsof ze er zelf bij was geweest, al was ze begin 1945 geboren, tijdens het staartje van de oorlog. Delen van Zeeland waren na moeizame gevechten en de grote Slag om de Schelde bevrijd, wat niet betekende dat die provincie het die laatste winter makkelijk had gehad. Terwijl boven de rivieren de oorlog in alle hevigheid nog woedde en tienduizenden burgers en soldaten de dood vonden, was er bij de Zeeuwen de angst dat de bevrijde gebieden opnieuw ingenomen zouden worden. Bovendien was het dagelijks leven loodzwaar. Er was in de bevrijde gebieden net zo goed gebrek aan eten, warme kleding, dekens en alles wat nodig was om een extreem koude winter te doorstaan. En, in het geval van mijn grootouders, om een pasgeboren baby te verzorgen. Tante Rosy vertelde weleens over de zorgen van haar ouders in het begin van haar leven, maar zei er altijd meteen bij dat ze er niets aan over had gehouden. Haar ouders wel: die waren getekend door de oorlog. Mijn grootmoeder had altijd een zorgelijke trek gehouden. Ik herinnerde me niet dat ik haar ooit voluit had zien lachen of zien genieten.

'Angst zet zich vast in de poriën van je huid', had tante Rosy weleens gezegd. 'En verlaat die nooit meer helemaal. Ik denk dat mijn moeder nooit het gevoel van de oorlog is kwijtgeraakt.'

Ik had haar gevraagd of oma dan altijd bang was, maar zo moest ik dat volgens mijn tante niet zien. 'Angst, dreiging, de wetenschap dat je op elk moment alles kunt verliezen – de oorlog kent zoveel emoties. Maar het is niet alleen maar negatief. Mijn ouders hebben eten op tafel en een warm bed om in te slapen nooit als vanzelfsprekend beschouwd.'

Als ik mijn eigen moeder ernaar vroeg beaamde ze wat mijn tante zei, maar zelf had ze het minder gemerkt. 'Dertien jaar is een lange tijd', zei ze, omdat dat het aantal jaar was dat zij met mijn tante scheelde. 'In die jaren was er ook wel wat gesleten. Al spraken mijn ouders er nooit graag over.'

Ik vroeg me af wie de boeken die hier op het plankje stonden, had bewaard. Tante Rosy, ja, maar toen ik meer boeken doorbladerde, zag ik dat in veel ervan de naam van mijn opa of van mijn oma stond. Ik herinnerde me wel de eikenhouten boekenkast die vroeger in hun huiskamer stond, maar van de titels wist ik alleen nog de boeken die op het kinderplankje links onderin hadden gestaan: *Kruimeltje*, *Ot en Sien* en zelfs een oud exemplaar van *Afke's tiental* waarvan ik niet wist waar het was gebleven. Niet op dit plankje in elk geval.

Ik pakte het volgende boek van het rijtje en voelde het oude papier zo'n beetje verkruimelen onder mijn vingers. Voorzichtig sloeg ik het open en snoof de perkamentachtige geur op. Ik fronste toen ik merkte dat de bladzijden wat opbolden en streek de oneffenheid recht met mijn wijsvinger, maar dat lukte niet. Nieuwsgierig bladerde ik naar de plek waarvan ik vermoedde dat er een bladzijde dubbelgevouwen zat. Het volgende moment staarde ik verbaasd naar een geopende envelop die tussen de bladzijden zat verstopt. Voorzichtig pakte ik hem eruit en draaide hem om. Er stond geen adres op, en ook geen afzender. Ik sloeg het boek dicht, zette het terug op het plankje en haalde daarna de inhoud van de envelop tevoorschijn. Het was een brief, geschreven op een velletje gelinieerd postpapier met bloemen dat ooit lichtroze moest zijn geweest maar nu richting beige was verkleurd. Nieuwsgierig vouwde ik het velletje uit en net toen ik wilde beginnen met lezen, hoorde ik het belletje van de winkel.

Met tegenzin legde ik de brief aan de kant en liep de winkel in. 'Hé', zei ik toen ik zag dat het Nikki was. Ze had rode wangen van de buitenlucht en haar haar zat warrig. 'Ik ben op de fiets', zei ze bij wijze van verklaring. 'En ik kom van de redactie.'

Dat was twintig kilometer verderop en ik bood haar een glas water aan, dat ze dankbaar accepteerde. 'De vlog is klaar', zei ze. 'Ik wilde je hem graag persoonlijk laten zien.'

'Wat lief. Wacht, wil je ook koffie?' In het kantoortje pakte ik mijn eigen beker en schonk er voor Nikki eentje vol. Ik keek vluchtig naar de brief die op het bureau lag, maar die zou even moeten wachten.

Toen ik terugkwam, had Nikki haar laptop opengeklapt op de leestafel. Op het scherm zag ik het logo van haar vlogs en toen ze de koffie had aangepakt en ik was gaan zitten, drukte ze op 'start'. Ik voelde me een beetje zenuwachtig.

De vlog begon met een introductie van Nikki over mijn tante en haar overlijden en daarna kwamen er wat foto's van tante Rosy in beeld. Er was een muziekje onder gemonteerd. Daarna zag ik mijn eigen hoofd. Mijn stem klonk helemaal niet als de mijne, zoals altijd wanneer je jezelf op een filmpje hoorde praten. Dankzij het licht van Nikki zag ik er wel goed uit, stelde ik een beetje tot mijn verbazing vast.

'Dit is echt een goed stukje', zei Nikki zacht. 'Je zegt zulke mooie dingen.'

Ik hoorde mezelf vertellen over de band met mijn tante en hoe ze voor mij een tweede moeder was geweest, eentje zonder opvoedkundige taken. En over haar wijsheid waar ik zoveel van had geleerd. Daarna veranderde het beeld en waren we ineens buiten, bij de paardenwei. Ik herkende Melanie en Lydia, die beiden vertelden over tante Rosy's liefde voor de oude dieren en voor de vrijwilligers die ze verzorgden. Mijn gedachten gleden vluchtig naar de brief van de gemeente waar ik nog niets mee had gedaan. Op een rare manier voelde ik me ineens schuldig. De paarden waren niet alleen belangrijk geweest voor tante Rosy, maar voor nog veel meer dorpsbewoners. Ik nam me voor straks meteen de gemeente te bellen om te horen hoe het zat met dat weiland. En om te laten merken dat ik niet van plan was om akkoord te gaan met de verkoop.

De vlog ging verder. Klazien kwam aan het woord, Rutger en ook Leo. Nikki had er echt veel werk van gemaakt. Toen de eindtune klonk en ze haar laptop dichtklapte, keek ik haar aan. 'Het is een soort een monument voor haar', zei ik in tranen. 'Dank je wel.'

'Het was het minste wat ik kon doen.' Ze legde even haar hand op mijn arm. 'Hij gaat straks online.'

Ik nam een slok koffie en een moment lang zeiden we geen van beiden iets. 'Ik heb een brief van de gemeente gekregen', zei ik daarna in een opwelling. 'Op de grond waar de paarden nu staan moet blijkbaar een outletcenter komen.'

Nikki keek me met grote ogen aan. 'Hebben ze jou daar een brief over gestuurd?'

'Mijn tante', zei ik. 'Ik vond hem op een stapeltje post waar ze nog niet aan toe was gekomen.' Ik hield mijn hoofd schuin. 'Wist jij van die plannen van de gemeente?'

'Ja', zei Nikki met een diepe zucht. Ze leek nogal van slag door wat ik had gezegd. 'Ik dacht alleen... We hadden er al een tijdje niets meer over gehoord, dus ik hoopte dat het misschien van de baan was. Maar blijkbaar zijn ze nu stappen aan het ondernemen.'

'Wist mijn tante het ook?'

'Van horen zeggen, ja. Volgens mij had ze niet eerder een brief ontvangen. Maar dat de gemeente wil meewerken aan een outletcenter in onze regio, dat was bekend. In de gemeenteraad is al eens besproken dat het perceel aan het begin van de dijk daarvoor een goede plek zou kunnen zijn. Althans...' Ze trok een gezicht en tekende met haar vingers denkbeeldige aanhalingstekens in de lucht. 'Een goede plek in de ogen van de gemeente. Jouw tante was er uiteraard op tegen, net als iedereen in het dorp.'

Ik stond op en pakte de brief erbij. 'Ze hebben het over verkoop van de grond tegen een marktconforme prijs', zei ik toen ik nog eens had gelezen wat er stond. 'Dat klinkt allemaal nog prima, alsof ze een aanbod doen. Maar dan gaat het verder over het bestemmingsplan en dat dat betekent dat er gebouwd móét worden en dat als de rechter zou moeten beslissen, de grond aan de gemeente kan worden toegewezen. Dat is echt je reinste onzin. Onteigening kan helemaal niet op die manier plaatsvinden.'

'Dus ze liegen.'

Ik bewoog mijn hoofd om mijn twijfel uit te drukken. 'Niet letterlijk, omdat ze het niet verwoorden zoals ik het net zei. Ze omschrijven het wat vager allemaal, maar de conclusie die mijn tante eruit had moeten trekken, was dat ze het maar beter aan de gemeente kon verkopen zolang die er nog voor zou betalen. De grond zou ze hoe dan ook kwijt zijn, goedschiks of kwaadschiks.'

'Maar dat klopt dus niet?'

'Dat lijkt me niet. De gemeente pakt het niet netjes aan en op deze manier zal het ook niet lukken.'

'Weet je dat zeker? De gemeente zal de regels toch wel kennen?'

'Tja...' Ik trok met mijn mond. 'Ik ga er wel van uit. Er zijn weleens zaken geweest die uiteindelijk door de rechter zijn beslecht en een enkele keer heeft een gemeente toen aan het langste eind getrokken, maar je kan dat niet precies vergelijken met wat er hier aan de hand is.'

'Ik ben zo bang dat ze het allang hebben bedacht', zei Nikki. 'En dat ze met een of andere truc komen die wij niet hebben voorzien.'

'Dat kan natuurlijk niet zomaar', zei ik. 'Zoiets zal misschien een juridisch getouwtrek opleveren, maar laat ik nou toevallig jurist zijn.'

Haar gezicht klaarde op. 'Denk je dat jij het kunt tegenhouden?'

Ik dacht aan Lydia en Melanie en alle andere vrijwilligers en ik dacht vooral aan mijn tante toen ik vol vertrouwen antwoordde: 'Ik zal er alles aan doen.'

Drie kwartier en vier keer doorverbinden later had ik wel wat van mijn energie verloren. Nikki was vertrokken en ik voelde een kloppende hoofdpijn opkomen van alle onwilligheid die ik aan de telefoon had gehoord. Ja, de gemeente was voornemens de grond van mij te kopen en daarna te verkopen aan de projectontwikkelaar en stond daarmee, aldus ambtenaar nummer één, volkomen in z'n recht. Toen ik vroeg welk recht precies en er de verordening op internet op nasloeg om de letterlijke tekst daarvan te lezen, werd ik al snel doorverbonden met ambtenaar nummer twee, die er ook niet helemaal over bleek te gaan en me vlug doorverwees naar ambtenaar nummer drie van juridische zaken, maar daar moesten ze er later op terugkomen en of ik mijn vragen even kon mailen. Nee, helaas, zei ik, maar het was wat mij betreft ook prima om het contact hierna volledig te staken, als ze wilden beloven dat ze mij dan ook geen brieven meer zouden sturen die juridisch aan alle kanten rammelden. Daarna kreeg ik ambtenaar nummer vier aan de telefoon en zei ik dat ik niet van plan was de grond, die ik nu via de erfenis van mijn tante in mijn bezit had, te verkopen en al helemaal niet als niemand mij kon vertellen wat de marktconforme prijs dan was waarop ik kon rekenen en wat het voordeel voor de gemeente was om de grond daarna door te verkopen, want als ik een prijs kreeg die momenteel in de markt gold en zij het via dezelfde markt doorverkochten, dan verdienden ze er niets aan. Dat was, volgens het hoofd juridische zaken – de vrouw die ik als 'ambtenaar vier' in mijn aantekeningen had gezet –, niet relevant en bovendien waren het mijn zaken niet, maar ik vond dat ik recht had om te weten wat er met de grond gebeurde, waarna we terechtkwamen in een discussie over wat iemands recht was, die ik uiteindelijk afkapte omdat ik meer te doen had en bovendien liever de oude brief wilde lezen die ik had gevonden. Als laatste vroeg ik om welke projectontwikkelaar het ging, want als de gemeente toch al bereid was de vergunning te verlenen, dan kon ik de grond natuurlijk ook zelf aan de projectontwikkelaar verkopen en er misschien wel meer aan verdienen. Dat was ik uiteraard niet van plan, maar het was geestig om aan de reactie van de vrouw te merken dat deze optie beslist niet de bedoeling van de gemeente was maar dat ze ook niet helemaal zeker wist of ze dat juridisch gezien wel kon voorkomen. Vrij snel daarna had ik het gesprek beëindigd, geen steek verder maar ineens tot het bot gemotiveerd om de verkoop van de grond te dwarsbomen. Zeven oude paarden en een – zo had ik inmiddels begrepen – halfblinde ezel leken me een prima bestemming voor de grond, vele malen beter dan een druk winkelcentrum inclusief ondergrondse parkeergarage, op minder dan driehonderd meter van het huis dat ik net had geërfd. Ik had ook nog niet besloten wat ik met het huis zou doen, maar er was geen scenario denkbaar waarin een blokkendozig winkelcentrum naast de deur een waardevolle toevoeging zou vormen.

Ik probeerde mijn frustratie over het gesprek van me af te laten glijden tijdens een korte wandeling met Joep, wat slechts ten dele lukte. Toen ik terugkwam in de winkel – die ik tijdens zo'n blokje om gewoon openliet met een briefje op de deur dat ik snel terug zou zijn – hielp ik een oudere dame aan een roman die ze, ondanks haar uitgebreide collectie van tweehonderd boeken zoals ze vol trots meldde, nog niet kende. Nadat ze met het boek in een papieren tasje de winkel had verlaten, hoopte ik dat er even niemand zou komen en trok me terug in het kantoortje. Ik ging op de bureaustoel zitten, pakte de brief op en met de geur van vergeeld papier en oude inkt in mijn neus begon ik te lezen.

15 december 1944

Mijn liefste,

Gisteren liep ik door de stal. Ik klom naar de zolder. Die was leeg, zo leeg als mijn hart ook voelt. Het enige wat ik nog heb, zijn mijn herinneringen en het ene briefje dat je me achterliet. Overdag draag ik het bij me, op mijn huid. 's Nachts slaap ik ermee onder mijn kussen. Het is soms nat van mijn tranen en op andere momenten geeft het me het gevoel alsof je nog zo dicht bij me bent. Alsof jouw armen mij omringen en alsof ik je warmte op mijn huid kan voelen. Jouw lippen op die van mij, jouw handen die me zo zacht en teder aanraakten. Ik voel die nog steeds, die lieve handen van jou, en ik weet zeker dat ik nooit meer iemand zal tegenkomen die me zo kan aanraken als jij dat deed.

Waar ben je? Je vertrok zo abrupt, in de nacht, bijna zonder een woord. Natuurlijk weet ik dat ik je niet meer zal zien, maar dat is mijn brein. Mijn hart denkt er anders over. Mijn hart mist een helft, de helft die jij meenam, en hoopt elke dag op een teken van jou. Mijn hart huilt voor jou. Voor ons. Voor wat wij hadden kunnen zijn.

Ik schrijf je in de wetenschap dat ik je niet kan bereiken. Deze brief zal onverzonden blijven, mijn woorden ongelezen. En toch moet ik je schrijven, omdat de woorden elke dag in mijn hoofd rondgaan en een uitweg zoeken. Als je maar wist hoezeer ik je mis, als ik je maar kon vertellen wat je voor mij betekent. Bij niemand kan ik mijn ware gevoel kwijt. Jij redde mijn leven op die vreselijke dag waaraan ik niet meer wil terugdenken, maar waarvan de beelden me nog gijzelen tijdens die verschrikkelijke nachtmerries. Nachtmerries waaruit ik gillend wakker word en dan voel ik nog dieper hoe erg ik je mis, want jouw kussen konden mij geruststellen. Jouw kussen en niets anders. Voor jouw heldendaad heb je de eeuwige dankbaarheid van mijn hele familie, maar ik ben de enige die jou echt niet kan vergeten. Ik ben de enige die je zo dichtbij heeft gevoeld en die jouw liefde in zich op heeft genomen. Liefde die maar ronddraait in mij, eindeloos, tot ik er duizelig van word. Liefde zonder uitweg.

Toch is ons verhaal niet afgesloten. Zolang ik leef zal het nooit afgesloten zijn. Zolang ik leef zoek ik je in elk moment en op elke plek, laat ik onze liefde voortleven op die zolder waar wij elkaar beminden en waar nu alleen nog maar mijn tranen vloeien. Ons verhaal is niet afgesloten. Ons verhaal zal nooit afgesloten zijn. Niet zolang mijn hart klopt, omdat het klopt voor jou. Ik hoop dat je dat weet en ik hoop dat je dat voelt, waar je ook bent. Ik hoop dat een klein deel van jouw hart ook altijd voor mij zal blijven kloppen.

Ik denk elke dag aan je.

Met liefs,
de jouwe

Hoofdstuk 8

Met bonzend hart liet ik het papier zakken. Ik had het warm gekregen tijdens het lezen van wat één lange liefdesverklaring was van een, nam ik aan, jong meisje aan een onbekende man die was vertrokken. Als het een boek zou zijn, zou ik nu dolgraag het verhaal verder willen volgen. Hoe hadden ze elkaar leren kennen? Zou ze hem ooit nog terugzien? Mijn romantische brein hoopte van wel, maar dit was natuurlijk geen boek maar het echte leven en aangezien ik de brief in mijn hand had, had die de man in elk geval nooit bereikt.

Ik schoof de brief terug in de envelop en bladerde verder door het boek, maar meer brieven zaten er niet in. Daarna keek ik vlug in de andere boeken. Bij het op een na laatste had ik beet, en bij het laatste ook. Bij het zien van nog drie enveloppen ging er een vreemd opgewonden gevoel door me heen, alsof ik een grote historische ontdekking had gedaan. Wat misschien ook wel zo was. Al waren de brieven tot nu toe natuurlijk niet helemaal onontdekt, tante Rosy moest ervan hebben geweten. Ik kon niet geloven dat ze de boeken hier in het kantoortje had bewaard zonder te weten dat de brieven erin zaten. Het bevreemdde me dat ze mij er nooit over had verteld, want ik was altijd geïnteresseerd in haar verhalen en zeker toen ik kleiner was, hadden we het vaak genoeg over de oorlog en de tijd erna gehad. Een keer was tante Rosy op zolder gaan zoeken in een kist met herinneringen aan de oorlog en de tijd erna. Ze had me krantenartikelen laten lezen van na 5 mei 1945, dagboekaantekeningen van haar vader en een fotoboek van het dorp in de nadagen van 1945 en het begin van 1946. Tante Rosy stond er zelf nog op als baby. Misschien had ze deze brieven toen nog niet gevonden, bedacht ik.

Ik keek naar de drie ongelezen brieven in mijn hand alsof het snoepjes waren waarvan de papiertjes nog dicht waren, maar die ik desondanks al op mijn tong kon proeven. Snel maakte ik ze open en legde ze op volgorde van datum, maar net toen ik wilde gaan lezen, hoorde ik het belletje van de winkel. Ik liep het kantoortje uit.

Olivia kwam binnen met Sam aan de hand. 'Hoi', zei ze toen ze me zag. 'Sam wilde graag Joep even zien.'

'Natuurlijk', zei ik en ik haalde de labrador, die in het kantoortje lag. Slaperig liep hij met me mee en daarna sjokte hij met Sam naar de kinderboekenhoek, waar hij zich met een zucht weer op de vloer liet ploffen. 'Hij wordt oud', zei Olivia en ik had haar blik nodig om het ook te zien. Het was me wel opgevallen dat Joep langzamer leek te gaan lopen, maar ik wist niet beter dan dat labradors nu eenmaal lui waren.

'Kan ik iets voor je doen?' vroeg ik aan Olivia, die er vandaag vermoeid uitzag. 'Wil je iets drinken? Zal ik even op Sam passen?' Dat laatste kwam er in een opwelling achteraan en ik verwachtte al dat ze nee zou zeggen, omdat Sam mij amper kende en er natuurlijk helemaal niet op voorbereid was om hier alleen met mij achter te blijven. Maar ik zag iets oplichten in Olivia's blik en het volgende moment zei ze: 'Meen je dat echt?'

Ik kon natuurlijk niet meer terug, hoewel ik er niet zo zeker van was dat het een succes zou worden. Ik vond kinderen leuk, maar had niet het idee dat dat in het geval van Sam wederzijds was. 'Natuurlijk', zei ik echter. 'Geen probleem.'

'Ik ben binnen tien minuten terug. Alleen even iets halen bij de supermarkt.' Ze liep naar Sam en praatte even met hem. Ik kon niet verstaan wat ze zei en wist ook niet wat zijn antwoord was, maar Olivia knikte een paar keer, streek hem over zijn haar en bedankte me nog drie keer voor ze naar buiten liep. Ik bleef achter met Sam, een slapende Joep en geen idee wat ik moest doen. In elk geval niet de brieven lezen, daarvoor wilde ik alleen zijn.

Ik liep naar het rek met ansichtkaarten om de boel wat te schikken. Maar toen vond ik het toch raar om het jongetje helemaal te negeren en liep naar hem toe. 'Wil je iets drinken?' vroeg ik. 'Ik heb limonade.'

Hij schrok, dat zag ik aan zijn schouders die ineens verstrakten. Het viel me nu pas op hoe kwetsbaar hij oogde. Hij vermeed mijn blik. Aan niets was te merken dat hij me had gehoord, al moest dat natuurlijk wel zo zijn. Joep was wakker geworden, alsof hij de spanning had opgemerkt, en keek me nu met grote ogen aan. 'Laat het maar weten als je iets nodig hebt', zei ik tegen Sam en ik wachtte een paar tellen of hij nog zou reageren, maar dat gebeurde niet. Ik liep terug naar de kassa en deed alsof ik daar iets dringends te doen had.

Olivia keerde precies tien minuten later terug. In die tijd had ik de toonbank schoongemaakt en mijn werk bij de ansichtkaarten hervat, al kon ik Sam vanaf daar niet goed zien. De stilte in de winkel was niet één keer doorbroken en ik kon de opluchting op het kindergezicht zien toen zijn moeder er weer was. Op een vreemde manier voelde het alsof ik hopeloos faalde voor een test waarvan ik niet precies wist wat die inhield.

'Dank je wel', zei Olivia en ik zei dat we de volgende keer samen koffie zouden drinken. Ze knikte en verliet de winkel. De deur hield ze open voor een andere klant en automatisch groette ik, pas daarna keek ik op. 'O', zei ik. 'Hallo.'

Het was de stille man, zoals ik hem voor mezelf was gaan noemen. De verlegen jongeman die zich het liefst achter in de winkel bij de historische en filosofische boeken ophield en die me schichtig teruggroette. Wat was dat vandaag? Straalde ik uit dat ik van plan was iedereen die langer dan een minuut tegen me praatte uit te schelden? Hij was al de tweede die bang voor me leek te zijn.

Ik overwoog een praatje aan te knopen, maar ik deed het niet. Ik glimlachte alleen naar hem toen ik vluchtig zijn blik ontmoette en liet hem daarna met rust. Even liep ik naar het kantoortje met het plan de brieven te gaan lezen, maar ik veranderde van gedachten toen er twee tieners binnenkwamen die vroegen naar het boek van een TikTok-sensatie die ik niet kende, maar het boek bleek in de winkel te liggen. Ze noemden nog een andere naam, die me ook niets zei, en toen lieten ze me filmpjes zien van twee youtubers die een duizelingwekkend aantal volgers hadden en die kennelijk ook over boeken praatten, wat ik geinig vond, want blijkbaar vond de digitale wereld uiteindelijk z'n weg richting het papier. 'Maar dat boek heb ik niet op voorraad', zei ik na een blik in een map.

Ik had natuurlijk wel eerder bedacht dat ik de inkoop moest doen, maar ik had daar nog niet veel vaart achter gezet. Nu er echter steeds meer boeken op begonnen te raken, moest ik in de map met daarop 'Inkoop' duiken en ontdekken hoe tante Rosy zorgde dat de voorraad in de winkel op peil bleef en dat ze de belangrijke titels inkocht. Zou ze echt alles wat uitkwam hebben bijgehouden? Ze was dol op boeken en wist er veel van af, maar ik kon me toch niet voorstellen dat ze van elk YouTube-duo precies wist wanneer er een nieuw boek verscheen. Ik voelde me ineens stom dat we nooit over de praktische kant van de boekwinkel hadden gepraat. Ze runde de boel gewoon, het leek vanzelf te gaan. Maar ik was er natuurlijk ook veel te weinig geweest om die kant echt te zien.

Toen de meisjes vertrokken waren kwam er een oma met haar kleinkind binnen, die in de hoek bij de kinderboeken gingen snuffelen, en tegelijkertijd was er een oudere man die iets zocht voor zijn dochter en nadat ik hem had geholpen, waren er al drie andere klanten. Ik had het niet eerder zo druk gehad en tegen de tijd dat er nog maar één klant in de winkel was, die mijn hulp niet nodig had, was het al halfvijf. Ik pakte de inkoopmap en kwam erachter dat tante Rosy inderdaad niet zelf alles hoefde bij te houden, maar mailtjes kreeg van een inkooporganisatie waarbij ze was aangesloten. Dezelfde mails, bedacht ik met enige schaamte, die ik als reclame had afgedaan en uit de mailbox van de boekwinkel had verwijderd. Ik startte de computer op en nog voor vijf uur had ik zowel de voorraad aangevuld als nieuwe titels besteld. Twee ervan wilde ik zelf meteen lezen toen ik de beschrijving las en ik bedacht dat een van de voordelen van eigenaar van een boekhandel zijn was dat ik nu verplicht moest lezen, want ik moest mijn klanten natuurlijk wel kunnen adviseren. Tijdens mijn twee jaar bij Richard Eggemans had ik met grote regelmaat geklaagd dat mijn werk me van het lezen afhield, nu was lezen ineens onderdeel van mijn werk.

Eigenaar van een boekwinkel: die gedachte bleef in mijn hoofd zitten terwijl ik de brieven in mijn tas liet glijden om thuis te lezen. Het was nu mijn baan, hoe vreemd ik dat zelf ook nog steeds vond klinken. Ik trok mijn jas aan, deed Joep aan de riem en draaide de deur van de winkel achter me op slot. Daarna liep ik de Dorpsstraat uit, zwaaide naar Rutger en liep via de dijk naar huis.

Het eten zou moeten wachten, want ik wilde eerst de brieven lezen. Ergens bekroop me het vage gevoel dat ik nog iets vergat, een afspraak of iets wat ik had beloofd, maar ik wist het niet meer. Misschien was het ook niet belangrijk. Onderweg was de eerste brief bijna letterlijk door mijn hoofd gegaan en ik klapte bijna uit elkaar van nieuwsgierigheid naar de tweede. Ik gunde mezelf nog net de tijd om wat drinken in te schenken, toen vouwde ik voorzichtig de tweede brief open. Mijn ogen vlogen over de regels.

1 februari 1945

Mijn liefste,

De winter duurt lang en het is zo koud zonder jouw warmte om me aan te laven. Maar al zou het buiten dertig graden zijn of nog meer, koud zal het altijd blijven. Nog elke dag ga ik naar de stal, dan klim ik naar de zolder. Nog elke dag voel ik hoe er in mij iets scheurt en dan doet het zo'n pijn. Ik ga liggen op mijn rug in het hooi, net als wij samen deden. Soms praat ik tegen jou en verbeeld ik me dat ik jouw stem kan horen, maar als ik goed luister is er alleen maar de stilte die zo'n pijn doet in mijn hart en in mijn oren.

Waar ben je, dappere soldaat die uit een ver buitenland hiernaartoe is gekomen om voor onze vrijheid te vechten? Ben je gesneuveld of ben je teruggekeerd naar je vaderland? Kom je ooit nog naar mij? Als ik eerlijk tegen mezelf ben, weet ik dat ik je nooit meer ga zien. 's Nachts huil ik mijn kussen nat bij dat idee, overdag zet ik mijn lach op. Ze zeggen dat het verdriet slijt en dat tijd alle wonden heelt, maar dat klopt niet. Tijd maakt het juist erger. Hoe meer tijd er verstrijkt, hoe zekerder ik weet dat ik je nooit meer terugzie. Op een dag zal ik al jouw woorden vergeten zijn. Nieuwe komen er niet bij. Ik weet niet waar je bent of wat je doet of wie je liefhebt. De gedachte dat je ook nog in de buurt kan zijn maakt me gek. Soms zie ik een groep soldaten en zoek ik naar jouw gezicht, maar ik vind het nooit.

Dat wat wij hadden kunnen zijn, ben ik nu met iemand anders. Met hem deel ik mijn leven en mijn bed. Ik speel dat ik de liefde voor hem voel, maar het beste wat ik te bieden heb is vriendschap. En waardering. Hij kan er niets aan doen, hij is goed voor me. Hij weet van jouw bestaan, en van ons verhaal en accepteert het, geen onvertogen woord komt over zijn lippen. We praten niet meer over jou. Dat hoofdstuk is afgesloten, denkt hij. Van mijn smachtende gedachten heeft hij geen benul.

Ik ga afsluiten. Deze brief leg ik klaar voor jou. Als ik je ooit zie, geef ik hem aan je. Ook al spreek ik jouw taal niet, ik weet dat wij dezelfde taal spreken: de taal van de liefde.

Ik denk elke dag aan je.

Met liefs,
de jouwe

Hoewel de stilte er de hele tijd was geweest, leek die pas in mijn oren te zoemen toen ik de brief uit had. Ik liet het papier zakken en staarde in het niets. Zinnen uit de brief echoden in mijn hoofd. Niet alleen het verhaal, ook de schrijfster leek zich aan mij te ontvouwen, regel voor regel, woord voor woord. Passie, dat klonk erin door. Passie van een vrouw vol verlangen, gevangen in een leven dat haar was opgedrongen. Een huwelijk, een man, een huis – alles klopte. En tegelijkertijd klopte er zo te lezen helemaal niets.

Ik probeerde haar compleet te maken voor mezelf, deze schrijfster. Aangezien tante Rosy deze brieven in haar bezit had, zou het het meest logisch zijn als ze familie was. Mijn grootmoeder? Toen ik werd geboren, was ze begin zestig geweest. In de vroegste herinneringen die ik aan haar had, was ik een jaar of drie, misschien vier. Ze was nog niet echt op leeftijd geweest, maar in mijn beleving was ze altijd oud. Ze was geen oma die de eendjes met mij ging voeren of die me meenam uit wandelen, laat staan dat ze oppaste. Maar dat deden de oma's van mijn vriendinnetjes ook niet, en zeker niet op vaste dagen zoals grootouders nu vaak deden. Maar ze was wel altijd geïnteresseerd in mij en vroeg altijd naar school en mijn hobby's. Ik maakte schilderijtjes voor haar, die ze ophing aan haakjes die speciaal voor dat doel in de keukenmuur waren geslagen. Ze was wat stijf, maar ze gaf om me. Maar passie... nee, dat was niet het woord om haar te omschrijven.

Aan de andere kant: ik werd vierenveertig jaar na deze brieven geboren. En in vierenveertig jaar kon er veel veranderen. Een mens sowieso, en zeker een mens met verdriet. Verdriet verhardde, verbitterde. Ik herinnerde me mijn oma niet als verbitterd, maar hard was ze wel.

Er moest een manier zijn om erachter te komen wie deze brievenschrijfster was, bedacht ik toen ik de volgende brief uit de envelop haalde, terwijl mijn telefoon een pling liet horen. In een dorp als dit moest zo'n verhaal toch bekend zijn. Een jong meisje dat een stormachtig liefdesavontuur beleefde met een soldaat, een geallieerde soldaat vermoedde ik – zoiets zou toch destijds de nodige tongen hebben losgemaakt? Dat kon bijna niet geheim blijven in een dorp waar iedereen het al wist als bij één huis de gordijnen langer dicht bleven dan gebruikelijk.

Ik vouwde de tweede brief al open toen mijn telefoon opnieuw pingde. Met halve aandacht keek ik naar het schermpje, toen wist ik ineens wat ik was vergeten.

Leo!

Ik had beloofd om hem om halfzes op te halen om samen te gaan wandelen. En nu was het vijf voor zes. Onmiddellijk sprong ik overeind, schoot mijn jas aan en terwijl ik naar hem toe liep appte ik dat ik eraan kwam. 'Sorry', zei ik schuldbewust toen ik via de keukendeur naar binnen liep. 'Ik was eh... afgeleid.'

'Hopelijk door iets leuks', zei Leo met een grijns. Ik glimlachte terug terwijl ik bedacht dat hij er vermoeid uitzag. Grauw ook. Het bezoek aan het ziekenhuis had duidelijk veel van hem gevraagd. 'Hoe was het vandaag?' vroeg ik, en hij antwoordde zoals hij altijd deed: 'Goed, goed.'

Hij trok zijn jas aan en keek om zich heen. 'Waar is Joep?'

'O...' In mijn haast was ik de labrador vergeten. 'We halen hem onderweg wel op.'

Even later stonden we samen in de hal van tante Rosy's huis. 'Jeetje', zei Leo en hij keek om zich heen. Zijn gezicht had ineens een schaduw. 'Gaat het?' vroeg ik. 'Je lijkt wat...'

Ik maakte mijn zin niet af. Leo knipperde een paar keer. 'Ik ben hier niet meer geweest sinds ze is overleden.'

Ze was er niet meer, realiseerde ik me toen hij dat zei. Voor hem ademde alles in dit huis nog tante Rosy, maar voor mij was er iets veranderd. En ik wist niet eens wanneer het was gebeurd. Was het plotseling of geleidelijk? Wanneer was ik opgehouden binnen te komen in tante Rosy's huis? Wanneer was ik voor het eerst thuisgekomen?

'Ja', zei ik alleen maar, een beetje van slag door het besef dat me ineens had getroffen. Ik deed Joep aan de riem en we liepen de dijk weer op. Joep ging al niet snel, maar Leo ging nog langzamer. 'Gaat het wel?' vroeg ik.

'Een beetje moe', gaf hij toe. Dat was niets voor hem, want hij klaagde nooit. Ik bood hem mijn arm aan en hij legde zijn hand erop. Zo liepen – het was meer schuifelen – we samen verder. 'Het weer verandert', zei Leo. 'Dat voel ik in mijn botten.'

'Er zijn hogere temperaturen aangekondigd.'

'Het zal wel met de luchtdruk te maken hebben. Als die anders wordt, merk ik het altijd.'

Ik blikte opzij. Zijn gelaat was onveranderd grauw. Ik wilde hem vragen of dat het echt was, maar ik deed het niet omdat ik wist dat hij niet graag over kwalen praatte. 'Ik heb vandaag iets bijzonders gevonden', zei ik in plaats daarvan.

'Wat dan?' Zijn blik werd nieuwsgierig.

'Brieven. Ze zaten verstopt in oude boeken over de oorlog die mijn tante in het kantoortje van de winkel bewaarde.' Ik keek hem aan. 'Heeft ze het daar ooit over gehad?'

Hij dacht even na, maar schudde toen zijn hoofd. 'Nee, volgens mij niet. We hadden het weleens over de oorlog. Ik was nog maar een jochie van drie toen die uitbrak en ik heb wel wat jeugdherinneringen, maar die zijn niet erg concreet. Eigenlijk denk ik dat ik het grootste deel van mijn herinneringen achteraf heb ingevuld op basis van de verhalen van mijn familie. Jouw tante had het er regelmatig met haar ouders over gehad en wist veel te vertellen over de impact van de oorlog op dit dorp.' We liepen langzaam verder, Leo leunde steeds zwaarder op mijn arm. 'Wat stond er in de brieven?'

'Ik heb er nu twee gelezen en ik krijg de indruk dat ze geschreven zijn door een jonge vrouw die net is getrouwd, maar die eigenlijk verliefd is op een geallieerde soldaat. Maar de soldaat is vertrokken en ze weet niet waar hij is. Ze heeft een goede echtgenoot, schrijft ze, maar ze verlangt naar haar verloren liefde.'

'Ai.' Leo kneep even zijn ogen samen. 'Bitterzoet', zei hij toen en ik wist geen beter woord om het verhaal samen te vatten. 'Weet je wie het is?'

Ik schudde mijn hoofd. 'Er staan geen namen bij. Ze noemt hem "mijn liefste" en ondertekent met "de jouwe". Maar als ik afga op de geboorteperiode van de baby, zou dat mijn tante kunnen zijn. En dan zou de brievenschrijfster mijn oma zijn.'

Er vlamde iets op in Leo's ogen. 'Zou je denken?'

'Het klopt qua tijd, dat wel. Maar ik weet het niet...' Ik haalde diep adem. 'Ik herken mijn oma nu niet direct in die brieven. Ik vond haar altijd wat gereserveerd.'

'Maar wat zegt dat?' vroeg Leo. 'Ze was toen nog jong.'

Daar moest ik hem gelijk in geven. 'Als zij het is, loopt het liefdesavontuur niet goed af', zei ik met een half glimlachje. 'Ze is altijd met mijn grootvader samen gebleven. Over een soldaat heb ik nooit iets gehoord.' Ik keek hem aan. 'Het zegt jou ook niets, toch?'

'Wat? Dit verhaal?' Hij schudde zijn hoofd. 'Nee, niet van vroeger. Maar ik heb hier natuurlijk tot mijn tiende gewoond en daarna heel lang niet. Er zijn genoeg dorpsbewoners die hier hun hele leven hebben doorgebracht en die het verhaal misschien wel kennen.'

Ik knikte. Toen kwam er een idee in me op. Had Nikki me niet verteld dat haar vader een boek over het dorp in de Tweede Wereldoorlog had geschreven? Als dit verhaal bekend was, moest hij er zeker over hebben gehoord. Ik nam me voor haar straks een berichtje te sturen.

'Maar de neuroloog was dus tevreden?' vroeg ik aan Leo om van onderwerp te veranderen. 'Wat zei ze van het vallen?'

'Niet zoveel.' Hij had duidelijk niet veel zin om erover te praten. 'Die dingen gebeuren.'

'Heb je het nog over de medicijnen gehad?'

Vorige week had ik gezien hoe hij stond te hannesen met zijn pillen. De tabletten waren eigenlijk te groot voor hem om in te nemen en bovendien ontnamen ze hem vaak zijn eetlust, zei hij. 'Niets aan te doen', vond hij, maar dat was ik niet met hem eens. Het ter sprake brengen bij de dokter kon nooit kwaad, wie weet waren er oplossingen. 'Je moet wel goed eten', had ik hem op het hart gedrukt en hij had het beloofd, maar nu ik hem er weer naar vroeg was zijn antwoord vaag. Ik keek hem onderzoekend aan, hij liet zijn blik over de dijk dwalen. Ik wilde zeggen dat ik het wel voor hem aan de huisarts of de neuroloog kon vragen, maar iets hield me tegen. Misschien het gegeven dat hulpbehoevend het laatste was wat Leo wilde zijn.

'Dat was zo mooi aan jouw tante', had hij ergens in de afgelopen weken gezegd. 'Ze gaf me altijd het gevoel dat ze tijd met mij wilde doorbrengen. Niet dat ze zich verplicht voelde omdat ik een boodschap nodig had, of een beetje aandacht als een zielig kamerplantje.'

'Geven anderen je dan wel dat gevoel?' had ik gevraagd en ik had in stilte gehoopt dat hij niet zou laten blijken dat ik diegene was.

'Soms wel.'

'Floris geeft om je.'

'Dat klopt. Maar hij woont ver weg en ik kan hem moeilijk vragen voortdurend langs te komen. Dat zou ik ook niet willen, hij heeft zijn eigen leven. En hij leeft eigenlijk voor zijn werk.'

'Je kunt Victoria vragen', had ik grappend gezegd en toen had hij met zijn blik meer gezegd dan hij in woorden had kunnen vangen. Samen hadden we gegniffeld. 'Dan moet ik eerst moeilijke melk in huis halen', had Leo nog toegevoegd.

'Zullen we omkeren?' Leo had zijn tempo zo ver verlaagd dat we nu bijna kruipend vooruitgingen. Joep leek er goed bij te gedijen, dat wel. Ik knikte en we keerden om, we hadden de paardenwei nog niet eens bereikt. 'Ze willen er een outletcentrum bouwen', zei ik terwijl ik in de richting van het weiland wuifde.

'Wat?' Leo keek me niet-begrijpend aan. 'Wat is outlet? Is dat iets voor honden?'

Ik had een paar tellen nodig om te snappen wat hij bedoelde, toen begon ik te lachen. 'Nee', zei ik. 'Dat is een winkelcentrum waar kleding en andere spullen met korting worden verkocht. Heel populair en het zal voor veel drukte en extra verkeer zorgen.'

Leo rimpelde zijn neus. 'Waarom zouden we dat willen?'

'Het zal wel extra geld opbrengen omdat er veel mensen op afkomen en daarin is de gemeente geïnteresseerd. Bovendien kunnen ze de grond goed verkopen.'

Leo blikte opzij en bleef even staan om op adem te komen. 'Van wie is die grond dan?'

Ik wilde 'van mijn tante' zeggen, maar dat klopte niet meer. 'Van mij', zei ik onwennig. 'Ik heb het net geërfd. En als ik de gemeente mag geloven, kopen ze het van mij zonder dat ik daar iets tegen kan doen.'

'Maar jij bent advocaat.'

'Jurist. En nee, ik leg me hier niet zomaar bij neer. Ik heb vandaag al gebeld, maar niemand schijnt precies te weten wat ze bedoelen met de punten uit de plaatselijke verordening waarnaar ze verwijzen.' Ik kneep mijn ogen samen en zag in de verte twee paarden tegelijk weggalopperen bij het hek. Het ene was zesentwintig jaar, het andere dertig en het zag er stram uit maar desondanks haalden ze nog best een hoge snelheid. 'Volgens mij wordt de grond op dit moment veel waardevoller gebruikt.'

'Ik moet er niet aan denken', zei Leo, bij wie nu langzaam de consequentie van wat ik had gezegd begon in te dalen. 'Al die auto's en al die mensen. We wonen hier juist zo mooi rustig.'

'Precies', zei ik en ik merkte dat ik het meende. De afwezigheid van drukte en geluid had me de eerste tijd hier de zenuwen gegeven. Maar nu wilde ik die rust juist verdedigen. 'Volgens mij gaat dat zomaar niet, die grond afpakken – of ze er nu een marktconforme prijs voor betalen of niet, want dat is wat ze zeggen. Maar mij lijkt dat het aan mij is om het te verkopen of niet.'

We bedachten wat we zouden doen als de gemeente de plannen zou doorzetten en tegen de tijd dat Leo schetste hoe hij zich aan het houten hek zou vastketenen met een spandoek om zijn schouders, bereikten we al grinnikend zijn huis. 'Bedankt voor de wandeling', zei hij. 'Heb je zin in thee?'

'Nee, ik ga eten.' Ik keek op mijn horloge, het was al kwart voor zeven.

'Eten?' Hij fronste. 'Wat een vreemd tijdstip.'

'Ik was laat terug uit de winkel en ik was de tijd vergeten', zei ik, hoewel het nog helemaal niet zo laat was. In Amsterdam was ik vaak pas om zeven uur of half acht thuis.

'Je bedoelt natuurlijk lunch', zei Leo echter. 'Ik kan wel even een boterham voor je smeren? Dan loop je daarna terug naar de winkel.'

Ik keek hem onderzoekend aan. 'Het is kwart voor zeven in de avond', zei ik en probeerde mijn stem niet al te bevreemd te laten klinken. 'De winkel is al gesloten.'

'O.' Hij knipperde een paar keer. 'Werkelijk?'

Ik liet hem mijn horloge zien en hij knikte. 'Ach ja', zei hij toen. 'Dat is ook zo. Ik heb natuurlijk ook al gegeten.'

Ik wist niet zeker of dat waar was, maar Leo verzekerde me van wel. We namen afscheid. 'Bel me als er iets is', drukte ik hem op het hart, hoewel ik dat eigenlijk nooit deed. Hij beloofde het en door het raampje van de keukendeur zag ik hoe hij moeizaam naar binnen schuifelde.

Ik liep het tuinpad af, de dijk op. Thuis stopte ik een restje eten van gisteren in de magnetron en at het op voor de televisie, maar ik volgde het programma niet echt. De toestand van Leo zat me niet lekker. Het ene moment oogde hij vermoeid en oud, dan leefde hij op en was hij scherp en geestig. Om daarna ineens vergeetachtig en warrig te zijn. Ik wist dat hij sinds zijn hersenbloeding goede en slechte dagen had. Dat had hij me niet alleen verteld, dat had ik ook zelf gezien. Maar in de korte tijd dat ik hem nu kende, leek het erger te worden. Een paar dagen geleden had ik hem in de voortuin gezien terwijl hij op het punt stond met de grasmaaier een mooi bloemperk te lijf te gaan. Net op tijd had ik hem op andere gedachten kunnen brengen, ik had gemerkt dat hij oprecht even niet had geweten wat het nut van de machine was die hij had gepakt. Ik vroeg me af of zijn neuroloog vandaag ook had gemerkt dat hij warriger werd of dat Leo had gedaan alsof alles goed met hem ging. Als hij zich inspande, lukte hem dat vast wel.

Ik zette mijn bord op de salontafel en zat een tijdje met mijn telefoon in mijn handen. Ik had het nummer van Floris opgeslagen voor 'je weet maar nooit', maar ik aarzelde of ik hem een berichtje kon sturen. Wat Leo met zijn neuroloog besprak waren natuurlijk mijn zaken niet. Maar aan de andere kant: ik zag hem vaker dan Floris en al helemaal vaker dan de arts. Bovendien had ik Floris vanochtend nog gezien – zo vreemd zou het toch niet zijn als ik hem appte?

Ondanks mijn eigen gedachten typte ik geen berichtje. Ik opende WhatsApp en zocht Floris op. Toen tikte ik op zijn profielfoto en keek in zijn groene ogen en ik besefte dat het halvedagbaardje er gewoon altijd precies zo uitzag: alsof hij het twee keer per dag bijwerkte. Ik deed mijn best iets te vinden van zoveel ijdelheid, maar kon niet anders dan toegeven dat het hem toch wel stond en dat vond ik niet snel van baardjes. 'Ugh', hoorde ik Samira in gedachten zeggen als er een tinderaar met een baardje voorbijkwam. 'Ik voel het nu al prikken.'

Ik sloot de foto af en keek naar het lege schermpje. In gedachten stelde ik opnieuw een berichtje op. Toen hij online kwam, sloot ik WhatsApp met een betrapt gevoel af, alsof hij zou kunnen zien dat ik zijn nummer in mijn telefoon had opgeslagen en dat mijn duim nu boven het toetsenbord zweefde op zoek naar de woorden die ik hem zou sturen.

Of niet zou sturen. Ik moest me er ook niet mee bemoeien. De neuroloog was niet gek, Floris ook niet, wie was ik dan om me met de medische toestand van Leo bezig te houden? Leo zat daar zelf vast ook niet op te wachten. Het laatste wat hij wilde zijn, was een patiënt. En ik wilde geen paniek zaaien. Het was een vermoeiende dag voor hem geweest, niet zo vreemd dat hij wat in de war was. Morgen zou het vast weer beter gaan.

Mijn hersenen voerden als vanzelf argumenten aan om mijn gebrek aan actie te rechtvaardigen. En er was nog iets, maar dat was zo vaag en ongrijpbaar dat ik niet goed wist hoe ik het voor mezelf moest plaatsen. Het had met Floris te maken en de manier waarop hij vanochtend had gekeken. Deze omgeving, ik – het was voor hem duidelijk zo… Tja, wat was het woord? Zo achtergesteld. Hij met zijn bedrijf waar het geld tegen de plinten klotste en zijn interessante Teams-calls en zijn team dat voor hem werkte en zijn orders aannam. Er kon bijna geen groter contrast zijn met mij, met wat mijn leven was geworden.

Ergens wilde ik gewoon niet dat hij me zag als 'zo iemand'. Iemand uit het dorp. Iemand die zijn opa verzorgde. Dat laatste woord alleen al. 'Verzorgde', brr.

De vraag kwam in me op hoe ik dan wel wilde dat hij me zag, maar dat vond ik te ingewikkeld, want daarvoor moest ik eerst bedenken waarom het me uitmaakte. Ik haalde diep adem. Als vanzelf gingen mijn vingers weer naar mijn telefoon. Floris was offline gegaan en ik wist niet waarom, maar ineens zag ik hem voor me, in zijn grote appartement met dat mooie uitzicht over het Spaarne. Met zijn succesvolle bedrijf. Met zijn designmeubels. Nou ja, die verzon ik erbij, want ik wist natuurlijk niet hoe hij zijn appartement had ingericht – of misschien had Victoria dat wel gedaan? – maar ik kon me voorstellen dat alles wat er stond strak en duur was. Net als zijn vriendin zelf, bedacht ik en mijn eigen gedachte ontlokte me een glimlach.

Mijn hersenen voerden me mee in gedachten over Floris en Victoria en hoe zij in alles uitstraalden hoe succesvol ze wel niet waren, en ineens dacht ik ook aan Mano die dat helemaal niet uitstraalde maar ook niet belangrijk vond. Wat was succes nou eigenlijk? Een appartement met een spectaculair uitzicht, waar je amper van kon genieten omdat je zo druk was met geslaagd zijn dat je amper thuis was? Of loskomen van de mening van anderen en je eigen pad volgen? Een beetje beschaamd bedacht ik dat het nog maar kort geleden was dat ik er zelf ook andere gedachten over succes op na hield. Wie de meeste uren kon maken en de meeste zaken won, was de winnaar. En ik had maar wat graag de winnaar willen zijn om me succesvol te voelen. Maar wat was dat echt waard geweest?

Ik stond op om mijn bord naar de keuken te brengen. Floris inseinen kon nog wel even wachten, besloot ik, en ik nam me voor me nog wat meer om Leo te bekommeren de komende tijd. Als ik echt het idee had dat het niet goed met hem ging, kon ik altijd nog aan de bel trekken.

Ik ruimde de keuken op, gaf Joep en Freud te eten, vulde de bakjes van de buitenkatten en toen pas dacht ik weer aan de brieven die ik uit de winkel had meegenomen. De laatste twee lagen nog onaangeroerd op tafel. Ik zette thee en ging daarmee aan de keukentafel zitten. Daarna haalde ik diep adem en vouwde de derde brief open.

20 mei 1945

Mijn liefste,

Bijna zes maanden zijn verstreken sinds ik je voor het laatst zag. In ons dorp vieren we feest. We zijn bevrijd, eindelijk! We dansen in de straten en omhelzen en zoenen de geallieerde soldaten – onze helden! Ik doe mee met het feestje, maar in de zee van gezichten zoek ik nog steeds naar het jouwe. Mijn hoop blijft leven, mijn hart blijft bonken. Als ik mijn hoop verlies, verlies ik alles. Dan zal mijn liefde me te gronde richten, terwijl het juist die liefde is die me op de been houdt.

Soms voelt het alsof ik vanbinnen brand zoals het hout brandde die dag dat jij me redde. De vlammen verschroeiden toen mijn huid zoals mijn verlangen nu mijn binnenste verschroeit. Het is de pijn die ik zal moeten dragen voor de rest van mijn leven. Maar ik zet mijn glimlach op en doe

wat er van mij wordt verwacht. Niemand kan in mijn hart kijken.
Het hart, waaronder ik het mooiste geschenk draag dat jij me had kunnen geven. De gedachte dat ik altijd een deel van jou zal hebben, biedt me troost op mijn donkerste dagen. Al mijn liefde zal ik schenken aan dit kind, ons kind. Soms lig ik in het frisse voorjaarsgras en dan voel ik het leven in me bewegen en verbeeld ik me dat jij het ook voelt. Mijn tranen zijn dan bitter maar ook zoet.

Ik denk aan jou, waar je ook bent.

Met liefs,
de jouwe

Hoofdstuk 9

'Wow.' Nikki liet de brief zakken en keek me met grote ogen aan. 'Ik word er helemaal...' Ze zocht naar een goed woord, maar haalde uiteindelijk haar schouders op. 'Je voelt gewoon het verdriet.'

Dat had ik ook gehad toen ik hem had gelezen. Ik had enorm getwijfeld of ik de brieven wel met Nikki moest delen. Ze waren zo persoonlijk en tante Rosy had ze niet voor niets verstopt, ze had ze niet eens met mij gedeeld. Maar ik wilde zo graag weten wat de herkomst was, dat ik er toch voor had gekozen om rond te vragen.

'En dan is ze ook nog zwanger van hem.' Nikki sloot even haar ogen. 'Zou haar man ook hebben geweten dat het niet zijn kind was?'

Ik haalde mijn schouders op en moest het antwoord schuldig blijven. Ik had me suf gepiekerd wie het kind kon zijn. Als het zes maanden voor die brief was verwekt, moest het een maand of drie na het schrijven zijn geboren: in de zomer van 1945, en dat was precies wanneer mijn tante ter wereld was gekomen.

Zou zíj hebben gedacht dat ze de baby was die werd genoemd? Ik knalde al bijna uit elkaar van alle vragen die er door mijn hoofd gingen. Hoe moest mijn tante zich dan wel niet hebben gevoeld? Of ging het inderdaad om haar en had ze al haar hele leven geweten dat de man die zij vader noemde, biologisch gezien haar vader niet was?

Ik dacht aan mijn opa en had moeite me hem voor te stellen in zo'n lastige situatie. Trouwen met een vrouw die verliefd was op de man die, zo had ik uit de brieven opgemaakt, haar leven had gered, was één ding. Maar de wetenschap dat ze zijn kind droeg, moest toch iets met hem hebben gedaan? Ik kende hem als kalm, stoïcijns bijna. Maar kon iemand stoïcijns een kind aanvaarden dat niet van hem was? En zou hij hebben geweten dat zijn vrouw zulke heftige gevoelens koesterde voor een ander?

Ik knipperde een paar keer met mijn ogen en dwong mezelf mijn gedachten te stoppen voor ik er helemaal door werd meegesleurd. Ik wist helemaal niet zeker of het hier om mijn opa en oma ging.

'Jeetje, wat was ze verliefd', zei Nikki, zich niet bewust van wat er in mijn hoofd omging. 'Dat voel je in ieder woord. Ik ben nu enorm nieuwsgierig naar degene aan wie de brieven zijn gericht.'

Ik knikte. Nikki was de winkel binnengevallen voor een kopje koffie en viel nu midden in een liefdesverhaal. 'Ik zal mijn vader vragen of hij zo'n geschiedenis kent', beloofde ze. 'Hij heeft zoveel over de geschiedenis van het dorp in de Tweede Wereldoorlog opgezocht, dat hij het wel moet weten als dit een bekend verhaal is.'

'Dank je wel.' Ik aarzelde even. 'Wil je hem vragen of hij discreet met de brieven wil omgaan? Ik weet niet om wie het gaat, maar als mijn tante...' Ik haalde even mijn schouders op. 'Nou ja, ze had ze niet voor niets verstopt.'

'Natuurlijk', beloofde Nikki. 'Van mijn vader krijgt niemand iets te horen. Trouwens, van mij ook niet. O hé, hier staat zijn boek.'

Ze was naar de kast met lokale boeken gelopen en haalde het exemplaar van het boek van haar vader tevoorschijn. Langzaam bladerde ik het door. Ik zag foto's van oude dorpsbewoners die met de armen om elkaar stonden te poseren en van vrouwen op fietsen met geheime pamfletten in hun manden, zo stond te lezen in het bijschrift. Er waren ook zwart-witbeelden van Canadese en Amerikaanse soldaten die hadden gevochten in de Slag om de Schelde. Mijn ogen gleden over de foto's en over de tekst, maar die was nogal algemeen. Er werd geen specifieke soldaat genoemd die bijvoorbeeld langer in het dorp was gebleven dan de anderen of die een bijzondere band met een dorpsbewoner had gekregen. Niet dat ik dat had verwacht, het was duidelijk geen openbare romance geweest.

'Ik zal je ook de laatste brief laten lezen', zei ik en ik schoof de vierde envelop naar haar toe. Gisteravond had ik hem gelezen en ik moest er helemaal van bijkomen. Nu staarde ik naar Nikki's gezicht toen ze het oude papier openvouwde. Ik kende de tekst al bijna uit mijn hoofd en haast automatisch begon die in gedachten mee te lopen met Nikki's ogen die over de regels gleden.

7 oktober 1945

Mijn liefste,

Ik mis je meer dan ik in deze brief, of met welke woorden dan ook, kan vertellen. Terwijl ik dit schrijf, ligt ons kind te slapen in haar wiegje. Ze is prachtig, ze heeft jouw helderblauwe ogen, jouw ronde gezicht. Elke keer als ik naar haar kijk, moet ik zo ontzettend aan jou denken dat het voelt alsof mijn hart doormidden splijt. Het is het mooiste cadeau dat je mij kon geven. Ik zal altijd een deel van jou bij me hebben. Maar die gedachte droogt mijn hete tranen niet.

De oorlog ligt achter ons. We bouwen ons bestaan op, ik denk dat jij naar huis bent gegaan. Als ik mezelf enkele gedachten daaraan toesta, hoop ik dat je gelukkig bent. Dat je de liefde zult vinden. Tegelijkertijd krimp ik ineen van pijn als ik dat voor me zie. Soms strek ik mijn armen naar je uit terwijl ik weet dat je er niet bent. Als er onverwacht op de deur wordt geklopt, schiet ik omhoog uit mijn stoel. Maar wie er ook voor de deur staat, jij bent het natuurlijk niet. Jij zult het ook nooit zijn. Dat is een hard en onverteerbaar gegeven waarmee ik zal moeten leren leven.

Dit is mijn laatste brief aan jou. Ik zou je nog duizend brieven kunnen schrijven en het zou me nooit vervelen, maar ik moet eerlijk zijn. Ik zal je nooit meer zien. Ik heb mijn leven hier, dat ik moet aanvaarden. Ik zal alles doen om zo goed mogelijk voor ons kind te zorgen. Elke dag als ik naar haar kijk, zal ik aan jou denken. Ik hoop dat je, waar je ook bent, voelt dat mijn hart bij jou ligt.

Het ga je goed, mijn liefste.

Met liefs,
de jouwe

'Jeetje.' Nikki snoof even en keek me aan. Er blonk een traan in haar oog. 'Ja, sorry', zei ze en ze veegde over haar wang. 'Ik ben gewoon een sucker voor dit soort dingen. Ik huil al bij zo'n video waarin de brandweer een poesje uit een boom redt.'

'Het is ook een heftige brief', zei ik. Ik had zelf ook een brok in mijn keel gekregen toen ik hem gisteravond had gelezen. Ik had gehoopt ergens uit de brieven op te maken dat de schrijfster ervan haar soldaat had teruggezien of dat ze antwoord had gekregen, hoe onlogisch dat ook was omdat de brieven nooit waren verstuurd. Als dit fictie was geweest, had de maker natuurlijk nooit voor zo'n onbevredigend einde gekozen. Maar het was geen fictie. En was het echte leven niet vaak genoeg onbevredigend?

'Je weet het niet', zei Nikki. 'Misschien is hij teruggekomen en zijn ze samen verdergegaan. Dat heeft ze natuurlijk niet opgeschreven, want als hij bij haar was, hoefde ze geen brieven te sturen.'

'Ja', zei ik, hoewel ik vrij zeker wist dat dat niet was gebeurd. 'Maar ken je zo'n verhaal uit het dorp? Een vrouw die al een man en een dochter had en er toen met een geallieerde soldaat vandoor ging?'

'Nee', moest Nikki toegeven. 'Maar ik zal dat ook aan mijn vader vragen.' Ze pakte haar telefoon en begon driftig te typen. Na een tijdje legde ze de mobiel aan de kant. 'Antwoord binnen zes werkdagen', zei ze voor de grap. 'Of binnen tien minuten. Het is bij hem het een of het ander.' Haar gezicht klaarde op. 'O, we krijgen trouwens heel veel reacties op de vlog over je tante. Veel lieve woorden, je moet maar even op de Facebookpagina kijken.'

'Dat zal ik doen', zei ik, verbaasd dat er zoveel mensen naar de vlog hadden gekeken.

'Altijd wel', schokschouderde Nikki toen ik dat hardop uitsprak. 'Ik heb zelf tienduizend volgers en de krant heeft er ongeveer vijfduizend.'

Er kwam een idee in me op. 'Wat weet jij over dat outletcenter dat de gemeente wil?'

'Niet zoveel.' Nikki dacht even na. 'Ik heb collega's bij de krant die zich er meer in hebben verdiept. Wat ik weet, is dat de gemeente de grond graag goed wil verkopen en dat er een projectontwikkelaar met grote interesse is, maar daar hadden we het laatst al over.' Ze schudde haar hoofd. 'Een outletcenter, het idee alleen al!'

'Het is belachelijk', zei ik geestdriftig en ik realiseerde me vaag dat ik een paar weken geleden nog achteloos mijn handtekening onder zo'n contract zou hebben gezet, omdat het extra geld mooi meegenomen was. En ik was toen toch niet van plan geweest hier te blijven wonen. De vraag hoe ik daar nu over dacht liet ik voor mezelf onbeantwoord, want daar ging het nu niet om.

'Het is echt heel zonde', zei Nikki met een denkrimpel in haar voorhoofd. 'Dat weilandje lijkt misschien onbeduidend, maar de enige reden dat die paarden daar kunnen staan, is omdat de grond gratis gebruikt kan worden. Ze zijn allemaal afkomstig van eigenaren die niet voor het pensioen van hun dieren konden of wilden betalen. Zonder dit landje zouden ze allemaal naar de slacht zijn gegaan, inclusief Izzy de ezel.'

Ik knikte. De herkomst van de paarden was mij niet bekend, maar ik wist wel dat niet bij alle dieren eigenaren betrokken waren. Ik had laatst de financiële administratie doorgebladerd, om tot de conclusie te komen dat er niemand was die voor het pensioen van zijn of haar paard betaalde, en ook de ezel stond er gratis. Tante Rosy had wel betaald voor Bruno, zo'n honderd euro per maand. Ik herinnerde me nog dat ze hem kocht, toen hij als rijpaard niet meer geschikt was en op de nominatie stond om te worden afgemaakt. Cadeautje voor mezelf, had ze destijds gezegd, maar het was vooral een cadeautje voor Bruno. Ik dacht aan zijn wortelzoekende lippen en zijn grote fluwelen ogen en kon me er niets bij voorstellen dat wanneer een dier als hij jarenlang je makker was geweest, je op een dag besloot hem te laten inslapen omdat je er niet meer op kon rijden en dus op die manier niets meer aan hem had.

En zo had elk paard zijn eigen verhaal, realiseerde ik me ineens. 'Dat moeten we doen', zei ik, al pratend terwijl het idee zich in mijn hoofd nog aan het ontvouwen was. 'We moeten de verhalen vertellen.'

Nikki hield haar hoofd schuin. 'Wat voor verhalen?'

'In een vlog', zei ik knikkend. 'Tenminste, als jij het ook een goed idee vindt. Als we de verhalen van de dieren vertellen, gaat het nog meer leven in de omgeving. Misschien kunnen we een regionaal of zelfs landelijk protest opzetten. Weerloze dieren tegenover een op geld beluste gemeente of projectontwikkelaar, dat doet het vast goed.'

'Denk je?'

'Natuurlijk. En waar het vooral om gaat, is dat een eventuele investeerder in zo'n outletcenter natuurlijk niet op negatieve publiciteit zit te wachten. Je weet hoe gevoelig dat tegenwoordig allemaal ligt.'

Nikki keek nadenkend voor zich uit en begon toen te knikken. 'Daar zou je best eens gelijk in kunnen hebben. Het zal niet zo moeilijk zijn om de dorpsbewoners zover te krijgen dat ze tegen het outletcenter gaan protesteren, maar er zijn te weinig bewoners om een projectontwikkelaar echt van de wijs te brengen. Maar als het groter wordt en als het een imagokwestie wordt, zou het best eens anders kunnen uitpakken.'

Ik knikte, al had ik ergens het onbestemde gevoel dat de realisatie van de plannen al min of meer vaststond. Maar ik zou in elk geval doen wat in mijn macht lag om het weiland te behouden.

'We kunnen vrijdag beginnen', zei Nikki. 'Dan heb ik tijd. O, mijn vader stuurt een berichtje terug.' Ze pakte haar telefoon op en begon te lezen, tegelijkertijd schudde ze haar hoofd. 'Hij kent geen vrouw uit het dorp die met haar dochter haar man verliet voor een buitenlandse soldaat. De hele geschiedenis komt hem sowieso niet bekend voor, zegt hij. Na de Slag om de Schelde zijn er veel geallieerde soldaten in het dorp geweest, dat was in het najaar van 1944.' Ze keek me aan. 'Dat klopt precies met de momenten waarop de brieven zijn geschreven.'

Ik liet me weer meevoeren en even zag ik een beeld voor me van een knappe jonge vrouw met een strooien hoed – ik wist ook niet waarom, maar er hoorde voor mijn gevoel een strooien hoed bij met een gebloemd lint eraan – en een lange lichtroze jurk die wapperde in de wind. Een knappe soldaat met een bos dik donkerblond haar en een verliefde blik in zijn ogen keek bewonderend toe van een afstandje. Het beeld ontroerde me zo dat de gedachte aan de brieven me weer een brok in mijn keel bezorgde.

'Wat is er?' vroeg Nikki.

'Niks.' Ik schudde mijn hoofd, ook om het beeld kwijt te raken. 'Het is gewoon een heftig verhaal.'

'Je kan er zo een film van maken', zei Nikki en ik kon aan haar blik zien dat ze het al voor zich zag, omdat zij door het vloggen gewend was om in videobeelden te denken. 'Wie weet komt dat er op een dag nog van.' Ze knipperde een paar keer. 'Eerst maar eens aan de slag met de video's over de paarden.'

Ik luisterde naar haar plan en toen knikte ik en zei ze dat ze aan de slag ging. We namen afscheid en nadat Nikki de winkel had verlaten, was het ineens zo stil en rustig dat ik me weer eens realiseerde dat haar energie iets bubbeligs had dat niet veel mensen hadden. Mijn tante wel. Die bracht ook altijd een zekere vrolijkheid met zich mee waar ze niets voor hoefde te doen. Dat was een van de dingen die ik zo miste. Alles werd lichter als zij er was.

Ik bleef een tijdje aan de tafel zitten en scrolde wat door mijn telefoon. Mijn bovenbuurman vroeg zich af of ik nog terugkwam en ik antwoordde dat ik veel te doen had hier. Mijn eerste ingeving om 'nee' terug te sturen, joeg me echter ook geen angst meer aan. Ik keek even voor me uit en wachtte op de verbazing die ik misschien zou moeten voelen bij die gedachte, maar die bleef uit.

'Ze zou dat nooit hebben gewild.' Ik schrok van de stem, omdat ik was vergeten dat de stille man er nog steeds was. Hij had de gave te bewegen zonder lucht te verplaatsen en dus had ik niet gemerkt dat hij naast me was komen staan. 'Rosy, bedoel ik.' Blijkbaar had ik niet-begrijpend gekeken, zodat hij zich verplicht voelde die uitleg toe te voegen.

Het was niet zozeer wat hij zei dat me verbaasde, maar meer dat hij iets zei. Ik wist niet goed wat ik moest antwoorden en fronste dus maar wat. 'Nee?'

'O. Nee.' Zijn ogen waren groot en, zo zag ik nu pas, van

het donkerste blauw dat ik ooit in iemands ogen had gezien. Eigenlijk had ik zijn gezicht nog nooit van dichtbij bekeken. Hij had lange wimpers, een rechte neus en een hoekige kaaklijn. Zijn lippen waren recht en strak. 'Ze hield zoveel van haar paarden en haar ezel.'

Ik knikte een paar keer en beet op mijn onderlip. Er waren tig dingen die ik kon zeggen, maar op een of andere manier had ik het idee dat ik mijn woorden zorgvuldig moest kiezen. Met inhoud. En zachtheid.

'Ik weet dat je gelijk hebt', zei ik, half knikkend. 'Maar ik vind het ook zo lastig te bedenken hoe mijn tante hiermee zou zijn omgegaan. Ze zou natuurlijk protest hebben aangetekend, maar wat nog meer? Ze was zo...' Ik zocht naar het woord. 'Zo inventief', zei ik uiteindelijk.

Er verscheen een glimlachje op het gezicht van de man. 'Ja', zei hij en hij knipperde een paar keer. 'Dat is wel het goede woord.'

'Weet je, ik...' Ik aarzelde. Er kwam iets in me op waar ik helemaal niet goed over had nagedacht, maar wat me wel het goede leek om nu te zeggen. De man keek meteen schichtig, alsof hij bang was voor wat er nu zou komen. 'Ik ben gewoon benieuwd', zei ik toen. 'Kende je mijn tante goed? Je hoeft niet te antwoorden, hoor.' Raar eigenlijk dat ik meteen in de verdediging schoot terwijl ik niets vreemds vroeg. Maar het voelde alsof ik de man toch wat voor het blok zette met mijn vraag. 'Ik vind het gewoon fijn om over haar te praten. Dat doe ik steeds minder.'

Het schichtige maakte plaats voor iets van opluchting. 'Ja', zei hij toen. Hij keek naar boven en knipperde een aantal keer nadenkend. Toen sprak hij meer woorden achter elkaar uit dan ik tot nu toe uit zijn mond had gehoord. 'Gek is dat als je iemand verliest. Je denkt dat je het elke dag over diegene zal hebben, maar dan komt er ineens een dag dat dat gewoon niet is gebeurd.'

'Omdat er niets nieuws bij komt', vulde ik aan. 'En al het andere is dan al gezegd.'

'Het is allemaal herhaling.'

'Terwijl ik altijd over haar zou kunnen praten, ook al is alles al tien keer gezegd.'

'Ze was altijd zo vrolijk', zei hij langzaam, wat waarschijnlijk het antwoord op mijn vraag was of hij met me over haar wilde praten. 'En zo...' Hij kneep zijn ogen samen. Dat hij stond en ik zat had iets ongemakkelijks, maar ik liet het zo, vroeg hem niet om te gaan zitten. Ik was bang dat dat hem toch ineens zou afschrikken.

'Zo warm', zei hij toen. 'Er zijn wel mensen die zeggen dat ze je accepteren zoals je bent, maar dat is bijna nooit zo. Bij haar was het eerder andersom. Ze zei er niets over, maar je wist gewoon dat het zo was.'

Ik wilde vragen hoe hij dan was, en hoe hij geaccepteerd moest worden. En niet om maar iets te vragen, maar omdat ik oprecht geïnteresseerd was. Hij intrigeerde me, met die blauwe ogen en dat knappe gezicht en altijd die trek van schuchterheid terwijl dat ook weer niet echt zijn karakter leek te zijn. Het was meer of hij mensen, of alleen mij, lang moest aftasten voor hij dichterbij kwam. Alsof hij zocht naar de aanwezigheid van een bepaalde eigenschap, of de afwezigheid van een andere, voor hij toenadering durfde te zoeken. Ik vroeg me af welke eigenschap dat was, maar die vraag stelde ik natuurlijk niet hardop.

'Ja', knikte ik na een korte stilte. 'Dat klinkt als mijn tante. Ik realiseer me pas sinds ze dood is hoe belangrijk ze voor sommigen was. Soms wilde ik dat ik daar vaker bij stil had gestaan toen ze nog leefde.'

De man dacht even na. 'Maar dat zou ze toch niet hebben gewild. Er waren genoeg mensen die haar vertelden dat ze belangrijk was of dat ze hen had geholpen met het een of ander, maar dan deed ze altijd zo...' Hij wuifde wat met zijn hand. 'Alsof ze het letterlijk wegveegde. Ze hield daar helemaal niet van en dat was geen valse bescheidenheid of zo. Ze leek er echt ongemakkelijk van te worden.'

Hij had een scherpe blik, want dat was inderdaad precies wat tante Rosy deed, soms op het irritante af. Ze kon geen enkel compliment in ontvangst nemen.

'Een keer wilde iemand haar een bos bloemen geven – een van de oudere dorpsbewoners, hij is inmiddels overleden. Ze had hem geholpen met iets ingewikkelds bij de verzekeringsmaatschappij, geloof ik. Of de Belastingdienst. In elk geval zo'n instantie waar ze doorgaans moeilijk doen en oude mensen opdragen om hun vragen via allerlei formulieren op de website in te dienen. Dat had Rosy dus gedaan voor die man en toen kwam hij met een bos tulpen aan.' Hij glimlachte bij de herinnering. 'Je had haar moeten zien. Ze weigerde ze nog net niet, maar ze had volgens mij geen idee waarom ze die bloemen kreeg.'

Vergeleken bij zijn gebruikelijke zwijgzaamheid was hij ineens een spraakwaterval. Alsof mijn tante een onderwerp was waarover hij gewoon veel te zeggen had, of een onderwerp dat veilig voelde om over te praten.

Ik lachte ook. 'Weet je wat het is, eh...' Ik keek hem aan en voelde mijn wangen warm worden omdat ik me ineens realiseerde dat ik helemaal niet wist hoe hij heette. 'Het is heel stom, maar ik ben je naam vergeten.'

Hij sloeg zijn blik neer. 'Nee hoor.'

'Wat?'

'Je bent hem niet vergeten. Ik heb hem nooit verteld.' Even viel er een stilte, die ik niet opvulde. 'Ik ben Jonathan', zei hij toen.

'Dankjewel', zei ik, maar niet zozeer voor de naam. Het voelde meer alsof hij me iets van vertrouwen gaf. 'Ik ben Stefanie', zei ik toen, maar dat wist hij natuurlijk allang. 'En ik ben blij dat je dit soort dingen vertelt. Die kleine dingen die bij mijn tante hoorden. Soms ben ik bang dat ik die te snel vergeet. Dat ik nog wel weet hoe ze eruitzag omdat ik foto's van haar heb, maar dat al die grote en kleine eigenschappen die samen haar karakter vormden langzaam in elkaar zakken tot een paar woorden: ze was zo aardig, lief of behulpzaam. Maar dat dekt de lading dan niet.'

Jonathan knikte. 'Zo ging het bij mijn oma ook. Je onthoudt de grote lijnen, maar zonder de details is het een soort omschrijving die je op de helft van de mensheid kan loslaten.'

Het was misschien stom, maar dat hij een klein brokje persoonlijke informatie met me deelde, voelde als een soort overwinning. 'Mis je haar?' vroeg ik.

'Wie? Rosy?'

'Je oma.'

'O...' Hij sloeg zijn blik neer. 'Ja. Maar ze is al tien jaar geleden overleden. Soms denk ik aan hoe het zou zijn als ze er nog was geweest, maar misschien dicht ik haar dan allerlei acties en woorden toe die ze niet zou hebben gedaan of gezegd.'

Ik hield mijn hoofd schuin. 'Wat dan bijvoorbeeld?'

'Nou, gewoon...' Hij slikte en in zijn blik zag ik heel veel dat ik niet kon duiden en dat hij niet uitsprak. 'Grootouders zijn soms makkelijker dan ouders, misschien is dat het. Omdat ze zich er minder mee bemoeien.'

Ik dacht aan mijn eigen grootouders, stijfjes in hun huiskamer. Nee, ze bemoeiden zich weinig met me, maar als 'makkelijk' zou ik ze ook niet omschrijven. 'Waarmee bemoeien?' vroeg ik toen toch maar direct, maar Jonathan gaf geen antwoord. Hij hief zijn blik weer naar mij. 'Jouw tante voelde als een oma die ik niet meer had. Ik denk dat dat voor veel mensen in het dorp gold.'

'Hm', antwoordde ik, omdat ik het gesprek eigenlijk niet opnieuw richting tante Rosy wilde leiden. Maar het was alsof we, als het om Jonathan zelf ging, rondom iets groots en zwaars praatten dat hij wilde vermijden. 'En heb je ook...' begon ik, maar ik werd onderbroken door een geluid vanuit het kantoortje dat het midden hield tussen blaffen en kermen. Ik wisselde een verbaasde blik met Jonathan – zo'n geluid had ik Joep nog nooit horen maken. Snel stond ik op en liep naar hem toe om te zien hoe zijn poging om overeind te komen, strandde doordat hij door zijn achterpoten zakte. 'Ach, arm beestje', zei Jonathan en hij hurkte bij hem neer. Joep keek hem aan met in zijn blik iets dat op smeken leek, en tegelijkertijd straalde er een zekere berusting uit. Jonathan aaide hem over zijn kop. 'Heb je pijn?'

Antwoord kwam er natuurlijk niet, maar in Joeps bewegingen viel precies te lezen dat de poging tot opstaan hem inderdaad een golf van ellende had bezorgd. Hij hijgde even uit in zijn mand en probeerde het toen opnieuw. Ik kon bijna niet aanzien hoe hij zwoegde, maar deze keer slaagde hij er wel in om overeind te komen. Toen hij eenmaal stond, kwispelde hij twee keer zachtjes met zijn staart alsof hij tegen ons, of tegen zichzelf, wilde zeggen dat alles oké was. 'Ik kan beter een keer met hem naar de dierenarts gaan', zei ik en Jonathan knikte.

Het moment was allang voorbijgegaan, ook al zocht ik naar een manier om ons gesprek voort te zetten. Jonathan was bezorgd om de hond en ik vond geen ingang meer om hem vragen te stellen, als hij daar al op geantwoord zou hebben. Ik keek toe hoe hij Joep geruststellend over zijn kop aaide en stelde onbewust vast dat hij slanke vingers had en verzorgde nagels en dat er geen haar op zijn handen groeide. Toen hij naar mij keek, schrok ik omdat ik bang was dat mijn gedachten van mijn gezicht af te lezen waren, maar als dat al zo was, liet hij niet blijken dat hij ze had doorgrond.

'Ik moet gaan', zei hij. 'Ik eh...' Ineens was er een soort ongemakkelijkheid in hem geslopen die ik automatisch overnam. 'Ja', zei ik, knikkend. 'Ik hoop eh... Nou ja, tot snel maar dan.'

Hij knikte wat, gaf Joep wat klopjes op zijn kop en liep toen langs mij.

'O, Jonathan?' riep ik hem na.

Bij de deur draaide hij zich om. 'Ja?'

'Als je een keer eh...' Ik beet op mijn onderlip. 'Als je een keer zin hebt in thee of zo, dan eh...' Ik haalde diep adem. 'Ik heb altijd genoeg thee hier in de winkel.'

Ik sloeg mijn blik neer. Wat ik had willen zeggen, en wat eerlijk gezegd echt niet zo'n moeilijke zin was geweest, kwam volslagen belachelijk mijn mond uit. 'Nou ja', voegde ik snel en luchtig toe. 'Zie maar.'

Hij schonk me een lachje en dat deed me gek genoeg meer

dan wanneer hij me bij wijze van spreken met heel veel bravoure zou hebben omhelsd, zoals sommige mensen dat deden terwijl ze er niets van meenden. Ik lachte terug en even bleven onze blikken aan elkaar hangen en ik hoopte dat hij ook zou vinden dat ik warm was, hoewel ik natuurlijk helemaal niet die warmte van mijn tante had en die ook nooit had nagestreefd. Maar toch leek het nu ineens belangrijk.

'Dankjewel', zei ik toen en deze keer klonken mijn woorden een stuk natuurlijker. 'Dankjewel dat je met mij over haar wilde praten.'

Hij knikte, deed zijn lippen van elkaar, maar zei uiteindelijk niets. Toen sloeg hij zijn blik neer en liep de winkel uit. Ik keek hem na tot hij allang uit het zicht was verdwenen.

Hoofdstuk 10

De blik van de dierenarts zei al genoeg. 'Uitgezaaid', zei ze met een doffe stem. 'De foto's laten aan duidelijkheid niets te wensen over.' Ik deed mijn mond open om antwoord te geven, maar in plaats daarvan zwol er een brok op in mijn keel en kwam er alleen een snik uit mijn mond.

'Ja', zei de dierenarts, begripvol knikkend. 'Ik wilde dat ik beter nieuws voor je had.' Ze gaf Joep klopjes op zijn rug. Hij lag rustig op de onderzoekstafel en had natuurlijk geen idee wat er boven zijn kop werd besproken, al had ik ook het vreemde gevoel dat hij zijn lot allang had aanvaard. Twaalf jaar was hij. Ik had zijn geboortedatum net op het scherm van de arts gezien, wat me het vage schuldgevoel had bezorgd dat ik vorige maand zijn verjaardag had gemist.

'Kan er nog iets?' vroeg ik toen ik mijn stem had hervonden. 'Een operatie? Of chemotherapie of zo? Of...'

Maar de dierenarts schudde haar hoofd. 'Het zou hem niet genezen', zei ze. 'En als je het hebt over levensverlenging, zou het eerder om weken dan om maanden gaan. Je moet je afvragen of je hem de onderzoeken en behandelingen wil aandoen, met het ongemak en de pijn die daarbij horen.' Ze liet het klinken alsof ik daarin nog een keuze had, maar ik hoorde haar boodschap natuurlijk ook wel tussen de regels door. Ik moest Joep dat niet aandoen. Ik móćht Joep dat niet aandoen.

Mijn blik ving die in zijn fluweelbruine ogen en heel even

verbeeldde ik me dat ik via hem mijn tante aankeek. Ze was zo dol op hem geweest. Ik had nooit veel met honden gehad en je zou denken dat ik dus nu niet al te zeer geraakt was door het nieuws, behalve dan dat een terminale ziekte je altijd op een bepaalde manier raakte. Maar minder dan drie maanden geleden had ik hem nog willen weggeven en nu voelde het alsof er een deel van mijn hart werd afgescheurd. Alsof ik mijn tante op een rare manier opnieuw zou verliezen, omdat zij zo dol op Joep was geweest. En ik voelde me ook schuldig. Ik kon er niets aan doen dat hij kanker had, maar twaalf jaar lang had tante Rosy hem moeiteloos gezond gehouden en nu ik voor hem zorgde... Ik schudde mijn hoofd en zette die gedachte van me af. Uitgerekend mijn tante zou hebben gevonden dat ik ongelooflijk overdreef. Ik wreef langs mijn ogen. Ik had haar nodig, juist nu.

'Nee', zei ik met mijn keel dichtgesnoerd. 'Dat kunnen we hem niet aandoen. We moeten hem laten gaan. Het is... Het is goe...' Maar het probleem was natuurlijk dat het helemaal niet goed zo was. 'Hoelang heeft hij nog?' bracht ik met moeite uit.

'Ik geef hem pijnstillers voor een week mee', zei de dierenarts terwijl ze de onderzoekstafel liet zakken en Joep er voorzichtig vanaf stapte. 'Laten we afspreken dat je dan terugkomt en dat ik hem opnieuw nakijk. We moeten in de gaten houden of de pijn en zijn ongemak nog beheersbaar zijn. Maar reken erop dat denken in weken al veel is.'

Ik knikte. Wat ze bedoelde was natuurlijk dat ik wat tijd kreeg om te wennen aan wat onvermijdelijk was, misschien volgende week al. 'Denk je dat we... Zou hij zelf...' Het leek wel of ik geen enkele zin meer kon afmaken. 'Gaat hij vanzelf dood?' vroeg ik toen.

De dierenarts bewoog haar hoofd en dat kon eigenlijk van alles betekenen. 'Dat kan', zei ze toen. 'Maar wat je meestal ziet is dat de pijn te erg wordt of dat een dier niet meer kan opstaan doordat er bepaalde zenuwen worden afgekneld. En dan kiezen we er vaak voor het dier te euthanaseren.'

Daar had je het, het woord dat al de hele tijd in de naar ontsmettingsmiddel ruikende spreekkamer hing. Ik knikte en kon geen antwoord geven en toen legde de dierenarts haar hand op mijn onderarm en zei: 'Jullie hebben nog wel even samen. Wen maar rustig aan het idee en kom volgende week terug, dan kijken we wat de vervolgstappen zijn.'

Ik keek haar dankbaar aan en we liepen naar de balie, waar ik betaalde voor het consult en de medicatie. Daarna haakte ik de riem aan Joeps halsband en liep met hem naar buiten. Daar was de zon uitbundig gaan schijnen als om mijn verdrietige stemming te compenseren.

Ik hielp Joep in de auto, hij mocht op de achterbank liggen. Hij plofte neer en viel in slaap zodra ik de motor startte. Onderweg liet ik de tranen de vrije loop die ik bij de dierenarts nog zo hard had staan verbijten. Het leek wel een stortvloed, met snot. Ik grabbelde in mijn tas naar een zakdoekje maar dat had weinig zin, want het was meteen doorweekt. Ergens na de uitvaart van tante Rosy, ik denk een dag of twee later, had ik ook zo'n huilbui gehad, echt een soort aanval. Daarna had ik me nog vaak triest gevoeld en ik had ook wel gehuild, maar het verdriet was niet meer in zo'n heftige golf gekomen. Tot nu.

Het was twintig minuten rijden naar huis en toen ik aankwam voelde ik me leeg en was mijn huid zout en trekkerig. Ik hielp Joep uit de auto en naar zijn mand en legde daar zorgzaam een deken over hem heen. Hij keek me bevreemd aan, want dat deed ik nooit en bovendien had Joep het snel warm, maar voor mijn gevoel moest ik iets extra's doen.

Ik wilde iemand bellen, maar ik wist niet wie. Mijn vrienden in Amsterdam zouden vreemd opkijken als ik opbelde om te vertellen dat ik zo'n verdriet had om een oude hond. Ik dacht aan mijn nieuwe vrienden, maar wist niet of ik ze wel zo kon noemen. Ik was nieuw, ik was degene die zonder iemand was gekomen. Maar zij hadden allemaal hun levens hier, waar ik misschien als kennis aan toegevoegd was maar ook niet meer dan dat. Ik stelde me voor dat ik Nikki zou bellen of Olivia, maar het voelde vreemd en ongepast om hen lastig te vallen met mijn verdriet. In plaats daarvan ging ik naar de enige andere persoon van wie ik hoopte dat ik er terechtkon.

'Ach, kindje toch.' Leo's gezicht werd meelevend toen hij me zag. 'Wat is er aan de hand?'

Ik stond midden in zijn keuken en hij zat aan tafel en ik staarde hem aan en begon meteen weer te huilen. 'Het is... Het is...' bracht ik met horten en stoten uit.

'Kom, kom.' Leo kwam moeizaam overeind en had zijn stok nodig om de paar meter tot mij te overbruggen, zag ik zonder het echt te registreren. 'Kom even zitten.' Hij pakte me bij mijn arm en ondanks zijn eigen wankelheid hielp hij me aan tafel. 'Ik ga theezetten.'

Soms zou je denken dat Leo Britse voorouders had, zo hechtte hij aan thee als oplosser van alle problemen. Al had hij natuurlijk wel gelijk, want toen het geluid van de fluitketel klonk voelde ik me op een vreemde manier al rustiger en tegen de tijd dat ik mijn handen om een warm glas legde, was mijn ademhaling in elk geval weer normaal.

'Nou,' zei Leo, toen hij tegenover me was gaan zitten, 'voor de draad ermee. Wat is er aan de hand?'

'Het is Joep', zei ik. 'Hij werd zo slecht en hij had duidelijk pijn, dus ik ben met hem naar de dierenarts gegaan. Ze heeft een foto gemaakt en hij heeft uitgezaaide kanker.'

'Ai.' Leo's gezicht betrok. 'Wat naar.'

'Ja.' Ik haalde een paar keer diep adem en wist mijn tranen binnen te houden. 'Hij heeft pijnstillers gekregen en we moeten over een week terugkomen, maar hij... hij...' Ik slikte moeizaam. 'Ik kan hem niet laten lijden. En hij heeft nu al veel pijn, dat zie je als hij opstaat of als hij loopt.'

'Ja.' Leo trok met zijn mond. 'Het was mij ook al opgevallen.'

Even zeiden we geen van beiden iets, allebei verzonken in onze eigen gedachten. Toen haalde Leo diep adem. 'En nu?' vroeg hij.

'Ik denk dat ik wel weet welke knoop ik moet doorhakken', zei ik. 'Maar nu nog even niet. Ik moet aan het idee wennen. Ik denk dat de dierenarts hem daarom voor een week medicatie heeft meegegeven. En misschien kan hij het nog wat langer krijgen, maar ik denk niet...' Ik haalde mijn schouders op. 'Nou ja, ik denk niet dat hij er over een paar maanden nog is.'

'Het arme beestje', zei Leo en dat ontlokte me toch weer nieuwe tranen, die ik met mijn hand wegveegde. Van mijn mascara zou wel niets meer over zijn, maar het kon me niet genoeg schelen om een spiegel op te zoeken en er iets aan te doen.

'De dierenarts zei dat denken in weken al veel is', zei ik. 'Als we nog een paar maanden hadden, kon ik eraan wennen, maar weken... En eigenlijk denk ik dat ze bedoelde dat ik volgende week de beslissing moet nemen. Ik wilde het eerst niet zien, maar als ik eerlijk ben, zie ik ook wel dat hij veel te veel pijn heeft. En die wordt elke dag erger.'

Leo knikte begripvol. 'Ik weet niet of het helpt, maar je tante was in dit soort dingen goudeerlijk naar haar dieren. Je weet hoeveel ze van elk dier hield, maar zodra er eentje ging lijden, was ze de eerste om aan de bel te trekken.'

Ik knikte en wist dat hij daarin gelijk had. Toen tante Rosy's vorige hond – een springerspaniël die James heette – een leveraandoening kreeg, had ze de keuze tussen hem laten inslapen toen hij nog relatief goed was, of wachten tot het binnen een paar weken echt fout zou gaan en hij, zo had de dierenarts haar verzekerd, een paar heel nare laatste uren zou beleven. 'Hem laten lijden omdat ik hem niet kan missen, dat gaat niet', had ze toen aan de telefoon gezegd. Twee dagen later was James er niet meer.

'Ik weet het', zei ik tegen Leo.

'Denk maar aan dat goed voor Rex zorgen een van de laatste dingen is die je ook nog voor je tante kunt doen.'

'Joep', zei ik en ik probeerde mijn verwondering niet te laten blijken.

'Hm?'

'De hond, hij heet Joep.'

'Ja.' Leo knikte en glimlachte wat en keek naar mij alsof ík juist degene was die iets zei wat een beetje vreemd was. 'Ik denk dat je weet wat je te doen staat. En je kunt altijd bij me terecht, dat weet je.' Hij knikte naar mijn theekopje en stond op, wat – zo bedacht ik onbewust – nog moeizamer ging dan wanneer Joep uit zijn mand wilde komen. Na de val was Leo niet meer helemaal soepel geworden, al kon ik dat niet vergelijken met hoe hij voor die tijd was geweest. Ik keek toe hoe hij in de koelkast rommelde en melk pakte en daarmee in zijn hand stond te treuzelen. Zijn blik ging heen en weer tussen het pak en de fluitketel. 'Leo?' zei ik, maar ik wist eigenlijk niet goed wat ik hem wilde vragen.

'Hm?' Hij keek om en leek terug te keren uit iets wat ver weg was geweest.

'Gaat het?' vroeg ik. 'Kan ik iets voor je doen?'

'Nee, nee.' Hij zette de melk terug en liep moeizaam naar het fornuis, waar hij het gas opendraaide en de fluitketel erop zette zonder die te vullen.

'Wacht', zei ik luchtig en ik stond op. 'Misschien moeten we er even iets meer water bij doen.' Ik pakte de fluitketel en hield die onder de kraan. Het water landde sissend op de warme binnenkant. 'Zo', zei ik toen opgeruimd, zonder te laten merken dat Leo's verwardheid me verontrustte. 'Kom, ik help je naar je stoel.'

Op dat moment klonk er gerommel bij de achterdeur en het volgende moment stond totaal onverwacht Floris in de keuken. 'O jeetje', zei ik overvallen. 'Ik wist niet dat je...'

Nee, natuurlijk wist ik niet dat hij zou komen – waarom zou ik dat wel weten?

'Hai', zei hij en keek me aan en ik was me nog nooit zo bewust geweest van het gegeven dat het uren geleden was dat ik voor het laatst een blik in de spiegel had geworpen en dat ik in de tussentijd had gehuild met rode, branderige ogen tot gevolg, en waarschijnlijk een huid vol vlekken en zwarte mascarastrepen. En als ik zelf nog niet tot de conclusie was gekomen dat ik een totaal verhuilde aanblik bood, had ik Floris' blik om me daaraan te herinneren. En, tot overmaat van ramp, die van Victoria.

'Wat ís er?' vroeg ze toen ze binnenkwam en mijn gezicht

zag, waardoor ik ook nog rood werd en het er allemaal niet beter op werd.

'Niks', zei ik snel. 'Eh... hooikoorts. Heel vervelend.'

Ze wierp een blik door het keukenraam naar buiten alsof daar de oorzaak van al het kwaad te vinden was. 'Wat wil je ook, hier.'

'Ik moet gaan', zei ik. 'Bedankt voor de thee, Leo.'

Hij knikte naar me en glimlachte even en ik bedacht dat als ik nog met Floris van gedachten wilde wisselen over Leo's toestand, het niet vreemd was hem nu even apart te nemen. Maar toen ik keek naar wat blijkbaar zijn vrijetijdskleding was maar waar anderen mee op een bruiloft zouden verschijnen, en naar de blik van Victoria die nog niet was bijgekomen van mijn verschijning, liet ik het er maar bij zitten. 'Tot snel', zei ik tegen Leo, waarna ik de keuken uit liep en de perfect opgemaakte ogen van Victoria in mijn rug voelde branden.

Joep had natuurlijk niets begrepen van wat de dierenarts had gezegd, maar toch kon ik me niet aan de indruk onttrekken dat hij sinds de diagnose meer leefde naar zijn toestand. De volgende ochtend duurde ons loopje naar de winkel twee keer zo lang als normaal omdat zijn tempo twee keer zo laag lag. Eenmaal daar liet hij zich met een zucht vallen op de deurmat, alsof de laatste paar passen naar zijn mand in het kantoortje er niet meer af konden. Ik liet hem maar gewoon liggen tot hij zijn krachten had verzameld voor die meters.

Vandaag wilde ik eens in de administratie duiken, die ik eerlijk gezegd met de Franse slag had bijgehouden. Dankzij de bestelmailtjes die ik nu braaf beantwoordde, kwamen de belangrijkste boeken – of meer: de bestverkopende boeken –

binnen, maar er waren nog veel meer boeken waarvan ik dacht dat ik die kon verkopen. Onlangs was er een fotoboek verschenen van zomers op het eiland Walcheren, niet ver van hier. Dat moest ik natuurlijk ook in het assortiment hebben. En ik wist ook weinig van bekende vloggers en tiktokkers die boeken uitbrachten waarnaar vast veel vraag zou zijn. Daarnaast had ik in een krant iets gelezen over een boek over oorlogsbruiden – niet per se in deze omgeving of zelfs maar alleen in Nederland, maar toch had het mijn aandacht getrokken. Wie weet stond er een aanknopingspunt in voor mijn zoektocht, die tot nu toe zo weinig om het lijf had dat van een tocht eigenlijk geen sprake was.

Ik had me net in het kantoortje geïnstalleerd toen ik het belletje van de winkel hoorde. Nikki kwam binnen, in het gezelschap van een man van rond de zestig op wie ze zoveel leek dat ik niet hoefde te vragen wie het was. 'Aangenaam', zei hij vrij formeel toen hij me de hand schudde. 'Ik ben Frank.'

'Stefanie.'

'Dit is mijn vader', zei Nikki toen ten overvloede. 'Hij heeft nog wat vragen over waar we het over hadden, met die soldaat.'

Frank begon te praten en hij had een prettige, kalme stem. Hij stelde vragen en ik vertelde hem wat er in de brieven stond. Frank maakte aantekeningen en keek me op het eind nadenkend aan. 'Ik weet het niet.' Hij fronste. 'Het verhaal is in het dorp in elk geval niet bekend. Het enige waaraan ik denk is de geallieerde parachutist die hier ooit per ongeluk is geland en toen een paar maanden ondergedoken zat. Maar niemand wist precies waar, het was een goedbewaard geheim.' Hij trok zijn wenkbrauwen nog wat verder op. 'Wat opmerkelijk is, is dat er ook na de oorlog niet veel over is verteld. Terwijl het verbergen van een soldaat voor de Duitsers een daad van verzet is waar je best trots op kan zijn. Veel van dat soort verhalen zijn toen juist uitgebreid verteld.'

'Misschien juist hierom', zei Nikki. 'Als er echt sprake was van een geheime liefde, was dat niet iets wat die vrouw van de daken wilde schreeuwen. Of haar familie.'

'Zou kunnen', knikte ik.

'Zal ik erover vloggen?' vroeg Nikki ineens met een kleine twinkeling in haar ogen. 'Het is natuurlijk wel een bijzonder verhaal en het heeft met ons dorp te maken. Wie weet kan ik mensen spreken die meer weten over die geallieerde landing. Of...' Ze stak haar vinger in de lucht. 'Of misschien vinden we de schrijfster van de brief wel.'

'De kans is groot dat die niet meer leeft', temperde haar vader de verwachtingen. 'De enige vrouw van die leeftijd in het dorp is Wil Tramper en het lijkt me sterk dat zij het is.'

'Hoezo?' vroeg Nikki.

'Omdat ze nooit kinderen heeft gekregen.'

'Maar de familie van de vrouw kent het verhaal misschien wel', zei Nikki, duidelijk enthousiast over haar eigen plan.

Haar vader keek bedenkelijk. 'Ze is helaas inmiddels behoorlijk dement.'

'Haar familie dan', zei Nikki, duidelijk niet te stoppen. 'Misschien heeft ze het weleens aan een neef of een nicht verteld.'

'Ik weet het niet, hoor', zei ik. 'Een vlog is misschien niet zo'n goed idee. Ik heb ook liever niet dat de brieven het hele dorp door gaan.'

Wat ik bedoelde was dat ik gewoon niet wilde dat iets wat mijn tante zo zorgvuldig had bewaard en misschien wel bewust niet aan de grote klok had gehangen, op straat kwam te liggen.

'Ach ja, dat is ook zo', zei Nikki. 'Je hebt gelijk. Trouwens, ik ben druk genoeg met de vlog over de paarden. Hier, moet je kijken.' Ze haalde haar camera uit haar rugtas. 'Ik heb de eerste video al gemaakt. Hij moet nog gemonteerd worden, dus je moet er even doorheen kijken.' Ze zocht het filmpje op en liet het me zien. Ik zag Bruno door de wei draven, alsof hij in het zicht van de camera ineens de showpony in zichzelf had ontdekt. Van de gebruikelijke stramheid in zijn knieën was niets te merken.

'Mooi', zei ik en in gedachten hoorde ik de voice-over – Nikki zelf – al zeggen dat dit beeld binnenkort verleden tijd zou zijn. Daarna kwam Lydia aan het woord, die vertelde dat ze worstelde met haar eetstoornis en dat ze graag naar het weitje kwam om tot rust te komen en haar hoofd leeg te maken. En dat de paarden haar al door veel moeilijke momenten hadden geholpen, gewoon door er te zijn en zich door haar te laten aaien. Haar verhaal raakte me en ik voelde me dom en ongeïnteresseerd omdat ik het via de vlog moest horen terwijl ik haar zelf regelmatig sprak.

'Dit gaat wel wat doen', zei Nikki, die haar ogen samengeknepen hield en in haar hoofd duidelijk de vlog al voor zich zag. 'En ik ga ook de oude eigenaresse van de ezel interviewen. Ze woont een dorp verderop en is ongeneeslijk ziek en aan de telefoon zei ze dat het idee dat haar geliefde ezeltje een rustige oude dag heeft, voor haar echt een hele zorg minder is.' Nikki keek me aan. 'En geloof me, ze heeft zorgen genoeg.'

Ergens kreeg ik een ongemakkelijk gevoel bij het inzetten van een ongeneeslijke ziekte om ons punt te maken, alsof we zoiets vreselijks schaamteloos misbruikten. 'Maar het is toch zo', zei Nikki fronsend toen ik dat uitsprak. 'We verzinnen het niet. Dat haar lieve ezeltje straks geen plek meer heeft, geeft haar veel stress. En dat wil ze heel graag vertellen in de vlog.'

Ik liet het zo, omdat Nikki natuurlijk ook gelijk had. We verzonnen de ziekte niet. Misschien was het niet zozeer het noemen ervan dat ongemakkelijk was, maar de waarheid zoals die was. 'Ik moet echt eens met haar kennismaken', zei ik, opnieuw een tikje beschaamd dat ik zo'n verhaal vol leed niet kende omdat ik me er simpelweg niet in had verdiept.

'Ik kom er niet onderuit om de gemeente ook aan het woord te laten', zei Nikki. 'O trouwens, de krant gaat er ook over schrijven. Dat hebben we vanochtend besproken in de redactievergadering.'

Ik bedankte haar en haar vader en ze maakten aanstalten om te gaan, maar toen maakte Nikki een handgebaar in de richting van Joep. De hond lag midden in de winkel en hijgde door zijn pogingen om op te staan. 'Wat is er met hem?'

'Tja.' Pas nu Nikki erover begon, realiseerde ik me dat het werk me had afgeleid en dat het zware gevoel even was verdwenen. Meteen keerde het weer terug. 'Het gaat niet zo goed', zei ik. Daar liet ik het bij omdat ik gewoon even geen zin had om te huilen, maar zo werkte het natuurlijk niet en dus gleed er toch weer een traan over mijn wang naar beneden. Nikki omhelsde me en had zelf ook tranen in haar ogen.

Terwijl ze met haar vader de winkel verliet, kwam er een man binnen. Ik keek op en knikte uit automatisme en pas in tweede instantie herkende ik hem. Blijkbaar was hij blijven slapen. Het rook ineens naar een dure aftershave die me vaag bekend voorkwam, maar ik wist niet meer bij wie ik het luchtje eerder had geroken.

'Mooie winkel', zei Floris, maar ik kon me niet aan de indruk onttrekken dat hij het maar klein en kneuterig vond. De blik waarmee hij rondkeek paste in elk geval niet echt bij de woorden die hij uitsprak.

'Dank je', zei ik desondanks, waarna er een stilte viel die zo ongemakkelijk was dat ik de neiging kreeg iets raars te doen, zoals heel hard Joep roepen of de telefoon opnemen terwijl die niet ging, alleen om maar het idee te geven dat ik erg druk was en dat het dus niet aan ons gebrek aan een klik lag dat we hier tegenover elkaar stonden te zwijgen.

'Kan ik iets voor je doen?' vroeg ik in plaats daarvan. Dat was natuurlijk veel logischer en het was dan ook vreemd dat die mogelijkheid pas in tweede instantie in me opkwam.

'Ja.' Hij zoog zijn lippen naar binnen en blies lucht in zijn wangen, waarbij hij zijn wenkbrauwen fronste. Het gaf zijn gezicht iets vreemd opgeblazens dat echt geen enkel doel diende. 'Ik kom iets kopen voor mijn grootvader. Of nou ja, namens hem.'

'O', zei ik en ik hield mijn hoofd schuin.

Floris fronste. 'Hij moet een cadeautje hebben voor de verjaardag van Annelies, zegt hij. Ze wordt vijftig en hij denkt dat een boek een mooi cadeau is.' Hij keek me aan. 'Weet jij waar Annelies van houdt?'

De blik in zijn ogen zei zoveel als: want jullie in dit gat kennen elkaar allemaal tot aan de inhoud van de kasten aan toe. Ik wist niet waarom maar wilde dat ineens met kracht ontkennen, al wist ik toevallig inderdaad dat Annelies Plantinga hield van waargebeurde historische verhalen. Maar dat zei ik niet, want er was iets dat belangrijker was.

'Annelies was twee weken geleden al jarig en je grootvader

is op het feestje geweest. Hij heeft haar inderdaad een boek cadeau gegeven.'

Floris keek niet-begrijpend. 'Nee, het feest is morgen. Van Annelies.'

Ik knikte. 'Ik weet wie Annelies is en ik weet ook dat de verjaardag al is geweest. Ik kan je vertellen welk boek je opa haar cadeau heeft gegeven, mocht je dat willen weten.' Ik keek hem aan en ineens deed het juiste moment zich zomaar voor. 'Heb je tijd voor koffie? Ik wilde eigenlijk iets met je bespreken.'

Er was meteen iets in zijn blik waardoor ik spijt had. Afwijzing, gevolgd door de overduidelijke vraag hoe hij mij ging vertellen dat hij natuurlijk veel te druk en belangrijk was om op een doordeweekse ochtend een beetje koffie te drinken in een boekwinkel die ver beneden zijn stand was. 'Ik...' zei ik om mijn verzoek alweer in te trekken, maar het moment ging sowieso al voorbij doordat zijn telefoon ging. Hij mimede iets wat vast een verontschuldiging moest zijn. Terwijl hij wegliep, begon hij met luide stem het gesprek, dat wederom een hoop Engelse termen bevatte. Ik dacht ondertussen na over het cadeau voor Annelies Plantinga, dat Leo zelf in de winkel was komen uitzoeken.

Het telefoontje duurde niet zo lang en toen hij terugliep naar mij zei Floris: 'Ja.'

Ik keek fronsend. Hij knikte een paar keer. 'Je wilde iets bespreken?'

De koffievraag bleef onbeantwoord, wat ik eigenlijk wel prima vond omdat Floris' aanwezigheid op mijn zenuwen begon te werken. Hij keek de hele tijd rond met zo'n blik alsof hij in een museum liep. Zijn overhemd was op een of andere manier te strak voor hier in de winkel, zijn chino te skinny.

Zijn loafers te duur. Te geslaagd. Ik herkende het merk, omdat Richard het ook vaak droeg.

'Ik vind hem de laatste tijd nogal vergeetachtig', zei ik zonder verdere inleiding. 'Je grootvader, bedoel ik. Hij haalt namen en dagen door elkaar en als hij iets aan het doen is, lijkt hij soms ineens niet meer te weten wat.'

'Floor?' Ik had niet gemerkt dat de deur van de winkel weer open was gegaan, maar de tikkende hakken op de houten vloer in combinatie met de schelle, verveelde stem zeiden genoeg. 'O my, ik schrik me kapot.'

Van Joep? Victoria was blijven staan voor de hond die nu als een soort vloerkleed midden in de winkel lag. Maar toen ging ze tot mijn verbazing op haar hurken zitten, waarbij haar strakke jurkje om haar mini-billen spande, en aaide hem even over zijn kop. Daarna keek ze niet eens vies naar haar hand. Het was de eerste keer dat ze iets menselijks liet zien.

'Floor', zei ze toen ze weer overeind kwam. 'Heb je het?'

'Hm?' Hij had op zijn telefoon staan kijken en draaide nu wel zijn gezicht in haar richting maar niet zijn ogen. 'Wat?'

'Dat voor je opa, wat hij moest hebben. Heb je het?'

'O... dat.' Hij maakte met moeite zijn blik los van het scherm. 'Nee, dat is een misverstand, blijkbaar. Heb jij die havermelk gevonden?'

'Nee, wel soja', zei ze met een gezicht alsof de plaatselijke super alleen maar spullen verkocht die rechtstreeks van de vuilnisbelt kwamen. 'Maar goed, dat is altijd nog beter dan die dierlijke troep.'

Haar woordkeus bracht me visioenen die ik door te knipperen van mijn netvlies probeerde te verwijderen. Ik had er nooit naar gezocht, maar ik kon me inderdaad goed voorstellen dat in het kleine supermarktje van Mehmet geen schap was ingeruild voor verschillende variaties van melk.

'Nou ja', zei Floris. 'Beter dan niets. Zullen we...' Hij wilde 'gaan' zeggen, maar dacht met een blik op mij kennelijk weer aan wat ik had gezegd. 'O wacht, je wilde nog iets zeggen?'

Ik aarzelde en deed mijn mond al open om waaraan ik was begonnen af te doen als onbelangrijk, maar toen dacht ik aan Leo en kwam er ineens een soort vastberadenheid over me. 'Ik ken je grootvader natuurlijk nog niet zo lang, maar het valt me op dat hij echt veel vergeetachtiger en warriger wordt. Het verschil wordt nu per week groter.'

'Is dat zo?' Floris deed zijn best om niet op zijn telefoon te kijken waarvan het scherm de hele tijd oplichtte. 'Tja, dat hoort erbij sinds die hersenbloeding.'

'Maar het wordt erger', zei ik.

'Ik vind het allemaal wel meevallen', zei Victoria stellig. 'Hij is nu eenmaal oud. Oude mensen doen zo.'

Zo wat, wilde ik vragen, maar ik richtte me tot Floris. 'Ik maak me zorgen om hem. Het ene moment is hij heel scherp, maar daarna kan hij ineens ontzettend vergeetachtig zijn. Vandaag wilde hij melk in de fluitketel doen en uiteindelijk zette hij het ding leeg op het vuur. En hij noemde Joep ineens Rex.'

'Tja.' Floris had zijn handen als een dakje onder zijn kin gevouwen en staarde voor zich uit. 'Volgens de neuroloog zijn alle uitslagen goed.'

'Maar wat heeft die dan getest?'

'Gewoon... alles.' Hij kneep zijn ogen samen en staarde me aan. Ook al had ik me vanochtend gewoon opgemaakt en mijn haar gekamd, ik had het idee dat hij naar me keek alsof er iets raars met me was. Had ik iets tussen mijn tanden? Dat leek me niet, maar toch bezorgde zijn blik me een ongemakkelijk gevoel.

'Er is niets met hem', zei Victoria, stelliger nu ze merkte dat haar vriend niet onmiddellijk naar haar luisterde. Ik probeerde de hele tijd een woord te vinden voor de manier waarop ze naar mij keek, maar ik kwam er niet echt op. Een beetje alsof ik een luis was. 'Echt hoor, Floor.' Haar r klonk niet zozeer bekakt als wel verwend. En aangeleerd, alsof ze op een dag had besloten dat deze manier van praten beter bij haar paste.

Floris keek naar zijn vriendin en toen naar mij en ik probeerde niet te denken aan het verschil tussen haar perfect gekapte lokken met highlights en mijn vluchtig gekamde haren die ik aan de lucht had laten drogen omdat ik vanochtend haast had gehad. Haar lippen waren donkerrood gestift, haar nagels perfect gelakt. Een paar maanden geleden had ik dat ook heel belangrijk gevonden, nu deed het me weinig. De telefoon bleef intussen maar berichtjes binnenhalen, maar Floris schonk er even geen aandacht aan.

'Ik denk dat Vicky gelijk heeft', zei hij uiteindelijk. 'Misschien ben je door alle gebeurtenissen van de laatste tijd een beetje...' Hij knipperde en keek me aan met een blik waarmee hij me reduceerde tot iets dat niet op maar ín de aarde leefde en waar niemand echt oog voor had. '... gevoelig geworden', maakte hij toen zijn zin af.

Een paar tellen lang voelde ik me gedegradeerd tot een hysterisch schepsel zonder veel remmingen – en ik wist toevallig dat ik dat echt niet was. 'Maar dit gaat niet om mij', zei ik fermer dan ik me voelde. 'Ik maak me gewoon zorgen om hem. Het kan misschien geen kwaad een keer extra naar de arts te gaan? Volgens mij is het niet normaal dat iemand in een paar dagen tijd ineens zo verward en vergeetachtig wordt.'

'Bij oude mensen wel', herhaalde Victoria nukkig. 'Je weet hoe het bij mijn oma ging, toch? Die liet ook voortdurend iedereen geloven dat het zo slecht met haar ging, en uiteindelijk werd ze vijfennegentig.'

Floris keek naar haar en toen naar mij en toen naar zijn telefoon en van die drie was ik in elk geval degene aan wie hij de minste aandacht wilde besteden. 'Ik zal het in de gaten houden', zei hij met iets van een zucht. Ik wist vrij zeker dat hij mijn woorden vergeten zou zijn zodra hij de winkel uit liep.

Floris knikte me toe, Victoria nam niet de moeite om afscheid te nemen en ik keek toe hoe hij de deur voor haar openhield. Joep sloeg één keer zachtjes met zijn staart tegen de vloer.

Hoofdstuk 11

De deur was nog maar net achter Floris en Victoria dichtgevallen of hij ging alweer open. Olivia kwam binnen, op de voet gevolgd door Sam. Ze zag er gehaast uit. Ik keek op de klok en toen naar Sam en vroeg of er geen school was vandaag.

Olivia schudde haar hoofd. 'Zijn juf is ziek', zei ze en trok met haar mond. 'Op zich hebben we niets te klagen, want ze is echt nooit ziek, maar voor Sam is het lastig als aan het begin van de dag ineens zo'n berichtje komt waardoor zijn schema anders loopt.' Ze keek naar haar zoon, die zo te zien Harry Potter uit de kast had gepakt en zich op de zitzak had geïnstalleerd. 'Hij wilde graag even hiernaartoe.'

'Prima toch', zei ik.

'Hij heeft dat boek al twee keer gelezen', zei Olivia met een glimlachje. 'Ik heb voorgesteld dat hij aan deel twee begint, maar dat doet hij niet.' Toen pas bleef haar blik echt op mij rusten en ze fronste. 'Gaat het?'

'Ja', zei ik snel. 'Prima.'

'Echt?' Olivia was niet iemand die zich graag liet afschepen met zo'n antwoord – zoals veel andere mensen wel waren. 'Je ziet eruit alsof je je ontzettend hebt staan opwinden.' Ze keek naar de deur, alsof daar de oorzaak te vinden was. Daarna trok ze haar wenkbrauwen op en liet haar blik op mij rusten.

'Ik maak me zorgen om Leo', vertelde ik toen toch maar. 'En dat probeerde ik met zijn kleinzoon te bespreken. Maar die is te druk met belangrijk zijn en zijn veeleisende *trophy wife* naar de mond praten.' Zo, dat was eruit. Ik voelde me gek genoeg beter toen ik die woorden zo'n beetje de wereld in had gespuugd.

Olivia keek me eerst bevreemd aan, daarna plooiden haar lippen zich in een lach. 'Trophy wife?'

'Ja', zei ik en door haar blik moest ik onwillekeurig ook lachen. 'Oké, dat is niet erg aardig. Maar ze gedraagt zich ook niet zo dat ze veel sympathie opwekt. Ze zeiden dat ik door alle gebeurtenissen waarschijnlijk wel erg gevoelig was geworden, dat geloof je toch niet? Terwijl Leo melk in de fluitketel doet en dagen en namen door elkaar haalt. Maar ik geloof dat ze het vooral gedoe vinden.'

Olivia keek nadenkend. 'Dan heeft Leo maar geluk dat jij er bent', zei ze uiteindelijk. 'Een goede buur... Dat is een vreselijk cliché, maar het is wel waar.'

Ik was jaloers op de manier waarop Olivia dingen van zich af kon laten glijden. Mijn frustratie was natuurlijk de hare niet, maar ook als het haar tegenzat of als ze het aan de stok had met haar ex, reageerde ze op dezelfde manier. 'Je verandert de gebeurtenissen niet door je erover op te winden', had ze al eens gezegd. 'Het enige waarop je invloed hebt, is hoe je er zelf mee omgaat.'

'Je hebt gelijk', antwoordde ik. 'Als het nodig is, trek ik zelf wel aan de bel voor Leo. Ik heb het nummer van de huisarts.' Die had ik sinds de uitvaart van tante Rosy niet meer gesproken, maar ik had er alle vertrouwen in dat hij tijd voor me zou maken als ik bij hem zou aankloppen. En nu ik erover nadacht: misschien moest ik dat maar doen.

Olivia was even afgeleid door haar telefoon en ik zag iets

veranderen op haar gezicht. Ze mompelde toen ze een antwoord begon te tikken.

'Is er iets aan de hand?' vroeg ik.

Ze schudde haar hoofd, maar ik was net zomin van plan me te laten afschepen. 'Je lijkt wat... gestrest.' Het viel op omdat Olivia normaal gesproken juist de rust zelve was. Meer dan ik in haar situatie zou zijn, vermoedde ik. 'Kan ik iets voor je doen?'

'Nee, het is gewoon...' Ze zuchtte. 'Ik had vandaag een belangrijke werkafspraak en nu doen ze moeilijk omdat ik niet bij die vergadering kan zijn. Maar ja, de juf ziek, dat is overmacht. En echt, ik zeg vrijwel nooit een afspraak af.'

'Kan je niet inbellen?' vroeg ik. 'Als de rest met elkaar in een zaaltje zit, kan je er toch via Zoom bij zijn.'

'Jawel, maar...' Olivia wierp een blik op Sam. 'Nee, dat wordt ook lastig. Ze moeten het maar zonder me doen.' Haar woorden klonken ferm, maar ik merkte dat ze er echt mee zat. 'Ik let wel op Sam', zei ik. Het kwam eruit in een opwelling, maar ik meende het wel. 'Wil je mijn kantoortje gebruiken?'

'Wat? Nee.' Ze begon al met haar hoofd te schudden voordat mijn woorden goed en wel tot haar doorgedrongen konden zijn. 'Jij hebt je werk te doen en Sam...'

Sam keurde mij doorgaans geen blik waardig, dus zo intens kon het niet zijn om even op hem te letten. 'Ik geef hem wat drinken en hij vermaakt zich met Harry Potter', zei ik. 'Het is niet zo dat hij normaal gesproken de oren van mijn hoofd kletst.'

Daar moest Olivia om lachen. Haar gezicht werd zacht en ik zag de rust weer terugkeren. 'Tja, als je het echt geen probleem vindt...' Ze haalde diep adem en pakte haar telefoon. 'Heel graag, dan.'

Ik gaf haar de wificode en beloofde zachtjes te doen als ik koffiezette. Daarna verdween ze naar het kantoortje en sloot ik de deur achter haar. Jonathan was binnengekomen en groette me zacht, waarna hij aan de tafel achter in de winkel ging zitten. Hij had vandaag een laptop bij zich en voor de verandering was hij niet met de boeken bezig. Naast zich op tafel legde hij een stapeltje papier. Ik vroeg me af wat hij aan het doen was.

Ik sloop het kantoortje in om zachtjes koffie te zetten en toen ik dat had gedaan, bracht ik Jonathan zonder het te vragen ook een kop. Hij keek geschrokken op toen ik ineens naast hem stond. 'Ik dacht: misschien heb je er trek in', zei ik. 'Of heb je liever thee?'

'Nee.' Hij schudde zijn hoofd en ik zag de schrik verdwijnen uit zijn ogen. 'Ik hou wel van koffie. Dank je wel.'

'Ben je druk?' vroeg ik met een knikje richting het papierwerk.

Hij volgde mijn blik en fronste, alsof hij het stapeltje zelf ook nu pas ontdekte. 'Eh... ja', zei hij toen. 'Dat is voor mijn studie. Vind je het vervelend als ik hier zit? Ik kan ook wel eh...'

'Nee joh', zei ik snel. 'Daar is deze tafel voor. Lezen, studeren, koffiedrinken, waarvoor eigenlijk niet?'

'Je tante noemde dit de dorpstafel.'

'Dat is het nog steeds. Dus je studeert?'

'Ja.' Hij fronste. 'Filosofie.'

Ah, dat verklaarde een hoop. 'Mooi', zei ik. 'Dat lijkt me een interessante studie.'

'Ik zit pas in mijn tweede jaar.'

Ik probeerde opnieuw in te schatten hoe oud hij was. Eind twintig, misschien net dertig. 'Is het je eerste studie?'

Hij knikte. 'Ik heb ook de hoveniersopleiding gedaan. Maar

bij mijn vader in het bedrijf werken is toch niet helemaal wat ik wil.'

Ik keek naar zijn handen, met smalle vingers en schone nagels. 'Ik doe het nu nog wel', zei hij. 'Maar alleen zolang ik studeer.'

'Mooi dat je iets hebt gekozen wat je echt leuk vindt', zei ik.

'Daar denkt mijn vader anders over.'

Daar keek ik van op. Niet zozeer wat hij zei, maar dat hij het zei. 'Hoezo?' vroeg ik, maar het moment van openhartigheid was alweer voorbij. Jonathan haalde kort zijn schouders op. 'Het is een familiebedrijf', zei hij alleen maar.

Hij richtte zich weer op zijn laptop en papieren en ik keek even bij Sam, maar die leek zich ongemakkelijk te voelen als ik dichtbij kwam. In zekere zin leken hij en Jonathan wel wat op elkaar, bedacht ik. Ik schonk hem een glimlach die hij niet beantwoordde en toen liep ik naar de kassa, waar ik de map met bestellingen tevoorschijn haalde. Toen ik opkeek, zag ik een vrouw voor het raam staan, die ik niet kende. Ze leek de boeken in de etalage te bestuderen, maar toen ik naar haar keek ving ze mijn blik. Daarna keek ze snel weg en liep door. Ik keek of ik nog iets voor Olivia kon doen, maar ze was druk in gesprek via haar telefoon, die ze op een stapeltje boeken voor zich neer had gezet. Ik wijdde me aan de map met bestellingen tot ze klaar was, en nadat ze me wel vijf keer had bedankt, en ik net zo vaak had gezegd dat het echt geen moeite was, riep ze Sam om weer te vertrekken.

In plaats van haar zoontje kwam Joep overeind, maar dat ging niet zonder slag of stoot.

'Jeetje', zei Olivia geschrokken. 'Gaat het wel goed met hem?'

'Nee', zei ik en ik zag dat Sam nu ineens wel opkeek. Voor

hem wilde ik geen drama maken, al was mijn gevoel blijkbaar van mijn gezicht af te lezen. 'Nee, het gaat niet zo goed.'

'Arme jongen', zei Olivia vol medeleven.

Ik knikte en toen keek Sam me recht aan en ik realiseerde me dat het voor het eerst was dat zijn blik en de mijne aan elkaar haakten. Ik probeerde erin te lezen wat er in hem omging, maar daarvoor ging het moment te snel voorbij.

'Nou, tot snel', zei Olivia en ze aaide Joep nog even over zijn kop. Sam volgde haar voorbeeld. Mijn hart brak een beetje bij de gedachte dat de labrador waar hij zo dol op was, er over niet al te lange tijd niet meer zou zijn. Misschien moest ik dat al vertellen, maar ik wilde het gewoon nog niet.

Toen Olivia en Sam waren vertrokken, waren Jonathan en ik alleen in de winkel. Ik had administratie te doen en installeerde me in het kantoortje. Er kwam een man die ik niet kende om een opschrijfboekje te kopen en een oudere dame uit een dorp verderop die een streekroman voor zichzelf en een sciencefictionboek voor haar kleinzoon kocht. 'Daar gaat hij van genieten', zei ze met voorpret in haar ogen. Ik pakte het boek mooi in en wenste haar veel plezier met haar aankopen. Daarna hielp ik een Duits gezin aan een kaart van de omgeving en een stapeltje ansichtkaarten met postzegels. Toen de klanten weer waren vertrokken, begon Jonathan zijn spullen in te pakken. En op dat moment kwam hij binnen.

Mijn aandacht werd meteen door de man getrokken en niet alleen omdat alert zijn op klanten nu eenmaal mijn werk was geworden. Hij was lang, had een bos dik bruin haar en bruine ogen in een ietwat hoekig gezicht. Hij droeg een donkerblauwe spijkerbroek, een lichtblauw overhemd en een loshangende grijze zomerjas en had een leren tas bij zich die hij zo te zien al heel wat jaren had. Hij zag er niet uit alsof hij uit de omgeving kwam, al wist ik zelf niet waarop ik dat baseerde.

'Kan ik u helpen?' vroeg ik.

De man fronste en keek verontschuldigend. '*Do you speak English?*'

Ah, ik had gelijk. Niet uit de omgeving. Ik schakelde over op Engels en vroeg nogmaals of ik hem kon helpen. 'Ik ben op zoek naar informatie over de omgeving', zei hij. 'Heb je iets van een kaart?'

Die had ik en ik wees naar het rekje met alle kaarten van de omgeving. 'Zoek je een specifieke plaats?'

De man haalde kort zijn schouders op en keek even bij de kaarten, maar hij leek niet te vinden wat hij zocht. Of niet te weten wat hij zocht. Hij keek even in het schap met boeken over de omgeving. Daarvan waren er twee in het Duits en eentje in het Engels, maar hij haalde niets uit de kast. In plaats daarvan liep hij terug naar de kassa en opende zijn tas.

'Mag ik je iets vragen?'

Ik knikte en hij liet me een papier zien dat er groezelig en vergeeld uitzag en in een doorzichtig mapje zat. 'Het is een beetje een lang verhaal', zei de man.

'Ik heb de tijd.'

'Ik ben Alexander.'

'Stefanie.'

'Oké, Stefanie. Ik heb iets meegenomen dat van mijn opa is.' Hij legde het mapje op de toonbank. 'Het heeft jarenlang op de zolder van zijn huis gelegen, ik denk sinds de jaren vijftig, toen hij daar kwam wonen. Maar onlangs moesten we het huis leeghalen en hebben we het gevonden.'

'O', zei ik en ik keek hem wat aarzelend aan. 'Is hij...'

'Nee, nee, hij leeft nog. Maar het huis werd te groot en hij woont nu in een appartement dichter bij zijn vriendin.' Hij grinnikte. 'Dik in de negentig en gewoon daten, hè.'

Ik keek hem lachend aan. 'Tinder?'

'Seniorensport.' Hij zette een guitige blik op. 'Ik verzin dit niet. Ze is achtentachtig en hij noemt haar zijn jonge godin.'

'Je opa lijkt me een leuke man.'

'Dat is hij ook.' Hij leek even in gedachten verzonken en legde toen zijn hand op het mapje. 'Dit vonden we dus op zijn zolder. We vroegen ernaar en hij vertelde dat hij het van een Nederlandse man heeft gekregen toen hij in de oorlog hier kwam vechten.' Hij draaide zijn hoofd om het papier te kunnen lezen, ik deed hetzelfde. 'Iemand die Gerardus Bernardus ten Hoven heet.'

Met een ruk keek ik naar hem op. Werd ik nu in de maling genomen? Die naam kwam me meer dan bekend voor. Maar het was toch al te toevallig dat hij van iedereen die het had kunnen zijn, deze persoon noemde.

'Wat?' vroeg Alexander.

'Nee, ik...' Ik boog me over het papier. De blauwe inkt was verbleekt en de letters waren een beetje uitgelopen, maar hij had gelijk. Het stond er echt. Daar, op een document waarvan ik geen idee had wat het inhield, las ik de naam van de opa van mijn moeder en tante Rosy.

'Ken je deze man?' vroeg Alexander. Hij trok zijn wenkbrauwen op en leek niet te kunnen geloven dat hij zoveel geluk had. 'Ik vroeg het net bij het toeristenwinkeltje verderop in de straat, maar daar had de verkoopster geen idee.'

'Gerardus Bernardus ten Hoven...' Ik moest de naam hardop uitspreken om het voor mezelf echt te laten zijn. 'Gerardus...'

Ik had voor het laatst gehoord dat iemand die naam uitsprak toen de begrafenisondernemer formeel de dienst had afgesloten. Ik moest vijf zijn geweest, misschien zes.

Alexander wachtte af met ongeduld dat hij probeerde te verbergen. 'Is er iemand die...' begon hij.

'Hij leeft niet meer', zei ik en slechts met moeite maakte ik mijn ogen los van het papier. Ik keek Alexander aan. 'Maar hij was mijn overgrootvader.'

De man die in mijn winkel was opgedoken met zijn mysterieuze mapje, heette Alexander Campbell en hij woonde zijn hele leven al in Montreal. Zijn opa heette Robert en was als jonge man opgeroepen om in Europa tegen de Duitsers te vechten – een tijd waarover hij zijn leven lang graag verhalen vertelde. Hij moest nog achttien worden toen hij in Nederland vocht in de Slag om de Schelde. Dat was trouwens voor een Canadees lastig uit te spreken en ik grinnikte net als Alexander toen hij struikelde over die dubbele g-klank. 'Mijn opa kan het wel', zei hij. 'Daar heeft hij lang op geoefend.'

Hij nam een slok van de koffie die ik voor hem had ingeschonken. Jonathan was vertrokken en Alexander en ik hadden ons aan de houten tafel geïnstalleerd. Het papier, waarvan ik nog niet precies begreep wat het betekende, lag tussen ons in.

'Ben je speciaal hiernaartoe gekomen omdat je dat document had gevonden?' vroeg ik.

Alexander schudde zijn hoofd. 'Een reis maken door Europa stond al heel lang op mijn verlanglijst. Ik heb een paar jaar lang alleen maar gewerkt, een bedrijf opgebouwd en toen meldde zich een koper met een goed bod. Daarna had ik ineens iets wat ik in geen jaren had gehad.'

'Tijd', zei ik.

'Exact. En dat was in het begin helemaal niet leuk, want ik was gewend om elke dag als een dolle bezig te zijn, te presteren, geld te verdienen. Ineens voelde ik me ontzettend nutteloos.' Hij fronste. 'Gek eigenlijk, hoe geld en succes je het gevoel geven dat je ertoe doet.'

Ik gaf geen antwoord, maar knikte alleen maar wat. Vluchtig dacht ik aan mezelf, nog maar iets meer dan drie maanden geleden. Vijftig uur per week op kantoor, meegevoerd worden door al die zaken die zo belangrijk leken, onderdeel zijn van het winnende team. Toen dacht ik dat dat bij me paste en wilde ik het helemaal niet veranderen. Maar inmiddels kon ik me niet meer voorstellen dat ik daar mijn voldoening uit zou halen.

Ik keek even om me heen in de boekwinkel, ontmoette de blik in Joeps bruine hondenogen, zag Leo en Nikki en Olivia voor me en wist dat voldoening in vele vormen kon komen.

'En toen ging mijn relatie ook nog uit', zei Alexander. 'Dus ja, hoeveel tekenen van het leven heb je nodig om eens te gaan doen wat je echt wil?' Hij grinnikte. 'Niet dat ik bezig ben met tekenen van het leven, maar toch.'

Onbewust nestelde een gedachte zich in mijn hoofd, terwijl ik mezelf tegelijkertijd daarvoor tot de orde riep. Oké, hij was single. En ja, hij was knap. Maar ik was geen zestienjarige bakvis die een beetje kwijlend naar iedere knappe man keek. Bovendien was hij alleen maar op doorreis.

'Dus zo ben ik op reis gegaan', ging Alexander verder. 'En als ik dan toch naar Europa ging, wilde ik ook de plek zien waar mijn opa het zo vaak over heeft gehad.'

'Zeeland.'

'Ja. Ik heb hem gisteren een foto gestuurd waarop ik bij de

Westerschelde sta. Hij belde me meteen met FaceTime en was ontroerd.' Er gleed een warme blik over zijn gezicht. 'Dat was mooi.'

Ik ging verzitten. 'Wat heeft hij precies gedaan in de oorlog?'

'Gevochten in het Canadese leger. Ze zijn op D-day aan land gegaan in Normandië en uiteindelijk is mijn opa dus in de Slag om de Schelde terechtgekomen, met natuurlijk de Britten, de Polen, de Fransen en al die andere legers.'

Ik zat te knikken alsof ik de details van de militaire operatie uiteraard ook kende, maar eerlijk gezegd had ik geen idee. 'En dat was in het najaar van 1944 toch?' vroeg ik om ook maar wat te zeggen, en de periode wist ik dan wel weer.

'Oktober en november', knikte Alexander. 'De geallieerden hadden Antwerpen al bevrijd. Dat was voor mijn opa een van de mooiste momenten van de hele operatie. Hoe ze toen door de stad reden en werden verwelkomd.' Hij zweeg even, in gedachten verzonken. 'Eigenlijk waren hij en veel van zijn medesoldaten pas nét kind af. Tieners nog, die weliswaar getraind waren maar zich natuurlijk geen voorstelling konden maken van waarin ze terecht zouden komen. Ze hebben het heel zwaar gehad, dus elke overwinning was een gigantische opsteker.' Hij zweeg even. 'Ik stel me weleens voor dat ik nu in een vliegtuig naar de andere kant van de wereld word gezet met de mededeling: het is oorlog en je gaat de bezette landen bevrijden. Zonder een flauw benul van wat ik ga aantreffen of hoe die landen er zelfs maar uitzien. Volslagen bizar, eigenlijk. En dan ben ik tweeëndertig, dus veertien jaar ouder dan mijn grootvader toen.'

Natuurlijk had ik op school geleerd over de oorlog, over de landing in Normandië, over Market Garden – maar had ik me ooit écht ingebeeld hoe het zou zijn voor een piepjonge soldaat onderweg naar Europa?

'Het moet onwerkelijk zijn geweest.'

Alexander knikte. 'Maar volgens mijn opa was er een stemming van vastberadenheid en van overtuiging dat ze de Duitsers zouden verslaan. Geen angst of twijfel.' Hij glimlachte in zichzelf. 'Al verdenk ik hem er ook van dat hij in de loop der jaren op dat gebied toch een paar dingen mooier heeft gemaakt dan ze waren. Zijn broer, die in een ander bataljon vocht, heeft weleens verteld dat soldaten daarover niet praatten maar dat iedereen doodsbang was. Elke dag kon je laatste zijn.'

Ik haalde diep adem en schonk onze kopjes nog eens vol. 'Maar je opa kwam dus bij de Westerschelde uit.'

'Ja, en toen hebben ze uiteindelijk met veel moeite het gebied tussen Antwerpen en de riviermonding bevrijd. Zijn bataljon is meteen verder opgerukt, maar de Duitsers – die natuurlijk gefrustreerd waren door het verlies – hielden verderop wel stand. Mijn opa was toen alleen niet bij zijn bataljon, hij sloot later aan.'

Ik fronste. 'Hoezo? Was hij gewond geraakt?'

'Nee, verdwaald.' Alexander ging verzitten. 'Dat is eerlijk gezegd ook een van de belangrijkste redenen dat ik in dit dorp ben. Mijn opa was parachutist en is bij een dropping uit de richting geraakt. De Duitsers zaten het bataljon toen op de hielen en zijn kameraden konden niet op hem wachten. Een vriendelijke familie in dit dorp heeft hem opgevangen en wekenlang voor de Duitsers verborgen, tot hij weer bij de rest kon aansluiten.'

Er ging van alles door mijn hoofd. 'Weet je ook hoe die familie heet?'

'Ja.' Hij keek me aan alsof het een volkomen logisch verhaal was. Met zijn wijsvinger tikte hij tegen het doorzichtige mapje. 'De vader van het gezin is de man die dit document heeft opgesteld. Gerardus Bernardus ten Hoven, jouw overgrootvader. Jeetje, wat bijzonder. Mijn opa heeft dus bij jouw familie ondergedoken gezeten.'

Het verhaal bezorgde me een verhoogde hartslag. Ik dacht onmiddellijk aan de brieven. Een soldaat die maar kort in het dorp was geweest, de familie van mijn overgrootvader die hem had opgevangen – ik barstte bijna uit elkaar van nieuwsgierigheid. Kon het echt zo zijn dat een nazaat van die ene soldaat zich nu zomaar hier aandiende?

'Weet je ook hoe hij daar terechtkwam?'

Alexander keek nadenkend. 'Hij heeft weleens verteld dat hij aankwam in een dorp – dat moet dus dit dorp zijn geweest – en dat er chaos heerste omdat de Duitsers er net hadden huisgehouden. Er was brand gesticht in diverse boerenschuren. Hij passeerde een boerderij net buiten het dorp waar een familie in totale paniek verkeerde, omdat een dochter nog in de brandende schuur zat.' Hij kneep zijn ogen even samen. 'In zijn onbezonnenheid is hij die schuur binnengegaan en heeft dat meisje gered. Of nou ja, meisje... een jonge vrouw, eigenlijk. Mijn opa heeft er een brandwond op zijn schouder aan overgehouden, maar hij zei dat dat het waard was. Dat zíj het waard was. Dat was die familie waar hij toen ondergedoken heeft gezeten.'

Ik hijgde nu licht. 'De familie Ten Hoven dus?'

'Ja.'

'En weet je ook...' Ik likte aan mijn droge lippen. 'Zei hij ook hoe die jonge vrouw heette?'

'Dat heeft hij verteld, ja. Ze heette eh...' Alexander dacht na. 'Gut, wat zei hij nou? Het was iets met...'

Ik hield mijn adem in. Mijn overgrootvader had twee dochters. 'O ja!' riep Alexander toen. 'Het was met een e. Ze heette Elisabeth.'

Dus toch. *Zoals het hout brandde die dag dat jij me redde*: dat stond in een van de brieven. Zij was het die het had geschreven, mijn grootmoeder Elisabeth. En dat betekende... Dat betekende... Ik keek Alexander met grote ogen aan terwijl het besef, veel te groot en te zwaar om in één keer te kunnen bevatten, langzaam neerdaalde in mijn hoofd. Dat betekende dat Robert Campbell de vader was van de baby die mijn grootmoeder in het voorjaar van 1945 in haar buik droeg. En die baby, dat moest mijn tante zijn.

'Wat een verhaal, hè', zei Alexander, zich niet bewust van mijn gedachten. Ik voelde wel dat hij naar me keek, maar wilde hem niet vertellen wat ik wist. Nog niet, of misschien wel nooit. Ik wist niet eens of mijn tante het zelf wel had geweten.

Alexander hield zijn blik op me gericht en probeerde zijn aandacht van mijzelf naar het document te verplaatsen. Ik draaide het mapje om. 'Kijk, op de achterkant staat ook nog iets.'

Alexander volgde mijn blik en we keken naar een getekend kaartje. In het krullerige handschrift dat kennelijk van mijn overgrootvader was, zag ik de naam van de dijk staan bij een recht stuk. Hij had een kruising getekend en daar stond de naam van de hoofdweg. Met dat als oriëntatiepunt kon ik ook de huisjes plaatsen die hij erbij had getekend. Ik liet mijn vinger richten op het eerste huis aan de dijk – de plek waar ik nu woonde. Op de hoek van de dijk en de hoofdweg was een stukje omcirkeld, er stond ook een pijl bij en een nummer dat me niets zei. Ik wist niet wat daar destijds was geweest, maar nu was daar het paardenweiland.

'Je overgrootvader heeft het in het Engels geschreven', zei Alexander, toen hij het mapje weer omdraaide. 'De letters zijn in de loop van de jaren wel een beetje verbleekt.'

Ik trok het papier naar me toe en begon te lezen.

I hereby declare that to express my thankfulness to soldier R.W. Campbell – born February 3th 1927 in Montreal – I hand over every right of ownership of a part of my land as indicated on the map on the back of this document and locally known as 'plot A459'. To strengthen my gift to Mr Campbell I declare notary Mr G.R. de Graave to be my witness and he will archive a copy of this contract.

Er stonden twee handtekeningen onder, de ene onder de naam van mijn overgrootvader, de andere onder de naam van de notaris. Ik kon mijn ogen bijna niet geloven. Was dit een grap? Iets wat twee mannen lang geleden voor de lol hadden opgesteld? Ik keek naar de datum, 10 december 1944.

Ik draaide het blaadje weer om en keek nog eens goed naar het kaartje, ook al wist ik dat ik me niet had vergist. Het omcirkelde stuk land, waar de pijl ook naartoe wees, was inderdaad het weiland waar de paarden stonden. Het weiland dat...

Ik voelde Alexanders blik nog altijd op me gericht. Hij verwachtte een reactie, maar ik wist echt niet wat ik moest zeggen. Ergens had ik moeite te geloven dat dit echt was, maar het idee was natuurlijk opwindend.

'Waarom heeft hij dit gekregen?' vroeg ik. 'Weet je grootvader dat?'

'Jouw overgrootvader was hem dankbaar voor het redden van zijn dochter', zei Alexander. 'Althans, zo vertelde mijn opa het. Hij wilde hem iets geven om die dankbaarheid uit te drukken, maar door de oorlog hadden ze bijna niets meer. Toen heeft hij hem dat land gegeven, al weet ik eigenlijk ook niet zo goed wat hij ermee moest. Misschien verkopen als hij ooit in geldproblemen zou komen? Of als hij in Nederland wilde gaan wonen?' Hij schudde zijn hoofd. 'Ik denk dat we het meer symbolisch moeten zien. Mijn opa wil dat land natuurlijk helemaal niet, het document heeft niet voor niets sinds de jaren vijftig op zijn zolder gelegen. Maar ik vond het een mooi idee om op zoek te gaan naar de oorsprong ervan.' Hij nam de laatste slok van zijn koffie. 'Verder heeft het niets te betekenen.'

'Dat weet ik zo net niet', zei ik. 'Als het waar is wat hier staat, als dit echt door een notaris is bekrachtigd, dan zou het zeker rechtsgeldig moeten zijn.'

Er ging van alles door mijn hoofd. Notaris De Graave moest allang dood zijn en ik had geen idee wie zijn praktijk had overgenomen. Misschien kon ik Berend Kroezeman om hulp vragen, hij zou wellicht weten wanneer de notaris was gestopt en wie er destijds voor hem in de plaats was gekomen. En als het originele document nog te vinden was...

Oké, ik draafde door, dat wist ik zelf ook wel. Alexander grijnsde, misschien doordat hij van mijn gezicht las waar ik zo ongeveer aan dacht. 'Oké, nou ja, misschien wel. Maar dan nog is het niet mijn bedoeling om de eigenaar van dit stukje land te bestoken met een document uit 1944. Weet jij überhaupt wie het is?'

Ik voelde hoe mijn lippen zich in een glimlach plooiden. 'Voordat het jouw opa bleek te zijn, bedoel je? Die vraag kan ik wel beantwoorden.'

'O ja?' Hij keek me nu toch wel nieuwsgierig aan. 'Ken je diegene?'

'De huidige eigenaar van het land...' Ik liet een stilte vallen als om de spanning op te te bouwen. Daarna maakte ik mijn zin af: '... dat ben ik.'

Hoofdstuk 12

'Je had zijn gezicht moeten zien.' Ik haalde diep adem bij de herinnering. 'Ik dacht dat zijn ogen uit hun kassen zouden rollen.'

'Niet zo vreemd.' Nikki glimlachte. 'Hij zal wel gedacht hebben: Nederland is zo bizar klein, je loopt automatisch tegen de juiste persoon aan.'

'Het is natuurlijk ook wel toevallig dat ik dat land net van mijn tante heb geërfd. Of eigenlijk: niet heb geërfd. Want als je uitgaat van dit document, was het niet meer van mijn overgrootvader omdat hij het had weggegeven. En dus kon hij het niet nalaten aan mijn oma, en zij niet aan mijn tante en mijn moeder. Mijn familie heeft het alleen maar in bruikleen gehad.'

'Denk je echt dat dit na zoveel jaar nog geldig is?' vroeg Nikki, tikkend op de kopie die ik van het contract had gemaakt. 'Dat kan ik me bijna niet voorstellen.'

'In principe zal zoiets niet verjaren, maar als je het voor de rechter zou laten komen, weet ik niet wat die beslist. Maar dat gaan we natuurlijk niet doen.'

'Is hij op dat land uit, die Alexander?'

Ik schudde mijn hoofd. 'Nee, hij volgt eigenlijk alleen een verhaal vanuit zijn familie. Maar ik heb zitten denken...'

Dat had ik inderdaad gedaan, de afgelopen dagen. Heel veel nadenken. Over het gegeven dat mijn tante niet het kind maar het stiefkind van mijn opa was geweest, niet de zus maar de halfzus van mijn moeder. Althans, als de brieven klopten en het was een gekmakende gedachte dat ik dat nergens kon checken, maar ik ging er wel van uit dat ze echt waren en dat mijn oma – die wist dat de brieven nooit door de soldaat gelezen zouden worden – geen reden had om tegen het papier te liegen. Ik had heel wat uren slaap verloren door de vraag of ik er op een of andere manier achter kon komen of tante Rosy had geweten wie haar echte vader was, maar elke weg die ik daarvoor in mijn hoofd bedacht liep dood.

Ik had ook gepiekerd over de vraag of ik Alexander moest vertellen wat ik wist. En of zijn grootvader het recht had om het te weten. Zolang ik daar niet uit kwam, kon ik beter mijn mond houden. Een hoogbejaarde man vertellen dat hij ergens in het verre Nederland een dochter had gehad die onlangs was overleden, dat was niet zomaar iets. Was het niet beter als hij verder leefde in onwetendheid? De beslissing voelde als veel te groot en te zwaar voor mij om te nemen.

Ik had nog even tijd, Alexander was er toch niet. Het was nu vier dagen geleden dat hij in de winkel was geweest en hij was de dag erop naar Amsterdam vertrokken, waar hij al een airbnb had geboekt. Ik was op dat moment blij geweest dat hij over een ander onderwerp was begonnen en had enthousiast met hem over de stad gepraat. 'Ik heb zoveel goede dingen gehoord over die stad', had hij gezegd. Ik had hem wat tips gegeven voor eettentjes en musea en had me met wat verwondering gerealiseerd dat de trots die ik altijd had gevoeld omdat ik Amsterdammer was, was verdwenen. 'Ik heb er gewoond', had ik geantwoord op Alexanders vraag hoe ik de adresjes kende. 'Nog niet zo lang geleden.'

Officieel was ik nog steeds Amsterdammer en ik had even

overwogen hem mijn huis als slaapplaats aan te bieden, maar ik had het niet gedaan. Het was toch een beetje gek om iemand die je pas twee uur kende meteen je huissleutels te geven, hoe aardig ik Alexander ook vond. De gedachte aan mijn huis herinnerde me er trouwens ook aan dat ik er iets mee moest. Ik betaalde nu al drie maanden huur terwijl ik er niet was. Opzeggen zou best logisch zijn, maar ik schoof de beslissing steeds voor me uit.

'Ik kom terug', had Alexander gezegd. 'Want nu wil ik natuurlijk ook weten hoe het zit met dat stukje land.' Hij had zijn telefoonnummer voor me op een briefje geschreven en toen had ik hem gebeld en had hij het mijne ook en het voelde zo makkelijk en ongedwongen, helemaal niet zoals wanneer je in de kroeg iemands nummer kreeg en geen idee had wat je ermee moest. Ik had diezelfde avond een berichtje gestuurd dat ik het leuk had gevonden om hem te ontmoeten en hij antwoordde dat het wederzijds was. De dag erna had hij een selfie gestuurd vanuit een restaurant dat ik hem had aanbevolen en had ik heel ver ingezoomd om te zien of hij daar alleen was, wat ik dan weer stom vond van mezelf maar ik wilde het gewoon weten.

'Wat?' vroeg Nikki toen mijn stilte wel erg lang duurde. 'Wat heb je zitten denken?'

Ik deelde niet met haar dat Alexander de naam van mijn grootmoeder had genoemd. In plaats daarvan zei ik: 'Als het inderdaad zo is dat het land aan de grootvader van Alexander is geschonken en de notaris heeft die schenking bekrachtigd – wat we weten als we in een archief het document vinden – dan is het officieel niet mijn grond nu. En dat betekent weer dat ik het helemaal niet aan de gemeente kán verkopen en dat ze het ook niet kunnen onteigenen.'

Nikki kneep haar ogen samen. 'En dat maakt het outletcenter ingewikkelder', zei ze toen. 'Tenzij ze eh...' ze keek op het blaadje, 'R.W. Campbell de grond afhandig maken, maar ik kan me zomaar voorstellen dat een Nederlands staatsburger makkelijker tot iets te dwingen is dan een Canadees.'

Ik wist niet precies hoe dat soort procedures in hun werk gingen, maar ik knikte toch. Het zou in ieder geval lastiger worden voor de gemeente, want hoe gingen ze achterhalen waar die man nu woonde? Ik had het vermoeden dat er zoveel R.W. Campbells in Canada woonden dat ze allemaal opbellen een ondoenlijke klus zou zijn.

Nikki keek nadenkend. 'Dan moet hij alleen niet denken: goh, gratis geld, dat is handig. En het met het grootste gemak aan de gemeente verkopen.'

Ik keek aarzelend, want die gedachte was natuurlijk ook al bij mij opgekomen. 'Maar volgens Alexander is zijn opa er helemaal niet op uit om iets met dat contract te doen. Dus misschien denkt hij wel: prima, die paarden, laat maar gewoon staan.'

Vluchtig kwam de gedachte op dat het misschien zou uitmaken als hij wist dat de dieren belangrijk waren geweest voor zijn dochter, maar dat zei ik er natuurlijk niet bij. Nikki keek me opgewekt aan. 'Laten we het hopen. En laten we eerst maar eens zorgen dat we dat contract vinden. Zo moeilijk kan dat toch niet zijn als we de naam van de notaris weten.'

Zo eenvoudig als zij het deed klinken was het natuurlijk niet. Ik had Alexander beloofd mijn licht bij de plaatselijke notaris op te steken of hij iets wist van die De Graave. Daarom had ik Berend Kroezeman gebeld en hij kende de naam van De Graave wel en wist me ook te vertellen dat hij ergens in de jaren vijftig met zijn praktijk was gestopt. Die was niet overgenomen door één notaris, maar de klanten en dus ook het archief waren verdeeld onder verschillende praktijken. Welke, nee, dat wist hij niet uit zijn hoofd, maar hij was meer dan bereid eens een rondje te bellen. Een van zijn telefoontjes was naar het kadaster geweest. Op internet had ik zelf ook al gezien dat het perceel gewoon op naam van mijn tante stond, maar Berend had nagevraagd of er bij het kadaster misschien iets bekend was over een document dat twijfels deed rijzen over de eigenaar van de grond. Dat was niet het geval geweest.

Ik wilde dat ik nog familie had die ik kon vragen naar de Canadese soldaat en mijn overgrootouders, die hem een onderduikplek hadden geboden, maar helaas was met tante Rosy de laatste gestorven die het misschien uit verhalen zou kunnen weten. Wel had ik vluchtig op internet gezocht naar mensen die Ten Hoven heetten en die misschien wel afstamden van mijn overgrootouders – ik wist dat mijn oma een oudere broer en zus had gehad. Zou er in die families een verhaal bekend zijn over een Canadese vlieger die een tijdje op de boerderij ondergedoken had gezeten?

'Daar kan mijn vader misschien bij helpen', zei Nikki. 'Vind je het goed als ik hier een foto van maak en die naar hem stuur? En ik kan het ook in de redactievergadering noemen, morgen.' Ze fronste. 'Hoewel, nee, misschien is het daar nog wat te vroeg voor.' Ze pakte haar telefoon en stuurde haar vader een foto. 'Ik leg het hem morgen wel uit', zei ze met een blik op de klok. 'Het is halftien, ik denk dat hij al slaapt. Hij gaat altijd heel vroeg naar bed.' Ze stopte haar telefoon in de zak van haar vest. 'Ik ga trouwens ook eens op huis aan. Ik kwam alleen maar een stukje van de vlog laten zien en toen was er ineens een uur voorbij.'

Dat kwam natuurlijk door het verhaal over Alexander dat ik haar had verteld. Ik had het haar al eerder willen zeggen maar Nikki was voor de krant op een evenement in Middelburg en ze was pas vandaag teruggekomen. Toen had ze de oude eigenaresse van het ezeltje geïnterviewd en dat wilde ze me laten zien. Maar het verhaal van Alexander had ons voornamelijk beziggehouden.

Ze stond op en ik volgde haar voorbeeld. Toen ze was vertrokken, trok ik ook mijn jas aan en pakte de riem. Automatisch bukte ik al om die aan de halsband van Joep te haken, maar hij stond niet naast me, terwijl hij altijd precies wist wat het betekende als ik de riem van het haakje pakte.

Verwonderd liep ik naar zijn mand. Ik verwachtte hem diep in slaap aan te treffen, maar in plaats daarvan keek hij smekend naar me op, hijgend met zijn tong zo'n beetje op zijn poten. Hij bewoog onrustig, krabbelde met zijn achterpoten, kwam een stukje overeind maar had de kracht niet en plofte weer neer.

Ik schrok van zijn aanblik en liet me op mijn knieën naast hem vallen, terwijl ik zachtjes tegen hem praatte. Vergeten waren de Canadees en de brieven en het contract, ik had alleen nog maar oog voor Joep. Ik ondersteunde hem met mijn handen en hielp hem omhoog, maar toen hij probeerde een stap te zetten moest hij opgeven en ging weer liggen. 'Nee, kom maar, het gaat wel', prevelde ik zacht maar met toenemende paniek in mijn stem. 'Je kan het, jongen, het komt goed.'

Maar het kwam niet goed. Hoe ik het ook probeerde, Joep was te zwak. Hij hijgde en deed zo hard zijn best, maar de pijn was te erg. Uiteindelijk liet ik hem liggen en aaide hem over zijn kop en terwijl de tranen over mijn wangen stroomden, wist ik wat me te doen stond.

De dierenarts maakte meteen de volgende ochtend tijd. Ik had een briefje met *Wegens omstandigheden gesloten* op de deur van de winkel geplakt en nadat ik Joep met moeite in de auto had geholpen, reden we naar de praktijk. Door het nachtje slapen kon hij weer op zijn poten blijven staan, maar het was wankel en hij liep behoedzaam. Elke stap kostte hem duidelijk moeite en op de parkeerplaats moesten we wel drie keer pauzeren.

'Ach jee', zei de dierenarts toen ze hem zag en ze streek met een meelevend gezicht over zijn kop. 'Arme jongen.'

'Hij kan niet meer', zei ik en ik probeerde uit alle macht om me groot te houden, wat natuurlijk niet lukte.

De dierenarts nam me mee naar de spreekkamer, waar naast de harde onderzoekstafel nu een zachte mand klaarstond. Er lag een deken in en er stond een stoel klaar en de aanblik daarvan bezorgde me nieuwe tranen, maar vooral omdat ik het zo lief vond dat ze dat allemaal had klaargezet.

'Het is al niet te doen', zei ze en ik zag in haar blik dat ze wist wat ik voelde. 'Dan kunnen we maar beter zorgen dat de laatste momenten zo aangenaam mogelijk zijn. Zowel voor het dier als voor het baasje.'

Joep voelde zich de eerste momenten inderdaad altijd wat onzeker op de onderzoekstafel en ik was blij voor hem dat hij er niet op hoefde. Hij ging meteen liggen in de mand en ik nam plaats op de stoel. De dierenarts controleerde zijn hartslag en onderzocht hem nog even en toen ze zijn achterpoten probeerde te strekken, piepte hij van de pijn. 'Ik denk dat zijn zenuwen bekneld zitten door de groeiende tumoren', zei ze. 'Aangezien hij ondanks de pijnstillers toch zoveel last heeft.'

Ik knikte een paar keer en vroeg niet meer of daar nog wat aan te doen was omdat ik het antwoord wel wist. Op een of andere manier had ik het gisteravond ook in Joeps ogen gelezen. Hij had het einde van zijn leven aanvaard.

'Ik zal hem zo meteen eerst in slaap brengen', zei de dierenarts. 'Als dat is gebeurd, geef ik hem het middel voor de euthanasie en dan zal zijn hart er rustig mee stoppen. Hij merkt er zelf niets van en hij zal ook geen pijn hebben.'

Ik knikte een paar keer en voelde heel sterk hoe de laatste seconden met Joep wegtikten. Uiterlijk was ik veel kalmer dan ik me vanbinnen voelde, maar ik wilde voor Joep rustig blijven. Hij mocht mijn stress niet voelen in de laatste momenten.

Met zijn kop op zijn poten lag hij rustig in de mand. Ik aaide over zijn kop en over zijn zachte, glanzende oren. Er gleden gedachten aan tante Rosy voorbij, aan hoe zij hier zou hebben gezeten en dat het afscheid van Joep haar in elk geval bespaard was gebleven en dat met de dood van Joep er ook weer een stukje minder van haar zou zijn. De gedachten bezorgden me wel verdriet maar het voelde niet zo radeloos als ik vannacht een paar keer had gehad toen ik wakker was geworden en meteen weer had gedacht aan wat er zou gebeuren. Ik merkte de laatste tijd vaker dat denken aan mijn tante me rustiger maakte. Alsof er iets van haar kalme opgewektheid naar mij was overgegaan.

De dierenarts had twee kleine flesjes uit een kastje gehaald en was bezig dingen in te voeren op de computer. 'Sorry hiervoor', zei ze, met haar rug naar me toe. 'Maar ik moet het euthanasiemiddel heel nauwkeurig registreren. Als dierenarts moet je iedere milliliter die je ervan gebruikt kunnen verantwoorden.'

Ik had eigenlijk nooit gedacht aan de middelen die in kastjes in dierenartsenpraktijken stonden en wat je ermee kon doen. Ik knikte alleen maar en was blij met de extra tijd. Om dichter bij Joep te zijn ging ik op mijn knieën op de grond naast hem zitten. Hij draaide zich op zijn zij en zijn ogen vielen alweer dicht. Slapen was altijd zijn grote hobby geweest. Ik praatte zachtjes tegen hem en ook al wist ik dat hij doof was, het was net of hij me hoorde doordat hij zachtjes zijn staart bewoog. Zo zaten we samen terwijl de laatste minuten wegtikten en het was eigenlijk heel vredig, ook al voelde ik me niet zo.

De dierenarts draaide zich om met de eerste injectienaald in haar hand. 'Dit is het slaapmiddel', zei ze. 'Als ik dit heb toegediend, zal hij rustig wegzakken.'

Ze praatte tegen Joep terwijl ze een plooi in zijn nek pakte. Ik aaide hem alleen maar en wist niets meer te zeggen. Zijn ogen gingen open toen hij het prikje voelde en hij keek me nog één keer aan en ik wist zeker dat hij zei wat ik zelf nog helemaal niet zo voelde: het is goed zo.

Het laatste wat hij gevoeld moest hebben was hoe ik zijn zachte oren streelde. Ik beet op mijn lip tot ik bloed proefde, er drupten tranen op zijn kop en toen vielen zijn ogen langzaam dicht. Hij slaakte een diepe zucht alsof er iets volbracht was, wat op een bepaalde manier natuurlijk ook zo was. 'Gaat het?' vroeg de dierenarts aan mij en ik knikte wel maar kon niet stoppen met huilen. Ze wachtte even tot Joep diep in slaap was en toen pakte ze de tweede spuit. Ik keek naar haar handen, die kalm en efficiënt te werk gingen. Ik wilde de spuit wel uit haar handen trekken en tegelijkertijd ook niet, want Joep verdiende het om rustig te mogen gaan en geen pijn meer te hebben. Maar ik voelde me ook wreed dat ik deze beslissing voor hem had genomen, hoe je rationeel ook het tegendeel kon beweren. Want was het niet juist een stuk humaner dan hoe sommige mensen aan hun einde moesten komen?

Ik zette mijn gedachten van me af en bleef over Joeps oor aaien toen de dierenarts hem de tweede injectie toediende. Omdat hij al sliep reageerde hij er niet meer op. 'Duurt het lang?' vroeg ik met dichtgesnoerde keel.

'Dat verschilt een beetje per dier, maar over het algemeen werkt het middel snel', zei de dierenarts. Ze pakte haar stethoscoop en plaatste die op Joeps borst. 'Zijn hartslag klinkt al zwak', zei ze. 'Ik denk dat het snel zal gaan.'

'Hij was zo lief', zei ik net voor een nieuwe golf aan verdriet me overspoelde. Of misschien was 'meesleurde' een beter woord. 'Hij was de allerliefste.'

De dierenarts legde haar hand op mijn arm en kneep er even in. 'Dat was hij zeker', zei ze.

Na een paar minuten controleerde ze opnieuw zijn hartslag en aan de manier waarop ze haar stethoscoop van haar hals haalde, zag ik het al. 'Ik hoor niets meer', zei ze.

Ik boog mijn hoofd en bleef over Joeps oor aaien en als ik had gedacht dat de golf van verdriet niet groter kon worden, dan had ik het mis. Tranen kwamen als een waterval en vloeiden op Joep, of wat nu alleen nog maar zijn lijf was, en ik snikte en probeerde te slikken maar dat lukte niet. De dierenarts pakte water voor me. Het duurde een paar minuten, toen voelde ik me eindelijk wat rustiger.

'Neem de tijd om afscheid te nemen', zei de dierenarts. 'Blijf zolang je wilt.'

Ik bleef zitten op de vloer terwijl zij wat dingen op de computer deed, maar na een tijdje merkte ik dat het genoeg was. Ik zou nog uren bij Joep kunnen blijven, maar niet nu Joep er zelf niet meer was. Hij voelde nog warm maar tegelijkertijd ook heel erg dood.

De dierenarts vroeg of ik hem wilde laten cremeren. Ik had daar nog niet over nagedacht, maar zei ja en ook dat ik de as wilde hebben. Ze liet me een formulier invullen en zei dat het dierencrematorium me zou laten weten wanneer de crematie achter de rug was en wanneer ik de as kon halen. Daarna ging ik nog één keer bij Joep zitten. Ik streelde voor de laatste keer over zijn kop en over zijn oor en toen stond ik op. 'Bedankt voor alles', zei ik tegen de dierenarts en toen liep ik zo snel als ik kon naar mijn auto. Onderweg naar huis bleven de tranen maar over mijn wangen stromen en ik realiseerde me dat dat niet alleen om Joep was.

Thuis zocht ik afleiding, maar die liet zich niet vinden. Uiteindelijk haalde ik mijn schilderspullen tevoorschijn en zette mijn telefoon neer met daarop een foto van Joep. Ik schetste de omtrek van zijn kop en besteedde extra aandacht aan zijn ogen, maar uiteindelijk moest ik zo huilen dat ik er maar weer mee stopte. Het was pas één uur en de dag strekte zich lang en doelloos voor me uit en ineens voelde ik me op een vreemde manier beklemd. Waarom hield ik de winkel eigenlijk gesloten? Ik was liever daar dan hier, in dit lege, lege huis. Zelfs Freud die nog geen meter van mijn zijde was geweken en de hele tijd kopjes gaf, kon daar niets aan veranderen. Uiteindelijk werkte ik staand bij het aanrecht met moeite een boterham naar binnen en pakte mijn sleutels. Tien minuten later deed ik de deur van de winkel open.

Het eerste wat ik zag in het kantoortje was natuurlijk die lege mand. Ik besloot dat ik daar nu niets mee hoefde en verzette mijn gedachten door de kassa op te starten en de eerste klant die binnenkwam te helpen. Het was een Duitse toeriste op zoek naar een spannend boek in haar moedertaal. Daar kon ik haar aan helpen, omdat tante Rosy een vrij uitgebreide kast met Duitse boeken had. Ik gaf haar een thriller die zich in Zeeland afspeelde en even later liep ze blij de winkel uit. Daarna bleef het een uur lang druk in de zaak, alsof iedereen begreep dat ik vandaag de afleiding van mijn werk harder nodig had dan anders. Ik vermeed het kantoortje zoveel mogelijk om de lege mand niet te zien – Wanneer haalde je zoiets weg? Nooit? – en keek ook niet naar de deurmat of de kinderboekenhoek, waar Joep graag had gelegen. Er kwamen alleen maar klanten in de winkel die ik niet kende, dus niemand vroeg waar Joep was. Een van hen had wel een zwarte labrador bij zich, die duidelijk veel jonger was dan Joep maar toch zoveel op hem leek dat ik even schrok. De hond kwam naar me toe en ik aaide hem met een bibberende hand, maar hij was niet zo zacht als Joep.

Halverwege de middag kwam Olivia binnen, samen met Sam. 'Waar is Joep?' vroeg het jongetje. Hij had natuurlijk meteen in de gaten dat zijn vriendje hem niet kwam begroeten. Olivia hield haar hoofd schuin en schrok helemaal niet toen ik ineens begon te huilen. 'Ach jeetje', zei ze alleen maar. Ze deed een stap naar voren, sloeg haar armen om me heen en liet me huilen op haar schouder. Toen ik eindelijk wat rustiger werd, vulde ze een glas water voor me.

'Vertel', zei ze toen uiteindelijk.

'Ik heb Joep laten inslapen.' Die vijf woorden waren genoeg om opnieuw tranen op te wekken, maar ik veegde ze weg en slikte een paar keer. 'Het ging al niet goed, maar gisteravond kon hij ineens niet meer opstaan en... en...'

'Och lieverd.' Olivia keek me aan met ogen die overliepen van medeleven. 'Wat verdrietig.'

Ik voelde dat Sam naar me keek maar kon het niet opbrengen om terug te kijken, omdat het voelde alsof ik zijn beste vriend moedwillig iets verschrikkelijks had aangedaan. Toen ik uiteindelijk toch keek, zag ik hoe het verdriet zijn gezicht had overgenomen.

'Wanneer is het gebeurd?' vroeg Olivia.

'Vanochtend. Hij had uitgezaaide kanker, dat wist ik al sinds vorige week. Maar gisteravond zag ik het gewoon aan alles: hij kon niet meer. Dus heb ik vanochtend de dierenarts gebeld en...' Ik slikte dapper, maar kon de tranen toch niet tegenhouden. 'En toen heeft zij hem laten inslapen', bracht ik moeizaam uit. Ik haalde een paar keer diep adem. 'Het ging heel rustig en vredig en Joep was zo kalm. Ik was zo trots op hem om hoe hij het deed, snap je? Of klinkt dit gek?'

'Nee, ik snap helemaal wat je bedoelt', zei Olivia, die nog steeds over mijn arm aaide. 'Ik vind het zo naar voor je dat je dit alleen moest doen. Je had me mogen bellen, hè? Ik was zo met je meegegaan.'

'Lief van je.'

'Waar is hij nu?'

'Opgehaald door iemand van het dierencrematorium. Hij wordt ergens in de komende dagen gecremeerd en dan krijg ik de as terug.' Ik keek haar aan en trok een gezicht. 'Misschien kan ik hem en mijn tante naast elkaar zetten op de schoorsteenmantel.'

Het was natuurlijk helemaal niet grappig, maar toch schoten we allebei in een soort beschaamde lach. Meteen daarna was mijn vrolijkheid ook weer verdwenen. 'Die arme Joep', zei ik.

'En arme jij', antwoordde Olivia.

Niet lang daarna riep ze Sam en nam afscheid. Ze liep al naar de deur, maar Sam, die normaal altijd meteen achter zijn moeder aan ging, bleef staan toen hij mij passeerde. Voor het eerst keek ik echt in zijn bruine ogen zonder dat hij ze meteen neersloeg en ik zag zijn serieuze blik. Hij was niet schichtig of verlegen, maar hij stond daar gewoon en heel even deelden we een moment van verdriet. Toen stak ik mijn hand uit en legde die op zijn schouder en bleven we even zo staan.

Hoofdstuk 13

Ik moest het hem vertellen. Dagen van piekeren hadden me steeds meer tot die conclusie gebracht en langzaamaan was ik ervan doordrongen geraakt dat ik deze informatie niet kon achterhouden voor Alexander, en ook niet voor zijn grootvader. Ik had geprobeerd me voor te stellen wat tante Rosy gedaan zou hebben. Eerlijkheid, dat was haar grootste goed. Als ik dat in gedachten hield, was het niet moeilijk te bedenken welke keuze zij zou hebben gemaakt.

En er was nog iets. In de brieven spatte het verlangen dat die op een dag hun ontvanger zouden bereiken, van het papier. Mijn grootmoeder zou de tijd of de manier waarop vast nooit hebben kunnen vermoeden, maar op een vreemde manier voelde het alsof ik aan haar verplicht was te doen wat zijzelf niet had gekund.

Nu voelde ik me bloednerveus. Ik had me voorgenomen het te zeggen als we rustig tegenover elkaar aan een tafeltje zaten en niet op de plek waar Alexander en ik net samen waren geweest. Hij had graag de boerderij willen zien waar zijn opa destijds ondergedoken had gezeten. Natuurlijk stond die er niet meer, op die plaats was een jaar of twintig geleden een nieuwe boerderij gebouwd, maar dat maakte niet uit, zei Alexander. We waren het erf op gelopen en ik had aan de boer uitgelegd wat we kwamen doen, waarna de man helemaal was opgeleefd en had laten zien waar de oude schuren gestaan moesten hebben.

Alexander had foto's gemaakt en naar zijn grootvader geappt en ik had mijn hartslag voelen toenemen omdat die grootvader op het punt stond iets te horen dat zijn leven behoorlijk zou opschudden.

'Een biertje, graag', zei Alexander toen een serveerster de bestelling kwam opnemen. Ik bestelde witte wijn en daarna keek Alexander om zich heen en zei hoe gezellig het cafeetje eruitzag en ik knikte en hij wilde over iets anders beginnen, maar ik deed mijn mond open. 'Er is iets dat ik je moet vertellen.'

Hij hield zijn hoofd schuin en keek me verwonderd aan. Ik denk dat ik er ineens erg serieus uitzag, want er verscheen iets van bezorgdheid op zijn gezicht. 'Wat is er dan?'

'Ik eh...' Ik had ongeveer bedacht wat ik wilde zeggen, maar nu raakte ik mijn tekst kwijt. 'Ik heb oude brieven gevonden', zei ik toen. 'Ze zijn geschreven door mijn grootmoeder en gericht aan een soldaat die ze heeft ontmoet toen hij ondergedoken zat op de boerderij waar ze woonde.'

Alexanders wenkbrauwen gingen omhoog. 'Dat klinkt bekend.'

Ik knikte. 'Door wat jij hebt verteld, heb ik niet alleen ontdekt dat mijn grootmoeder de brieven moet hebben geschreven, maar ook dat ze aan jouw grootvader gericht waren. Ze zijn nooit verstuurd, want ze had natuurlijk geen idee waar hij woonde.'

'O, wauw.' Alexander keek me aan met nauwelijks verholen opwinding op zijn gezicht. 'Wat een mooi verhaal.'

'Ja...' Ik haalde diep adem. 'Er is alleen wel iets... Wacht.' Ik haalde een stapeltje papier uit mijn tas. 'Hier, ik heb ze voor je vertaald.'

Alexander pakte de papieren aan en zijn ogen vlogen over de regels. Ik monsterde zijn gezicht en zag eerst ontroering en toen iets van verdriet en daarna – ik wist precies bij welk stuk – pure verbijstering. '*Oh dear*', zei hij uit de grond van zijn hart, waarna hij mij aankeek. 'Maar hier staat...' Hij knipperde een paar keer. 'Dus ze was...'

'Zwanger, ja.' Ik knikte. 'Van mijn tante.'

Alexander sloot zijn ogen, schudde zijn hoofd, keek me aan en las daarna de brief opnieuw. Vervolgens liet hij het papier zakken en keek voor zich uit. Hij deed zijn mond open en sloot hem weer.

'Ongelooflijk, hè?' zei ik. 'Ik weet niet of mijn tante wist dat haar moeder de brieven heeft geschreven. Ik heb ze in het magazijn van haar winkel gevonden, maar alleen doordat ik jou heb ontmoet weet ik zeker dat ze door mijn grootmoeder geschreven zijn.'

'Jeetje...' Alexander liet zijn adem ontsnappen. 'Ik weet niet goed hoe ik dit aan mijn opa moet vertellen. Of ik het wel moet vertellen.'

Ik begreep zijn twijfel, maar al snel besloot hij dat hij het niet kon achterhouden. 'Ik zal eerst mijn vader bellen', zei hij. 'Misschien is het beter als hij het aan zijn vader vertelt. Voor hemzelf zal het ook wel apart zijn om erachter te komen dat hij een halfzus heeft gehad.'

We hadden het er nog een tijdje over, tot Alexander zijn biertje op had en ik mijn wijn en we een flesje rood hadden besteld. Toen dook er iemand op naast onze tafel.

'Hé Stefanie!' In het geroezemoes van het eetcafé had ik niet gemerkt dat Nikki naar ons toe was gelopen. Nu keek ze nieuwsgierig heen en weer tussen mij en mijn gezelschap.

'Dit is Alexander', zei ik en ik stelde hen aan elkaar voor. 'Alexander is...'

'Ah, de man van het contract!' riep Nikki en ik wenste dat ze dat wat minder nadrukkelijk zou doen, omdat het nu leek of ik het hele verhaal al aan haar had verteld. Wat natuurlijk ook zo was, maar toch wilde ik niet bij Alexander de suggestie wekken dat niet zozeer het contract als wel hijzelf onderwerp van mijn gesprekken was geworden.

'Wijn?' vroeg Alexander. Hij keek Nikki vragend aan. Zij aarzelde, wierp een blik op mij en toen ik knikte zei ze: 'Lekker.'

Ze schoof een stoel bij, haalde een glas bij de bar en Alexander schonk het vol. Ik was blij dat Alexander begreep dat de informatie die ik hem net had gegeven, niet voor andermans oren bestemd was. In plaats daarvan hadden we het over het contract. In alle commotie rondom de brieven had ik Alexander er nog niet over bijgepraat. 'Ik heb de notaris uit het dorp gesproken en hij denkt dat hij er wel achter kan komen waar de documenten en aktes uit de praktijk van De Graave zijn gebleven', zei ik. 'Maar het kost wat tijd.'

'Ook wel logisch', vond Alexander. 'Het contract is meer dan vijfenzeventig jaar oud, het zal waarschijnlijk ergens onder in een kast liggen. Maar het heeft geen haast.'

'Op zich niet, maar er speelt nog iets', zei ik toen en ik vertelde hem over wat de gemeente met het weiland van plan was. 'Ze hebben het zelfs over onteigenen', zei ik. 'Al denk ik dat dat niet zo'n vaart zal lopen. Dat is een ingewikkelde juridische procedure, waarin ze het economisch belang van dat outletcentrum voor de streek onomstotelijk moeten aantonen. Bovendien moeten ze laten zien dat er geen andere bruikbare plek is.' Ik haalde diep adem. 'Maar in elk geval is het belangrijk om te weten van wie die grond is. Want als die niet van mij is, kan de gemeente ook niet bij mij aankloppen met allerlei juridische procedures, maar moeten ze bij jouw grootvader zijn.'

Alexander keek nadenkend. 'Laten we eerst maar eens uitzoeken hoe het precies zit allemaal. Misschien is dat document bij de notaris wel lang geleden verloren gegaan en dan is het blaadje dat op zolder lag volgens mij nog maar heel weinig waard.'

Daar gaf ik hem gelijk in. Ik had misschien een beetje gehoopt dat hij zou zeggen dat de gemeente bij zijn grootvader – áls ze die al wisten op te sporen – natuurlijk bot zou vangen, maar dat zei hij niet. Er was natuurlijk de mogelijkheid dat wanneer er geld in het spel was, iemand het ineens toch wel prettig vond zo'n stuk grond in z'n bezit te hebben om het voor een goede prijs van de hand te kunnen doen. Dan zou het contract, dat me nu een uitweg of in elk geval een stevige omweg leek, voor de gemeente juist de allersnelste manier naar hun doel zijn. Ik wist niet wat de informatie over de dochter van wie hij niet had geweten, daaraan zou veranderen.

Het onderwerp was afgesloten doordat Alexander opstond om naar het toilet te gaan. Ik keek toe hoe hij soepel door het drukke café bewoog. Toen hij bijna tegen een serveerster aan stootte, glimlachte hij breed en bood charmant zijn excuses aan. Nikki boog zich naar mij toe. 'Wat een leuke man.'

Ik knikte en probeerde zo nonchalant te reageren dat het natuurlijk verre van nonchalant overkwam. 'Hm-m', zei ik uiteindelijk, maar blijkbaar waren mijn gedachten van mijn gezicht af te lezen. En die gedachten waren dat hij de afgelopen dagen ondanks het verdriet om Joep best wel veel in mijn hoofd had rondgespookt. Toen ik hem vandaag weer zag, had mijn hart echt zo'n sprong gemaakt die ik al heel lang niet had gevoeld.

'Ik snap wel dat hij het in Amsterdam zo naar zijn zin heeft gehad. Dat is in Canada misschien wel een beetje anders.'

'Hoe bedoel je?'

'Oké, serieus...' Nikki keek me taxerend aan, alsof ze zich afvroeg of ik bezig was haar ontzettend in de maling te nemen. 'Dat heb je toch wel gezien?'

'Wat?'

'Alexander.'

'Wat is er met hem?'

'Steef, hij is hartstikke homo.'

Ik zweeg een moment lang, met stomheid geslagen. 'Denk je?'

'Dat weet ik wel zeker.' Nikki grinnikte. 'O jeetje, je was toch niet...'

'Nee, natuurlijk niet', zei ik snel en veel fermer dan ik me voelde. Nee, ik was niet verliefd geworden op Alexander. Natuurlijk niet. Het was gewoon... een klik.

Ik keek naar hem toen hij terugkeerde. Als in een niet al te beste film of serie een homoseksuele man voorkwam, werden die altijd allerlei maniertjes en beweginkjes opgedrongen die zogenaamd bij homo's zouden passen. Er hing nog net geen handtas aan hun arm. Door mijn leven in Amsterdam wist ik één ding zeker: er bestond geen stereotype en de pride was zeker geen afspiegeling van hoe homoseksuelen erbij liepen. Daar was namelijk helemaal niets algemeens over te zeggen.

Maar toch, nu Nikki het zei, snapte ik wat ze bedoelde. Er was iets in de manier waarop hij keek of liep of praatte of alles tegelijk. Of misschien was het de manier waarop hij met vrouwen omging. Zo natuurlijk, nergens werd het ongemakkelijk. De spanning ontbrak, besefte ik. De lading die er zo vaak was bij mannen. Dat moest het zijn.

'Hoe was het eigenlijk in Amsterdam?' vroeg Nikki toen Alexander terugkwam.

'Geweldig', zei hij met een stralende lach. 'Wat een prachtige stad. En dankzij de tips van Stefanie heb ik alleen maar lekker gegeten en mooie dingen gezien.' Hij knikte een paar keer. 'Het is ook allemaal zo ongedwongen. En wat ik leuk vind, is dat je makkelijk contact maakt. Ik ging de eerste avond stappen en ontmoette meteen een leuk groepje waarmee ik de volgende avond ook ben opgetrokken.'

Ik aarzelde, maar glimlachte toen en vroeg: 'Nog leuke eh... mensen ontmoet?'

Even zweeg Alexander en staarde me aan en een moment lang was ik bang dat Nikki het bij het verkeerde eind had. Ik was blij dat ik geen 'mannen' had gezegd. Toen grijnsde hij. 'Wat bedoel je? Mannen?'

Ik knikte beschaamd. Alexander schudde zijn hoofd. 'Er zat wel een leuke man bij, maar niets voor de toekomst. Ik moet zeggen dat ik ook echt niet op zoek ben. Ik ben net over mijn vorige relatie heen.'

'Ja?' vroeg Nikki en ze ging wat naar voren zitten. 'Heftige breuk?'

'Pff, dat kun je wel stellen. Ik zag het totaal niet aankomen en ondertussen had hij al maanden een ander. Wat blijkbaar ook een groot deel van onze vrienden wist, maar niemand had de moeite genomen het aan mij te vertellen.'

'Dat doet pijn', zei Nikki knikkend en ik realiseerde me dat ik eigenlijk helemaal niet wist hoe haar liefdesleven eruitzag. Ze was jong en knap en ik ging ervan uit dat ze over aandacht niet te klagen had, hoewel ik dat opeens een vrij oppervlakkige gedachte van mezelf vond. Misschien werd ze al jaren verteerd door een onmogelijke liefde of was ze net als Alexander ongelooflijk bedrogen.

'Daarom was het ook goed dat ik op reis ging', zei Alexander. 'Natuurlijk kun je niet vluchten van pijn of verdriet of andere gevoelens, maar verandering van omgeving maakt dat je er in elk geval niet meer iedere keer mee geconfronteerd wordt. En het helpt om letterlijk afstand te nemen. Ik kan nu zien dat ik ook niet altijd de makkelijkste was in de relatie, met mijn ongezonde focus op mijn werk. Dat heb ik mijn ex ook nog gestuurd.'

'Wat zei hij?' vroeg Nikki.

'Dat hij het goed van me vond dat ik met mezelf aan de slag ben gegaan.' Alexander glimlachte in zichzelf. 'Maar dat hij uiteraard nog steeds de klootzak is, want dat heb ik hem wel honderd keer ingepeperd.' Hij dacht even na. 'Dat is hij trouwens niet. Niet echt. Maar het werkte niet meer tussen ons. Inmiddels zie ik ook wel dat we geen toekomst hadden.'

'Nee?' Nikki boog zich wat naar hem toe. 'Denk je dat nog steeds? Aangezien je nu zelf ook veranderd bent.'

Alexander grijnsde. 'Je lijkt de therapeut wel die ik een tijdje had. Die stelde ook allemaal van dit soort vragen. Maar nee: mijn ex en ik, dat is echt een gesloten boek. Ik denk dat we heus wel samen iets kunnen drinken als ik terug ben, maar daar blijft het bij.' Hij keek van Nikki naar mij en weer terug. 'En jullie? Nog sappige break-ups gehad de laatste tijd?'

'Stefanie wel', zei Nikki.

'Nou ja, sappig...' Ik staarde naar mijn handen en realiseerde me dat ik in geen weken aan Mano had gedacht.

'Je dumpte hem op de avond van de uitvaart van je tante', hielp Nikki me herinneren.

Alexander keek me met een half glimlachje aan. 'Heftig.'

'Ik realiseerde me door wat er allemaal was gebeurd wat ik eigenlijk aan hem had.' Ik trok een gezicht. 'En dat bleek heel weinig te zijn. Verdrietig was ik toch al, dus dit kon er meteen bij.'

Dat klopte niet helemaal. Wel dat ik verdrietig was, maar niet dat ik het verdriet om de breuk er wel bij kon nemen, want eigenlijk had ik daar niet echt om getreurd. Ook al was Mano een jaar in mijn leven geweest, hij was er stilletjes en zonder sporen uit verdwenen. Ik waarschijnlijk ook uit dat van hem.

'En nu?' vroeg Alexander nieuwsgierig. 'Is er nu iemand?'

Ik schudde mijn hoofd en dacht een beetje beschaamd aan Nikki's vraag van zojuist en daarna begon ik harder te praten dan normaal, alsof ik mezelf mijn eigen woorden wilde laten geloven. 'Nu ben ik blij met het leven zoals het is en de geweldige nieuwe vrienden die ik de afgelopen tijd heb ontmoet', zei ik. 'Vriendschap maakt het leven leuker.'

Ik moest echt minder drinken.

'Zo is het', zei Nikki echter. Ze hief haar glas en omdat niet alleen ik, maar wij allemaal een beetje aangeschoten waren, voelde het ineens alsof we een ontzettend nieuw en belangrijk inzicht hadden gekregen. 'Op vriendschap!'

De avond suisde na in mijn oren toen ik over de stille dijk naar huis liep. Mijn wangen waren warm van het café en de wijn en ik voelde me licht. Het was lang geleden dat ik een avond met vrienden uit eten was geweest en ook al kende ik de een pas net en de ander praktisch niet, het voelde alsof we al jaren een band hadden. Ik grinnikte om een flard van een gesprek dat in mijn hoofd terugkwam en om een gek gezicht dat Nikki had getrokken toen er een jongen voorbijliep met wie ze kennelijk kortstondig iets had gehad. 'Waarom spreken we niet volgende week weer af?' had Nikki bij het weggaan gevraagd, maar dat kon niet, want Alexander had plannen om naar Antwerpen te gaan.

'Maar ik kom weer terug', had hij beloofd. Bij het afscheid had Alexander, buiten gehoorafstand van Nikki, beloofd me op de hoogte te houden van het gesprek met zijn vader en daarna waarschijnlijk met zijn opa. Ik had hem succes gewenst en daarna had hij me omhelsd.

Door de stille straten liep ik naar de rand van het dorp. Op de dijk bleef ik even staan en keek naar boven, naar de diepzwarte hemel en de vele sterren. Het idee van overleden dierbaren die vanaf een ster meekeken was misschien een beetje kinderlijk, maar soms gaf het me ineens een goed gevoel als ik bedacht dat mijn tante en mijn moeder me ergens daar boven nog zagen. Ik glimlachte en liep door in de richting van mijn huis.

Bij Leo brandde nog licht, zag ik toen ik zijn huis passeerde. Ik fronste. Hij ging eigenlijk altijd om tien uur naar bed en het was al kwart over elf. Misschien had hij bezoek, bedacht ik, maar ik zag geen extra auto op zijn oprit.

Ik aarzelde even, maar liep toch door. Thuis opende ik de voordeur. De drempel was niet hoger dan anders maar het voelde nog steeds wel zo. Het was de vierde dag zonder Joep en de stilte wende nog niet. Ik keek naar het haakje met de riem, die ik daar nog steeds had laten hangen ook al had ik hem niet nodig, maar opruimen voelde alsof ik allang vrede had met Joeps dood. Wegdoen was natuurlijk al helemaal geen optie. Dus liet ik hem maar hangen en liep er elke dag een paar keer langs en het voelde wel een beetje alsof ik daarmee zout in mijn eigen wond wreef, maar op een vreemde manier was het alsof ik dat aan Joep verplicht was. Ik liep via de huiskamer naar de keuken en vulde de waterkoker. Het was laat en ik was wel moe, maar ik wist dat ik niet zou kunnen slapen nu mijn hoofd vol zat met de avond die ik had gehad.

Met een ruisend geluid kwam het water aan de kook en ik pakte een mok en een zakje. Ik schonk het water in en keek toe hoe de roestbruine kleur zich verspreidde toen ik het zakje erin doopte. Ik nam de thee mee naar de tafel en ging zitten, maar voelde me rusteloos. De gesprekken van vanavond gingen door mijn hoofd, maar er was nog iets. Het was vreemd, dat licht bij Leo. Hij was een man van vaste gewoontes en hij ging nooit laat naar bed. En het was al helemaal niets voor hem om te vergeten het licht uit te doen.

Ik probeerde de thee maar die was nog veel te warm. Toen stond ik op en pakte mijn sleutels. Daarna liep ik via de voordeur naar buiten, de dijk op, richting Leo's huis.

Het licht brandde nog steeds. Ik liep om en probeerde de achterdeur. Die was van het slot en ik liep naar binnen. 'Leo?' riep ik. 'Niet schrikken, ik ben het, Stefanie!'

Ik luisterde, maar er kwam geen antwoord. In de huiskamer was niemand. 'Hallo?' riep ik. 'Leo?'

Dit was vreemd. Met toenemende bezorgdheid liep ik verder. De lichten aan, de deur van het slot – Leo was niet naar bed gegaan, maar hij was ook niet hier. Er kwamen allerlei dwaze scenario's in mijn hoofd op. Leo was in verwarde toestand buiten gaan lopen, Leo was ontvoerd, Leo was vastgebonden door inbrekers... Ik schudde mijn hoofd om de vreemde beelden kwijt te raken. 'Leo?' riep ik nog maar eens toen ik mijn hand uitstak naar de deur van de gang. 'Hallo?'

Mijn hartslag nam nog wat verder toe toen ik de deur opende en daarna slaakte ik een kreet van schrik. 'O nee!' riep ik uit toen ik hem zag. 'Leo!'

Daar lag hij, onderaan de trap, zijn hoofd op de plavuizen, zijn benen op de deurmat. Hij kreunde zacht en ondanks hoe hij erbij lag, voelde ik een beetje opluchting dat hij in elk geval nog leefde. Ik liet me op mijn knieën naast hem vallen en stak mijn handen uit, maar trok ze toen weer terug omdat ik geen flauw idee had wat ik moest doen. Het enige wat in me opkwam was wat ik ooit – Groep vijf? Groep zes? – had geleerd tijdens een mini-EHBO-cursus op school. Ik herinnerde me nog dat de vrouw van het Rode Kruis een snerpende stem had gehad en heel vaak had gezegd: 'Een slachtoffer nooit verplaatsen!'

Gold dat nu ook? Was Leo een slachtoffer? En waarvan? Een val van de trap? Ik zag nergens bloed, maar wist niet of dat een goed teken was.

Wat ik wel zag, was dat hij wegzakte. Ik negeerde hoe mijn maag zich samenkneep van angst. Als dit in een film gebeurde, of in een serie, zag je altijd iemand die precies wist hoe te handelen. En in de volgende scène kwam er dan een dokter of hulpverlener binnen of überhaupt iemand die wist wat te doen, maar nu was er niemand en dus pakte ik mijn telefoon en belde 112.

Ik had me weleens afgevraagd hoe het zou zijn om het alarmnummer te bellen. Het leek me gek genoeg altijd iets waar het nodige denkwerk aan voorafging: hoeveel bloed was te veel voor een pleister en genoeg voor een ambulance, was een raar geluid een bende inbrekers waar de politie voor moest komen of ging het om een tikkende verwarming? De drempel om te bellen leek me enorm, maar nu ik Leo zag liggen wist ik niet hoe snel ik de drie cijfers moest intoetsen.

De vrouw aan de andere kant van de lijn was rustig en duidelijk en vroeg wat er aan de hand was. Ik probeerde samenhangend te praten, maar mijn hart bonkte zo en ik had zoveel moeite met ademhalen dat ik alleen maar halve zinnen kon uitspreken. 'Mijn buurman... Op de vloer... Pijn... Buiten bewustzijn... Hersenbloeding gehad...'

Ik kon me niet voorstellen dat ze wijs kon worden uit mijn woorden, maar ze stelde allemaal goede vragen en zei toen dat er met spoed een ambulance onze kant op kwam. En ik moest zorgen dat Leo vrij kon ademen en hem vooral niet te veel aanraken en misschien ook alvast de deur opendoen, wat een beetje een probleem was omdat hij voor de voordeur lag. 'Ze kunnen via de achterdeur naar binnen', zei ik en de vrouw van de meldkamer gaf het door. Het kwam me allemaal zo vloeiend en efficiënt voor dat ik er op een gekke manier rustig van werd. De vrouw bleef aan de lijn terwijl ik praatte tegen Leo, die me soms wel maar vaker niet leek te horen. Maar ik bleef praten, misschien nog wel het meest voor mezelf.

'Er komt een ambulance aan', zei ik tegen hem. 'Nog even volhouden, ze gaan je helpen, het komt allemaal goed.'

Leo kreunde af en toe zacht, steeds zachter ook, en ik vroeg aan de vrouw van de meldkamer hoelang het nog duurde en ze zei dat de ambulance er nu elk moment kon zijn. Via het raampje naast de voordeur keek ik of ik al blauwe lichten zag, die je op dit tijdstip op de dijk van een afstand moest kunnen zien.

Maar vooralsnog was alles donker. Ik dwong mezelf alleen nog maar aan hier en nu te denken en aan de naderende ambulance en niet aan of Leo weer een hersenbloeding had gehad en hoe hij daaruit zou komen en of hij het wel zou overleven, want van die gedachten vloog mijn hartslag omhoog en dat maakte me duizelig.

En toen, na wat een eeuwigheid leek maar dat natuurlijk niet was, zag ik het blauwe schijnsel van de zwaailichten. Eerst ver weg en meteen daarna dichtbij. De ambulance stopte op de oprit en in de helverlichte cabine zag ik een man en een vrouw die vlug uitstapten, de deuren aan de achterkant openden en daarna met twee koffers razendsnel naar de achterdeur liepen.

'Hier zijn we!' riep ik vanuit de hal en het tweetal stapte naar binnen. Ze stelden zich voor, maar ik was te gestrest om hun namen op te slaan en daarna vroegen ze wat er was gebeurd. Daarop moest ik het antwoord schuldig blijven, ik kon alleen vertellen hoe ik Leo had aangetroffen en dat hij nu met de minuut minder goed leek te reageren en ook minder geluid maakte. 'Hij heeft in het verleden een hersenbloeding gehad', zei ik.

'Weet je ook wanneer?'

Dat wist ik niet en voor het eerst bedacht ik dat ik Floris natuurlijk moest bellen om hem te vertellen wat er met zijn grootvader was gebeurd. Vluchtig zag ik hem voor me, in de winkel, met zijn 'je bent vast een beetje gevoelig geworden'. Die gedachte liet ik ook weer gaan, maar er bleef een vreemd gevoel achter toen ik naar Leo keek.

De hal was te krap voor ons allemaal en ik maakte plaats voor de hulpverleners. Intussen beantwoordde ik zo goed mogelijk alle vragen die de ambulanceverpleegkundige me stelde, terwijl zij Leo's hartslag en bloeddruk en nog wat andere dingen controleerde. Ze sloot hem aan op een monitor en stelde nog meer vragen. Ik moest zeggen dat ik niet wist welke medicatie hij allemaal slikte, maar ik wist wel waar het lag, dus haalde ik het pillenmandje uit de keuken en overhandigde het. De vrouw keek er snel doorheen en knikte een paar keer. Toen gaf ze haar collega wat instructies, die daarop de tweede koffer opende. Ik keek toe hoe het tweetal kalm samenwerkte en zacht, bijna fluisterend, overlegde en begon me af te vragen of ik niet paniek om niets had gemaakt. De ambulancemedewerkers leken zich helemaal niet druk te maken. Hoewel dat, als ik er langer over nadacht, vast ook logisch was. Het laatste wat je nodig had bij een hartaanval of ongeluk waren twee ambulancemedewerkers die paniekerig naar elkaar schreeuwden en riepen hoe erg of heftig het allemaal was.

Ik wilde de hele tijd vragen of het wel goed kwam met Leo, maar ik wilde ook niet storen, dus hield ik met moeite mijn mond. De verpleegkundige sprak hem een aantal keer aan, steeds wat dwingender. 'Meneer Zandstra? Hoort u mij?' De eerste keer kwam er nog een vage reactie, of misschien was het niet eens een reactie maar meer een geluid dat Leo toevallig op dat moment maakte. Maar toen de minuten verstreken, leek het wel of hij steeds dieper wegzakte en ik stond er gewoon maar naar te kijken en toen sloeg ik mijn handen voor mijn gezicht maar haalde ze ook meteen weer weg.

'We brengen uw buurman naar het ziekenhuis', zei de ambulanceverpleegkundige toen, terwijl haar collega de brancard ging halen. 'Op dit moment kan ik niet zeggen wat er met hem aan de hand is, maar de symptomen zouden in de richting van opnieuw een hersenbloeding kunnen wijzen. Daarover zal een scan uitsluitsel moeten geven.'

Ik staarde haar aan. 'En dan? Wat als het een hersenbloeding is? Gaat hij dan dood?'

'Op dit moment kan ik alleen maar zeggen dat we hem hebben gestabiliseerd en dat we hem zo snel mogelijk naar het ziekenhuis gaan brengen.' Terwijl ze praatte, stonden haar handen geen moment stil. Ze verplaatste slangen, controleerde de monitor, plakte een extra pleister over het infuusnaaldje in Leo's hand. Toen de chauffeur terugkeerde met de brancard, tilden ze Leo er met z'n tweeën voorzichtig op en pakten hem in in dekens. Daarna duwden ze de brancard via de voordeur naar buiten.

'Ga je mee?' vroeg de verpleegkundige en ik knikte automatisch. Ik had niets bij me behalve mijn telefoon, maar maakte me daar ook geen seconde druk om. Ik holde naar de achterdeur om die op slot te draaien en verliet daarna het huis via de voordeur. Het was fris buiten en het rook naar aarde, alsof het net had geregend. De dijk werd verlicht door de volle maan. Ik keek toe hoe Leo in de ambulance werd geschoven en stapte daarna naast de chauffeur in. De zwaailichten gingen weer aan toen we de stille dijk op reden en ik dwong mezelf om maar één ding te denken. Het komt goed. Het moest goed komen.

Hoofdstuk 14

Er was bijna geen grotere overgang denkbaar dan van de donkere avond naar de witverlichte spoedeisende hulp van het ziekenhuis. Waar de wereld onderweg leek te slapen, was er in het ziekenhuis juist een en al activiteit. De ambulanceverpleegkundige droeg Leo over aan de arts van de spoedeisende hulp en daarna namen zij en haar collega afscheid. Ik bedankte hen wel vijf keer en liep toen het kamertje binnen waar Leo naartoe was gebracht. Naast de arts stonden nog vier mensen. De pasjes op hun borstzak vertelden dat het twee verpleegkundigen, een co-assistent en een neuroloog in opleiding waren. De arts die de leiding had, een man van rond de vijftig met twee plukjes haar aan weerszijden van zijn hoofd en een bril met een rond montuur, heette volgens zijn kaartje G. Geertsen en was traumatoloog. In mijn hoofd zweefde de vraag rond of die G voor 'Geert' zou staan, alsof dat nu ineens belangrijk was.

'Bent u familie?' vroeg de traumatoloog. Ik schudde mijn hoofd en zei dat ik de buurvrouw was en dat ik Leo's kleinzoon zou bellen, maar dat die nog ruim een uur nodig had om in het ziekenhuis te komen.

'Kunt u vertellen wat er is gebeurd?'

Ik probeerde het, maar moest opnieuw beginnen omdat in mijn hoofd alles door elkaar liep. Daarom haalde ik diep adem en dwong mezelf om na te denken. Toen vertelde ik wat ik had gezien en daarna had de arts heel veel vragen, die ik zo goed mogelijk probeerde te beantwoorden.

'Oké', zei de arts bij elk antwoord en hij knikte en humde, terwijl niet alleen zijn handen maar ook die van zijn collega's ondertussen de hele tijd bezig waren. Er werd een naam van een andere arts genoemd, maar die bleek morgen pas weer te werken. 'Dat is zijn vaste neuroloog', verduidelijkte de neuroloog in opleiding voor mij en ik knikte.

Hier in het ziekenhuis leek tijd een andere betekenis te krijgen en ik had geen idee hoeveel minuten er verstreken waren toen de arts zei dat er een scan van Leo's hersenen gemaakt moest worden en dat hij daarvoor naar een andere afdeling werd gebracht. Een van de verpleegkundigen liep met me mee naar een wachtruimte en wees waar de koffieautomaat stond. Ik zette er een bekertje onder en wilde al op de knop voor cappuccino, of wat daar in zo'n automaat voor door moest gaan, drukken toen ik me bedacht en in een opwelling op *heet water* drukte. Geen probleem dat thee niet kon oplossen.

De keuze bestond uit English breakfast en bosvruchtenthee en ik ging voor dat laatste. Met mijn bekertje nam ik plaats in de verder stille wachtruimte. Ik pakte mijn mobiel en wist dat ik het telefoontje niet langer kon uitstellen, maar toch treuzelde ik nog even. Wat moest ik zeggen? *Ja hoi, je opa ligt buiten bewustzijn op de spoedeisende hulp en ik heb geen idee of hij het redt.* Ik zocht naar een manier om het wat minder schokkend in te kleden, maar ik was bang dat die er niet was.

Uiteindelijk tikte ik maar gewoon zijn nummer aan, wierp een blik op de klok en vroeg me af of Floris überhaupt zou opnemen om kwart voor een in de nacht.

Dat was zo, bleek nog geen vijf seconden later. Zijn stem klonk slaperig. 'Hallo?'

'Je spreekt met Stefanie', zei ik en daarna, om ons allebei het ongemakkelijke moment te besparen waarin hij geen idee had wie ik was: 'De buurvrouw van je grootvader.'

'O... hai.'

Ik zag hem voor me, in bed, zijn arm om de ranke taille van Victoria, die natuurlijk beeldschoon ingetogen en met haar gouden lokken uitgewaaierd lag te slapen.

'Is er... Wat...'

'Je moet niet schrikken, maar er is iets met je opa gebeurd.'

Het was een regel dat wanneer iemand zei 'je moet niet schrikken', je maar beter wel kon schrikken, want wat erna kwam was altijd iets wat je niet wilde horen. Floris klonk dan ook meteen gealarmeerd. 'Wat is er dan?'

'Dat weet ik nog niet precies, maar hij is vanavond gevallen en met de ambulance naar het ziekenhuis gebracht. Daar zijn ze nu bezig een scan van zijn hersenen te maken.'

Aan de andere kant van de lijn klonk geruis en gekraak en ik vermoedde dat Floris opstond uit bed. 'Hoe gaat het nu met hem? Is hij bij kennis? Heeft hij pijn? Is hij alleen gevallen of is er meer aan de hand?'

'Hij was nog bij kennis toen ik bij hem kwam', zei ik en ik hoopte daarmee iets geruststellends te zeggen. 'Maar hij was duidelijk in de war. De ambulanceverpleegkundige zei dat het mogelijk is dat hij weer een hersenbloeding heeft gehad, maar om dat vast te stellen is die scan nodig die ze nu aan het maken zijn.'

'En nu? Is hij nog steeds bij bewustzijn?'

'Ik weet het niet precies', zei ik eerlijk en zag het grijze gelaat van Leo weer voor me, en zijn gesloten ogen. 'Op de spoedeisende hulp leek het van niet, maar er waren zoveel mensen met hem bezig en het ging allemaal snel.'

Ik hoorde gerommel en een bons en toen zei Floris: 'We komen eraan. Ik bel je vanuit de auto.'

Het volgende moment werd de verbinding verbroken. Ik stopte mijn telefoon in mijn zak en huiverde in de airconditioning. In de haast had ik geen jas meegenomen. Voorzichtig nam ik een slokje van mijn thee. Ik keek vluchtig naar een stapeltje oude tijdschriften maar voelde me te onrustig. Daarom scrolde ik door Instagram, tot ik na een minuut of twee tot de conclusie kwam dat niets van wat ik had gezien was blijven hangen. Uiteindelijk staarde ik maar gewoon voor me uit.

De beelden van vanavond begonnen zich automatisch opnieuw voor mijn geestesoog af te spelen. Ik huiverde bij het moment waarop ik de gang in stapte en voelde mijn hand weer beven toen ik dacht aan het bellen van het alarmnummer. Gek eigenlijk hoe heftige gebeurtenissen alles dieper maakten. Mijn herinneringen, om te beginnen. Mijn hand op mijn telefoon, die drie cijfers. Maar ook de stem van de centralist die me rustiger maakte. Ik schoot bijna vol toen ik dacht aan hoe goed ze me had geholpen en vond dat ik haar bloemen moest sturen en de mensen van de ambulance trouwens ook, hoewel ze allemaal natuurlijk gewoon hun werk deden, maar zouden ze zich wel realiseren hoe bijzonder en belangrijk dat eigenlijk was?

Ik staarde naar de gang waar wel twintig deuren op uitkwamen. Boven drie ervan brandde een rood lampje. Verpleegkundigen liepen heen en weer tussen de verschillende kamers, soms met een karretje of een klembord of een mandje met apparatuur om iemands temperatuur en bloeddruk te meten. Misschien kwam het door die typische desinfectiegeur die bij het ziekenhuis hoorde dat er meer herinneringen terugkwamen aan de tijd dat mijn moeder ziek was. Hoeveel tijd hadden we toen wel niet in wachtkamers doorgebracht?

Ik schrok op uit mijn gedachten toen mijn telefoon begon te trillen in mijn hand. Het was Floris. 'Ik ben onderweg', zei hij toen ik opnam. Hij klonk krachtig, helemaal niet alsof hij net wakker was. 'Ik ben er over een uur en een kwartier. Heb je al iets gehoord?'

'Nee, ze zijn nog met hem bezig', antwoordde ik terwijl ik registreerde dat hij 'ik' zei en niet 'wij'. 'Ik weet niet hoelang het duurt om een scan te maken.'

'Heb je al geïnformeerd?' vroeg Floris nu en zijn stem kwam vrij dwingend op mij over. 'In een ziekenhuis moet je alles zelf regelen, zelf overal bovenop zitten. Anders word je zo vergeten. Zijn ze al begonnen met de scan?'

Dat was helemaal niet mijn ervaring, want ik vond tot nu toe juist dat alles zo vanzelf ging. Iedereen leek precies te weten wat er moest gebeuren.

'Ik zal zo even vragen hoe het gaat', beloofde ik echter. 'Maar ik kan me voorstellen dat het maken van een scan langer duurt dan eh...' ik keek op de klok, 'twaalf minuten.'

'Wat voor scan gaan ze maken?'

Gewoon, een scan. Ik had niet geïnformeerd naar het precieze type omdat ik de arts niet onnodig wilde ophouden. Mij leek dat hij wel wist welke scan het best zou zijn.

'Een CT?' vroeg Floris en ik zei ja, omdat ik de ene arts dat tegen de andere had horen zeggen. 'Oké. Dat duurt niet zo heel lang, maar de beelden moeten natuurlijk ook nog worden beoordeeld. Stefanie?'

'Ja?' Ik schrok een beetje toen hij mijn naam ineens zo noemde. Het was ook gek. Alsof hij plotseling iemand anders aan de lijn zou kunnen hebben.

'Ik ga ervan uit dat de arts op mij wacht om te bespreken wat de uitslag is en wat de vervolgstappen zijn.' Hij klonk nog dwingender dan net. 'Zorg ervoor dat ze niet alleen met jou in gesprek gaan, dit soort dingen moet besproken worden met de familie erbij.'

'O ja... oké. Uiteraard.'

'Ik kom er zo snel mogelijk aan. Het is toch nacht, ik rijd wel wat harder.'

In gedachten zag ik hem voor me, in die Tesla van hem. Kon zo'n ding eigenlijk wel hard? Of ging de batterij dan heel snel leeg? Er kwam een beeld in me op van een auto die heel langzaam over de vluchtstrook tufte, zoals de stemmen van mijn favoriete boybands vroeger ook in slow motion gingen als de batterijen van mijn walkman leeg raakten. Ondanks alles moest ik glimlachen om dat beeld, omdat het zo niet paste bij de dwingende stem van Floris en zijn aanname dat de arts niets beters te doen had dan zich aanpassen aan zíjn planning.

'Ik zal ervoor zorgen', zei ik echter. 'De vaste neuroloog van je grootvader is er trouwens niet. Die is er morgen weer.'

'O.' Er viel een stilte waarin ik Floris hoorde ademhalen. 'Maar nog even: je vertelde dat je mijn grootvader onderaan de trap vond. Wat is er precies gebeurd?'

'Ik ging vanavond naar huis en zag licht branden toen ik over de dijk liep. Dat vond ik vreemd, dus ik...'

'Ik bedoel met hem', onderbrak Floris me ongeduldig. 'Je vond hem en toen? Wat hebben die lui van de ambulance precies gedaan? Het is belangrijk om dat goed te onthouden,

Stefanie. Dat soort medische informatie kan een verschil maken.'

Ik trok met mijn mond en slikte de woorden in die ik eigenlijk wilde zeggen. Niemand – vooral Leo niet – was erbij gebaat als ik nu ruzie zou zoeken met Floris, maar wat had ik zin om te zeggen dat hij zijn arrogante managerstoontje heel snel mocht laten varen omdat ik stomtoevallig niet voor hem werkte en hij me dus niet zo hoefde te commanderen. Je zou maar wel voor hem werken, bedacht ik, en ik voelde een rilling op mijn rug gaan bij dat idee.

'Ik vond hem onderaan de trap', ging ik verder en expres begon ik nog niet over de ambulance. Aan de andere kant van de lijn hoorde ik zonder dat hij iets zei zijn ergernis. 'Hij had pijn en was niet goed aanspreekbaar, dus heb ik het alarmnummer gebeld. Ik weet niet of hij van de trap is gevallen of...'

'Was er bloed?'

'Nee.'

'Dan is hij dus niet van de trap gevallen. Dan toch weer een hersenbloeding.'

Dat leek me nogal kort door de bocht. 'Misschien moeten we eerst even...'

Opnieuw praatte Floris dwars door mij heen. 'Kijk, ik ben natuurlijk geen arts, maar bij een hersenbloeding ben je vaak niet in één keer weg, dus dat past bij het beeld dat hij eerst nog aanspreekbaar was. En hij was natuurlijk al langer warrig. Zo ging het de vorige keer ook.'

Dus hij had wel geluisterd toen ik zei dat zijn opa verward en vergeetachtig was, ook al had hij het afgeschoven op mijn gevoeligheid. Ik sloot even mijn ogen en besloot daar maar niets over te zeggen. In plaats daarvan vroeg ik: 'Heeft hij een verhoogde kans op een hersenbloeding omdat hij er al eentje heeft gehad?'

'We hebben dat na het vorige infarct met de neuroloog besproken. Die zei dat het risico altijd aanwezig is.'

'Ja, zo kan ik ook arts worden.' Het was eruit voor ik er erg in had en ik had er al meteen spijt van, maar voor het eerst hoorde ik Floris gniffelen. 'Dat is precies wat ik op dat moment dacht.' Meteen werd hij weer serieus. 'Ik heb gelezen dat een derde van de mensen die een hersenbloeding krijgen er binnen vijf jaar nog eentje krijgt,' zei hij in plaats daarvan, 'maar volgens de neuroloog waren die cijfers niet op iedereen van toepassing, want er zijn allemaal verschillende soorten en wat voor de ene soort geldt, geldt voor de andere niet.'

'Oké', zei ik omdat ik niet echt een antwoord had. Vervolgens vertelde ik toch maar wat de mensen van de ambulance hadden gezegd en gedaan en hoe het op de spoedeisende hulp was gegaan. Daarna viel het gesprek stil en ik was blij dat Floris het initiatief nam om het te beëindigen. 'Bel me als je een update hebt', zei hij en daarna hingen we op.

Ik doodde de tijd met telkens hetzelfde rondje nieuwsapps en social media op mijn telefoon en uiteindelijk pakte ik toch maar een van de oude tijdschriften, maar het lukte me niet me te concentreren op een interview met een vrouw die ooit te licht werd bevonden voor een reguliere middelbare school en nu een bedrijf met honderd medewerkers leidde. Het artikel erna, over hoe je de perfecte zonnebril koos bij de vorm van je gezicht, kon evenmin mijn aandacht vasthouden en dus legde ik het blad maar weer aan de kant. Ik wilde net voor de zoveelste keer de app van Nu.nl openen toen de neuroloog in opleiding in de wachtkamer verscheen. 'De scan is klaar', liet ze weten. 'Uw buurman is naar de intensive care overgebracht en de neuroloog komt zo naar u toe.'

'Zijn kleinzoon is onderweg', zei ik. 'Hij wil graag bij het gesprek zijn.'

Ik zette me al schrap om me in excuses uit te putten voor het feit dat de drukbezette arts zich aan Floris' reistijd moest aanpassen, maar de verpleegkundige zei: 'Uiteraard. Als u wilt, kunt u in de wachtruimte bij de intensive care plaatsnemen.'

Ze vertelde me hoe ik daar kwam en ik nam de lift en volgde daarna de bordjes. De wachtruimte bevond zich buiten de afdeling en was een stuk meer ingericht op wachten dan die van de spoedeisende hulp. Ik vermoedde dat wachten een groot deel van je dagbesteding was als er een dierbare op deze afdeling lag – wachten en je zorgen maken.

Er kwam een verpleegkundige langs om te vertellen dat ze nog even met Leo bezig waren en daarna om te laten weten dat de neuroloog was weggeroepen maar haar best deed om snel terug te komen en daarna kwam er heel lang niemand. In de wachtruimte lagen ook weer tijdschriften, maar die liet ik onaangeroerd. Er stond een boek met bemoedigende teksten en spreuken dat ik doorbladerde maar waarvan niets bleef hangen. En toen, nadat er blijkbaar meer dan een uur van wachten was verstreken, kwam Floris binnen. Hij droeg een donkerblauwe spijkerbroek en een crèmekleurige hoody. 'En?' vroeg hij met een scherpe blik op mij. 'Is er nieuws?'

'Nog niet. De neuroloog is weggeroepen.' Ik was gaan staan en dat leidde ertoe dat we nu ongemakkelijk tegenover elkaar stonden en geen van beiden leken te weten hoe we elkaar moesten begroeten, omdat we elkaar nog nooit echt hadden begroet maar alleen in Leo's huis hadden aangetroffen. Uiteindelijk was Floris degene die naar voren boog en we omhelsden elkaar onhandig en ik voelde het halvedagbaardje tegen mijn wang, maar daar was nu geen aandacht aan besteed. Zijn haar zat trouwens ook door de war.

'Waar is Victoria?'

'Thuis.' Alsof hij door mijn vraag aan haar dacht, haalde hij zijn telefoon uit zijn zak en tikte op het scherm, maar ik zag vanaf mijn plek dat er geen berichten waren. Op de achtergrondfoto lachte Victoria hem toe op een tropisch strand. Ze droeg een paar touwtjes die bij vrouwen als zij konden fungeren als bikini.

'De neuroloog zal er vast elk moment zijn', zei ik, zonder te weten of dat waar was. 'De verpleegkundige zei dat ze haar best deed zo snel mogelijk te komen.'

'Heb je mijn grootvader al gezien?'

Ik schudde mijn hoofd. 'Ze waren nog met hem bezig.'

Floris keek door het raampje in de deur van de wachtkamer naar de gang, waar op dit tijdstip niemand voorbijliep. Ik wierp een blik op de klok. Het was een paar minuten voor twee, maar moe was ik niet. Ik voelde de tijd ook niet. De kamer leek een vacuüm waarin het net zo goed ineens midden op de dag kon zijn, of Kerstmis, of hoogzomer.

Floris pakte koffie uit de automaat in de hoek en bood mij ook aan, maar ik schudde mijn hoofd. Hij ging zitten op een van de met blauw leer beklede stoelen, keek even voor zich uit en stond toen weer op om vervolgens toch weer plaats te nemen. Ik zocht naar iets om de stilte te doorbreken, maar kon alleen de meest vreselijke clichés bedenken en zei daarom maar niets. Floris zag er ook niet uit alsof hij bemoediging nodig had. Zijn blik was scherp, zijn ogen wat samengeknepen alsof hij waakzaam moest zijn. Gelukkig ging de deur open.

Een vrouw van middelbare leeftijd kwam binnen. Ze had kort, grijs haar, staalblauwe ogen en een kordate blik. 'U bent de familie van de heer Zandstra?'

Floris stond op en knikte. Ik liet de vraag onbeantwoord omdat ik natuurlijk geen familie was, maar het nu ook niet ter zake deed wat ik hier dan wel te zoeken had. De vrouw sloot de deur achter zich en schudde ons beiden de hand. 'Marjan van Vliet', zei ze. 'Neuroloog. Laten we gaan zitten.'

Ze begon te praten en ik keek voornamelijk naar haar ogen die op een vreemde manier het verhaal beter vertelden dan haar woorden. Van die woorden drongen er flarden door, maar die had ik niet nodig. Het was ernstig, zeiden de ogen, heel ernstig. Een nieuwe hersenbloeding, zei de mond, erger dan de vorige. Geen voorspellingen te doen, afwachten. Cruciale uren, buiten bewustzijn. Hersenfuncties, hersencellen, zuurstof – de arts vertelde, Floris knikte en ik zat erbij. Hij vroeg of we Leo zouden verliezen en zij herhaalde dat er geen voorspellingen te doen waren, maar dat er een kans was dat de hersenen door de bloeding onherstelbaar waren beschadigd. Het was te vroeg om daarover iets te zeggen en het was raar hoe die mededeling in de stille ruimte hing en door Floris en mij allebei met geknik werd begroet terwijl ik eigenlijk het gevoel had dat ik iets moest dóén. Overeind springen en roepen wat ze hier in vredesnaam zat te doen als ze een leven te redden had, bijvoorbeeld. Maar dat deed ik natuurlijk niet. Floris ook niet, maar hij nam zijn toevlucht tot zijn manager-zelf en stelde op scherpe en kritische toon allerlei vragen. Ik bewonderde de arts om de begripvolle en tegelijkertijd adequate manier waarop ze die beantwoordde. Ook toen hij zijn stem verhief, bleef zij kalm. Toen ze uiteindelijk opstond, bedankte Floris haar met een stem die een klein beetje van zijn directeurstoontje had verloren.

'U kunt naar uw grootvader', zei de neuroloog nog. 'U kunt daar blijven zo lang als u wilt, deze afdeling heeft geen vaste bezoektijden.'

Ze had net verteld dat Leo de komende twaalf tot vierentwintig uur sowieso kunstmatig in coma zou worden gehouden en dat we waarschijnlijk nog een lange weg te gaan hadden, dus ze adviseerde ons een paar uur slaap te pakken, maar ik had aan Floris' gezicht gezien dat hij niet van plan was het ziekenhuis te verlaten en voor mij gold hetzelfde.

De neuroloog ging weg en wij liepen door de dubbele schuifdeuren de afdeling op. Achter een kleine balie zat een verpleegkundige te werken. Ze stond meteen op en liep met ons mee naar Leo's kamer. 'Uw grootvader ligt aan veel apparaten', zei ze voor we naar binnen gingen. Ik vreesde dat ze er automatisch van uitging dat ik Floris' zus was – een misverstand dat ik heel snel wilde rechtzetten, maar ik vond daarvoor geen moment. 'We houden hem zo goed mogelijk in de gaten.'

Ik wist niet of dat haar manier was om ons voor te bereiden op wat we te zien kregen, maar dan had ze beter kunnen zeggen dat we een soort serverruimte binnengingen met tussen alle apparaten een bed waarin, als je goed keek, een krijtwitte en stokoude figuur te onderscheiden was die ergens wat weg had van Leo maar ook niet meer dan dat. Het beeld vloog me aan, benam me de adem. Met het gevoel dat er een klem om mijn longen was gezet liep ik met kleine pasjes naar het bed. Op een scherm zag ik een lijntje dat piekte op het ritme van een piepje, dat moest Leo's hartslag zijn. Verder was aan niets te zien dat hij nog leefde.

Ik merkte dat Floris aarzelde, voor het eerst. Zijn ademhaling was hoorbaar en hij bracht zijn hand naar zijn mond, liet hem toen in de lucht zweven, plukte daarna even aan zijn baardje. Ik wilde hem vragen of het ging met hem, maar vond dat ineens zo gek persoonlijk dat ik het niet deed. Ik merkte dat ik er zo aan gewend was dat Floris zich afstandelijk en zelfverzekerd gedroeg, dat ik helemaal niet wist wat ik in deze situatie met hem aan moest.

'Wacht, ik pak stoelen voor jullie', zei de verpleegkundige en ze schoof aan beide kanten van het bed een stoel bij. Floris liep naar de andere zijde van het bed en ging zitten. Ik bleef staan. Ik wilde hier niet zijn. Alles in mij wilde omkeren en wegrennen – weg van deze stille ruimte, weg van Leo die dood leek te zijn, weg van het donker van buiten dat ondanks de tl-verlichting net zo goed in de kamer leek te hangen.

Floris haalde diep adem en ik zag zijn hand er langer over doen dan nodig voor hij hem op die van zijn grootvader durfde te leggen. De verpleegkundige verdween. Ik ging toch maar wel zitten. De stilte in de kamer verdiepte zich, de piepjes leken daardoor luider te klinken. Als stoorzenders die tegelijkertijd boeien waren waaraan ik me vastgreep.

'Opa...' Floris' stem was wat schor en toen hij vluchtig naar mij keek, had ik het gevoel dat ik een indringer was.

'Ik ga wel even...' zei ik en stond al half weer op, maar Floris schudde zijn hoofd. Hij keek naar mij en deed zijn mond open. Alleen zei hij niets, dus zaten we naar elkaar te staren tot ik mijn blik neersloeg en aan een los draadje op de vaalgele deken peuterde. Het gepiep vermengde zich in mijn oren met de voetstappen van iemand die over de gang liep. Ik keek naar Leo's gezicht. Zijn ogen waren gesloten en ingevallen, zijn jukbeenderen staken vreemd hoog uit. Zijn lippen waren smal en bloedeloos en ik moest mijn best doen om te zien hoe zijn borstkas op en neer ging, zo weinig beweging was er waar te nemen.

'Het is veel erger', zei Floris.

Ik keek naar hem. 'Wat?'

'Dan de vorige keer. Hij...' Floris dacht even na en schudde kort met zijn hoofd. 'Of misschien ben ik vergeten hoe erg het toen was, maar nu...' Hij keek naar zijn grootvader en daarna naar mij en zijn ogen stonden een stuk minder zelfverzekerd. Hij leek ineens jaren jonger, wat vreemd was omdat mensen in dit soort situaties vaak juist ouder leken te worden.

'Nu wat?' vroeg ik met mijn blik op Leo gericht.

Er kwam geen antwoord. Ik voelde voorzichtig aan Leo's hand, die boven op de deken lag en koel en stevig aanvoelde. Er zat een infuusnaald in, vastgeplakt met witte pleisters. De huid eromheen was paars en rood verkleurd. Ik wachtte tot Floris verder praatte, maar dat gebeurde niet. In plaats daarvan had hij zijn handen als een driehoekje voor zijn gezicht gevouwen en zat hij daar maar, starend naar zijn grootvader. Ik kreeg de vreemde neiging om op te staan en mijn armen om hem heen te slaan, zo moedeloos zag hij er nu uit, maar ik bleef toch zitten.

Hij haalde diep adem en mompelde iets wat ik niet verstond. 'Opa...' zei hij nog een keer terwijl hij zijn hand nu op die van Leo legde. 'Ik ben het. Floris. Ik...' Hij knikte een paar keer, maar praatte niet verder. In plaats daarvan haalde hij diep adem en dat klonk wat trillerig. In een opwelling stak ik mijn hand uit en raakte even die van hem aan en hij reageerde met een beweging van zijn vingers. Een moment lang haakten onze wijsvingers in elkaar en zo zaten we even, maar toen werd het ongemakkelijk omdat hij noch ik iets zei. Ik trok mijn hand maar weer terug. Ik keek naar hem. Zijn groene ogen waren mistig. Buiten trok er een wolk langs de maan.

We keken allebei naar Leo, tot Floris zijn telefoon pakte. Ik kon me niet aan de indruk onttrekken dat dat vooral zijn automatisme was om zich een houding te geven. Hij begon te tikken en vanaf mijn plek zag ik dat zijn WhatsApp openstond. Ik wierp een blik op de klok. Het was iets na halfvier in de nacht.

'Victoria zal zich ook wel zorgen maken', zei ik. In mijn hoofd had het nonchalant geklonken, maar toen ik het uitsprak had ik al spijt. Het was bemoeierig, bijna verwijtend. Nu vond ik het ook wel apart dat ze niet hier was, al was het maar voor Floris, maar ik hoefde dat niet zo te laten merken.

Floris keek alleen even op. Ik probeerde zijn blik te peilen, maar dat lukte niet. Hij sloot zijn telefoon af en legde hem met het scherm omlaag op de deken. 'Ze moet morgen werken', zei hij uiteindelijk. Ik knikte en mompelde wat en toen kwam er een verpleegkundige binnen. Ze tikte tegen het infuus, keek naar de schermen, verschikte wat draden. Daarna zei ze:

'Waarschijnlijk hebben mijn collega's het ook al gezegd, maar als jullie naar huis willen om een paar uur te slapen, is nu het beste moment. Morgen overdag zal de neuroloog misschien beslissen om hem uit zijn coma te halen.'

Dat was inderdaad al gezegd, maar voor het eerst was het of de woorden iets in mijn hoofd aanraakten. De adrenaline was wel zo'n beetje uitgewerkt en mijn lijf voelde zwaar van vermoeidheid. Floris knikte ook. 'Misschien is dat wel een goed idee', zei hij.

'Ik kan ook blijven terwijl jij weg bent', bood ik aan, maar hij schudde zijn hoofd. 'Dat lijkt me niet nodig.'

De verpleegkundige beloofde dat ze Floris zou bellen als daar aanleiding toe was. 'Oké', zei ik en ik stond op. Ik had het gevoel dat ik iets tegen Leo moest zeggen, ook al hoorde hij het niet. Ik legde even mijn hand op de zijne. 'We zijn straks weer terug', beloofde ik.

Toen ik weer opkeek, haakten mijn ogen zich in die van Floris. Ik schrok een beetje van zijn blik. De mist in zijn ogen leek te zijn opgetrokken. Er was iets anders voor in de plaats gekomen, maar hoe ik ook mijn best deed, ik kon er geen woord voor verzinnen dat ik zelf niet meteen als volslagen belachelijk aan de kant schoof.

'Oké', zei Floris uiteindelijk. 'Rijd je met mij mee?'

Hoofdstuk 15

Ik werd wakker omdat mijn telefoon met een ping liet weten dat er een berichtje binnenkwam. Snel graaide ik naar het toestel en tikte het daarbij van het nachtkastje op de vloer. Ik kreunde licht toen ik half uit bed hangend probeerde mijn mobiel te grijpen en voelde de vermoeidheid in mijn lijf. Niet zo vreemd ook na – zo stelde ik vast toen ik op het scherm zag dat het nog zeven uur moest worden – minder dan drie uur slaap.

Het bericht kwam van Alexander, die schreef dat hij gisteravond lang met zijn grootvader had gebeld en dat het een emotioneel gesprek was geweest waarover hij me nog zou vertellen. Zijn grootvader wilde graag een keer met mij bellen of facetimen om over mijn tante te praten, de dochter die hij nooit had gekend. Ik stuurde terug dat ik dat natuurlijk ook graag wilde en toen vertelde ik kort wat er met Leo was gebeurd en dat ik hem later zou bellen.

Nadat ik het bericht had verstuurd, liet ik me weer in de kussens zakken. Ik probeerde me voor te stellen hoe het moest zijn als je dik in de negentig was en te horen kreeg dat je een dochter had gehad in een ver land. Een dochter die bovendien overleden was. Ergens had ik te doen met Alexanders grootvader. Zijn leven moest even behoorlijk op z'n kop staan.

Ondanks mijn vermoeidheid voelde ik me rusteloos. Ik nam een douche, trok een jurk en sneakers aan en at twee happen brood die ik wegspoelde met vier koppen koffie. Daarna voelde ik me niet energiek maar wel opgefokt van de cafeïne en zolang ik mijn ogen open had kon ik werken, dus vertrok ik naar de boekwinkel. Daar zette ik nieuwe koffie en probeerde me tot wat taken te zetten voordat de winkel openging, maar ik staarde voornamelijk uit het raam. Om negen uur opende ik de deur en hielp twee mannen uit het dorp verderop aan een verjaardagscadeau. Tegen halftien stuurde ik een berichtje naar Floris om te vragen of hij nog iets had gehoord. Hij antwoordde meteen. *Ik ben teruggegaan, alles nog hetzelfde.*

Jonathan kwam binnen. Hij mompelde een groet en ging aan de tafel zitten. 'Wat een commotie gisteravond', zei hij. 'Ik hoorde dat er een ambulance bij Leo was.'

Zelfs na maanden in het dorp kon ik me er nog over verbazen dat iedereen altijd alles wist. 'Hopelijk is het niet ernstig', zei Jonathan en ik vertelde hem wat er was gebeurd. Hij keek me aan met een blik vol medeleven. 'En nu?'

'Nu is het afwachten. Hij wordt in coma gehouden en pas als ze hem daaruit halen, kunnen ze zeggen of de bloeding zijn hersenen heeft beschadigd.'

'Wanneer is dat?'

Ik haalde kort mijn schouders op. 'Daar kon de arts nog geen uitsluitsel over geven, misschien later vandaag. Zijn hersenen hebben nu vooral rust nodig.'

'Is de bloeding wel gestopt?'

Ik knikte. 'Dat hebben ze op de scan gezien. Maar de druk op zijn hersenen is verhoogd en ze denken dat die afneemt als de zwelling als gevolg van de bloeding minder wordt. Wanneer dat gebeurt, kan hij wakker worden gemaakt.'

Ik hoorde mezelf het verhaal van de arts herhalen en het

klonk zo logisch, alsof het allemaal als vanzelf op die manier zou plaatsvinden. Maar tegelijkertijd maakte het beeld van Leo in zijn ziekenhuisbed dat ik moeite had erop te vertrouwen dat hij zijn ogen weer zou openen.

'Zijn kleinzoon is bij hem', zei ik vooral om mezelf wat moed in te praten. 'En Leo is sterk. Ik denk dat hij ons allemaal gaat verrassen.'

Ik liet Jonathan met rust omdat hij moest studeren en omdat er klanten in de winkel waren. Een uurtje later pakte hij zijn spullen. 'Ik moet gaan', zei hij. 'Ik heb straks een tentamen. Maar als ik iets kan doen of zo... of, nou ja...' Hij keek onbeholpen en aarzelde om zijn zin af te maken. Ik redde hem uit zijn ongemak. 'Dat is aardig van je', zei ik. 'Succes met je tentamen.'

Hij liep de deur uit. Ik was weer alleen in de winkel en hield me bezig met het uitpakken van wat bestellingen en het invoeren van nieuwe. Daarna beantwoordde ik een mail van een uitgeverij over extra promotiemateriaal. Ik wilde net aan een bericht met vragen van de boekhouder beginnen toen de deur van de winkel openging en Olivia binnenkwam. 'Wat erg van Leo', zei ze. 'Wat zal je geschrokken zijn toen je hem vond.'

Ik vroeg me al niet eens meer af hoe ze dat wist, maar knikte alleen maar. 'Gelukkig was de ambulance er snel.'

'En nu?'

Ik vertelde opnieuw wat de status was. 'Wat heftig', zei Olivia een paar keer. 'Kan ik iets voor hem doen? Of voor jou?'

Ik schudde mijn hoofd. 'We kunnen alleen maar afwachten.'

Berend Kroezeman kwam binnen met een envelop in zijn hand. 'Ik heb gehoord wat er is gebeurd', zei hij. Uiteraard, dacht ik er in stilte achteraan. Niet eerder had ik op deze manier gemerkt wat het inhield om in een dorp te wonen. 'Die arme Leo. Hoe gaat het met hem?' Hij wierp een blik op Olivia. 'O sorry, jullie waren in gesprek.'

'Ja, maar ik wilde toch net gaan', zei Olivia. 'Nog wat werk doen voordat Sam weer uit school komt. Hou me op de hoogte, oké?'

Ik beloofde het en Olivia wilde weglopen, maar Berend zei: 'O, jij bent de moeder van Sam.'

Olivia bleef staan. 'Ken je hem?'

'Hij zit bij mijn dochter op school, ze heeft het weleens over hem.'

Ik luisterde verbaasd, ik wist helemaal niet dat Berend een dochter had. Niet dat dat zo vreemd was, want ik wist eigenlijk sowieso niets van Berend. Was hij getrouwd? Gescheiden?

'Hoe heet ze?' vroeg Olivia.

'Emily.'

'O!' Olivia's gezicht klaarde op. 'Natuurlijk. Sam praat ook weleens over haar. Ze heeft hem laatst geholpen toen er een jochie uit groep acht lelijk tegen hem deed. Soms is Sam het mikpunt van de zogenaamde stoere kinderen, door zijn autisme is hij helaas een makkelijk slachtoffer.'

'Wat sneu', zei Berend. 'Maar ik ben blij dat mijn dochter voor hem is opgekomen. Dat is voor haar niet zo vanzelfsprekend.'

Ik vroeg me af waarom Olivia en Berend elkaar niet goed kenden, aangezien ze allebei in het dorp woonden en hun kinderen bij elkaar op school zaten. 'Ze zit nog maar net op die school', zei Berend alsof hij de vraag had gehoord. 'Ze zat eerst op de Korenbloem, omdat haar moeder daar in de buurt woont. Maar sinds de scheiding...' Hij zuchtte even. 'Emily had het lastig op school en dat reageerde ze nog weleens af op klasgenootjes, waardoor ze uiteindelijk niet meer goed in die groep kon. Nu maakt ze een nieuwe start.'

'En gaat het beter', zei Olivia. 'Althans, Sam zegt dat ze altijd heel lief voor hem is.'

'O, ja.' Nu hij over zijn dochter praatte, had Berends gezicht een zachte trek die ik nog niet eerder bij hem had gezien. 'Ze moet haar plek nog wel vinden, maar ze wordt geaccepteerd en dat is al iets om blij om te zijn. We merken dat ze rustiger is. Ik moet zeggen dat de begeleiding op school echt top is.'

Ze raakten in gesprek over de school van hun kinderen en ik verplaatste mijn aandacht naar een klant die was binnengekomen en die het nieuwste deel van een populaire serie zocht. Ik pakte het boek mooi in terwijl ik een praatje maakte en toen de klant de winkel verliet, stonden Olivia en Berend nog steeds te praten. Het duurde nog zeker een kwartier voor Olivia uiteindelijk wegging. 'Tot snel', zei ze tegen mij en ik keek haar aan met het gevoel dat er iets in haar blik was dat ik niet eerder had gezien. Ze gaf me een knuffel voor ze de winkel verliet.

'Hoe is het nu met Leo?' vroeg Berend.

Opnieuw vertelde ik het hele verhaal. De groef in Berends voorhoofd verdiepte zich bijna met elk woord dat ik zei. 'Arme man', zei hij nog maar eens. 'Laten we maar hopen dat hij het redt. De vorige keer zag het er ook niet goed voor hem uit en toen krabbelde hij toch weer op.'

'Volgens zijn kleinzoon is het nu erger.'

'Oude bomen hebben de sterkste wortels', zei Berend.

Ik glimlachte. 'Dat is zeker zo. En Leo al helemaal.' Ik veranderde van onderwerp. 'Wat kan ik voor je doen?'

Berend schudde zijn hoofd. 'Ik kan iets voor jóú doen. Sterker nog: dat heb ik al gedaan.' Hij hield de envelop omhoog. 'Dit is het document dat je zoekt. Althans, een kopie ervan. Maar het origineel is ook aanwezig.'

'Wat?' Ik keek hem met grote ogen aan. 'Is het gelukt?'

'Iets is pas zoek als de notaris het niet kan vinden', zei hij met een lichte twinkeling in zijn ogen die verried dat hij zelf ook wel trots was op de uitkomst van zijn zoektocht. Ik opende de envelop en vond een A4'tje met daarop de tekst die ik ook op het contract van Alexander had gelezen, maar nu aangevuld met handtekeningen van de notaris en zijn klerk en een notarieel stempel. 'Het is een kopie', zei Berend. 'Het origineel kon ik uiteraard niet meenemen.'

'Dus het was er nog...' zei ik terwijl ik de kopie bekeek alsof het een heilig relikwie was.

'Gevonden in het archief van notaris Greveling in Middelburg', zei Berend. 'Ik heb daar uren doorgebracht, ik wist niet dat het zo groot was.'

'Uren om het te zoeken?'

'Nee, omdat ik het er zo leuk vond. Er liggen allemaal oude akten, zelfs tot tweehonderd jaar terug. Echt fascinerend.'

'En het origineel hiervan is rechtsgeldig?' vroeg ik voor de zekerheid, terwijl ik de kopie omhooghield. Berend knikte. 'Er is geen reden waarom de akte dat niet zou zijn. Het kadaster is tijdens de oorlog niet altijd goed bijgehouden en dat is de reden dat het perceel niet op naam van de heer Campbell is ingeschreven, maar de akte geldt gewoon. Hij kan de grond op zijn naam zetten.' Hij keek me onderzoekend aan. 'Ik heb het idee dat je opgetogen bent bij dit nieuws, maar het betekent dat de grond niet langer van jou is.'

'Dat klopt', zei ik en ik vertelde hem mijn overwegingen over de gemeente en de gedwongen verkoop. Hij keek bedenkelijk.

'Denk je echt dat deze meneer sympathie zal hebben voor een paardenopvang terwijl hij honderdduizenden euro's aan dit land kan verdienen?'

Ik staarde hem aan. De gemeente had geen prijs genoemd en ik had ook niet opgezocht wat op dit moment marktconform was. Ik wist alleen dat het perceel zevenhonderd vierkante meter groot was en vast een hoge waarde zou hebben, maar toch had ik er de hele tijd in geloofd dat Alexanders grootvader natuurlijk zou begrijpen hoe belangrijk het was voor de paarden, en voor het dorp.

'Driehonderd euro per vierkante meter zal het sowieso wel zijn', zei Berend. 'En dan schat ik het nog laag in. Dat betekent dat meneer Campbell meer dan tweehonderdduizend euro kan krijgen. Dat is een groot bedrag om zomaar naast je neer te leggen.'

'Dan moeten ze hem wel eerst opsporen', zei ik. 'Zoek maar eens naar een R.W. Campbell in Canada, daar zijn er heel veel van.'

'Je zult versteld staan over wat ze tegenwoordig kunnen. En trouwens, meneer Campbell kan ook zelf de gemeente bellen? Als hij weet om hoeveel geld het gaat, zal hij dat misschien wel doen.'

Ik deed er het zwijgen toe. Berend had natuurlijk een punt, maar Robert Campbell had net ontdekt dat hij een dochter had die niet meer leefde en die toevallig haar hart had verpand aan een paar oude paarden en een dorp waar rust hoog in het vaandel stond. En ik kon niet anders dan geloven dat dat er voor hem toe zou doen.

Berend nam afscheid en ik ging weer aan het werk, al kon ik me niet goed concentreren. Hoeveel koffie ik ook dronk, het slaapgebrek eiste zijn tol. Mijn hoofd zat vol watten en ergens daartussen bleven Berends woorden zich herhalen. Ik wilde maar blijven geloven dat de gemeente of een projectontwikkelaar nu juist minder kans zou maken om het weiland in hun bezit te krijgen, maar de notaris had me ergens toch aan het twijfelen gebracht.

Ik staarde een tijdje naar het scherm van de computer maar er kwam niets uit mijn handen. Ik pakte mijn telefoon en appte Floris terug. Hij kwam meteen online en schreef dat de neuroloog had gezegd dat ze mogelijk vanavond zouden proberen Leo uit zijn coma te halen. Een nieuwe scan had een licht hoopvol beeld gegeven, en die boodschap stemde me wat opgewekter.

Het zou fijn zijn als je erbij kan zijn als hij wakker wordt, stuurde hij daarna. Ik fronste. Dat leek me iets wat hij voor Leo vroeg en niet voor zichzelf, maar op een vreemde manier voelde ik me toch gevleid. Meteen zette ik dat gevoel van me af. Dit ging niet om mij en bovendien had ik helemaal niet zo'n zin om te zien hoe Floris de directeur de arts weer aan een vragenvuur zou onderwerpen, alsof zij de eerste de beste stagiaire was en geen idee had wat ze aan het doen was.

Het belletje van de winkel klonk weer. Ik stak mijn hoofd uit het kantoortje en zag een vrouw die me vaag bekend voorkwam, maar ik kon haar niet goed plaatsen. Ze droeg een lange, zwarte jas en platte instappers en haar grijze haar zat in een knotje. Toen ze dichterbij kwam, herinnerde ik me dat ik haar laatst voor de winkelruit had zien staan, maar toen was ze niet binnengekomen. 'Goedemiddag', zei ik. 'Kan ik u helpen?'

Ze keek wat schichtig maar glimlachte vriendelijk door haar ronde bril. Ik had haar nooit eerder in de winkel gezien, dat wist ik vrij zeker. Misschien kende ik haar gezicht van het voorbijgaan in het dorp.

Haar stem was zacht. 'Ik wilde je bedanken voor je mooie werk.'

Misschien kwam het door de vermoeidheid, maar ik had geen idee waar ze het over had. 'O', zei ik. 'Dat is aardig, maar…'

Ze richtte haar bleekgrijze ogen op mij. 'Met mijn zoon, bedoel ik. Ik vind het prettig om te zien dat hij hiernaartoe komt om tot inkeer te komen. Ik weet dat jij daar een belangrijke rol in speelt.' Ze knikte als om aan te geven dat ze geloofde in haar eigen woorden. 'Niemand komt zonder reden.'

'Uw zoon…' Ik hield mijn hoofd wat schuin. Dat ik blijkbaar moest weten wie die zoon was maar echt geen idee had, maakte de stilte bijzonder ongemakkelijk. In mijn hoofd liep ik een lijstje met klanten af.

'Jonathan', hielp ze me. 'Mijn zoon is Jonathan.'

'Ah!' Opgelucht knikte ik. 'Ja, natuurlijk.' Ik glimlachte wel en deed alsof ik haar nu precies begreep, maar haar woorden bleven vaag voor me. Mooi werk? Tot inkeer? Ik had niet het idee dat Jonathan tot inkeer moest worden gebracht.

'Hij was het juiste pad kwijtgeraakt en dat heeft mijn man en mij veel zorgen gebaard', ging Jonathans moeder verder. 'We hebben hulp gevraagd aan onze gemeente en aan God, maar lange tijd leek het alsof onze gebeden niet werden gehoord. Tot jij in het dorp verscheen en de boekhandel overnam. Zo zie je maar, God stuurt altijd in onverwachte gedaantes.'

Ik staarde haar aan en probeerde haar woorden te vatten, maar mijn hersenen werkten na de doorwaakte nacht op halve kracht. 'Dat is mooi', zei ik alleen maar. 'Je bent nooit te oud om aan een studie te beginnen. En hij studeert hier graag, dat is fijn om te zien.'

Ik zei maar wat. Ik kreeg de kriebels van dit mens en wilde dat ze wegging.

Ze boog zich wat naar me toe. 'Dankzij jou lijkt hij eindelijk het juiste pad weer te hebben gevonden.'

Ik glimlachte ongemakkelijk bij die onterecht toegezwaaide lof. 'Dat is wat een boekwinkel kan doen. Soms vind je er de rust die je zoekt, en soms kom je er op onderwerpen waar je meer van wil weten.'

'Nee', zei de vrouw en ze schudde haar hoofd terwijl dat glimlachje om haar lippen bleef hangen. 'Dat is wat een vrouw kan doen.'

Buiten was het nu licht maar verder was er zo weinig veranderd in Leo's kamer op de intensive care dat de tijd leek te hebben stilgestaan sinds ik was vertrokken. 'Hoi', zei Floris toen ik binnenkwam. Hij legde zijn telefoon aan de kant, wat me verbaasde, want doorgaans was zijn hand ermee vergroeid en moest de hele wereld maar wachten omdat hij een bericht of een mailtje kreeg.

'Hoe gaat het?' vroeg ik. Floris trok met zijn schouders. Zijn baardje was wat langer geworden, maar verder zag hij er precies zo uit als toen hij me vannacht thuis had afgezet. 'Niets veranderd. De neuroloog komt zo weer langs om te beoordelen of ze hem vandaag uit zijn coma kunnen halen.'

'Oké', zei ik en ik knikte een paar keer. Daarna nam ik plaats op de stoel die er nog steeds stond en een tijdje zaten Floris en ik daar, zwijgend tegenover elkaar. 'Hoe gaat het met jou?' vroeg ik uiteindelijk aan Floris, vooral om de stilte te doorbreken.

Hij haalde diep adem. 'Een beetje moe, jij?'

'Ja, ik ook.' Ik fronste. 'Wat zei de neuroloog precies over het wakker maken?'

'Dat het een proces van vele uren kan zijn. En dat we nog geen conclusies kunnen trekken op basis van die eerste uren. Als hij zich dan niets herinnert of als hij niet goed kan praten, betekent het niet dat dat zo blijft.' Floris trok met zijn mond. 'Of wel. Er valt niet veel over te zeggen.'

Op een of andere manier leek hem dat te irriteren. Hij was, zo bedacht ik, vast niet gewend dat iemand 'we weten het niet' tegen hem zei. Als een van zijn werknemers dat waagde, stuurde hij zo iemand natuurlijk schreeuwend terug naar zijn bureau om er als de wiedeweerga voor te zorgen dat dat antwoord er kwam.

'Afwachten dus', zei ik, omdat ik eigenlijk niet echt iets te melden had dat hout sneed.

'Ja.' Floris keek naar me op.

'Gaat het?' vroeg ik. Hij knikte eerst maar de beweging ging over in hoofdschudden. 'Ik weet het gewoon niet zo goed', zei hij toen. 'Straks komt hij eruit als een kasplantje.'

Ik knikte een paar keer en wilde iets bemoedigends zeggen, maar dat was er niet. 'Ik denk dat de artsen in dat geval een eerlijk gesprek met jou zullen voeren', zei ik toen maar. 'Een leven moet wel levenswaardig zijn.'

Floris haalde diep adem. 'Maar wat is levenswaardig? Ik weet zeker dat dat voor mijn grootvader meer is dan ademhalen en een slokje water kunnen nemen.' Hij keek me aan. 'Vannacht lag ik wakker en dacht ik ineens: had hij niet beter dood kunnen gaan?'

Het was een heftige uitspraak, maar ik schrok er niet van

omdat de gedachte ook door mijn hoofd was gegaan. Leo was oud en als hij zijn laatste jaren zwaar gehandicapt in een verpleeghuis moest doorbrengen doordat hij nu van het randje van de dood was geplukt... Ik dacht er liever niet aan en tegelijkertijd was het een reëel scenario.

'Ik heb dat ook gedacht', zei ik toen eerlijk. 'Bij jouw grootvader maar ook toen mijn tante overleed. Aan de ene kant had ik gewild dat ze was gered, dat ze in elk geval nog een hartslag had gehad en dat ik al het andere zou accepteren, hoe ze er ook uit zou komen. Maar aan de andere kant ben ik blij om wat haar misschien wel bespaard is gebleven.'

'Ja.' Floris zuchtte diep, het klonk een beetje trillend. 'Rationeel gezien zeg ik: of een topleven, of overlijden. Maar dan denk ik aan die laatste optie en...' Hij zweeg even. Ik zag dat hij op zijn lip beet. 'Ik kan hem gewoon nog niet missen.'

Zijn blik was nu zo eerlijk en zo kwetsbaar dat Floris de directeur wel een figuur uit een ander leven, of een ander universum, leek. In een opwelling stak ik mijn hand uit en legde die op die van hem. Een paar tellen, toen trok ik hem weer terug. Floris sloeg zijn blik neer.

'Ik begrijp je gevoel', zei ik toen. 'Toen mijn tante overleed, wist ik zeker dat ik nooit meer degene zou worden die ik was met haar in mijn leven. Dat ik verloren zou zijn zonder haar steun en goede raad.' Ik liet een stilte vallen waarin ik mijn woorden woog. 'En ik mis haar, dat zeker. Maar ik heb ook gemerkt dat ik niet zo reddeloos verloren ben als ik had gedacht. Dat ik zoveel heb geleerd. Vooral over wat er wel en niet toe doet.'

Floris hield met zijn ogen nu de mijne vast. Het groen was dieper geworden en ik had moeite te peilen wat ik er verder in las. In elk geval geen gehaaste vastgoedjongen met tweehonderd mailtjes per uur. In plaats daarvan was er aandacht. Voor het eerst had ik het gevoel dat hij me zag. 'Dat heb je mooi gezegd', zei hij en daarna wendde hij zijn ogen af en was het moment tussen ons voorbij, maar in mijn hoofd stormde en zoemde er van alles.

'Zal ik even koffie halen?' vroeg ik omdat ik me ineens rusteloos voelde. 'Of liever iets anders?'

Koffie was prima, zei Floris, en ik liep naar de automaat net buiten de afdeling. Daar was iemand bezig zes kopjes te vullen. Terwijl ik wachtte staarde ik uit het raam. Beneden, drie verdiepingen lager, was een plein waar een paar mensen van het zonnetje genoten. Twee van hen reden een infuuspaal met zich mee, iemand anders duwde een rolstoel voort met daarin een oude man onder een deken. Iets verderop reed een auto voorbij en vanuit de verte hoorde ik de sirene van een ambulance naderen. Een jogger met een bruine hond rende voorbij en alles kwam me zo alledaags voor dat ik me vanaf mijn plek een buitenstaander voelde die naar het leven mocht kijken maar niet meedeed. Vermoeidheid en gevoel voor melodrama gingen bij mij makkelijk hand in hand. En van daaruit kwamen Floris' diepgroene ogen terug op mijn netvlies. Mijn maag reageerde op een rare manier op het beeld op mijn netvlies.

De koffieautomaat was vrij en ik tapte een espresso en een cappuccino. Toen ik terugkwam op Leo's kamer, stond Floris met zijn rug naar mij toe te bellen bij het raam. Hij haalde zijn hand door zijn haar en was duidelijk geagiteerd, ook al klonk zijn stem zacht. 'Nee, prima joh, als jij die lunchafspraak met je vriendinnen belangrijker vindt... Hoe bedoel je, ik doe zó? Ik dacht dat je hiernaartoe zou komen, Vic. Dat heb je namelijk beloofd.'

Automatisch zette ik een paar passen naar achteren. Het zou natuurlijk netjes zijn om buiten gehoorafstand te wachten, maar mijn nieuwsgierigheid won het.

'Ik doe niet vijandig', zei Floris. 'Ik vind gewoon dat je hier had moeten zijn en...' Hij zuchtte diep en luisterde even. 'Hoezo, het is iedere keer wat? Hij ligt in cóma, Victoria. Wat kan mij die projectgroep van vanavond schelen. Ferran kan dat prima regelen.'

Weer even een stilte en toen klonk Floris' stem iets luider omdat hij zijn irritatie blijkbaar toch niet goed kon inhouden. 'Ferran is mijn onderdirecteur, als ik je daaraan mag herinneren. Hij heeft al zo vaak projectgroepen geleid.' Opnieuw ging zijn hand door zijn haar. 'Het is mijn ópa, je begrijpt toch wel dat dat nu nét even wat belangrijker is?'

Ik kon het antwoord van Victoria niet horen, maar het was blijkbaar niet naar Floris' zin. 'Hou op', zei hij en ik hoorde dat zijn stem trilde. 'Dat ga ik helemaal niet doen, ik blijf hier zolang het nodig is en...' Hij snoof toen hij kennelijk werd onderbroken. 'Hou toch op over dat project', snauwde hij daarna. 'Het interesseert me inderdaad heel weinig op dit moment.' Ik zag aan de manier waarop hij zijn schouders bewoog dat zijn irritatie nog verder toenam. 'Hoezo niet?' vroeg hij. 'Hoezo kan ik niet elk moment heen en weer rijden als er iets met hem is? Hou toch op met je "hij is oud". Dus...?' Hij gaf haar een paar seconden om antwoord te geven en zei toen: 'Het bedrijf redt zichzelf wel even. En ja, ik heb vast weleens gezegd dat elk uur dat ik niet werk het geld weglekt, maar dit is anders. Dit is namelijk belangrijk.'

Eerlijk gezegd hoorde ik hem dat over dat geld inderdaad zo zeggen. Meneer Onmisbaar.

'Luister...' ging Floris verder, maar hij werd opnieuw onderbroken. 'Wat? Nee, ik heb niet gezien wat je hebt geappt.' Hij snoof en gaf Victoria weer amper tijd om te reageren. 'Ik heb nu geen tijd om naar die Funda-link te kijken. En ik... Wát?' Dat laatste klonk zo hard dat ik automatisch nog een stapje achteruit zette. 'Wacht even... Wacht. Hoe bedoel je: met het geld van mijn opa erbij?'

Zelfs van een afstandje voelde ik de pijnlijke wending die het toch al ongemakkelijke gesprek nam. Had Victoria bij haar Funda-zoektocht echt een voorschotje genomen op een eventuele erfenis van Leo? Het was zo bizar en tegelijkertijd paste het zo goed bij haar.

Floris deed er nu het zwijgen toe. 'Ik moet ophangen', zei hij alleen nog maar na een seconde of twintig en hij wachtte haar antwoord niet af. Met een diepe zucht legde hij zijn telefoon op de vensterbank. Ik wachtte even voor ik naar binnen liep, alsof ik net aan kwam stiefelen. Floris draaide zich om en richtte zijn blik op Leo. 'Alsjeblieft', zei ik en ik overhandigde hem zijn bekertje. Hij gaf geen antwoord.

Ik wilde iets zeggen als hart onder de riem, maar hield me met moeite in. We keken allebei naar Leo. Zijn borst ging op en neer in het ritme van de pomp naast zijn bed.

'Toen ik klein was hadden we een kat', zei Floris toen ineens. 'Ik was ontroostbaar toen hij doodging, zo erg dat mijn grootouders hulp voor me zochten. Het was natuurlijk niet zo moeilijk om de link met mijn vader en moeder te leggen, en met het feit dat ik zoveel onverwerkt verdriet had dat nu naar boven kwam door het overlijden van Simba.'

Ik knikte maar zei niets. Even was ik bang dat alleen al door die beweging van mijn hoofd hij niet verder zou praten, alsof ik hem te veel aan mijn aanwezigheid had herinnerd. Maar toen ging hij verder. 'De therapeut was aardig maar ze kwam niet verder dan wat tekeningen maken en daarna de conclusie trekken dat ik de juiste kleuren gebruikte. En ik had al zoveel therapie gehad. Voor zover je als kind de dood van een ouder kan verwerken, had ik dat gedaan. Er waren al zoveel dingen tegen me gezegd waar ik soms wel iets en vaak niets mee kon. Maar toen zei mijn opa...' Hij keek weer naar Leo en daarna naar mij en nam eerst zijn plaats op de stoel weer in voor hij verderging met zijn verhaal. 'Toen zei mijn opa dat Simba het deurtje door was gegaan waar we op een dag allemaal doorheen gaan en dat iedereen wil weten hoe het aan de andere kant is. En Simba, die wíst het.' Hij glimlachte. 'In mijn ogen was Simba een held. En opa zei dat hij ook zo benieuwd was en dat hij, wanneer de dag zou komen, het een spannend avontuur zou vinden. Ik heb wekenlang 's avonds in bed aan de avonturen aan de andere kant van de deur gedacht.' Hij verplaatste zijn hand naar die van zijn opa en legde hem erop. 'Ik hoop zo dat als het zover is, het mooie avonturen zijn.'

Ik keek op en voelde ineens tranen in mijn ogen. 'Wie weet ziet hij mijn tante daar wel. Dat zou een mooie reünie zijn.'

'Ja.' Floris' blik had iets zachts nu. 'Sorry. Ik heb me eigenlijk niet gerealiseerd dat jij kort geleden iemand hebt verloren die je zo dierbaar is en dat je dan nu hier...' Hij maakte een handgebaar richting Leo's gezicht. 'Dat je hier dan nu weer zit. Dat moet lastig zijn.'

Ik dacht na over zijn woorden voor ik antwoord gaf. 'Met mijn tante was ik niet in het ziekenhuis. Ze was ineens dood, en ik was anderhalf uur verderop aan het werk.' Ik knipperde een paar keer. 'Raar eigenlijk. Je gaat naar je werk, je doet wat je altijd doet en zonder dat je het weet gaat er zomaar iemand dood.'

Floris keek van Leo naar mij en toen weer naar Leo. 'Er gebeurt sowieso heel veel terwijl je iets aan het doen bent dat het centrum van de wereld lijkt te zijn, maar als je erover nadenkt zo weinig voorstelt.'

'Bedoel je werk?'

'Ik bedoel heel veel.' Hij keek me aan. 'Waar we het eerder al over hadden: wat doet er nu echt toe?'

'Nou?' zei ik. 'Zeg jij het maar?'

Floris trok met zijn mond. 'Ik heb hier te veel tijd om na te denken, volgens mij. En te denken aan de tijd die ik met mijn grootvader had kunnen doorbrengen maar heb besteed aan vergaderen.'

Hoewel het niet geestig was, lachte ik toch. 'Zo kan je alles onbelangrijk maken. Vind je niet dat je werk ertoe doet? Het lijkt belangrijk voor je te zijn.'

Hij nam een paar seconden om na te denken. 'Dat is het ook,' zei hij toen, 'maar als niemand tegen je zegt dat je erdoor wordt opgegeten, ga je maar door. Althans, ik.'

'Het is wel tegen je gezegd. Je grootvader vond dat je te veel werkte.'

Opnieuw moest Floris even nadenken. 'Ja', gaf hij toen toe. 'Terwijl hij ook degene is die me het belang van hard werken heeft bijgebracht.'

Ik ging verzitten. 'Wat doe je precies?'

'Hoe bedoel je?'

'Qua werk. Waar je zo druk mee bent.'

'Vastgoed', zei hij en hij trok er een grappig gezicht bij omdat het ineens zo ver weg en onbelangrijk klonk hier in het vacuüm van deze ziekenhuiskamer. 'Projectontwikkeling, winkeltransformaties, dat soort dingen.'

Ik knikte een paar keer. 'Interessant', zei ik.

'En jij?' Hij keek me aan. Er was al de hele tijd iets anders in zijn blik, realiseerde ik me. Nog niet één keer had ik het ongeduld of de haast gezien waaraan ik bij hem inmiddels gewend was geraakt. Ook niet de voortdurende zweem van neerkijken – ik begon al te denken dat ik me die eerder had verbeeld.

'En ik wat?'

'Ben je blij met wat je doet? De boekwinkel, bedoel ik.'

'O, dat...' Dat is tijdelijk, wilde ik zeggen. Dat is niet wat ik echt doe. Dat is iets van mijn tante. Er kwamen allemaal zinnen in me op en ik nam een moment om me af te vragen waarom mijn brein me dit soort dingen voorschotelde. Omdat hij vastgoedprojectontwikkeling deed en ik maar een boekwinkeltje had? Had ik dan echt nog helemaal niets geleerd in de afgelopen tijd?

'Ja', zei ik toen en ik zette het woord nog meer kracht bij dan ik er al bij voelde. 'Ja, ik ben blij met wat ik doe.'

Hij knikte een paar keer. 'Mooi. Goed zo.'

Ik wist niet of het kwam doordat er een stilte viel die ik wilde opvullen of toch doordat ik iets van een verklaring wilde geven, of dat ik alleen maar woorden zocht voor een gevoel dat ergens in mij zat maar dat zich niet goed liet vatten, maar in elk geval begon ik te praten. 'Ik dacht dat ik het voor elkaar had in Amsterdam. Ik was succesvol als jurist, ik kon zeggen dat ik op een Zuidaskantoor werkte, ik verdiende lekker. Ik was precies geworden wat ik hoopte dat mijn moeder trots zou maken. Dat ze overleed, veranderde dat niet eens. Het ging niet echt om haar aanwezigheid, het was meer een gevoel vanbinnen. Van kunnen voldoen aan haar verwachtingen. Of misschien wel aan mijn eigen verwachtingen.'

Floris luisterde en knikte, maar zei niets. Ik praatte verder. 'Of ik wel of niet gelukkig was, deed er niet toe. Ik wilde laten zien dat ik het kon, dat ik kon slagen. Mijn tante liet vaak doorschemeren dat ik misschien een ander pad moest kiezen of dat ik op z'n minst moest stilstaan bij wat ik deed. Maar ik luisterde natuurlijk niet, net zoals jij niet naar je grootvader luisterde. Want als je ergens in zit en je hebt de drang om je te bewijzen en het ziet er succesvol uit, dan ga je door. Dan is er niet echt een weg meer terug.' Ik nam een slok van mijn koffie en meteen daarna nog een. 'Althans, zo voelde dat. En toen ging mijn tante dood en bleek ze me een brief te hebben geschreven met de vraag of ik voor haar boekwinkeltje wilde zorgen. Iets beters had ze me niet kunnen vragen, al zag ik dat eerst niet zo.'

Hij keek me aan met iets op zijn gezicht dat ik niet zo goed kon duiden. Het gevoel dat ik hem verveelde met mijn hele verhaal begon bij mij de overhand te krijgen. Waarom had ik ook niet gewoon mijn mond gehouden? We konden hier dan wel tijd doorbrengen in dit rare universum van het ziekenhuis waarin hij weliswaar even niet de geslaagde vastgoedjongen uithing die ik van hem gewend was, dat betekende natuurlijk nog niet dat hij ineens interesse had in een ontslagen jurist die nu op het platteland boeken verkocht aan dorpsbewoners. 'Ik kan beter nog wat te drinken gaan halen', zei ik hoewel mijn bekertje nog niet leeg was. Ik stond op en praatte vlug en ongemakkelijk. 'In plaats van jou zo te vervelen met mijn levensverhaal. Wil je nog meer koffie?'

'Nee', zei hij.

'O.' Ik bleef staan. 'Iets anders?'

'Dat bedoel ik niet.' Hij stond ook op en liep om het bed heen, waardoor hij ineens heel dicht bij mij kwam te staan. 'Laat mij die koffie halen. Maar wat ik bedoel is: je verveelt me niet.'

Ik voelde zijn warmte, rook een vleugje aftershave. Mijn blik was in de zijne gehaakt en ik zag gouden spikkeltjes in de groene ogen. En dat niet alleen. Er was nog iets te zien, maar voor ik er een woord voor kon vinden, wendde Floris zijn blik af. Ik ook, ik staarde ongemakkelijk naar mijn voeten. Het moment duurde voort. Vijf seconden. Tien. Er kwam geen woord en dat was misschien ook niet nodig.

In mijn buik voelde ik iets dat me veel meer in beslag nam.

Hoofdstuk 16

De volgende ochtend belde Floris al vroeg om te vertellen dat Leo een goede nacht had gehad. Gisteravond waren we erbij geweest toen de neuroloog hem uit zijn kunstmatige coma had gehaald, maar zoals al was voorspeld was Leo toen nog niet aanspreekbaar. Ik maakte me zorgen, maar de neuroloog bleef ons op het hart drukken geen voorbarige conclusies te trekken. Leo had ons na een tijdje wel af en toe aangekeken en wat schokkerig zijn hand bewogen. Een paar keer had ik gedacht dat hij iets wilde zeggen, maar tot daadwerkelijke woorden was hij niet gekomen. De verpleging had ons rond middernacht geadviseerd om naar huis te gaan en wat slaap te pakken, omdat niemand er iets aan had als wij straks oververmoeid zouden zijn, Leo al helemaal niet. Het liefst wilde ik vanochtend weer naar het ziekenhuis, maar Floris zei dat hijzelf ook in Leo's huis bleef omdat er scans en andere onderzoeken nodig waren en zijn opa niet veel op de kamer zou zijn.

'Heb je wel een beetje geslapen?' vroeg hij aan mij. Ik wist even niet wat ik moest antwoorden, hoewel het geen moeilijke vraag was. Het kwam meer door de toon in zijn stem, die ik nog niet goed van hem kende. Ik zag hem voor me, aan Leo's keukentafel, met zijn baardje dat hem beter stond nu het niet zo minutieus getrimd was. Ik knipperde een paar keer om het beeld kwijt te raken, omdat mijn lichaam erop reageerde en ik helemaal niet wist wat ik daarmee moest.

'Het gaat', zei ik als antwoord. 'En jij?'

'Mwah', antwoordde hij. 'Kon beter. Ik ga vanochtend wat werk doen en dan rond de middag die kant weer op.'

'Ik kom aan het begin van de avond', beloofde ik en toen ik ophing had ik ineens helemaal het gevoel dat we een soort gelegenheidsteam vormden.

Ik trok mijn jas aan en uit gewoonte reikte ik naar de riem. Het was een gek moment, omdat de vergissing me de afgelopen dagen helemaal niet was overkomen. Maar nu mijn hoofd vol zat greep ik automatisch terug op wat ik gewend was. En zo stond ik met de riem tussen mijn vingers onthand te zijn. De enige die naar me keek was Freud, alsof hij zich ook afvroeg wat ik aan het doen was.

Ik hing de riem terug en liep naar buiten en het gemis van Joep dat niet zozeer minder werd maar wel wende, voelde ineens weer dieper dan eerst. Diep snoof ik de frisse lucht die bij de ochtend hoorde in me op. Op de weilanden schitterde de dauw.

Ik opende de winkel en hield me het eerste uur bezig met het opnieuw inrichten van de thriller-tafel. Daarna kwamen er een paar klanten en vervolgens kreeg ik een aanval van opruimwoede die me tot na de lunch in beslag nam. Daarna voelde de middag lang en langzaam, ook al waren er best wat klanten. Tegen sluitingstijd kwam Alexander binnen met zijn iPad in zijn hand. 'Ben je er klaar voor?' vroeg hij en ik knikte, hoewel ik me nerveus voelde en maar niet te veel aan het aanstaande gesprek had gedacht. Wat moest ik zeggen tegen een hoogbejaarde man die net had ontdekt dat hij een dochter had gehad?

Alexander belde in en toen vulde het gezicht van zijn grootvader ineens het scherm. '*Well... hello*', zei hij. '*You must be Stefanie.*'

Ik mocht hem meteen. Hij had een vriendelijke lach en een blik met een kleine twinkeling erin, net als Alexander. Ik zei dat ik inderdaad Stefanie was en daarna vroeg hij me meteen naar mijn tante. 'Ze was geweldig', zei ik in het Engels, en uit de grond van mijn hart. 'Ze was warm, ruimhartig, sociaal en lief en...' Ik moest even slikken. 'En ik mis haar.'

Robert Campbell zei dat hij zich dat kon voorstellen en dat hij nog wat moeite had om te bevatten dat hij kennelijk een dochter had gehad, maar dat hij heel lang had gekeken naar de foto's die ik via Alexander naar hem had gestuurd. 'Ik herken haar ogen', zei hij. 'Ze lijken wel wat op de mijne.' Daarna vroeg ik hoe hij zich voelde. 'Ik denk dat ik op een rare manier trots ben', antwoordde hij. 'Maar het is ook onwerkelijk.'

Ik vertelde hem meer over mijn tante, over het gezin waarin ze was opgegroeid en over wat ze allemaal had gedaan. En ook over dat ik niet wist of ze had geweten dat mijn grootvader niet haar biologische vader was. Robert Campbell stelde vragen en vertelde ook over zijn tijd in Nederland en bij mijn grootmoeder. En over zijn eigen gezin – verhalen waaruit ik opmaakte dat hij een betrokken vader was voor zijn beide zoons en zijn dochter. Het duurde drie kwartier en toen merkte ik dat de man vermoeid begon te raken. 'Bedankt voor dit gesprek', zei hij wel drie keer en ik bedankte hem andersom ook. Toen praatte Alexander nog even met hem en uiteindelijk verbrak hij de verbinding.

'Wow...' zei ik met een zucht. 'Dat was...' Ja, wat was het? Bijzonder, en onwerkelijk en bizar, en tegelijkertijd had ik van het gesprek genoten. 'Je hebt een geweldige grootvader.'

'Ja.' Alexander glimlachte warm. 'Dat is zeker waar.'

'Mooi hoe hij geïnteresseerd is in mijn tante. En het blijft toch bijzonder dat hij nu door het weilandje ineens iets tastbaars heeft.' Ik realiseerde me dat we het daar helemaal niet over hadden gehad, er waren andere onderwerpen belangrijker geweest.

'Ja, daarover gesproken...' Alexander pakte zijn iPad op en bleef ermee in zijn hand staan. 'Ik heb mijn grootvader verteld over de interesse van projectontwikkelaars in die grond.' Hij zweeg even. 'Hij vond het heel mooi, zo'n opvang voor paarden met pensioen.'

'Gelukkig', zei ik en ik voelde opluchting. 'Laten we maar hopen dat de gemeente zich niet bij hem meldt. En dat hij wil vasthouden aan het land dat van zijn dochter is geweest.'

'Ja, ehm...' Alexander keek een beetje moeilijk. 'Ik had ook gehoopt dat mijn grootvader zou zeggen dat die plannen van de gemeente mooi niet door zouden gaan.'

'Ja...' zei ik en daarna, omdat dat woord tastbaar in de lucht hing: 'Maar...?'

Ik dacht aan de woorden van Berend Kroezeman. Waarom zou iemand een paar oude paarden redden als hij zoveel geld kon krijgen? Behalve dat dit natuurlijk niet ging om zomaar een stukje land maar om het voortzetten van het werk van mijn tante – zíjn dochter. En om het bewaken van wat het dorp tot zo'n mooie plek maakte.

'Maar hij zei dat hij economische vooruitgang erg toejuicht,' zei Alexander toen toch, 'en dat hij destijds al vond dat de regio ontzettend veel potentie had, voor zover hij dat met zijn snotneuzenblik kon beoordelen. Ja, dat laatste zei hij echt zo.'

Alexander lachte even, maar ik deed niet mee en dus keek hij ook weer serieus.

'Maar hij wil het toch niet echt verkopen aan... aan zo'n projectontwikkelaar? Of aan de gemeente?'

'Ik ben bang van wel.' Alexander keek spijtig. 'Als de gemeente of de ontwikkelaar zich bij hem meldt, doet hij de grond van de hand. Hij zegt dat hij dol is op outletcentra en dat hij zijn nette broeken er altijd koopt.'

De teleurstelling trok als een hete stroom door me heen en even kon ik niets uitbrengen. Ik had dit natuurlijk kunnen zien aankomen, maar ik had gewoon niet kunnen geloven dat het echt zou gebeuren. Alexander zag mijn gezicht en begon te praten, maar zijn woorden gingen deels langs me heen.

'Weet je, in Canada heb je die dingen overal. Voor mijn opa is het hartstikke logisch dat er een nieuw outletcentrum wordt gebouwd, hij ziet daarvan echt het probleem niet in. Menig stadje in Canada heeft er al een financiële impuls van gekregen.'

'En heeft z'n Main Street verloren', zei ik, omdat ik daarover laatst een stuk in de krant had gelezen. 'Alle kleine steden lijken nu op elkaar omdat ze allemaal hetzelfde winkelcentrum aan de rand van de stad hebben. Kleine winkels die geen keten zijn en niet met de prijzen kunnen stunten, maken in zo'n outletcentrum geen kans en in het stadscentrum komen amper nog klanten.'

'Ik weet het', zei Alexander. 'En dat is echt zonde. In Europa zie je hoe mooi binnensteden zijn, omdat zoveel plaatsen er nog eentje hebben. Maar voor ons in Canada is het anders. En het is veel grond, die waarschijnlijk best wat zal opbrengen.'

Ik knikte. Ik wist het ook allemaal wel en het was vast wel begrijpelijk, maar ik voelde een brok in mijn keel. Ferm slikte ik en ik probeerde niet te laten merken hoe ik me voelde, maar Alexander zag het en legde zijn hand op mijn arm. 'Ik zal met hem praten, oké?'

Ik knikte en bedankte hem, maar ik wist al dat het geen zin had. Natuurlijk kon ik Alexanders grootvader geen ongelijk geven. Het was veel geld en wat kon hem de rust schelen van een dorpje waar hij decennia geleden voor het laatst was geweest? Het argument dat het landje en de paarden van zijn dochter waren geweest klonk misschien op papier heel mooi en sympathiek, maar hij had nooit van die dochter geweten, noch had hij haar gekend. Hij was haar of mij niets verschuldigd en ik kon me voorstellen dat als hij moest kiezen, hij liever zijn kinderen en kleinkinderen een mooi bedrag naliet dan dat hij oude paarden een weilandje gunde.

'Ik spreek je later', zei Alexander en hij ging weg. Ik staarde hem na en wist niet of het door de vermoeidheid kwam dat ik me ineens zo moedeloos voelde.

Toen ik bij Leo kwam had hij zijn ogen gesloten en zat Floris te werken op zijn laptop. 'Hé', zei hij toen hij me zag. Zijn vingers vlogen over het toetsenbord en de aanslagen klonken op z'n minst vijandig, zo niet boos. Zo stond zijn gezicht niet, daarop was meer iets van verbetenheid te zien. De werk-Floris was er weer even, maar toen, tot mijn verbazing, klapte hij de laptop dicht en keek me aan met een heel andere blik. Ik keek even naar de grond. Daar was het weer, dat gevoel in mijn buik. Ik voelde dat ik warme wangen kreeg.

'Ben je druk?' vroeg ik.

'Valt wel mee. O, sorry.' Hij pakte zijn telefoon op. 'Dit moet even.'

Ik maakte een wuifgebaar met mijn hand om duidelijk te maken dat ik me er niet aan stoorde en luisterde nauw toen hij opnam en naar de gang liep. Het was iets voor zijn werk. Geen Victoria. Ik zoog mijn lippen naar binnen. Ja, dat vond ik belangrijk, dat wilde ik best aan mezelf toegeven.

Ik richtte mijn aandacht op Leo. Ik had er een beetje tegen opgezien om hiernaartoe te gaan omdat ik niet zo goed wist wat ik kon verwachten. Nu ik hier was, leek er juist niets veranderd te zijn. Leo had zijn ogen gesloten, de apparaten piepten nog steeds en de hoeveelheid draden en slangen was niet zienderogen verminderd. Ik trok mijn jas uit en ging zitten. Voorzichtig raakte ik Leo's hand aan en begon tegen hem te praten. Over hoe ik met de dauw op het land naar de winkel was gelopen, over hoe stil het op de dijk was geweest en hoe mooi de hortensia in zijn tuin erbij stond. Misschien had ik gehoopt dat hij daarop zou reageren, maar er gebeurde niets. Toch praatte ik door. Ik vertelde over mijn dag in de boekwinkel en de dorpsgenoten die hij ook kende en die boeken waren komen kopen. Daarna begon ik over het gesprek met Alexanders opa en vervolgens over wat Alexander had verteld over het weiland. 'Ergens begrijp ik het wel', zei ik. 'Maar ik word er moedeloos van en...'

Plotseling had ik het gevoel dat ik niet alleen was. Ik keek om en zag Floris vanuit de deuropening naar me kijken. 'O...' zei ik wat gegeneerd. 'Ik zit maar gewoon wat tegen hem te kletsen.'

'Hij slaapt', zei Floris en hij kwam mijn kant op. 'Hij is vanmiddag een tijdje wakker geweest.'

'En?'

'Mwah. Hij reageerde wel, maar ik weet niet of hij echt begreep wat ik zei. De neuroloog komt straks de uitslagen van de onderzoeken met ons bespreken.'

Ik mompelde een antwoord en zag hoe Floris zijn laptop openklapte. Vervolgens keek ik een tijdje voor me uit en pakte toen mijn telefoon om Nikki te appen. Een paar keer begon ik opnieuw, maar uiteindelijk schreef ik gewoon dat Alexanders grootvader het land wilde verkopen aan de gemeente of aan de eerste de beste projectontwikkelaar die zich meldde. Nikki reageerde meteen met geschrokken en verontwaardigde emoticons. *En nu,* vroeg ze.

Ja, en nu? Dat wist ik ook niet. Juridisch konden we weinig beginnen. De verkoop was iets tussen Robert Campbell en ofwel de gemeente ofwel een commerciële partij. Anders dan 'ik wil het niet' had ik geen enkel belang dat ik kon inbrengen om de boel tegen te houden. Ik sloot even mijn ogen en wreef over mijn voorhoofd. Mijn duim zweefde boven het toetsenbord, maar ik wist geen antwoord op haar vraag.

Ik voelde dat Floris opnieuw naar me zat te kijken. Hij had zijn laptop opengeklapt op zijn schoot maar besteedde er geen aandacht aan. 'Wat is er?'

Zijn vraag overviel me. 'O... niks. Mijn tante had een weiland waar ze een opvang voor oude paarden en een ezel van had gemaakt, maar de gemeente wil die grond verkopen of verpachten aan de uitbater van een outletcentrum. En dat dreigt te gaan lukken.'

'O.' Floris trok zijn wenkbrauwen op. 'Maar je kan toch weigeren om die grond te verkopen? Ik neem tenminste aan dat die nu van jou is.'

'Tja...' zei ik. 'Het ligt wat gecompliceerder.' Ik vertelde hem over het contract en over Robert Campbell en in een opwelling vertelde ik er ook bij wat ik over de afkomst van tante Rosy te weten was gekomen. Floris floot tussen zijn tanden.

'Ik had gehoopt dat hij uit een soort eerbetoon of sentiment het weiland niet van de hand zou doen, maar dat is helaas niet zo. Het enige wat we kunnen doen is protesteren of hopen dat er een juridische reden is waarom de bouw niet kan doorgaan.'

'Dat is zeker niet eenvoudig, maar soms lukt het', zei Floris. 'Jullie doen in elk geval wat jullie kunnen. Als ik iets kan doen...'

Ons gesprek eindigde doordat de neuroloog binnenkwam. 'Goedemiddag, meneer Zandstra', zei ze tegen Leo en ze boog zich even naar hem toe. 'Hoe voelt u zich?'

Leo deed zijn ogen open en volgde haar met zijn blik toen ze een stap opzij zette. Antwoord gaf hij echter niet en al snel sloot hij zijn ogen weer. De neuroloog trok een stoel naar zich toe en ging bij ons zitten, wat mij het idee gaf dat het een lang gesprek zou worden. 'Ik heb de uitslagen van de scans en onderzoeken van uw grootvader', zei ze tegen Floris, maar ze keek ook naar mij en naar Leo. Ik probeerde haar volgende zin alvast aan haar gezicht af te lezen, maar ze liet niets merken. Eerst vertelde ze om welke scans en onderzoeken het ging en wat het doel was geweest. Ik knikte wel, maar wat ze zei ging deels langs me heen. Floris leek wel alles te volgen. Hij had zijn blik scherp op de arts gericht en knikte een paar keer.

'Als we de uitslagen goed onder de loep nemen, denk ik dat we een positief beeld kunnen schetsen', zei de arts uiteindelijk.

'De druk binnen de schedel is afgenomen en we zien op de scan geen tekenen van permanente schade. Er zal zeker een periode van revalidatie nodig zijn, zeker gezien zijn leeftijd, maar meneer Zandstra is er duidelijk niet zomaar onder te krijgen.' Ze glimlachte even. 'Onder de omstandigheden ben ik over het resultaat van die revalidatie positief gestemd.'

Ze liet een stilte vallen waarin ze ons aankeek. Ik staarde terug en herhaalde haar woorden in mijn hoofd, maar ze leken nog te moeten landen. Floris begon breed te lachen. 'Dus u denkt dat hij weer helemaal herstelt?'

'Zo'n voorspelling is nooit met absolute zekerheid te doen, maar op basis van de scans en onderzoeken is dat wel de richting waarin ik denk.' Ze glimlachte maar ik zag ook een spoortje terughoudendheid in haar blik. 'Maar nogmaals: uw grootvader is niet meer de jongste en er zal revalidatie nodig zijn om wat er is gebeurd te boven te komen. De hersenen hebben natuurlijk wel heel wat te verduren gekregen.'

Toen begon het gevoel dat hoorde bij haar woorden ook door mij heen te trekken. Eerst plooiden mijn lippen zich in een glimlach, daarna voelde ik hoe mijn hartslag toenam en er iets los leek te schieten in mijn hersenen, waardoor opluchting ineens als een golf door me heen ging. Ik keek naar Floris en onze blikken haakten aan elkaar. In de zijne zag ik mijn eigen emoties weerspiegeld.

Er volgde nog een heel gesprek met de arts over wat er al was gebeurd en wat er nog moest gebeuren en ik luisterde wel, maar boven alles bonsde door mijn hoofd dat het goed zou komen met Leo. Alsof hij het zelf ook nu pas durfde te geloven, had Leo zijn ogen geopend en leek hij het gesprek echt te volgen. En toen, nadat de arts de kamer had verlaten en Floris en ik een moment lang zwijgend tegenover elkaar zaten, klonk ineens zijn stem door de kamer.

'Goed.' Dat was het enige wat hij zei en hij keek er vrolijk en ook een beetje trots bij. 'Goed zo.'

Floris greep zijn grootvaders hand. 'Je hebt het gehoord, opa! Je blijft gewoon nog een tijdje hier, hoor.' Zijn stem klonk onvast en ik meende een traan in zijn ooghoek te zien schitteren. 'Er is wel wat meer voor nodig om jou klein te krijgen, nietwaar?'

Leo kneep even met zijn ogen en ik wist niet of hij al zover was dat hij dit kon volgen, maar in elk geval knikte hij. Floris bracht Leo's hand naar zijn mond en drukte er een kus op. 'Je redt het', zei hij een paar keer en het leek of hij zowel tegen zijn grootvader als tegen zichzelf praatte.

We bleven zitten met allebei die opgetogen stemming die ons in beslag nam. Na een minuut of tien viel Leo in slaap. Het liep al tegen halfelf. 'We kunnen hem nu in elk geval met een gerust hart achterlaten', zei Floris.

Ik knikte en stond op. Floris' telefoon ging. Omdat het toestel op de deken lag, kon ik zien wie er belde. Victoria en haar touwtjesbikini stonden op het scherm. Ik verwachtte dat hij zou opnemen, maar Floris drukte de oproep weg. 'Kom mee', zei hij tegen mij en trok zijn jas aan. 'We gaan een fles champagne opentrekken.'

Ik had geen champagne in huis en in Leo's keuken was die evenmin te vinden, dus werd het een fles witte wijn die Floris geroutineerd opende. We namen de fles en onze glazen mee naar de huiskamer en gingen tegenover elkaar zitten, hij op Leo's stoel en ik op de bank. Toen proostten we op Leo's herstel en namen gelijktijdig een slok. Floris zette zijn glas op de salontafel, ik hield het mijne vast. Meteen nam ik een tweede slok en toen nog eentje en daarna zette ik mijn glas toch maar weg, omdat de nervositeit die ik ineens voelde zich weliswaar erg goed liet wegdrinken met alcohol, maar ik bang was dat ik gênant dronken zou worden. Floris' telefoon ging weer. Hij keek naar het scherm en drukte ook deze oproep weg. 'Als je moet opnemen...' zei ik. 'Ik bedoel, ik stoor me er niet aan.'

Hij keek wat afwezig en schudde zijn hoofd. 'Nee joh... nee.' Maar toch staarde hij opnieuw naar het scherm. Vanaf mijn plek kon ik niet zien wie het was. Floris haalde diep adem en legde toen zijn mobiel met de achterkant naar boven op tafel. 'Het is Victoria', zei hij alsof hij de vraag in mijn ogen had gelezen.

'O.' Ik moest mijn best doen om niet al te nieuwsgierig te kijken. 'Is ze eh... opgelucht over het goede nieuws?'

'Hm?' Floris keek op. Ik zag dat hij met zijn gedachten ergens anders was. 'O... ja.' Terwijl hij ja zei schudde hij ook zijn hoofd. 'Ze weet het nog niet', zei hij toen.

Ik knikte een paar keer. 'Aha. Oké.'

'Ik heb haar eh...' Hij keek naar mij, maar richtte zijn aandacht toen op het pakken van zijn glas. 'We hebben een pauze genomen. Van onze relatie, bedoel ik.'

'O...' Ik keek op en wist niet goed hoe ik moest reageren. Opzichtig verheugd was waarschijnlijk niet de manier, dus moest ik mijn gezicht in de plooi houden. 'Dat is vervelend.'

'Tja.' Floris zette de wijn neer. Hij dacht na en trok toen een gezicht. 'Waarom draai ik er eigenlijk zo omheen? We hebben geen pauze, we zijn gewoon uit elkaar.'

‘Ai’, zei ik en ik perste er hopelijk een meelevende blik uit. ‘Waren jullie lang samen?’

‘Anderhalf jaar’, zei Floris. ‘We waren op huizenjacht voor iets gezamenlijks. Ik geloof dat Victoria daar nog het meest boos over is.’

Ik nam een slok wijn en constateerde dat mijn glas al zo goed als leeg was. De alcohol maakte me overmoedig. ‘Maar waarom ineens? Ik kan me ook voorstellen dat je nu met je opa wel wat anders aan je hoofd hebt.’

‘Daarom juist’, zei Floris. ‘Het zou prettig zijn als er iets gebeurt dat belangrijk is, dat een partner daar dan ook begrip voor heeft. En beter nog, een beetje steun kan geven.’ Hij haalde diep adem. ‘Al is dat natuurlijk niet het enige. Maar iets groots kan de boel op scherp zetten en dan is een beslissing waar je eerder tegen aan zat te hikken ineens zo genomen.’

‘Ze vond het vast niet leuk.’

Floris maakte een soort pufgeluid. ‘Om het zacht uit te drukken. Het is ook niet netjes van mij om het via de telefoon mee te delen.’

Ik wilde zeggen dat ze dat aan zichzelf te wijten had omdat ze haar gezicht niet had laten zien hier, maar ik hield mijn mond. Floris nam een slok. Toen keek hij nog even nadenkend voor zich uit en knikte een paar keer, alsof hij gedachten had waarvan hij wilde bevestigen dat hij het er zelf mee eens was. ‘Ik had het eerder moeten doen’, zei hij. ‘Dat verwijt ik mezelf. Huizen zoeken terwijl je met twijfels rondloopt is niet handig.’

‘Nee’, zei ik.

‘Het is gewoon...’ Hij liet zijn ellebogen op zijn knieën steunen terwijl hij naar voren leunde. Toen keek hij mij aan en zijn blik was helder en onderzoekend en ik had moeite de mijne niet neer te slaan. 'Gewoon wat?' vroeg ik toen de stilte voortduurde.

'Soms denk je dat je het winnende lot uit de loterij hebt, maar dan kijk je om je heen en weet je na een tijdje niet meer zeker of je wel aan die loterij wilde meedoen.' Floris knipperde. 'Ook al is het de loterij waarvan je denkt dat het de enige en de beste is. Maar er zijn meer loterijen en ik... ik...' Ik leunde nu ook voorover en hoopte dat hij zou zeggen dat doordat hij zoveel tijd met mij had doorgebracht, hij had bedacht dat er veel leukere vrouwen waren en dat hij zijn tijd had verdaan met een modepop met een iets te groot ego.

'Klink ik nu heel vaag?' zei hij, terwijl de gedachte in mijn hoofd rondhing alsof die volkomen logisch was. En als ik eerlijk was, schrok ik er eigenlijk niet meer van. Want ja, ik zou eigenlijk wel heel graag willen dat Floris zoiets zou zeggen. Of op z'n minst zou denken.

Ik staarde naar Floris en realiseerde me dat hij op antwoord wachtte en toen zei ik: 'Ja, eigenlijk wel.' We moesten allebei lachen, maar hij verklaarde zich niet nader.

De tijd streek voorbij en het was geen moment stil tussen ons. We hadden het over werk en over het dorp en over wonen in de stad en over de politiek waar ik, misschien wel met dank aan de wijn, ineens allerlei inzichten over had die nog hout sneden ook en waarbij Floris instemmend knikte. Daarna ging het ineens over verre reizen en over herenschoenen met een punt en moesten we lachen alsof er nog nooit zoiets geestigs was geweest als dat. De wijn raakte op, maar er was een tweede fles en de alcohol maakte me niet loom of gênant maar wel relaxed, al was het misschien wel Floris die dat deed. Het gesprek viel gewoon als vanzelf van het ene in het andere onderwerp en we dachten over veel dingen hetzelfde of voerden een discussie zonder dat het er hard aan toeging. Toen ik naar de klok keek, zag ik tot mijn verbazing dat het al halftwee was. 'Ik moest maar eens naar huis gaan', zei ik.

Floris volgde mijn blik. 'Ja', zei hij alleen maar, maar het klonk niet zo overtuigend. Toch stond ik op en hij liep met me mee naar de achterdeur.

'Bedankt voor deze avond', zei hij toen we allebei stilstonden en het moment heel even ongemakkelijk dreigde te worden, maar er was een bepaalde vertrouwelijkheid tussen ons waardoor dat niet gebeurde. Ik wilde iets terugzeggen in de strekking van zijn woorden, maar er was iets dat me daarvan weerhield. Misschien was het het gegeven dat hij ineens erg dichtbij stond of dat de blik in zijn ogen zwaar beladen was met allerlei signalen die ik niet onder woorden kon brengen, maar die iedere vezel van mijn lichaam dan wel weer moeiteloos leek op te pikken. Het was ineens veel warmer hier en ik voelde mijn huid prikken en toen Floris uiteindelijk een stap naar voren zette, was het of mijn hart uit elkaar spatte van het bonken. Automatisch stapte ik ook naar voren en hief mijn gezicht en op hetzelfde moment dat ik mijn armen om zijn taille liet glijden, voelde ik zijn lippen op de mijne en zijn tong die gulzig die van mij zocht. Zijn handen gleden over mijn rug. Het volgende moment had ik het idee dat mijn knieën simpelweg dienst zouden weigeren maar dat maakte niet uit, want hij ving me toch wel op. Ik voelde zijn baardje dat nu eens prikte tegen mijn wang en dan weer zacht aanvoelde. Zijn handen waren verkennend en zelfverzekerd tegelijk en de strelende bewegingen over mijn rug, steeds lager, wonden me op. Ik legde de mijne om zijn nek en trok hem nog dichter naar me toe. Hij kreunde zacht en ik deed hetzelfde.

Ik had geen idee hoelang de zoen had geduurd, maar het voelde alsof er een uur was verstreken toen we elkaar loslieten. Ik had het bloedheet en ik trilde en ik zag dat het Floris niet veel beter verging. Hij wendde zijn blik naar mij. Glimlachte. Gaf me nog een kus en trok me toen tegen zich aan. Ik hervond mijn stem. 'Ik ga... Ik moet...' Wat wilde ik eigenlijk zeggen?

'Je kan ook hier blijven', fluisterde Floris in mijn haar ter hoogte van mijn oor. 'Er is een logeerkamer.'

'Een lo...'

'Waar ik toevallig zelf ook slaap.' Ik voelde aan de beweging van zijn mond tegen mijn hoofdhuid dat hij grijnsde. Ergens in mij was een stemmetje dat zei dat het wel heel snel ging, maar dat werd meteen overstemd door heel veel andere stemmetjes die allemaal hun eigen boodschap hadden, die wel zo'n beetje aansloot bij het bonzen van mijn hart en het gloeien van mijn huid. 'Oké', zei ik schor en bibberig. 'Ik neem de logeerkamer wel.'

Hoofdstuk 17

De dag erna was het zondag en ontbeten we in bed met afbakbrood en jam die Floris in een kastje had gevonden. Halverwege mijn broodje voelde ik zijn handen alweer over mijn been omhoogkruipen en ik legde het eten gewillig aan de kant. Het was alsof er een dam was doorgebroken. Ik wist niet dat ik het zo had gemist om aangeraakt te worden.

Uiteindelijk ging Floris uit bed en zei hij dat hij naar Haarlem moest om wat spullen te halen. 'Ik rijd via het ziekenhuis zodat ik mijn opa nog even zie en dan ben ik morgen weer terug.'

Ik deed mijn best mijn teleurstelling te verbergen. 'Oké', zei ik. 'Ik ga dan vanavond nog even bij hem langs.'

Bij het afscheid gaf Floris me een zoen die mijn knieën alweer als elastiekjes liet doorbuigen en bijna waren we weer in bed beland, maar hij hield stand. 'Ik ga', zei hij met een glimlach en een kus op mijn neus. 'Sluit jij af? De sleutel hangt aan een haakje bij de achterdeur.'

Ik keek toe hoe hij de oprit afreed en waste daarna de glazen van gisteravond af. Ik draaide de deur op slot en liep naar huis, maar het was alsof mijn voeten de grond niet raakten. Nog voor ik de voordeur had bereikt, wilde ik Floris al appen dat ik hem miste. Ik wist mezelf in te houden tot ik binnen was en de deur achter me had gesloten. Freud keek me aan met een mengeling van verwijt en nieuwsgierigheid toen ik eerst mijn telefoon pakte en me niet onmiddellijk wijdde aan het vullen van zijn voerbakje. Ik typte een bericht, wiste het, begon opnieuw maar haalde mijn woorden toen toch weg. Misschien kon ik beter niets sturen. Ik wist wel wat ik wilde zeggen, maar als ik dat opschreef klonk het helemaal niet zoals ik het bedoelde. Net toen ik mijn telefoon weglegde, klonk het pingeltje dat een berichtje aankondigde. Snel pakte ik het toestel weer op.

Vannacht was magisch, schreef Floris. *Ik mis je nu al.*

Het lukte hem wél, iets sturen dat niet klonk alsof hij een fout romannetje aan het schrijven was. Ik reageerde met een hartje en gebruikte de gierende adrenaline om het hele huis van boven tot onder schoon te maken. Ik zocht zelfs wat spullen van mijn tante uit en zette een paar dozen in de schuur om later naar de stort te brengen. Daarna haalde ik mijn schilderspullen tevoorschijn en pakte het half afgemaakte schilderij van Joep erbij. Ik keek naar zijn foto en ineens mengde ik precies de kleur van zijn vacht en tekende de blik in zijn ogen met potlood en kleurde die in met bruin en goud en zwart. Uiteindelijk deed ik een stap achteruit en bekeek het resultaat. Het was goed. Het was precies goed.

Het diner bestond uit een blik soep, omdat ik totaal geen trek had. Ik nam een paar happen, gooide de rest weg en reed naar Leo in het ziekenhuis.

Hij was wakker maar niet wakker genoeg om te zien dat ik zo ongeveer licht gaf. Hij glimlachte en zei dat hij blij was. Ik zei dat ik dat fijn vond om te horen. Het leek op een echt gesprek, maar toen ik informeerde of de arts nog bij hem was geweest, staarde hij me aan met een blanco blik in zijn ogen. Kleine stapjes, hield ik mezelf voor. Het kwam uiteindelijk wel goed.

Na een uurtje was Leo duidelijk vermoeid. Ik beloofde dat ik morgen weer zou komen en zwaaide even naar de verpleegkundige toen ik de afdeling verliet. In de donkere parkeergarage stapte ik in mijn auto. Daarna reed ik naar huis met het beeld van Floris op mijn netvlies en het gevoel van zijn handen op mijn lijf en ik wist zeker dat ik nog nooit zo verliefd was geweest. Mijn hart bonkte bij alleen al de gedachte aan gisteravond en vannacht, aan de blik in zijn ogen en de begeerte die op zijn gezicht te lezen stond.

Het leek wel of ik high was. Ik at niet, sliep weinig en toch barstte ik van de energie. Op onverwachte momenten kwam ineens weer dat moment voorbij waarop Floris vertelde dat hij en Victoria uit elkaar waren en ik voelde de spanning dan toenemen in mijn lijf alsof ik ook op dat moment al had geweten dat die informatie niet alleen voor mij maar ook voor hem iets veranderde tussen ons.

Op maandagochtend opende ik de boekwinkel en vanaf dat moment telde ik in mijn hoofd de uren tot ik Floris weer zou zien. Vanavond om acht uur, om precies te zijn.

Ik keek op toen de deur openging. Jonathan kwam binnen met een zware tas op zijn rug. 'Goedemorgen', zei hij. 'Hoe is het met Leo?'

'Goed', zei ik en ik vertelde wat de arts had gezegd. 'Hij heeft een lange weg te gaan, maar hij komt erbovenop.' Daarna knikte ik in de richting van zijn tas. 'Ga je zo naar de universiteit?'

'Ja, ik heb college.' Hij installeerde zich aan de tafel en klapte zijn laptop open. Ik liet hem met rust, tot ik merkte dat hij zijn concentratie begon te verliezen. Toen ging ik bij hem zitten om te bespreken waar ik al een paar dagen mee rondliep. 'Je moeder was hier', zei ik.

Jonathan leek eerst te schrikken en daarna veranderde de uitdrukking op zijn gezicht in iets waar ik niet echt een woord voor had. 'Kwam ze iets kopen?'

Ik schudde mijn hoofd. 'Ze kwam me bedanken. Het was eerlijk gezegd nogal een vreemd gesprek.'

Jonathan trok met zijn mond. 'Bedanken, hm.'

'Ze zei dat je weer op het juiste spoor was gekomen. Ik zei dat dat is wat een boekwinkel kan doen, maar ik geloof niet dat ze je studie bedoelde.' Ik aarzelde. 'Ze zei dat het iets was wat een vrouw kan doen.'

Ik keek scherp naar Jonathans gezicht. Ik had verbazing verwacht, afschuw misschien, maar wat hij uitstraalde liet zich het best omschrijven als diepe teleurstelling. Intens diepe teleurstelling, die ikzelf tot in mijn buik voelde. 'Sorry', zei ik.

Hij schudde zijn hoofd en had wat tijd nodig om zijn stem te hervinden. 'Jij kan er niets aan doen', zei hij toen.

'Wat bedoelt ze?'

Hij keek me aan. 'Snap je dat echt niet?'

Ik dacht van wel maar ik wilde het niet zeggen, omdat ik bang was dat als ik het mis had, ik het allemaal op een of andere manier nog erger zou maken. Daarom zweeg ik en hij ook en ik draaide mijn koffiebeker rond aan het oor.

'Ze bedoelt', verbrak Jonathan uiteindelijk de stilte, 'dat ze hopen dat jij een relatie met mij begint omdat ik dan niet langer ben wat in hun ogen een van de meest verderfelijke dingen is die een man kan zijn.'

Oké, nu durfde ik het wel te zeggen. 'Homoseksueel.'

Zijn antwoord klonk gelaten. 'Yep.'

'En daar zijn je ouders niet zo gelukkig mee?'

Jonathan liet een pufje horen. 'Om het zacht uit te drukken.'

'Waarom?'

'Mijn ouders geloven dat mijn levensstijl zondig is.' Jonathan haalde kort zijn schouders op en keek verontschuldigend, alsof hij er iets aan kon doen dat zijn ouders dat vonden. Ik hield me in en zei niet dat homoseksualiteit geen levensstijl is. 'In onze kerk wordt het ook zo gezien, maar er zijn veel kerken waar dat al veranderd is. Alleen mijn ouders houden vast aan wat er wordt gepreekt. Al hun denkbeelden hangen ze daaraan op.'

'Achterhaalde denkbeelden', zei ik, maar ik had meteen al spijt, want niemand had er iets aan dat ik dat bij Jonathan inwreef.

'Ik vind het ook, maar daarmee verander ik mijn ouders niet.' Hij dacht even na. 'Als het al mogelijk is om mensen en de manier waarop ze denken, te veranderen.'

Ik geloofde van wel, maar daar ging het nu niet om. 'Hoe zou dat het voor jou anders maken?' vroeg ik. 'Wat zou je doen dat je nu niet doet?'

'Mezelf zijn.'

Mijn hart brak een beetje bij die twee woorden. Wat moest je zijn als je niet jezelf was? Hoe moeilijk was het leven wel niet als je altijd deed alsof je iemand anders was?

'Wat zou je doen als jezelf?'

Jonathan moest daarover nadenken. 'Het liefst zou ik naar Amsterdam vertrekken', zei hij toen. 'Mijn studie daar aan de universiteit voortzetten. Loskomen van mijn familie en hun voortdurende blik op alles wat ik doe. En ik denk dat ik in de stad minder vreemd ben, dat er meer mensen zijn zoals ik.'

'Doe het', zei ik. 'Ga gewoon.'

Maar hij schudde zijn hoofd. 'Zo eenvoudig is dat niet. Ik

werk in het familiebedrijf, daar kan ik niet mee stoppen.'

'Nee?'

'Ik moet geld hebben om van te leven.'

'Er zijn vast andere hoveniersbedrijven.'

Hij sloeg zijn blik neer en trok met zijn mond. 'Misschien wel, maar ik kan de hoge huren in Amsterdam nooit betalen. Dan moet ik met mijn studie stoppen en fulltime gaan werken en zelfs als ik dat zou doen, is het nog steeds onmogelijk om in Amsterdam een huis te vinden.'

Ik hield mijn hoofd schuin. 'Wat is je doel?'

'Hoe bedoel je?'

'Met je studie. Wat wil je ermee als je klaar bent?'

'O...' Hij aarzelde. 'Daar ben ik nog niet uit. Misschien in het onderwijs werken of ergens op een plek waar ik mensen kan helpen.'

'Helpen waarmee?'

'Met wijsheid', zei hij. 'Of met hoop. Of om vooruit te komen terwijl stilstaan de enige manier lijkt te zijn om het leven aan te gaan. Er is moed voor nodig om naar voren te stappen.'

'Precies', zei ik. 'Als je echt naar Amsterdam wil, ga er dan voor. Er is vast wel een manier.'

Hij keek me aan en de triestheid in zijn ogen was zo diep dat het iets bij mij raakte dat diep vanbinnen zat. 'Ja', zei hij, maar het woord miste elke vorm van overtuiging. Hij haalde diep adem. 'Ik stel mijn ouders alleen maar teleur. Ze zouden willen dat ik was zoals mijn broer, en hij is weer precies als mijn vader.'

'En hoe is dat dan?'

'Sterk, rechtlijnig, voeten in de klei – dat werk.'

'En zo ben jij niet?'

'Ik studeer filosofie, Stefanie.'

Ik zag niet het verband tussen zijn studie en karaktereigenschappen of het gebrek eraan, dus gaf ik geen antwoord maar keek hem aan. Jonathan voelde zich kennelijk genoodzaakt zich nader te verklaren. 'In mijn familie studeer je geen filosofie, maar houd je je bezig met het planten van bomen en het bouwen van schuttingen. Ze begrijpen mijn studie niet en boven alles begrijpen ze niet waarom je hier iets over zou willen weten. Hun enige kennis die verder gaat dan wat praktisch is, komt uit de kerk.' Hij haastte zich om er een verontschuldiging aan toe te voegen. 'Ik zeg niet dat daar iets mis mee is. Ik zeg alleen dat het mijn familie tekent.'

'Waarom stel je hen niet voor een voldongen feit?' vroeg ik. '"Dit is wie ik ben en als je dat niet accepteert, is het jammer voor jullie"?'

'Als ik dat doe, willen ze niets meer met mij te maken hebben. Als ze het accepteren, kunnen ze niet met zichzelf en met God in het reine komen.'

Ik voelde woede in me opvlammen. 'Terwijl ze ook geloven dat God jou heeft gemaakt? Dan zouden ze jou toch moeten accepteren zoals je bent?'

'Zo zwart-wit is het niet', zei Jonathan een stuk kalmer dan dat ik me voelde. 'Geloof me: ik probeer al heel lang om het te begrijpen en ik heb ook geprobeerd om aan hen uit te leggen hoe ik het zie. Maar mijn ouders luisteren alleen naar wat ze willen horen.'

'En dat is niet dat hun zoon homo is.'

Jonathan knikte langzaam. 'Dat klopt. Dan hebben ze liever geen zoon, zo is het letterlijk gezegd.'

Ik moest me inhouden om niet te roepen dat het dan jammer was voor hen, dat hij beter af was zonder deze mensen. Dat hij vandaag nog al het contact moest verbreken en zich nooit meer dit soort giftige standpunten moest laten opdringen. Maar ik kon beter mijn mond houden. Ik wist dat het veel betekende dat Jonathan me in vertrouwen nam, het was nog maar kort geleden dat hij me uit verlegenheid amper gedag had gezegd. Ik wilde niet te hard zijn in mijn antwoorden, om hem niet af te schrikken. 'En dan maar accepteren dat ze geen contact meer willen?' vroeg ik daarom.

'Tja.' Jonathan boog zijn hoofd. Het duurde even voor hij antwoord gaf. 'Dat zou kunnen', zei hij, maar ik merkte aan alles dat hij dat alleen maar voor mij zei. Hij wilde het niet of was er niet klaar voor om zijn ouders te missen, of wist niet hoe zijn leven eruit zou zien als hij het wel deed. 'Voor nu geloven ze dat ik daadwerkelijk tot inkeer ben gekomen, zoals zij het noemen. Het onderwerp wordt verzwegen.'

'Ook door jou?' Ik liet het klinken als een vraag, maar het was meer een conclusie. Jonathan knikte maar zei niets meer. Ik hield ook mijn mond, terwijl in mijn hoofd een idee ontstond dat iets wegnam van de bedrukking die ik voelde als ik naar hem keek. Ik moest er langer over nadenken, maar misschien kon ik wel iets voor hem betekenen.

De deur ging open en Alexander kwam binnen. 'Hi', zei hij tegen mij en hij knikte als groet naar Jonathan. Toen bleef hij op een afstandje staan wachten omdat ik bezig was, maar ik merkte dat Jonathan niet verder wilde praten nu er nog iemand was, ook al kon die ons niet verstaan omdat we Nederlands spraken. Ik stond op en liep naar Alexander toe. Ergens hoopte ik dat hij met goed nieuws kwam, maar ik zag het al in zijn blik. 'Zijn besluit staat vast', zei hij. 'Hij wil de grond verkopen.'

Ik sloeg mijn blik neer. 'Dus toch.'

'Ja. Sorry.' Alexander zoog zijn lippen naar binnen. 'Ik heb geprobeerd hem op andere gedachten te brengen, maar eerlijk gezegd snap ik hem ook wel.'

Ik knikte een paar keer. 'Oké', zei ik toen, terwijl er van alles in mijn hoofd opkwam. We moesten opschieten met de vlog en het artikel, we moesten zorgen dat het dorp in opstand kwam. Als er juridisch niets mogelijk was, konden we in elk geval zorgen voor maatschappelijke weerstand. Dat gaf geen enkele garantie dat het winkelcentrum er niet zou komen, maar het was beter dan niets.

Toch voelde ik niet de kracht die hoorde bij mijn eigen gedachten. Het was meer of er juist kracht uit me wegvloeide. Er zouden genoeg partijen klaarstaan om de grond van Robert Campbell over te nemen en die zouden zich echt niet laten tegenhouden wanneer duizend mensen in opstand zouden komen, als het er al zoveel waren. 'Mijn vader, die het voor mijn opa gaat regelen, heeft zelfs al iemand bij de gemeente gesproken', zei Alexander. 'Ze willen er haast mee maken.'

Ik wist niets meer te zeggen. Alexander zei nogmaals dat het hem speet en toen kuchte Jonathan en bedacht ik dat die twee elkaar niet kenden, dus stelde ik ze aan elkaar voor. Ik zei er niet bij dat Alexander op een ingewikkelde manier de neef – of halfneef, maar dat woord bestond niet eens – van mijn tante was. Niet eens omdat ik het geheim wilde houden, maar omdat er een lang verhaal bij hoorde en ik voelde me moe en vooral moedeloos.

Alexander en Jonathan praatten wat, tot Jonathan zei dat hij moest gaan omdat hij anders te laat kwam voor zijn college. 'Tot snel', zei ik toen hij afscheid nam. Het belletje klingelde bij het openen van de deur. Ik keek hem na, ook toen hij al uit het zicht was verdwenen.

'Aardige man', zei Alexander en ik knikte, maar ik was er met mijn gedachten niet bij. Want nog los van het vreselijke idee dat er straks een outletcentrum op minder dan vijfhonderd meter van mijn huis zou staan, zat ik met een vraag die mijn maag deed samenknijpen. Waar moest ik in vredesnaam acht paarden en een ezel kwijt?

'Goed nieuws', zei Floris toen hij me in de parkeergarage van het ziekenhuis begroette met een zoen en een knuffel en toen nog een zoen. Mijn hart begon luid te bonken en ik hoopte maar dat hij het niet zou merken. Ik hield mijn hoofd schuin. 'Wat dan?'

'Mijn opa is overgeplaatst naar de verpleegafdeling. Het gaat zo goed met hem dat hij niet langer op de intensive care hoeft te blijven.'

Dat was zeker goed nieuws en opgetogen liepen Floris en ik naar binnen. Bij het restaurant in de hal haalde hij twee bekers koffie die, anders dan wat er uit de automaten op de afdelingen kwam, ook daadwerkelijk naar koffie smaakte. Het kostte wat moeite om de nieuwe kamer van Leo te vinden en toen we uiteindelijk binnenkwamen, herkende ik hem bijna niet. Of beter gezegd: ik moest wennen aan zijn eigen zelf. Hij zat half rechtop in bed en leek ineens veel minder op Leo de patiënt aan wie ik op de intensive care inmiddels gewend was geraakt. In plaats daarvan begon hij weer te lijken op de Leo die ik kende.

'Hoe voel je je?' vroeg ik.

'Ja...' Hij fronste alsof hij die vraag eerst in zijn hoofd moest herhalen voor hij er een antwoord op kon formuleren. 'Ja...' zei hij toen opnieuw. 'Goed.'

Floris vroeg of de arts nog was geweest en ook nu antwoordde Leo in slow motion. Zijn hersenen leken hun werk wel te doen, maar met wat vertraging op de lijn. 'Ja', zei hij. 'Is geweest.'

We praatten nog een minuut of tien door en toen merkte ik dat het voor Leo te vermoeiend werd. 'Wil je wat muziek luisteren?' vroeg ik. 'Of een luisterboek?'

Hij koos voor het eerste en ik zette muziek op op zijn iPad. Hij zat te hannesen met de oordopjes, dus hielp ik hem en toen ik weer ging zitten zag ik hoe Floris naar me keek. 'Wat?' vroeg ik, maar hij schudde zijn hoofd en glimlachte alleen maar. Ik probeerde zijn blik weer te vangen en toen dat lukte, las ik daarin iets dat mijn hoofd een beetje draaierig maakte. Ik kon het niet goed duiden, maar het was iets dat het midden hield tussen interesse en verlangen en ik wist vrij zeker dat het leek op mijn eigen gevoel.

Ik stond op. 'Ik ga', zei ik, omdat het te vermoeiend werd voor Leo. Floris volgde onmiddellijk mijn voorbeeld. 'Ja, ik ook.'

We namen afscheid van Leo en liepen gezamenlijk terug naar de parkeergarage. 'Heb je al gegeten?' vroeg ik. Floris schudde zijn hoofd.

'Eet je bij mij?' stelde ik voor. 'Ik kan pasta maken.'

Hij stemde in en we reden allebei met onze eigen auto naar het huis van mijn tante. Ik maakte de pasta klaar, die we op de bank opaten.

'Hoe was je dag?' vroeg Floris.

Ik knikte. 'Ja, wel oké.' Ik haalde diep adem. 'Maar Alexander kwam wel langs om te vertellen dat hij nog een poging heeft gedaan bij zijn opa, maar dat diens besluit vaststaat.'

'Hm.' Floris hield zijn hoofd schuin. Er stond iets in zijn ogen dat ik niet helemaal kon duiden. 'Wat?' vroeg ik.

'Nee... niks.' Hij knipperde een paar keer. 'Ik dacht gewoon aan die grond en of er nog een manier is om het tegen te houden. Maar het zal een lastig verhaal worden.'

'Ik ga er nog verder in duiken', zei ik. 'De verkoop is één stap, maar daarna volgen er natuurlijk nog veel meer. Zolang er geen bouwvergunning is verleend, is er nog hoop.'

Floris hield zijn hoofd schuin. Er speelde een lachje om zijn mond. 'Wat?' vroeg ik omdat ik de situatie zelf niet bepaald grappig vond.

'Niks. Ik vind dat gewoon leuk.'

'Wat?'

'Dat je zo gedreven bent. En zo...' Hij kneep zijn ogen samen.

'Wat bedoel je?' vroeg ik grinnikend en ik voelde mijn hartslag toenemen. 'Zo belezen over de wet? Zo juridisch begaafd?'

'Nee, dat bedoelde ik niet', lachte Floris. 'Ik dacht meer aan: lekker.'

'O!' riep ik uit en gooide plagerig een kussen naar hem. 'Een beetje respect voor mijn rechtenstudie, graag.'

'Uiteraard.' Hij stak zijn handen in de lucht alsof hij zich overgaf. 'Mijn excuses, meester De Klerk.' Daarna reikte hij naar me en trok me naar zich toe en we lachten en zoenden, en toen in een opwelling, met zijn gezicht heel dicht bij het mijne, zei hij: 'Ik ben zo verliefd op je.'

Mijn hart deed iets vreemds en ik ging wat meer rechtop

zitten. Er gleed een bord op de grond toen ik in plaats van zijn woorden te beantwoorden, besloot hem te laten voelen dat ik ook nog nooit zo verliefd was geweest als op dat moment op hem.

Hoofdstuk 18

Er ging een week voorbij en toen nog wat tijd en de berichten over het outletcentrum zorgden voor veel verontwaardiging in het dorp, maar er veranderde niet veel. Bewoners stuurden boze mails naar de gemeente, maar kregen geen of een standaard antwoord. Zelfs Nikki begon haar geloof in een goede afloop te verliezen.

Alexander liet me weten dat zich een koper had aangediend die een betere prijs dan de gemeente wilde betalen en hoewel dat me niet verbaasde, was het toch een hard gelag. Ik voelde me ook teleurgesteld dat hij als gemachtigde van zijn grootvader voor de overdracht van de grond zou tekenen bij Berend Kroezeman, maar ik liet dat gevoel niet blijken. Het was niet Alexanders schuld. *Contract getekend*, liet hij me op een middag weten. Ik stuurde alleen een plaatje van een opgestoken duim terug en zelfs dat meende ik niet, want het was natuurlijk helemaal niet prima.

Een dag later kwam hij langs in de winkel. 'En nu?' vroeg ik. 'Moet ik de paarden nu weghalen?'

'Ik neem aan dat de nieuwe eigenaar zich wel bij jou zal melden.' Hij keek er vreemd vrolijk bij. 'En dan hoor je vanzelf hoe en wat.'

Ik knikte en probeerde me niet te storen aan die vrolijkheid, wat maar ten dele lukte. Zijn opa had misschien een financiële klapper gemaakt en ik begreep dat Alexander daar blij om was, maar hij wist ook dat dit voor mij moeilijk was. 'Hé', zei hij toen hij merkte dat ik stil was geworden. 'Het komt wel goed.'

Ik keek naar hem op en knikte, maar het kwam natuurlijk helemaal niet goed. Die middag liep ik vanuit mijn werk naar huis. Floris was nog steeds vaker hier dan in Haarlem en verdeelde zijn tijd tussen Leo, zijn laptop en mij. Maar nu was hij voor een project in Berlijn en zou pas overmorgen terugkomen. Telkens als ik eraan dacht dat ik hem dan weer zou zien, maakte mijn bedrukte gevoel over het getekende contract even plaats voor iets lichts en warms in mijn buik.

Ik schoof een pizza in de oven, keek met nietsziende ogen televisie terwijl ik hem opat en daarna probeerde ik te lezen, maar mijn gedachten gleden alle kanten op. Het was pas zeven uur en ik stapte in de auto om Leo te bezoeken. Hij was van het ziekenhuis naar het revalidatiecentrum verhuisd, waar hij zijn draai nog niet helemaal kon vinden maar hij deed erg zijn best om dat voor mij en Floris en zijn andere bezoek te verbergen. 'Hoi', zei ik toen ik binnenkwam. Hij zat op zijn bed en glimlachte, maar ik zag dat hij moe was. Toch maakte hij geen terneergeslagen indruk, zoals eerder wel het geval was geweest. 'Hoe gaat het?' vroeg ik.

'Goed', antwoordde hij. 'Goed, hoor.'

Het praten ging steeds beter, ik kon echt merken dat Leo vooruitging. Lopen ging nog wat wankel, maar hij kreeg veel fysiotherapie en deed braaf zijn oefeningen omdat hij zo snel mogelijk weer thuis wilde zijn. 'Hoe is het met de spierpijn?' vroeg ik, omdat hij daar toen ik hem eergisteren bezocht veel last van had gehad.

'Veel beter.' Hij ging verzitten en keek me aan. Ik zag een twinkeling in zijn ogen. 'Wat?' vroeg ik.

'Floris heeft het me verteld.'

'Wat?' vroeg ik hoewel ik natuurlijk wel wist wat hij bedoelde.

'Van jullie.' Zijn lach was nu breder dan ik in tijden had gezien. 'Het maakt me zo gelukkig.'

'O...' Ineens verlegen sloeg ik mijn blik neer. 'Ja, mij ook. Ik ben zo gek op hem.'

'En hij op jou.' Leo had even tijd nodig om de juiste woorden te vinden. 'Toen hij het vertelde dacht ik meteen: het klopt helemaal. Jullie passen bij elkaar.'

'Ja, dat denk ik ook', zei ik en ik knikte een paar keer.

Ik bleef nog een tijdje bij Leo en reed toen naar huis. Toen ik terugkwam had ik geen zin in mijn stille huis en dus liep ik naar buiten en bracht wat tijd door bij de paarden, waar Lydia en Melanie ook waren. Misschien zou ik hun moeten vertellen dat de grond al was verkocht, maar ik kon het niet opbrengen. Uiteindelijk ging ik toch maar weer naar huis en omdat ik mijn gedachten nergens anders bij kon houden dan bij het weiland, opende ik mijn laptop. Hoewel het helemaal niets aan de situatie zou veranderen, keek ik bij het kadaster wie de nieuwe eigenaar van het perceel was. Ik moest gewoon weten wie ik, al was het maar in gedachten, als schuldige kon aanwijzen. En welk bedrijf zich dus binnen korte of misschien iets langere tijd bij mij zou melden om te vertellen dat ik de paarden en Izzy moest verhuizen naar een plek die ik nog niet had gevonden.

De akte was vanochtend ingeschreven, las ik toen ik op het perceelnummer zocht. Ik klikte door en kwam op het scherm waar stond wat ik zocht. *FVL Vastgoed,* las ik. FVL Vastgoed was de nieuwe eigenaar. Ik begon meteen te googelen en toen de resultaten van mijn zoekopdracht mijn scherm vulden, viel mijn mond open in pure verbijstering. Ik moest het verkeerd hebben gelezen. Of er moest een fout zijn gemaakt.

Want dat *FVL Vastgoed* stond voor 'Floris van Lier Vastgoed', zoals Google me onverbiddelijk liet weten, was gewoonweg onmogelijk.

Het was natuurlijk niet onmogelijk en er was niet stomtoevallig nog een bedrijf met exact dezelfde naam, hoe ik ook mijn best deed er eentje te vinden. Op de website van FVL Vastgoed lachte Floris me tegemoet vanaf een vreselijke foto die vast heel geschikt was voor LinkedIn en die in alles 'snelle vastgoedjongen' uitstraalde. Wat hij, zo besefte ik terwijl mijn buik er letterlijk pijn van deed, boven alles ook was.

Ik dacht aan het laatste gesprek dat we erover hadden gevoerd, hij had zelfs nog gezegd dat hij mijn gedrevenheid leuk vond. En al die tijd, ál die tijd, had hij maar één ding gedacht: ik ga hier zoveel mogelijk geld aan verdienen.

En ik was blind geweest. Blind voor de dollartekens in zijn ogen, blind voor de zieke hang naar succes en geld en rijkdom die hem kennelijk dreef en die hij voor even achter een masker van de lieve, zachte, begrijpende man had weten te verstoppen omdat hij me kennelijk in bed wilde krijgen. De verschrikkelijke huichelaar. Nooit eerder had ik me zo afschuwelijk in iemand vergist.

En toen, toen mijn woede niet groter kon worden en ik kookte vanbinnen, pakte ik mijn telefoon. 'Hé', zei Floris toen hij vrijwel meteen opnam. 'Ik mis je.'

'O ja?' Mijn stem trilde. 'Je mist me?'

'Ja.' Hij klonk aarzelend. 'Is er iets?'

'Alsof jij dat niet weet.'

'Eerlijk gezegd niet, nee.'

'Nee? Nee?' Ik deed mijn mond open en het was alsof ik werd overspoeld door een golf van mijn eigen woede. Ik schreeuwde tegen Floris dat hij een leugenaar was en een bedrieger en dat hij me alleen maar had wijsgemaakt dat hij verliefd was omdat hij de grond wilde. Hij probeerde me te onderbreken, maar ik gaf hem geen kans omdat ik zijn leugens niet wilde aanhoren en pas toen ik een klein beetje was uitgeraasd, was er een momentje van stilte waarin hij zei: 'Stefanie, luister alsjeblieft heel even naar me. Het is...'

Ik wilde het niet aanhoren, niet nog meer onzin. Daarom zei ik hem gedag, hing op en blokkeerde zijn nummer. Ik ging naar bed, maar kon niet slapen en de hele nacht woelde en draaide ik tot ik 's ochtends doodmoe uit bed kwam en me naar de winkel sleepte. Het was niet alleen de woede die me uit mijn slaap had gehouden. Ergens in het diepst van de nacht was ik begonnen met huilen en die huilbui had geduurd tot mijn hele lichaam er pijn van deed en ik het gevoel had dat ik echt geen enkele traan meer overhad. Nu deden mijn spieren pijn en hadden boosheid, verdriet en vermoeidheid zich vermengd tot een sluier in mijn hoofd die zich zelfs met de sterkste koffie niet liet verdrijven. Ik was blij dat Floris in het buitenland was: dan dook hij in elk geval niet zomaar op, want ik stond niet voor mezelf in als ik hem nu zou zien.

Ik ging in het kantoortje zitten en begon aan een lijstje van wat ik allemaal moest doen, omdat ik wanhopig zocht naar orde in de chaos in mijn hoofd. Een plek voor de paarden zoeken, dat stond bovenaan. In protest en bezwaar geloofde ik niet meer. Ik wist zeker dat Floris alles al precies had laten uitzoeken door zijn medewerkers en dat niets de bebouwing van de grond in de weg stond. Ik haalde diep adem en liet mijn hoofd in mijn handen rusten. Ineens voelde ik me ontzettend dom.

Doorgaan, sprak ik mezelf daarna streng toe. Met zelfmedelijden bereikte ik niets en ik had genoeg te doen. Veel van mijn klanten kwamen uit de omgeving van het dorp – ik kon iedereen vragen of ze misschien een boer kenden die een landje overhad. Het liefst hield ik Izzy en de paarden bij elkaar, maar als het niet anders kon, zouden ze ook allemaal apart geplaatst kunnen worden. Morgen was het zondag, dan kon ik de fiets pakken en een rondje maken langs boerderijen in de omgeving. Ik moest ook Lydia vragen en haar vader, die als directeur van de agrarische groothandel natuurlijk genoeg boeren kende. Het was misschien niet wat ik wilde, maar ergens voelde ik me wel wat meer hoopvol toen ik dat bedacht. Ik zou wel een plek vinden, ergens.

Het was, zo bedacht ik toen ik de zoveelste kop koffie inschonk, alsof ik mijn tante verschrikkelijk in de steek liet. Ik sloot even mijn ogen en wachtte tot mijn ratio het zou overnemen om me te vertellen dat het niet door mijn stommigheid was gekomen dat het zo liep, maar mijn ratio hield zich stil en dus greep mijn schuldgevoel z'n kans om zich nog eens extra op de voorgrond te dringen. Er drupte een traan op mijn todolijstje. Toen ik hem wegveegde, vlekte de inkt.

Het belletje van de deur klonk en ik veegde snel mijn wangen droog. Ik hielp de klanten en toen zij weg waren, stond er een ouder echtpaar te wachten en daarna liep het gestaag door, zodat ik mijn aandacht bij de winkel kon houden en niet te veel aan andere dingen hoefde te denken. Terwijl ik twee Belgische toeristen stond te helpen, zag ik vanuit mijn ooghoek de moeder van Jonathan binnenkomen en ik wendde snel mijn blik af. Nu ik wist wat ze had bedoeld met haar opmerking en nu ze blijkbaar dacht dat het feit dat ik met Jonathan praatte betekende dat hij ineens op vrouwen viel, had ik niet zoveel behoefte om met haar te praten. Terwijl ik de toeristen langer aan de praat hield dan nodig, zag ik haar naast de tafel met bestsellers wachten zonder ook maar één blik op de boeken te werpen. Ze gaf me een ongemakkelijk gevoel met haar starende blik en gezicht dat geen enkele emotie verried, terwijl ik wist dat ze van alles dacht.

Uiteindelijk was het onvermijdelijk, ik moest haar wel te woord staan. 'Kan ik u helpen?' vroeg ik nadat de toeristen de winkel hadden verlaten.

Ze knikte. 'Ik was hier laatst...'

'Ja, u bent Jonathans moeder.' Ik hield mijn gezicht volkomen neutraal. 'Wat kan ik voor u doen?'

'Mijn man en ik, we hebben jouw hulp nodig. Onze zoon... Ik weet dat hij het rechte pad kan terugvinden en ik weet ook dat dat dankzij jou zal gebeuren. Maar op dit moment...'

Dat neutraal houden, dat lukte niet meer zo goed. Ik voelde het zelf en ik zag ook aan de blik op het gezicht van Jonathans moeder dat ik precies uitstraalde wat ik dacht. En dat was dat ik niet eens wilde dat ze haar zin zou afmaken omdat ik sowieso weinig geduld had met wat ze zei en dacht en vandaag al helemaal. 'Jonathan is een volwassen man', zei ik en ik hoorde zelf dat mijn irritatie doorklonk in mijn stem. 'Een verstandige man, ook. Hij is prima in staat om zijn eigen keuzes te maken en het enige, werkelijk het énige wat ik tegen hem zal zeggen, is dat hij zijn gevoel moet volgen. Dat brengt hem waar hij moet zijn.'

Dat dit niet was waarop ze had gehoopt, was het understatement van het jaar. Ik zag de blik op haar gezicht veranderen van hoopvolle verwachting in verbazing in afschuw en daarna in woede. 'Maar...' zei ze, alleen maakte ze die zin niet af. Het enige wat er nog gebeurde was dat ze één laatste blik op mij richtte waarin al haar emoties zich samenbalden en die blik trotseerde ik met niets anders dan een glimlach. 'U heeft een geweldige zoon, ik hoop dat u dat beseft', zei ik en daarna draaide de vrouw zich om en beende de winkel uit. De volgende klant die stond te wachten, trok heel even z'n wenkbrauwen op. Terwijl ik vroeg of ik hem kon helpen, hakte ik in mijn hoofd de knoop door die zich daar al een tijdje aan me opdrong.

Nadat ik de winkel had gesloten, strekte eerst de zaterdagavond en daarna de zondag zich lang en leeg voor me uit. Ik ging vroeg naar bed, sliep wat beter dan de vorige nacht en trok zondagochtend mijn oude spijkerbroek en een T-shirt aan, waarna ik naar de paardenwei liep om de stallen eens goed onder handen te nemen. Dat deden de vrijwilligers altijd en ik voelde me een tikje schuldig dat ik mijn handen niet zo vaak uit de mouwen stak. Maar boven alles vond ik het heerlijk om bezig te zijn, fysiek moe te worden en niet te veel na te denken.

Rond de middag kon ik geen enkel klusje meer bedenken en ging ik naar huis. Ik maakte mezelf wijs dat ik niet naar Leo's huis keek, maar deed dat natuurlijk wel, om vast te stellen dat de oprit leeg was. Dat klopte ook, want ik wist dat Floris pas aan het einde van de middag terug zou vliegen vanuit Berlijn.

Ik ging naar huis en gooide de tuindeuren open om de zon binnen te laten. Freud kon inmiddels naar buiten en hij liep op hoge poten de tuin in om vervolgens de beste plek op het bankje in te nemen. Ik sleepte mijn schildersezel naar buiten en mengde verf tot ik precies de roodgouden kleur van Freuds vacht te pakken had en schilderde hem slapend in de zon. Toen ik klaar was, was de middag halverwege en had ik het succesvol vermeden om te veel na te denken. Dat hield ik vakkundig vol door onkruid te gaan wieden en daarna het gras te maaien en het moest nog zes uur worden toen ik al het gevoel had dat ik omviel van vermoeidheid. Ik gunde mezelf een glas wijn en liep naar de keuken.

Dat was het moment waarop ik de auto zag.

Het was, zo registreerden mijn ogen, geen Tesla en dus geen Floris. Wat het wel was, was een klein model sportauto dat niet helemaal paste bij wat de mensen in het dorp reden. Misschien was het de ongewone verschijning die me opnieuw deed kijken en daardoor kwam het dat ik zag dat de auto niet verder het dorp in reed, maar linksaf sloeg, de oprit van Leo's huis op. Ik liep naar boven, waar ik uit het zijraam van een van de kamers zicht had op die oprit, en ik was net op tijd om twee meterslange, akelig dunne benen te zien, een wespentaille en een goudkleurige zee van haar. Een grote zonnebril verborg het halve gezicht, maar ik hoefde niet te raden wie daar, nog geen achtenveertig uur nadat ik had ontdekt wat Floris had gedaan, haar opwachting maakte. Ik duwde mijn handen tegen mijn buik en hapte naar adem, maar pure verontwaardiging leek mijn luchtwegen te blokkeren. Er kwam een geluid uit mijn mond dat het midden hield tussen een schreeuw en een grom en ik dacht even dat het van iemand anders kwam, maar ik was het toch echt zelf. Hoe kón hij?!

Ik rende naar beneden en draaide de voordeur op slot. Daarna zette ik de bel uit en sloot alle gordijnen en vond mezelf misschien wel een beetje belachelijk, maar het was het enige wat ik kon verzinnen. Als Victoria hier was zou Floris ook deze kant op komen en ik wilde hem niet zien, noch wilde ik dat hij mij zag. Al hoefde ik voor dat laatste waarschijnlijk niet te vrezen, want zijn flinterdunne interesse voor mij was natuurlijk al verdwenen zodra hij zijn handtekening bij de notaris had gezet en nu kon hij weer verder met Victoria. Hij had het echt overtuigend gespeeld. Uit elkaar: pff, dat ik het had geloofd.

Ik schonk uiteindelijk toch dat glas wijn in en daarna nog eentje, maar de alcohol deed me alleen maar zwelgen in zelfmedelijden en dat gunde ik Floris niet. Ik deed de gordijnen op een klein kiertje en zag al snel een auto over de dijk rijden. Jawel, het was zijn Tesla.

Ik ging weer aan tafel zitten en kneep mijn handen tot vuisten om mezelf in te houden, want ik wílde het niet. Maar het was sterker dan ik en dus liep ik naar boven om te zien hoe hij zijn auto achter de hare parkeerde en uitstapte. Hij haalde zijn hand door zijn haar en ik wilde dat ik de uitdrukking op zijn gezicht kon zien, maar daarvoor gaf de lamp bij de voordeur te weinig licht. Floris haalde zijn koffertje uit zijn auto en liet zichzelf binnen. Daarna viel de deur achter hem dicht en stond ik er nog heel lang trillend naar te kijken, maar hij kwam niet meer naar buiten. En, zo stelde ik vast met mijn kiezen strak op elkaar geklemd, Victoria ook niet.

Beneden in de keuken schonk ik mijn glas nog maar eens vol. Het was lang geleden dat ik zoveel wijn had gedronken en ik voelde me er ook helemaal niet beter door. Wel draaierig. Uiteindelijk zette ik mijn glas in de vaatwasser en het restje wijn in de koelkast en ging ik maar naar bed, en al die tijd deed ik mijn best om de gedachte vast te houden dat het allemaal niet uitmaakte omdat Floris voor mij toch al had afgedaan. En hij bewees alleen maar hoe onbetrouwbaar hij was door meteen Victoria te bellen. Ik had nog geluk gehad dat ik er zo snel achter kwam hoe hij echt in elkaar zat en niet pas over vier jaar of zo, als we samenwoonden of kinderen hadden. Binnenkort zou Leo weer thuiskomen en dan zou Floris hier veel minder vaak zijn – of nooit, als het aan Victoria lag. Dan hoefde ik hem gelukkig niet meer te zien.

Ik sliep die nacht wat beter en toen ik 's ochtends naar de boekwinkel liep, zag ik dat de auto van Victoria verdwenen was. Het was natuurlijk een heel eind rijden naar Haarlem, dus ik ging ervan uit dat ze vanochtend vroeg was vertrokken om op tijd op haar werk te zijn. De gordijnen van het huis waren nog gesloten en ik liep vlug door. Ik had Floris' nummer nog altijd geblokkeerd, maar op een zeker moment zou ik hem wel moeten spreken, al was het maar over Leo. Ik wilde vanavond even naar Leo gaan, maar voelde er weinig voor om Floris daar te treffen.

Ik opende de winkel, hielp een paar vroege klanten en daarna haalde ik na wat aarzelen de blokkade van Floris' nummer af. Vreemd genoeg verwachtte ik dat mijn telefoon meteen zou rinkelen, maar dat sloeg natuurlijk nergens op. Ik legde het toestel weg en wijdde me aan de klanten en aan het zetten van de laatste puntjes op de i van wat ik voor Jonathan had bedacht. Ik pleegde wat telefoontjes en voelde me verheugd toen het nog beter dan verwacht bleek uit te pakken. Ik schreef het kaartje, deed het in de envelop en hoopte dat hij zich vandaag, zoals altijd op maandag, in de winkel zou laten zien. Terwijl ik al voor me zag hoe hij zou reageren, ging mijn telefoon. Gedachteloos pakte ik het toestel en schrok toen ik die naam in het scherm zag staan. In vredesnaam dan maar, dacht ik, en ik nam op.

'Stefanie?' Zijn stem klonk eerst verbaasd en toen verheugd. Ik hoorde dat hij in de auto zat. 'O gelukkig, je neemt op.'

'Wat is er?'

'Ik wil met je praten. Laat het me alsjeblieft uitleggen.'

'Wat? Dat je het te koop komen van de grond als een mooie kans zag om dat stomme winkelcentrum zelf te gaan bouwen? Wat wilde je nog doen? Me een bloemetje sturen voor de goede tip?'

'Nee, ik... je begrijpt het niet. Wat ik wilde...'

Ik liet hem niet uitpraten, omdat ik het gewoon niet wilde horen. 'O, trouwens...' zei ik in plaats daarvan. 'Doe de groeten aan Victoria.'

'Wat?'

'Ik weet dat ze bij jou was, Floris. Doe niet alsof je geen idee hebt waar dit over gaat.'

'Nee, maar dat... Het is niet wat je denkt.'

'Dus ze was er niet?'

'Ze was er wel, maar...'

'Maar ze kwam helemaal deze kant op om je grootvader te bezoeken met wie ze zo'n goede band heeft?'

'Nee', gaf hij toe en zijn stem klonk zachter dan net.

'Nee, precies', antwoordde ik en ik zette juist nog een tandje bij in mijn felheid. 'Eerst lever je mij een gemene streek en als ik daarachter kom – en je had kunnen weten dat ik erachter zou komen – weet je niet hoe snel je je ex moet bellen om te zien of ze je nog terug wil.' Ik moest mijn best doen om mijn tranen van pure woede en frustratie terug te dringen. 'En gelukkig was ze meer dan bereid om haar plek in bed weer in te nemen.'

'Nee, zo ging het niet, ze...'

'Dus ze is niet blijven slapen?'

'Ik…' Hij maakte zijn antwoord niet af en ik wist genoeg. 'Dag Floris', zei ik en ik hing op.

Snuivend van boosheid staarde ik voor me uit en het was maar goed dat er geen klanten waren, want ik bood waarschijnlijk een vreemde, verwilderde aanblik.

Ik dwong mezelf om weer aan het werk te gaan. Ik moest administratie doen, bestellingen verwerken en mails beantwoorden, maar ik voelde me rusteloos. In plaats daarvan keek ik alleen maar naar de deur. Ik maakte mezelf wijs dat ik hoopte dat Floris niet binnenkwam omdat ik zijn gezelschap niet kon verdragen, maar ergens in me zat een verwarrende hoop dat hij juist wel voor mijn neus zou staan. Niet dat ik hem zou vergeven, maar ik had zoveel boosheid in me en die zocht een uitweg. Ik was niet zo'n schreeuwer, maar op dit moment had ik zin om hem keihard de waarheid te zeggen, niet één keer maar wel tien keer achter elkaar. Het telefoongesprek had mijn woede alleen maar aangewakkerd.

Uiteindelijk kwam Jonathan binnen, op zijn vaste tijdstip. 'Hoi', zei ik en ik zag verwondering in zijn blik omdat ik blijkbaar uitstraalde dat er iets was.

'Hoi.' Het kwam er aarzelend uit. 'Hoe is het?'

'Goed.' Ik lachte. 'Ik heb iets voor je.'

Hij keek me aan, onzeker en nieuwsgierig tegelijk. 'Wat dan?'

'Hier.' Ik hield de sleutel omhoog. Er zat een sleutelhanger van een kat aan. 'Voor jou. Als je wil.'

'Wat is dat?' Hij kneep zijn ogen samen. 'Van je huis? Maar ik hoef…'

'Wel van mijn huis, maar niet van het huis hier in het dorp', zei ik. 'Wees niet bang, ik vraag je niet om bij me in te trekken.' Ik overhandigde hem de envelop waar hij het kaartje uit haalde. *New home,* stond erop met daarbij een tekening van een fles champagne. 'Dit is het adres.'

Jonathan las het en toen nog een keer en daarna zette hij grote ogen op. 'Maar dit is in Amsterdam?'

'Klopt. Ik heb de huur van mijn appartement daar nog steeds niet opgezegd, maar ik heb wel besloten dat ik in het dorp blijf. Als je wil, mag jij in het huis wonen.'

Op Jonathans gezicht gebeurde van alles tegelijk. Ik zag ongeloof, blijdschap, onzekerheid, afwijzing, ontroering en dat was nog maar het begin. Maar uiteindelijk schudde hij zijn hoofd. 'Het is heel lief van je, maar ik kan nooit een appartement in Amsterdam betalen.'

'O ja, dat was ik vergeten te zeggen. Als je wil, heb je ook al een baan.'

'Wat?'

'Mijn bovenbuurman is tuinarchitect. Hij heeft wat rondgebeld en er zijn acht hoveniersbedrijven die om je zitten te springen, allemaal in de omgeving van Amsterdam. En wat betreft de huur hoef je je geen zorgen te maken. Toen ik er kwam wonen was de huur redelijk betaalbaar en de huurbaas heeft, naast de jaarlijkse indexatie, nooit een verhoging doorgevoerd.' Ik noemde het bedrag dat ik maandelijks betaalde en ik zag dat hij me niet echt durfde te geloven. 'Kortom,' zei ik opgeruimd, 'ik heb het gevoel dat we alle barrières wel zo'n beetje uit de weg hebben geruimd, jij?'

Jonathan staarde me aan. Ik zag tranen in zijn ogen, waarin alle emoties die er net nog waren geweest samengebald leken te zijn. En natuurlijk zag ik ook de angst. Hoe enthousiast ik ook was over mijn eigen plan, ik wist niet of hij het echt zou doen. Of de uiteindelijke stap niet te groot voor hem zou zijn.

'Ik...' Hij likte aan zijn lippen. 'Ik weet niet wat ik moet zeggen.'

'Je hoeft niets te zeggen. Denk er rustig over na en als je het uiteindelijk niet wil, is dat natuurlijk ook prima. Je bent heus niet verplicht er iets mee te doen.'

'Nee, ik...' Jonathan knikte een paar keer achter elkaar en met elke keer nam de overtuiging in zijn beweging toe. 'Ik wil het heel graag', zei hij toen. 'Ik moet aan het idee wennen, maar ik weet zeker dat ik het wil.'

Heel vluchtig kwam de gedachte aan Jonathans moeder in me op. Dit was vast niet wat ze voor ogen had toen ze me kwam bedanken, maar dat nam ik op de koop toe. Ik knikte naar Jonathan en wilde nog wat zeggen, maar Alexander kwam binnen.

'Hi', zei hij. Daarna richtte hij zich tot Jonathan en zei hetzelfde en het was natuurlijk een volstrekt normale manier om iemand te begroeten en toch merkte ik iets vreemds. Het zat niet zozeer in dat woord, maar meer in wat er niet werd gezegd maar wel duidelijk en zwaar in de lucht hing. De blik in Jonathans ogen, het lachje om Alexanders mond.

'Ik moet gaan', zei Jonathan. 'Heel erg bedankt, Stefanie.' Hij schutterde heel even en toen, voor het eerst sinds ik hem kende, leunde hij voorover en sloeg zijn beide armen om me heen. 'Je hebt geen idee wat dit voor mij betekent.'

Hij keek vluchtig naar Alexander en leek zich ongemakkelijk te voelen. Daarna verliet hij de winkel. 'Wat heb je gedaan?' vroeg Alexander, maar ik schudde mijn hoofd. 'Dat kan ik beter aan jou vragen.'

Hij grinnikte jongensachtig. 'Ik kwam hem een paar dagen geleden tegen in het dorp. Net toen ik een biertje op het terras had besteld.'

'Laat me raden: je hebt al je charmes in de strijd gegooid.'

Alexander sloeg zijn blik neer en leek voor het eerst wat verlegen. 'We hebben een tijd gepraat, ja. Hij heeft over zijn situatie verteld.'

Dat verbaasde me, want zo open was Jonathan daar niet over. 'Het kostte ook wat moeite', zei Alexander. 'Hij schrok toen ik vroeg of hij homo was. Dat had nog nooit iemand aan hem gevraagd, zei hij.'

'Hoe wist jij dat het zo was?'

'Ik weet het niet.' Hij haalde kort zijn schouders op. 'Ik voelde het gewoon. Ik voelde ook dat ik meer van hem moest weten, nog voor we een woord hadden gewisseld.' Hij grijnsde. 'Klink ik nu vreselijk zweverig?'

'Ja.'

Hij schoot in de lach. 'Sorry. Maar ik meen het wel. Hij is zo leuk, Stefanie.'

Ik voelde in mijn buik iets van een kriebel alleen al bij de verliefde blik in Alexanders ogen. 'En nu?'

'Tja. Ik heb hem een knuffel gegeven toen hij wegging en dat vond hij heel ongemakkelijk, wat ik snap na wat hij over zijn ouders heeft verteld, want hij was natuurlijk bang dat iemand ons zou zien. Maar ik dacht niet na.' Hij glimlachte verontschuldigend. 'En ik heb zijn nummer gevraagd.'

'En gekregen?'

'Ja. En geappt.' Hij haalde diep adem. 'We hebben hele gesprekken per WhatsApp. Ik geniet daarvan en verder zien we het wel.' Hij trok met zijn mond. 'Ik merk dat het allemaal nieuw is voor Jonathan en ik wil hem niet pushen. Dat merkte je net ook: hij vindt het heel ongemakkelijk als hij me ziet. Terwijl ik hem het liefst wil omhelzen.'

Hij glimlachte en zijn ogen waren zo zacht en blij dat ik opnieuw warmte in mijn eigen lijf voelde. Dat gevoel bracht ook meteen iets anders teweeg, iets kouds en hards dat ik wel wilde negeren, maar het liet zich niet aan de kant schuiven. Die verliefdheid, die blijdschap, die had ik ook gehad. Kort, ja, maar zo hevig dat ik er nog van stond na te trillen. Des te harder was het gemis ervan en de klap die daaraan vooraf was gegaan.

'Maar goed, genoeg over mij', zei Alexander. 'Hoe is het met jou? En met Floris? Heeft hij al...'

Blijkbaar was de blik in mijn ogen zo duidelijk dat hij stokte. Hij keek onderzoekend. 'Heb ik iets verkeerds gezegd?'

'Floris en ik zijn uit elkaar', zei ik stijfjes, wat eigenlijk een belachelijke formulering was, want ons hele bij elkaar zijn had minder dan drie weken geduurd, ook al voelde het langer en dieper en vooral als iets dat heel lang had kunnen duren.

'O?' Alexander trok zijn wenkbrauwen op. 'Maar... huh?'

'Ja. We hadden blijkbaar niet dezelfde intenties.'

Hij keek me niet-begrijpend aan. 'Wat voor intenties?'

'Ik dacht dat hij me oprecht wilde helpen, maar hij bleek vooral een goede businesskans te zien.' Ik schudde mijn hoofd. 'Ik vertelde hem over hoe het zat met dat stukje land en dat jouw opa het wilde verkopen. Vervolgens heeft hij achter mijn rug om contact opgenomen en heeft hij het gekocht, zodat híj met zijn bedrijf dat outletcentrum kan bouwen. Dit gaat blijkbaar alleen maar om geld, Alexander.' Ik voelde de woede weer opvlammen en het kon bijna niet anders dan dat het vuur uit mijn ogen spatte. Toch begon Alexander te lachen. 'Wat?'

vroeg ik beledigd. 'Wat is er zo grappig?'

Alexander moest duidelijk zijn best doen om zijn lachen in te houden. 'Maar... o jeetje, Stefanie, echt?'

'Wat?' Naast beledigd werd ik nu boos. 'Wat is er?'

'Heb je hem echt aan de kant gezet omdat hij het land heeft gekocht?'

'Eh... onder andere.'

'Waarom nog meer?'

'Omdat...' Ik haalde diep adem. 'Omdat hij zodra ik hem de waarheid had gezegd, niet wist hoe snel hij in de armen van zijn ex moest vluchten.' Oké, dat was geen reden waaróm ik hem aan de kant had gezet, maar toch, het was wel zo.

'Dus je hebt hem gedumpt vanwege de paardenwei?' Alexander sloot even zijn ogen. 'Als hij die grond niet had gekocht, was er niets aan de hand geweest. Dat begrijp ik toch goed?'

'Ja, oké, dat klopt', zei ik onwillig. 'En wat dan nog? Het is echt een nare streek.'

'O, Stefanie.' Alexander keek me aan met een mengeling van medeleven en vrolijkheid.

'Wat?'

'Het spijt me dat ik er geen ander woord voor heb, maar je bent echt ongelooflijk stom geweest.'

Ik had veel verwacht, maar dit niet. Verbijsterd keek ik hem aan. 'Hoezo? Begrijp je wat ik zeg? Door Floris staat dat outletcentrum er misschien nog wel veel sneller dan iemand ooit had verwacht.'

Alexander schudde zijn hoofd. 'Nee, juist niet.'

'Jawel, want...'

'Stefanie.' Hij hield zijn hoofd schuin. 'Ik snap dat je dat denkt, maar je hebt hem kennelijk niet gevraagd wat hij van plan is. Het klopt dat Floris de grond heeft gekocht voor een andere partij dat kon doen, hij wilde inderdaad flinke haast maken. Maar heb je hem ook de kans gegeven om uit te leggen waarom hij dat heeft gedaan?'

Ik staarde hem aan. 'Om er een winkelcentrum op te bouwen, natuurlijk. Dat is namelijk wat zijn bedrijf doet: grond kopen en die bebouwen, om de panden te verhuren of met winst te verkopen.'

'Zei hij dat?'

'Dat weet ik gewoon.'

'Maar zei hij letterlijk dat hij een winkelcentrum op die grond wil bouwen?'

Ik sloot even mijn ogen. Ik werd hier een beetje moe van. 'Nee, niet letterlijk', antwoordde ik toen onwillig. 'Maar het is wat hij doet. Wat moet hij anders met die grond?'

'Wat dacht je van: niets?'

'Niets?' Ik schudde mijn hoofd. 'Dat lijkt me niet. Wat heeft hij er dan aan? De grond moet wel wat opleveren.'

'Snap je het echt niet?' Alexander hield zijn hoofd schuin. 'Snap je echt niet waarom Floris die grond heeft gekocht voordat de gemeente of een projectontwikkelaar dat kon doen?'

Hij legde veel nadruk op het laatste deel van de zin. Ik deed mijn mond open om te antwoorden, maar sloot hem toen weer. Uiteindelijk staarde ik Alexander alleen maar vragend aan. 'Waarom dan?'

'Niets.'

'Wat?'

'Dat is het antwoord. Hij gaat niets met die grond doen.'

'Maar...'

'Zodat er niets anders mee gebeurt dan nu. Het is een projectontwikkelaar toegestaan om de grond aan te kopen en in overeenstemming met het bestemmingsplan te bebouwen, maar de projectontwikkelaar kan er ook voor kiezen om de grond niet te gebruiken. Of te verpachten.'

Ik zei niets meer. In mijn hoofd begonnen allerlei radertjes te draaien. Als het waar was wat Alexander zei – en het leek me vreemd dat hij dit uit z'n duim zou zuigen – dan... dan... Ik sloot mijn ogen en schudde even met mijn hoofd. Toen ik ze weer opende, keek ik in Alexanders lachende gezicht. 'Begrijp je het nu?' vroeg hij.

'Ik... denk het.'

Ja, ik dacht het. Maar wat mijn hersenen me voorschotelden als verklaring voor alles wat Alexander had gezegd, kwam me zo vreemd voor dat ik toch het gevoel had dat ik ernaast zat. 'O jee...' zei ik toen langzaam en aarzelend. 'Ik eh...'

'Yep', zei Alexander knikkend voor hij de winkel verliet. 'Jij hebt iets goed te maken.'

Hoofdstuk 19

Het nieuws had me duizelig gemaakt en omdat ik niet wist wat ik nu moest doen, drentelde ik maar wat rond in de winkel zonder dat er iets uit mijn handen kwam. Het enige wat ik zeker wist, was dat ik ongelooflijk stom was geweest. Ik had overhaaste conclusies getrokken en die Floris voor de voeten geworpen en ik had hem letterlijk nul keer de kans gegeven om uitleg te geven, want toen had ik opgehangen en zijn nummer geblokkeerd terwijl hij in Berlijn zat. En wie had juist op dat moment voor hem klaargestaan?

Toch was ik ondanks het feit dat ik zelf fout zat, boos over hoe snel hij zich in de armen van zijn ex stortte. Ik had hem geloofd toen hij zei dat hij door wat er met zijn opa was gebeurd en doordat hij mij had leren kennen, was gaan inzien dat zijn relatie met Victoria leeg en betekenisloos was – gebaseerd op een beeld dat de buitenwereld van hen had en waarvan ze allebei hadden gedacht dat het belangrijk was: succesvol, rijk, glamoureus. Maar hij was veranderd, dat had hij echt vaak gezegd. Hij was gaan inzien wat ertoe deed.

Tot hij weer alleen was, dacht ik cynisch, en die diepe verandering in hemzelf kennelijk toch wat minder diep was.

Ik sloot mijn ogen en haalde diep adem. Ik wilde dat ik wist wat ik moest doen, maar mijn gedachten gingen rond als een draaikolk en niet één ervan liet zich vangen. Ik was blij toen Olivia binnenkwam en als een vloedgolf stortte ik over haar uit wat ik net had gehoord. Eerst kneep ze haar ogen samen en toen werden ze juist groot en staarde ze me aan. 'O jeetje...' was het enige wat ze uiteindelijk uitbracht. 'Wat een verhaal.'

Tja, dat vatte de hele situatie wel samen. 'Ik ben zo stom geweest.'

'Bel hem.'

'Nee. Hij is allang weer terug bij Victoria.'

'Welnee. Dat zal toch niet?' Ik waardeerde het dat ze haar best deed het overtuigend te laten klinken, maar ik hoorde ook wel dat ze grote twijfels had. 'Misschien is dat ook een misverstand.'

'Ze stond meteen voor de deur.'

'Ja, oké, maar dan nog.' Olivia haalde diep adem. 'Je moet toch een keer met hem praten.'

'Het zou me niet verbazen als hij dat weiland nu alsnog volbouwt met een winkelcentrum', zei ik en blijkbaar trok ik er zo'n grappig gezicht bij dat Olivia moest lachen.

'Ik denk het niet', zei ze. 'En kom op, wat heb je te verliezen?'

Mijn waardigheid, dacht ik, en het beeld van Victoria met die ellenlange benen en honingkleurige haren kwam weer bij me op. Ik slikte moeizaam en voelde tranen prikken, maar ik had geen zin om te huilen, dus verlegde ik de aandacht naar Olivia. 'Jij ziet er, in tegenstelling tot mijzelf, wel stralend uit. Is er iets bijzonders?'

'Ja', zei ze en de opwinding in haar blik werd nog wat groter. 'Berend heeft me mee uit gevraagd.' Ze sloeg haar handen voor haar borst in elkaar. 'Hoe vind je dat? Voor het eerst sinds eeuwen ga ik op een officiële date. En ook nog naar een chic restaurant.'

'Dat meen je niet!' riep ik uit. 'Wat heerlijk voor je!'

'Ik ben bloednerveus. Ik weet helemaal niet meer hoe dat werkt, daten. Het is jaren geleden, toen mijn buik nog strak was en mijn oogleden niet hingen.'

Ik wierp haar een kritische blik toe. 'Jouw buik is nog altijd tien keer strakker dan de mijne en trouwens: alsof het daarom gaat.'

'Het helpt wel.'

Ik dacht vluchtig aan Berend en wist niet of dat voor een man als hij ook gold. Hij leek me meer iemand die een goed gesprek op waarde schatte en niet zozeer het al dan niet hebben van een paar afgetrainde buikspieren.

'Het is vanavond al', zei Olivia.

'Op maandag?'

'Tja, ik weet het ook niet. Hij heeft in elk geval een tafel gereserveerd.'

Het leek me een vreemde avond voor een date en ik begreep de haast niet, maar ik zei er verder niets over. 'Ik denk omdat ik had gezegd dat Sam vanavond bij zijn vader zou zijn', zei Olivia. 'Maar die heeft weer eens afgezegd.'

'Zal ik op hem passen?'

'O...' Ze keek me aan. 'Zou je dat willen doen? Voel je niet verplicht, ik kan ook...'

'Geen probleem', zei ik en ik was blij met de invulling van mijn avond. 'Ik kom wel naar jou toe. Meteen vanuit de winkel?'

Dan hoefde ik niet naar huis, dat was fijn. Ik wist niet zeker of Floris nog in Leo's huis was, maar ik had hoe dan ook geen zin om hem onder ogen te komen. Al was de kans natuurlijk vele malen groter dat hij Victoria was gevolgd naar Haarlem, om hun succesvolle leventje samen voort te zetten.

'Je bent mijn reddende engel', zei Olivia, zich niet bewust van mijn gedachten. Ik zag wel dat ze onderzoekend naar me keek, zoals ze wel vaker de neiging had dwars door me heen te kijken. 'Er is trouwens ook niets mis met je oogleden', zei ik snel om haar aandacht weg te leiden.

'Wat?'

'Je oogleden. Die hangen niet.'

'Nee?' Olivia voelde even, alsof haar gezicht sinds ze vanochtend haar huis had verlaten en ongetwijfeld een blik in de spiegel had geworpen, ineens in grote mate door de zwaartekracht bevangen zou zijn geraakt.

'Je bent prachtig', zei ik. 'En dan heb ik het nog niet eens gehad over de kant van je die er wel toe doet.'

'Wat?'

'De binnenkant.' Ik stak afwerend mijn hand op. 'Ja, ik weet het, vreselijk cliché. Maar het is wel zo. En trouwens, Berend heeft jóú uitgevraagd, toch? Als hij onoverkomelijke problemen zou hebben met een eventueel hangend ooglid, had hij dat niet gedaan.'

'Dus je vindt wél dat mijn oogleden hangen?'

'Nee!' Ik zuchtte diep. Ik kende Olivia zo helemaal niet. 'Doe je rode jurk aan, die staat je fantastisch. Doe je haar precies zoals nu, het zit geweldig. En één advies: praat de hele avond niet over oogleden.'

'Beloofd', zei ze. 'We hoeven het ook niet per se over oogleden te hebben. Tot nu toe was het elke keer dat we elkaar zagen, zo dat er veel meer gespreksstof dan tijd was.'

'Wat heerlijk om te horen.'

'Ja.' Olivia lachte weer. 'En Berend is ontzettend geestig, wist je dat?'

Even kwamen de woorden in de brief van tante Rosy in me op. *Vind je hem geen schatje?*

Ik glimlachte maar deelde mijn gedachten niet met Olivia. 'Tot vanavond', zei ik.

'Is het echt geen pro...'

'Nee! En nu naar huis jij, je rode jurk strijken.'

Ik keek haar na toen ze de winkel uit liep en voelde me op een verwarrende manier blij voor haar, maar ook nog verdrietiger door wat ikzelf was kwijtgeraakt.

'Maar ik wil het zo graag.' Sam keek heel sip en op zijn manier smekend, al zag zijn gezicht er daardoor meer uit alsof hij iets heel vies had gegeten. 'Alsjeblieft?'

'We kunnen ook een spelletje doen. Heb je zin in Beverbende?'

'Nee.'

'Catan?'

'Nee.'

'30 Seconds?' Er was een junioreditie, wist ik.

'Dat is niet leuk met z'n tweeën.'

'Kwartetten dan?'

'Waarom gaan we niet wandelen? Ik wil gewoon naar Izzy.'

Ik wist dat Sam heel dol was op het ezeltje en op iedere andere dag was ik met liefde met hem naar de paardenwei gelopen, maar ik wilde niet langs mijn huis komen, of beter gezegd: ik wilde niet langs Leo's huis komen. Straks stond die sportwagen er weer. En ik wilde ook niet dat Floris mij zag, want dan zou ik met hem moeten praten en moeten toegeven dat ik een idioot was geweest, terwijl *hij* meteen met zijn ex het bed in dook.

'Kom mee', zei Sam en hij had zijn jas al aan. Ik zocht nog

naarstig naar de ultieme reden waarom het echt niet kon, maar gaf uiteindelijk toe, omdat het natuurlijk al te dol was om een negenjarige met een liefde voor een ezeltje de dupe te laten zijn van mijn stommiteiten.

'Oké', zei ik en we gingen de deur uit. Sam had blijkbaar haast, want hij liep elke keer een paar meter voor me en ik moest flink het tempo erin zetten om hem bij te houden. We passeerden Leo's oprit, waar Floris' auto stond en die van Victoria niet.

Toen we mijn huis voorbij waren, ging Sam nog harder lopen. 'Rustig aan', bromde ik goedmoedig. 'Izzy loopt niet weg, hoor.' Maar Sam rende nu bijna en ik zag hem al in de stal verdwijnen voor ik zelfs maar in de buurt was. Toen ik binnen gehoorafstand was, hoorde ik hem en nog iemand anders praten. Ik fronste. Aan het hek hing een paarse strik.

'Sam?' riep ik en het volgende moment stak hij zijn hoofd naar buiten. 'Wie is er nog meer?'

Hij gaf geen antwoord, maar verdween en daarna verscheen er iemand anders. 'Hai', zei Floris.

Ik schrok. Hij droeg een spijkerbroek en een polo en er zat stro in zijn haar, maar boven alles keek ik naar de blik in zijn ogen. Die was zacht en een tikje afwachtend. 'Dank je wel dat je gekomen bent.'

Ik blokkeerde volledig. Sorry, wilde ik zeggen, maar 'sorry' was het meest afgezaagde woord op aarde. Ja, ik heb je eerst vals beschuldigd van achterbaks gedrag en winstbejag over de rug van zeven oude paarden en een ezel, en ik heb ook voor het gemak maar even aangenomen dat je met je ijskoude ex het bed in bent gedoken, maar hé, weet je: sorry. Zand erover.

'Ik...' begon ik, maar ik wist helemaal geen zin om uit te spreken. 'Jij...'

Toch maar sorry dan? Nee, ik had het vermoeden dat het zo niet werkte. De waarheid was dat het volkomen terecht zou zijn als Floris boos op me was. En dat deze onverwachte ontmoeting van alle opties de meest ongemakkelijke was. Ik had ook gewoon met Sam thuis moeten blijven.

Met mijn vingers streek ik over de strik. Wat deed dat ding hier trouwens? Had Nikki die opgehangen of iemand anders in het kader van de protesten? Dan zou een spandoek misschien gebruikelijker zijn geweest, maar ik liet die gedachte gaan omdat ik andere dingen had die me meer in beslag namen, zoals het gegeven dat ik nog altijd naar beneden stond te kijken en Floris zijn blik op mij gericht hield.

'Sorry', zei ik toen toch maar. 'Ik ben een idioot.'

Het viel stil tussen ons, tien seconden, vijftien. Ik hield mijn adem in en het was of de wereld met me meedeed. Sam maakte geen geluid, Floris ook niet, de paarden waren stil. Uiteindelijk, na wat een eeuwigheid leek te duren, was het Floris die de stilte doorbrak. 'Ja', zei hij alleen maar.

Ik keek op. Zijn blik was op mij gericht, zijn ogen stonden zacht en er was vrolijkheid in te zien die me van mijn stuk bracht omdat ik me zelf helemaal niet vrolijk voelde. Floris knikte een beetje. 'Dat klopt. Soms helpt het als je iemand laat uitpraten.'

'Sorry, ik...' Ik slikte. 'Ik weet niet wat me bezielde. Ik ging er automatisch van uit dat...'

'Sst', zei hij en hij stapte naar voren om zijn vingers vervolgens zachtjes tegen mijn lippen te leggen. 'Je hoeft niets te zeggen. Ik weet wat er is gebeurd en mij valt ook genoeg te verwijten. Dat met Victoria...'

Ik voelde een steekje in mijn maag toen hij die naam noemde en slikte moeizaam.

'Dat was stom', zei Floris. 'Ik liet me meeslepen en dat had ik niet moeten doen. Ik heb mezelf voor mijn kop geslagen dat ik je kwijt ben geraakt. Want pas toen je er niet was, merkte ik echt hoe belangrijk je voor mij was geworden.' Hij keek me aan. Nu was hij degene die slikte. 'Ik meen het, Stefanie. Ik weet niet hoe je het hebt gedaan, maar in onze korte tijd samen heb je mij veranderd op een geweldige manier. Ik dacht dat ik het spoor moest volgen waarin ik zat, omdat het van de buitenkant zo succesvol leek. Maar het maakte me niet gelukkig. En toen kwam jij en je had gekozen voor wat jou wel gelukkig maakte en ik realiseerde me dat ik dat niet durfde.' Hij pakte mijn hand en hield die tegen zich aan. 'Maar met jou durf ik het wel.'

Ik merkte pas dat ik huilde toen Floris met zijn vrije hand een traan van mijn wang veegde. 'En dan zou een stom misverstand en een nog stommere...' hij aarzelde even, 'nog stommere actie van mij ons uit elkaar drijven. Daar kan ik niet mee leven.' Hij keek even naar de strik aan het hek. 'Ik hoop dat je gelooft dat dit al die tijd mijn plan was', zei hij. 'Dit is mijn cadeau aan jou. Ik heb het weiland gekocht met mijn bedrijf zodat het niet door iemand anders kan worden gekocht en bebouwd. Maar ik ga er niets mee doen, anders dan jou de sleutels van het hek geven en als je wil, helpen met het opschudden van het stro in de stallen. En misschien nog een paar hulpbehoevende paarden aan de kudde toevoegen, als je dat goedvindt. Ik...' Hij slikte moeizaam en hield zijn hoofd schuin. 'Ik hoop gewoon dat we niet alleen dit avontuur maar nog veel meer avonturen kunnen aangaan. Samen.'

Heel even, minder dan een halve seconde, schoot nog het

beeld van hem en Victoria door mijn hoofd. Maar net zo makkelijk, verbazingwekkend makkelijk zelfs, liet ik het weer gaan en ik wist zeker dat het nooit meer terug zou komen. In plaats daarvan vulde mijn hoofd zich met de woorden van Floris, de liefde in zijn ogen, de beelden van ons samen en boven alles met het gevoel dat als een warme golf door mijn lichaam trok en me vervulde met blijdschap tot in de uithoeken van al mijn vezels, zoals dat nooit eerder iemand was gelukt dan Floris.

'Ja', zei ik snikkend en knikkend tegelijk. Ik deed mijn mond open om iets te antwoorden op de woorden die hij had uitgesproken, maar het was zoveel en ik wist wel wat ik bedoelde, maar ik kon alleen maar warrige zinnen bedenken en eigenlijk snapte hij het zo ook wel. Dus trok ik hem naar me toe en voelde zijn armen om me heen en ik sloot mijn ogen. Daarna vonden zijn lippen de mijne en hoorde ik Sam lachen en wist ik niet waaraan ik het had verdiend, maar ik had nog nooit zo zeker geweten dat alles klopte.

Epiloog

'Hier?' Ik keek om me heen. We stonden bij het hek van de paardenwei, ongeveer halverwege, en in het gras streden lustig bloeiende boterbloemen, fluitenkruid en paardenbloemen om de beste plek. Twee bijen zoemden luid en bij het hek keken Bruno en Izzy nieuwsgierig toe. De rest van de paarden stond verderop loom te zonnen.

'Prachtige plek', zei Olivia en ze kneep in Berends hand. Sam stond voor zijn moeder en keek toe met een mengeling van nieuwsgierigheid en iets terughoudends. Hij vond het duidelijk spannend, ook al had zowel zijn moeder als ik hem uitgebreid verteld wat er ging gebeuren en dat het naast een verdrietig ook een mooi moment zou zijn. Vandaag zouden we mijn tante naar de plek brengen waar zoveel samenkwam waar ze van had gehouden: de paarden, de natuur, de nabijheid van het dorp, de Zeeuwse grond, de mensen om wie ze gaf.

Bruno hinnikte kort alsof hij ook zijn instemming wilde laten blijken en toen ik lachte, voelde ik iets van de spanning van me af glijden.

'Prachtige plek', zei ook Nikki, die een paar meter verderop stond. 'O kijk, daar is Jonathan!'

'O, gelukkig.'

'Sorry.' Licht hijgend kwam Jonathan aangelopen, met Alexander in zijn kielzog. 'Ik ben nog niet zo gewend aan die drukte in de Randstad.'

Ik glimlachte naar het tweetal en was allang niet meer verbaasd dat zij samen kwamen. Heel precies wist ik het niet, maar ik had niet de indruk dat Jonathan sinds hij in Amsterdam woonde, erg veel nachten in zijn eentje in het appartement had doorgebracht. En de Europa-reis van Alexander bracht hem vooralsnog ook niet bepaald buiten de Nederlandse landsgrenzen.

Ik keek even naar de stal en naar het hek, waar ik in gedachten die strik weer voor me zag. Vier weken geleden was het dat ik die maandagavond op Sam had gepast, terwijl Olivia en Berend helemaal niet hun eerste date hadden, want die bleken ze twee dagen eerder allang te hebben gehad. Maar ze hadden maar al te graag gehoor gegeven aan het verzoek van Floris om hem te helpen. Olivia had het plan met de oppas bedacht en Sam was trots geweest dat hij zijn deel van het complot tot een goed einde had gebracht. Ik begreep achteraf pas waarom hij er zo op gebrand was geweest om naar Izzy te gaan, het was de opdracht van Olivia geweest. Floris had me daar zenuwachtig opgewacht. Hij wist nog niet dat ik de waarheid al kende en hoopte me die avond te kunnen uitleggen hoe het precies zat met het weiland, zonder dat ik nog voor hij een woord kon zeggen al de benen nam. Ik keek even naar hem en glimlachte. Wat een stom misverstand al niet voor gevolgen kon hebben. Ik had spijt van mijn, zo realiseerde ik me nu, overtrokken reactie. Hij van het feit dat hij Victoria, die alleen maar naar Zeeland was gereden om op te eisen wat, vond zij, van haar was, niet meteen huiswaarts had gestuurd. Ze hadden gezoend, had hij opgebiecht. En daarna was hij bij zinnen gekomen. En het geld waarvan ze vond dat ze er recht op had omdat ze hun leven een tijdje hadden gedeeld, ging hij haar uiteraard niet geven.

Nikki's stem haalde me uit mijn gedachten. 'Gaat het?' hoorde ik haar aan Leo vragen. 'Wilt u even zitten?'

We hadden een klapstoeltje voor hem meegenomen, maar hij rechtte zijn rug en zei dat het prima ging. Ik glimlachte naar hem. Hij had sinds zijn hersenbloeding en sinds zijn thuiskomst twee weken geleden niet meer zo'n eind gelopen, maar ik zag dat hij zich niet beter voordeed dan hij zich voelde. Zijn gezicht was wat gebruind door de zon, in zijn ogen was zijn twinkeling teruggekeerd en hij maakte een sterke indruk.

'Oké', zei ik en ik keek naar Floris. 'Laten we dan...'

Ik hield de urn in mijn handen en wist even niet meer zo goed wat ik nu moest doen. De as uitstrooien, ja, maar het voelde ineens zo officieel en ik had niets voorbereid. 'Kom maar', zei Floris, maar toen hij een stap naar voren deed, werd hij afgeleid.

'O wacht, hij zit helemaal in de knoop.' Hij hurkte neer en probeerde de hondenriem en de poten van Bob uit de knoop te halen, maar onze puppy had de neiging in een voortdurend gevecht met zijn riem te verkeren. Niet dat hij daar zelf mee zat. Hij maakte vrolijke sprongen en hapte naar Floris' handen toen die probeerde de boel te ontwarren. Ik moest lachen en het klonk nerveus, maar het maakte het moment ineens veel lichter. Heel even dacht ik terug aan dat heerlijke moment, nu drie weken geleden, dat ik 's ochtends niet in de keuken mocht komen. Toen Floris me uiteindelijk opdroeg dat wel te doen, trof ik daar een mand, een voerbakje, een heleboel speeltjes en een zwart, vrolijk mormeltje aan dat een soort miniversie van Joep was en tegelijk helemaal zichzelf. Ik kon niet meer stoppen met huilen maar het waren tranen van geluk. 'Dit is Bob', had Floris gezegd.

Bob liet zich uiteindelijk kalmeren en Floris hielp me met het openmaken van de urn. Ik keek naar de grijze as en sloot even mijn ogen. Het was niet de urn of de as die me aan tante Rosy deed denken. Die waren zo... doods. Doodser dan zij ooit zou kunnen zijn. Maar het hele moment bracht haar dichtbij. In mijn hoofd hoorde ik haar stem en haar lach en zag ik haar gezicht voor me. Ik keek even naar Floris en daarna naar mijn vrienden en we hoefden niets te zeggen om te weten dat we allemaal aan hetzelfde dachten. Toen liet ik de as langzaam uit de urn glijden, op het gras en tussen de paardenbloemen.

Ik keek toe hoe de wind een klein beetje van de as de wei in blies. Een paar keer knikte ik, alsof de wind tante Rosy zelf was die wilde laten weten dat het goed was zo, dat ze haar plek had gevonden. Toen voelde ik Floris' arm om mijn schouders en liet mijn hoofd tegen hem aan rusten. Er gleed een traan over mijn wang naar beneden van het verdriet dat altijd wel zou blijven, maar boven alles voelde ik ineens precies hoe alles op de juiste plek in elkaar viel. Wat er was gebeurd had geleid naar dit moment, naar mijn nieuwe vrienden, naar de omgeving waarin ik me zo was gaan thuis voelen, en naar Floris. Tante Rosy was er misschien niet meer, maar haar brief had bereikt wat al die tijd haar doel was geweest, ook toen ik daar zelf nog heel anders over had gedacht. Dit moment hier, met deze mensen, was wat ik altijd had gezocht. Floris trok me nog wat dichter tegen zich aan. Ik hief mijn gezicht en voelde zijn lippen op die van mij terwijl Bob met zijn snuit tegen mijn been duwde.

Boeken van Mariëtte Middelbeek:

HISTORISCHE ROMANS

Anna

Julia

FEELGOOD

Single & sexy

Turbulentie

Status OK

Crash

Moederhart

Gestrand

De brief van tante Rosy

ERVARINGSVERHALEN

Verhalen van de ambulance

Redders langs de kust

Verhalen uit het kinderziekenhuis

Verhalen van de brandweer

De mensen van de ambulance

De weg terug

THRILLERS JEUGD

Strandwacht

Ooggetuige

Boyzzz

Mazzel

Selfie

THRILLERS VOLWASSENEN

Flashback

Revanche

Mariëtte Middelbeek schrijft onder het pseudoniem
Linda van Rijn vakantiethrillers:

31. Villa Algarve
30. Playa Blanca
29. Ciao Bella
28. Sneeuwblind
27. Provence
26. Zandvoort aan Zee
25. Familiediner
24. Bloedkoraal
23. Strandslag Texel
22. Ibiza Club
21. Zoutelande
20. Costa Brava
19. Bestemming Bonaire
18. Zomernacht
17. Casa Ibiza
16. Winterwereld
15. Zomerhuis
14. Winterzon
13. Zeezicht
12. De Jaarclub
11. Vive la France
10. Ski Resort
9. Voetbalvrouwen
8. Villa Toscane
7. Off Piste
6. Viva España
5. Winter Chalet
4. Vakantievrienden
3. Blue Curaçao
2. Piste Alarm
1. Last Minute

Colofon

Redactie: Karin Dienaar
Omslagontwerp: Riesenkind
Foto auteur: Hadewych Veys
Zetwerk: Mat-Zet bv, Huizen
Druk: Wilco

Eerste druk juli 2023

ISBN: 978 94 6068 630 6
E-ISBN: 978 94 6068 703 7
NUR: 301, 343

Uitgeverij Marmer BV
Noorderstraat 55
3742 BB BAARN
T: +31 649881429
I: www.uitgeverijmarmer.nl
E: info@uitgeverijmarmer.nl

@mmiddelbeek
@mariettemiddelbeek